散文卷

萧红全集

全五卷

萧红 著 章海宁 主编

北京燕山出版社

一九三六年夏，萧红在日本

一九三六年七月十八日，萧红乘邮轮到达长崎，第二天抵达终点神户。萧红在此登陆，转陆路乘车到达东京。

上海拉都路三百五十一号，萧红、萧军一九三四年曾在此居住

许广平忆萧红

　　大约一九三四年的某天，阴霾的天空吹送着冷寂的歌调，在一个咖啡室里我们初次会着两个北方来的不甘做奴隶者。他们爽朗的话声把阴霾吹散了，生之执著，战，喜悦，时常写在脸面和音响中，是那么自然，随便，毫不费力，像用手轻轻拉开窗幔，接受可爱的阳光进来。从此我们多了两个朋友：萧红和萧军。

周鲸文忆萧红

　　有　天下午端木和萧红到我的办事处来访我。我们既是同乡又是文化界中人，真是一见如故，彼此非常亲近，从此就常相往来，有时到酒楼饮茶，有时他们到我家作客……萧红面貌清秀，性格爽朗，有人说她孤僻，我对她倒没有这种印象。

一九三七年三月，萧红与友人在上海

后排左起：胡风、许广平、池田幸子、萧军、萧红

前排左起：鹿地亘、小田岳夫

一九三七年冬，萧红与友人在武汉

左起：萧军、蒋锡金、萧红、罗烽

胡风忆萧红

见到了这一对来自敌人占领的国土而用笔参加了民族解放斗争的青年夫妇，是使我高兴的。尤其是萧红，我觉得她很坦率、真诚，还未脱离女学生气，头上扎着两条小辫，穿着朴素，脚上还穿着球鞋呢。没有当时上海滩上的姑娘们那种装腔作势之态。因此，虽是初次见面，我对他们就不讲客套，可以说是一见如故了。

一九三八年春，萧红与友人在西安八路军办事处

左起：塞克、田间、聂绀弩、萧红、端木蕻良、丁玲

一九三八年夏，萧红与梅志及其孩子摄于武汉小朝街胡风寓所

丁玲忆萧红

萧红和我认识的时候，是在一九三八年春初。那时山西还很冷，很久生活在军旅之中，习惯于粗犷的我，骤睹着她的苍白的脸，紧紧闭着的嘴唇，敏捷的动作和神经质的笑声，使我觉得很特别，而唤起许多回忆，但她的说话是很自然而真率的。我很奇怪作为一个作家的她，为什么会那样少于世故，大概女人都容易保有纯洁和幻想，或者也就同时显得有些稚嫩和软弱的缘故吧。

一九三八年春，萧红在西安　　　　　一九三八年春，萧红与端木蕻良在西安

《八月之日记一》　　　《同命运的小鱼》　　　《孤独的生活》　　　《家庭教师》
初刊书影　　　　　　　初刊书影　　　　　　　初刊书影　　　　　　初刊书影

　　一九四〇年春，端木蕻良和萧红搬到九龙尖沙咀金巴利道纳士佛台三号二楼。尽管房间不到二十平米，但萧红写作非常勤奋，用端木的话来说，她"对创作有一种宗教感情"。这一年萧红出版了《旷野的呼喊》《萧红散文》《回忆鲁迅先生》等。

《萧红散文》

重庆大时代书局
一九四〇年六月初版

《马伯乐》（第一部）

重庆大时代书局
一九四一年一月初版

《小城三月》

香港海洋书屋
一九四八年一月初版

　　一九四一年七月，萧红的短篇小说《小城三月》发表在端木蕻良主编的《时代文学》第二期，这是萧红的最后一个短篇小说。端木蕻良为小说配了插图，萧红自己题写了篇名。

袁大顿忆萧红

　　在十一月中，有一次，因为她早先健康时写的《马伯乐》的一部分积稿，发表到第九章（这时马伯乐已再流徙至华中了）时，已发表完了，看来这故事的发展还很长邈，我于是又到玛丽医院去探候她，并告诉她《马伯乐》的积稿已刊完了，续稿怎么办，这一问，她怔住了说：

　　"大顿，这我可不能写了，你就在刊物上说我有病，算完了吧。我很可惜，还没有把那忧伤的马伯乐，提出一个光明的交代。"我看出她当时神情好像很愁沉似的……

《萧红小传》

骆宾基著，一九四七年三月，成都西川书局托名中原出版社初版书影

《萧红小传》

骆宾基著，一九四七年七月，上海建文书店初版书影

骆宾基

骆宾基忆萧红

　　最初，她是秘密出走，她在上海法租界某一个绘画学校报了名，而且作为寄宿生匿名上课了。然而她被发现，因为那学校是不收有丈夫的妇女的，何况家庭干涉。结果，她终于只身出国，一九三六年去东京了。她感到在历史面前她是孤独的……她的血液里没有屈服的因素。

卷首说明

本卷收入萧红散文九十七篇。

其中,《小黑狗》《广告副手》两篇选自文集《跋涉》;《欧罗巴旅馆》《雪天》《他去追求职业》《家庭教师》《来客》《提篮者》《饿》《搬家》《最末的一块木杪》《黑列巴和白盐》《度日》《飞雪》《他的上唇挂霜了》《当铺》《借》《买皮帽》《广告员的梦想》《新识》《牵牛房》《十元钞票》《同命运的小鱼》《几个欢快的日子》《女教师》《春意挂上了树梢》《小偷车夫和老头》《公园》《夏夜》《家庭教师是强盗》《册子》《剧团》《白面孔》《又是冬天》《门前的黑影》《决意》《一个南方的姑娘》《生人》《又是春天》《患病》《十三天》《拍卖家具》《最后的一星期》四十一篇选自系列散文集《商市街》;《夏夜》《三个无聊人》《初冬》《访问》《索非亚的愁苦》五篇选自文集《桥》;《一天》《皮球》《搬家》《黑夜》《鲁迅先生记(一)》《鲁迅先生记(二)》《一条铁路底完成》《放火者》《长安寺》《牙粉医病法》《滑竿》《林小二》十二篇选自文集《萧红散文》;《孤独的生活》一篇选自文集《牛车上》;《回忆鲁迅先生》选自文集《回忆鲁迅先生》;《弃儿》《中秋节》《镀金的学说》《祖父死的时候》《小事》《长白山的血迹》《女子装饰的心理》《破落之街》《海外的悲悼》《感情的碎片》《永久的憧憬和追求》《来信》《天空的点缀》《失眠之夜》《火线外(二章)》《逝者已矣!》《八月之日记(一)》《八月之日记(二)》《两种感想》《一九二九年底愚昧》《〈大地的女儿〉与〈动乱时代〉》《记鹿地夫妇》《无题》《寄东北流亡者》《我之读世界语》《离乱中的作家书简》《鲁迅先生生活散记——为纪念鲁迅先生三周祭而作》《茶食店》《记忆中的鲁迅先生》《忆鲁迅先生》《记我们的导师——鲁迅先生生活的片段》《〈大地的女儿〉——史沫特烈作》《骨架与灵魂》《给流亡异地的东北同胞书》《九一八致弟弟书》三十五篇为集外散篇。

本卷中《小事》《长白山的血迹》《八月之日记(一)》《八月之日记(二)》《两种感想》《逝者已矣!》《鲁迅先生生活散记——为纪念鲁迅先生三周祭而作》《记忆中的鲁迅先生》《忆鲁迅先生》九篇是第一次收入本版全集中。

《海外的悲悼》(《致萧军:一九三六年十月二十四日》)、《离乱中的作家书简》(《致许广平:一九三九年三月十四日》)原收在全集的《诗歌、戏剧、书信卷》中,因其在作者生前以文章的形式公开发表,本次一并收入全集的《散文卷》中。

《鲁迅先生记(一)》(又名《万年青》)、《鲁迅先生记(二)》(又名《在东京》)、《皮球》(又名《蹲在洋车上》)、《黑夜》(又名《过夜》)、《一天》(又名《烦扰的一日》)、《小六》(又名《搬家》)、《忆鲁迅先生》(又名《鲁迅先生生活忆略》)、《记我们的导师——鲁迅先生生活的片段》(又名《鲁迅先生生活散记(回忆)》)、《放火者》(又名《轰炸前后》)九篇,初刊(版)篇名与此后再刊或收入新文集时篇名不同,本卷只选作者改定的一种,不再重复收录。

目录

附　录

弃　儿[①]

一

水就像远天一样，没有边际的漂漾着。一片片的日光，在水面上浮动着的大人、小孩和包裹都呈青蓝颜色。安静的不慌忙的小船朝向同一的方向走去，一个接着一个……

一个肚子圆得馒头般的女人，独自的在窗口望着。她的眼睛就如块黑炭，不能发光，又暗淡，又无光，嘴张着，胳膊横在窗沿上，没有目的地望着。

有人打门，什么人将走进来呢？那脸色苍苍，好像盛满面粉的布袋一样，被人掷了进来的一个面影。这个人开始谈话了："你倒是怎么样呢？才几个钟头水就涨得这样高，你不看见么？一定得有条办法，太不成事了？七个月了，共欠了四百块钱。王先生是不能回来的。男人不在，当然要向女人算账……现在一定不能再没有办法了。"正一正帽头，抖一抖衣袖，他的衣裳又像一条被倒空了的布袋，平板地，没有皱纹，只是眼眉往高处抬了抬。

女人带着她的肚子，同样的脸上没有表情，嘴唇动了动：

[①]　该篇创作完成于一九三三年四月十八日，首刊于一九三三年五月六日至十七日长春《大同报》副刊"大同俱乐部"，署名悄吟。

"明天就有办法。"

她望着店主脚在衣襟下迈着八字形的步子,鸭子样的走出屋门去。

她的肚子不像馒头,简直是小盆被扣在她肚皮上,虽是长衫怎样宽大,小盆还是分明的显露着。

倒在床上,她的肚子也被带到床上,望着棚顶,由马路间小河流水反照的水光,不定形的乱摇,又夹着从窗口不时冲进来噪杂的声音。什么包袱落水啦!孩子掉下阴沟啦!接续的,连绵的这种声音不断起来。这种声音对她似两堵南北不同方向立着的墙壁一样,中间没有连锁。

"我怎么办呢?没有家,没有朋友,我走向那里去呢?只有一个新认识的人,他也是没有家呵!外面的水又这样大,那个狗东西又来要房费,我没有。"

她似乎非想下去不可,像外边的大水一样,不可抑止的想:"初来这里还是飞着雪的时候,现在是落雨的时候了。刚来这里肚子是平平的,现在却变得这样了。"她手续摸着肚子,仰望天棚的水影,被褥间汗油的气味,在发散着。

二

天黑了,旅馆的主人和客人都纷扰的提着箱子,拉着小孩走了。就是昨天早晨楼下为了避水而搬到楼上的人们,也都走了。骚扰的声音也跟随的走了。这里只是空空的楼房,一间挨紧一间,关着门,门里的帘子默默的静静的长长透垂着,从嵌着玻璃的地方透出来。只有楼下的一家小贩,一个旅馆的杂役和一个病了的妇人男人伴着留在这里。满楼的窗子散乱乱的开张和关闭,地板上的尘土地毡似的摊着。这里荒凉得就如兵已开走的营垒,什么全是散散乱乱得可怜。

水的稀薄的气味在空中流荡,沉静的黄昏在空中流荡,不知谁家的小猪被丢在这里,在水中哭喊着绝望的来往的尖叫。水在它的身边一个连环跟着一个连环的转,猪被围在水的连环里,就如一头苍蝇或是一头蚊虫被缠入蜘蛛的网罗似的,越挣扎,越感觉网罗是无边际的大。小猪横卧在板排上,它只当遇了救,安静的,眼睛在放希望的光。猪眼睛流出希望的光和人们想吃猪肉的希望绞缠在一起,形成了一条不可知的绳。

猪被运到那边的一家屋子里去。

黄昏慢慢的耗,耗向黑沉沉的像山谷,像壑沟一样的夜里去。两侧楼房高大空洞就是峭壁,这里的水就是山涧。

依着窗口的女人,每日她烦得像数着发丝一般的心,现在都躲开她了,被这里的深山给吓跑了。方才眼望着小猪被运走的事,现在也不伤着她的心了,只觉得背上有些阴冷。当她踏着地板的尘土走进单身房的时候,她的腿便是用两条木做的假腿,不然就是别的腿强接在自己的身上,没有感觉,不方便。

整夜她都是听到街上的水流唱着胜利的歌。

三

每天在马路上乘着车的人们现在是改乘船了。马路变成小河,空气变成蓝色,而脆弱的洋车夫们往日他是拖着车,现在是拖船。他们流下的汗水不是同往日一样吗?带有咸和酸笨重的气味。

松花江决堤三天了,满街行走大船和小船,用箱子当船的也有,用板子当船的也有,许多救济船在嚷,手中摇摆黄色旗子。

住在二层楼上那个女人,被只船载着经过几条窄狭的用楼房砌成河岸的小河,开始向无际限闪着金色光波的大海奔去。她呼吸着这无际限的空气,她第一次与室窗以外的太阳接触。江堤沉落到水底去了,沿路的小房将睡在水底,人们在房顶蹲着。小汽船江鹰般的飞来了,又飞过去了,留下排成蛇阵的弯弯曲曲的波浪在翻卷。那个女人的小船行近波浪,船沿和浪相接触着摩擦着。船在浪中打转,全船的人脸上没有颜色的惊恐。她尖叫了一声，跳起来，想要离开这个漂荡的船，走上陆地去。但是陆地在那里？

满船都坐着人，都坐着生疏的人。什么不生疏呢？她用两个惊恐忧郁的，手指四张的手摸抚着突出来的自己的肚子。天空生疏，太阳生疏，水面吹来的风夹带水的气味也生疏。只有自己的肚子接近，不辽远，但对自己又有什么用处呢？

那个波浪是过去了，她的手指还是四处张着，不能合拢。"今夜将住在非家，为什吗蓓力不来接我，走岔路了吗？假设方才翻倒过去不是什么全完了吗？也不用想这些了。"

六七个月不到街面，她的眼睛缭乱，耳中的受音器也不服支配了，什么都不清楚。在她心里只感觉热闹。同时她也分明的考察对面驶来的每个船只，有没有来接她的蓓力，虽然她的眼睛是怎样缭乱。

她嘴张着，眼睛瞪着，远天和太阳辽阔的照耀。

四

一家楼梯间站着一个女人，屋里抱小孩的老婆婆猜问着：你是芹吗？

芹开始同主妇谈着话，坐在圈椅间，她冬天的棉鞋，显然被那个主妇看得清楚呢！主妇开始说："蓓力去伴你来，不看见吗？那一定是走了岔路。"一条视线直迫着芹的全身而泻流过来，芹的全身每个细胞都在发汗，紧张、急躁，她愤恨自己为什么不迟来些，那就免得蓓力到那里连个影儿都不见，空虚的转了来。

芹到窗口吸些凉爽的空气，她破旧褴衫的襟角在缠着她的膝盖跳舞。当蓓力同芹登上细碎的月影在水池边绕着的时候，那已是当日的夜，公园里只有蚊虫嗡嗡的飞。他们相依着，前路似乎给蚊虫遮断了，冲穿蚊虫的阵，冲穿大树的林，经过两道桥梁，他们在亭子里坐下，影子相依在栏杆上。

高高的大树,树梢相结,像一个用纱制成的大伞,在遮着月亮。风吹来大伞摇摆,下面洒着细碎的月光,春天出游少女一般的疯狂呵!蓓力的心里和芹的心里都有一个同样的激动,并且这个激动又是同样的秘密。

五

芹住在旅馆,孤独的心境不知都被赶到什么地方了。就是蓓力昨夜整夜不睡的痛苦,也不知被赶到什么地方了?

他为了新识的爱人芹,痛苦了一夜,本想在决堤第二天就去接芹到非家来,他像一个破大摇篮一样,什么也盛不住,衣袋里连一毛钱也没有。去当掉自己流着棉花的破被吗?那里肯要呢?他开始把他最好的一件制服从床板底下拿出来,拍打着尘土。他想这回一定能当一元钱的,五角钱给她买吃的送去,剩下的五角伴她乘船出来用作船费,自己尽可不必坐船去,不是在太阳岛也学了几招游泳吗?现在真的有用了。他腋夹着这件友人送给的旧制服,就如夹着珍珠似的,脸色兴奋。一家当铺的金字招牌,混杂着商店的招牌,饭馆的招牌。在这招牌的林里,他是认清那一家是当铺了,他欢笑着,他的脸欢笑着。当铺门关了,人们嚷着正阳河开口。回来倒在板床上,床板硬得和一张石片。他恨自己了,昨天到芹那去,为什么把裤带子丢了。就是游泳着去,也不必把裤带子解下抛在路旁,为什么那样兴奋呢?蓓力心如此想,手就在腰间摸着新买的这条皮带。他把皮带抽下来,鞭打着自己。为什么要用去五角钱呢!只要有五角钱,用手提着裤子,不也是可以把自己的爱人伴出来吗?整夜他都是在这块石片的床板上煎熬着。

六

他住在一家饭馆的后房,他看着棚顶在飞的蝇群,壁间跋走的潮虫，他听着烧菜铁勺的声音，刀砍着肉的声音，前房食堂间酒杯声，舞女们伴着舞衣摩擦声，门外叫化子乞讨声，像箭一般的，像天空繁星一般的，穿过嵌着玻璃的窗子，一棵棵的刺进蓓力的心去。他眼睛放射红光，半点不躲避。安静的蓓力不声响的接受着。他懦弱吗？他不知痛苦吗？天空在闪烁的繁星，都晓得蓓力是在怎么存心。

就像两个从前线退回来的兵士，一离开前线，前线的炮火也跟着离开了，蓓力和芹只顾坐在大伞下，听风声和树叶们的叹息。

蓓力的眼睛实在不能睁开了。为了躲避芹的觉察，还几次的给自己作着掩护："今晨起得早一点，眼睛有些发干。"芹像明白蓓力的用意一样，芹又给蓓力作着掩护的掩护："那么我们回去睡觉吧！"

公园门前横着小水沟，跳过水沟来，斜对的那条街就是非家了，他们向非家走去。

地面上旅行着的两条长长的影子，在浸渐的消泯。就像两条刚被主人收留下的野狗一样，只是吃饭和睡觉才回到主人家里，其余尽是在街头跑着蹲着。

蓓力同他新识的爱人芹，在友人家中已是一个星期过了。这一个星期无声无味的飞过去。街口覆放着一只小船，他们整天坐在船板上。公园也被水淹没了，实在无处可去，左右的街巷也被水淹没了，他们两颗相爱的心也像有水在追赶着似的。一天比一天接近感到拥挤了。两颗心膨胀着，也正和松花江一样，想寻个决堤的处口冲出去。这不是想，只是需要。

一天跟着一天寻找，可是左右布的密阵也一天天的高，一天天的厚，两颗不得散步的心，只得在他们两个相合的手掌中狂跳着。

七

蓓力也不住在饭馆的后房了，同样是住在非家，他和芹也是同样的离着。每天早起，不是蓓力到内房去推醒芹，就是芹早些起来，偷偷的用手指接触着蓓力的脚趾。他的脚每天都是抬到藤椅的扶手上面，弯弯的伸着。蓓力是专为芹来接触而预备着这个姿势吗？还是藤椅短放不开他的腿呢？

他的脚被捏得作痛，醒转来。身子就是一条弯着腰的长虾，从藤椅间钻了出来，藤椅就像一只虾笼似的被蓓力丢在那里了。他用手揉擦着眼睛，什么都不清楚，两只鸭子形的小脚，伏在地板上，也像被惊醒的鸭子般的不知方向。鱼白的天色，从玻璃窗透进来，朦胧的在窗帘上惺忪着睡眼。

芹的肚子越胀越大了！由一个小盆变成一个大盆，由一个不活动的物件，变成一个活动的物件。她在床上睡不着，蚊虫在她的腿上走着玩，肚子里的物件在肚皮里走着玩，她简直变成个大马戏场了，什么全在这个场面上耍起来。

下床去拖着那双瘦猫般的棉鞋，她到外房去，蓓力又照样的变作一条弯着腰的长虾，钻进虾笼去了。芹唤醒他，把腿给他看，芹腿上的小包都连成排了。若不是蚊虫咬的，一定会错认石阶上的苔藓生在她的腿上了。蓓力用手抚摸着，眉头皱着，他又向她笑了笑，他的心是怎样的刺痛呵！芹全然不晓得这一个，以为蓓力是带着某种笑意向她煽动一样。她手指投过去，生在自己肚皮里的小物件也给忘掉了，只是示意一般的捏紧蓓力的脚趾，她心尽力的跳着。

内房里的英夫人提着小荣到厨房去，小荣先看着这两个虾来了，大嚷着推给她妈妈看。英夫人的眼睛不知放出什么样的光，故意的问："你们两个用手握住脚，这是东洋式的握手礼还是西洋式的？"

四岁的小荣姑娘也学起妈妈的腔调，就像嘲笑而不当嘲笑的唱着："这是东洋式的还是西洋式的呢？"

芹和蓓力的眼睛，都像老虎的眼睛在照耀着。

蓓力的眼睛不知为了什么变成金钢石的了！又发光，又坚硬。芹近几天尽看到这样的眼睛，他们整天的跑着，一直跑了十多天了！有时就连蓓力出办一点事,她要像一条尾巴似的跟着蓓力。只是最近才算是有了个半职业——替非做一点事。

中央大街的水退去,撑船的人也不见了。蓓力挽着芹的手,芹的棉鞋在褪了色蓝衫下浮动。又加上肚子特别发育,中央大街的人们,都看得清楚。蓓力白色篮球鞋子,一对小灰猪似的在马路上走。

非从那边来了!大概是下班回来,眼睛镶着眼镜向他们打了个招呼。走过去,一个短小的影子消失了。

晚间当芹和英夫人坐在屋里的时候,英夫人摇着头,脸上表演着不统一的笑,尽量的把声音委婉,向芹不知说了些什么。大概是白天被非看到芹和蓓力在中央大街走的事情。

芹和蓓力照样在街上绕了一周,蓓力还是和每天一样要挽着她跑。芹不知为了什么,两条腿不愿意活动,心又不耐烦!两星期前住在旅馆的心情又将萌动起来,她心上的烟雾刚退去,不久又像给罩上了。她手玩弄着蓓力的衣扣,眼睛垂着,头低下去:"我真不知这是什么意思,我们衣裳褴褛,就连在街上走的资格也没有了!"

蓓力不明白这话是对谁发的,他迟钝而又灵巧的问:"怎么?"

芹在学话说:"英说:'你们不要在街上走去,在家里可以随便,街上的人太多,很不好看呢!人家讲究着很不好听!你们不知道吗?在这街上我们认识许多朋友,谁都知道你们是住在我家的,假设你们若是不住在我家,好看与不好看,我都不管的。'"芹在玩弄着衣扣。

蓓力的眼睛又在放射金钢石般的光,他的心就像被玩弄着的衣扣一样,在焦烦着。

他把拳头握得紧紧的,向着自己的头部打去。芹给他拦住了:"我们不是分明的晓得这是怎样一种友情?穷人不许有爱。"

他把拳头仍是握得紧紧的,他说的话就像从唇间撕下来的一样:"穷人恋爱,富人是常常笑话的。穷人也会学着富人笑话穷人么?"他的拳头向着一切人打去,他的眼睛冒火。当时蓓力挽起芹的胳膊来,真像一只被提的手杖,经过大街,穿过活动着的人林,芹被提上楼去。

在过道间,蚊虫的群扰嚷着。芹一看到蚊虫,她腿上的苔藓立地会发着刺心的痒。窗口间的天色水般的清,风也像芹般的凉,凉水般的风像浇在她的心里一样,她在发抖。蓓力看到她在发抖,也只有看着而已!就连蓓力自己也没件夹衣可穿呀!

八

关于英夫人的讲话,蓓力向非提问的时候,非并不知道英为什么要说这些。非只是惊奇,与非简直是不发生关系,蓓力的脸红了,他的心忏悔。

"富人穷人,穷人不许恋爱?"

方才他们心中的焦烦退了去。在街头的木凳上,她若感到凉,只有一个方法,她把头埋在蓓力上衣的前襟里。

公园被水淹没以后,只有一个红电灯在那个无人的地方自己燃烧。秋天的夜里,红灯在密结的树梢上面,树梢沉沉的,好像在静止的海上面发现了萤火虫似的,他们笑着,跳着,拍着手,每夜都是来向着这萤火虫在叫跳一回……

她现在不拍手了,只是按着肚子,蓓力把她扶回去。当上楼梯的时候,她的眼泪被抛落在黑暗里。

九

非对芹和蓓力有点两样,上次英夫人的讲话,可以证明是非说的。

非搬走了,这里的房子留给他岳母住,被褥全拿走了。芹在土炕上,枕着包袱睡。在土炕上睡了仅仅是两夜,她肚子疼得厉害。她卧在土炕上,蓓力也不出街了,他蹲在地板上,下颚枕炕沿,守着她。这是两个雏鸽,两个被折了巢窠的雏鸽。只有这两个鸽子才会互相了解,真的帮助,因为饥寒迫在他们身上是同样的份量。

芹肚子疼得更厉害了，在土炕上滚成个泥人了。蓓力没有戴帽子，跑下楼去，外边是落着阴冷的秋雨。两点钟过了蓓力不见回来，芹在土炕上继续自己滚的工作。外面的雨落得大了！三点钟也过了，蓓力还是不回来，芹只想撕破自己的肚子，外面的雨声她听不到了！

十

蓓力在小树下跑，雨在天空跑，铺着石头的路，雨的线在上面翻飞，雨就像要把石头压碎似的，石头又非反抗到底不可。

穿过一条街，又一条街，穿过一片雨又一片雨，他衣袋里仍然是空着，被雨淋得他就和水鹅同样。

走进大门了，他的心飞上楼去，在抚慰着芹，这是谁也看不见的事。芹野兽疯狂般的尖叫声，从窗口射下来，经过成排的雨线，压倒雨的响声，却实实在在，牢牢固固，箭般的插在蓓力的心上了。

蓓力带着这只箭追上楼去，他以为芹是完了，是在发着最后的嘶叫。

芹肚子疼得半昏了，她无知觉的拉住蓓力的手，她在土炕抓的泥土和蓓力带的雨水相合。

蓓力的脸色惨白，他又把方才向非借的一元车钱送芹入医院的影子想了一遍："慢慢有办法。过几天，不忙。"他又想，"这是朋友应该说的话吗？我明白了，我和非经济不平等，不能算是朋友。"

任是芹怎样嚎叫，他最终离开她下楼去了，雨是淘天的落下来。

十一

芹肚子痛得不知人事，在土炕上滚得不成人样了，脸和白纸一个样。痛得稍轻些，她爬下地来，想喝一杯水。茶杯刚拿在手里，又痛得不能耐了，杯子摔到地板上，杯子碎了。那个黄脸大眼睛非的岳母跟着声响走进来，嘴里罗嗦起："也太不成样子了，我们这里倒不是开的旅馆,随便谁都住在这里。"

芹听不清谁在说话,把肚子压在炕上,要把小物件从肚皮挤出来,这种痛法简直是绞着肠子,肠子像被抽断一样。她流着汗,也流着眼泪。

十二

芹像鬼一个样,在马车上囚着,经过公园,经过公园的马戏场,走黑暗的途径。蓓力紧抱住她。现在她对蓓力只有厌烦,对于街上的每个行人都只有厌烦。她扯着头发,在蓓力的怀中挣扎。

她恨不能一步飞到医院,但是,马却不愿意前进,在水中一劲打旋转。蓓力开始惊惶,他说话的声音和平时两种:"这里的水特别深呵!走下阴沟去,危险。"他跳下水去,拉着马勒,在水里前进着。

芹十分无能的卧在车里,好像一个龃龉的包袱或是一个垃圾箱。

这一幅沉痛的悲壮的受压迫的人物映画,在明月下,在秋光里,渲染得更加悲壮,更加沉痛了。

铁栏栅的门关闭着,门口没有电灯,黑森森的,大概医院是关了门了。

蓓力前去打门,芹的心希望和失望在绞跳着。

十三

马车又把她载回来了,又经过公园,又经过马戏场,芹肚子痛得像轻了一点。她看到马戏场的大象,笨重的在玩着自己的鼻子,分明清晰的她又有心思向蓓力寻话说:

"你看见大象笨得真巧。"

蓓力一天没得吃饭,现在他看芹像小孩子似的开着心,他心里又是笑又是气。

车回到原处了,蓓力尽他所有借到的五角钱给了车夫。蓓力就像疾风暴雨里的白菜一样，风雨过了，他又扶着芹，踏上楼梯。他心里想着："医生方才看过了，不是还得一月后才到日子吗？那时候一定能想法借到十五元住院费。"

蓓力才想起来，给芹把破被子铺在炕上。她倒在被上，手指在整着蓬乱的头发。蓓力要脱下湿透的鞋子，吻了她一下，到外房去了。

又有一阵呻吟声蓓力听到了，赶到内房去，蓓力第一条视线射到芹的身上，芹的脸已是惨白得和铅锅一样。他明白她的肚子不痛是心理作用，尽力相信方才医生谈再过一个月那是不准，是错误。

十四

他不借，也不打算，他明白现代的一切事情惟有蛮横，用不到讲道理。所以第二次他把芹送到医院的时候，虽然他是没有住院费，芹结果是强住到医院里。

在三等产妇室，芹迷沉的睡了两天了，总是梦着马车在水里打转的事情。半醒来的时候，急得汗水染透了衾枕。

她身体过于疲乏，精神也随之疲乏，对于什么事情都不大关心。对于蓓力，对于全世界的一切，全是一样。蓓力来时，坐在小凳上谈几句不关紧要的话。他一走，芹又合拢起眼睛来。

三天了，芹夜间不能睡着，奶子胀得硬，里面像盛满了什么似的，只听她嚷着奶子痛，但没听她询过关于孩子的话。

产妇室里摆着五张大床，睡着三个产妇，邻边空着五张小床。看护妇给推一个来，靠近挨着窗口的那个产妇，又一个挨近别一个产妇。她们听到推小床的声音，把头露出被子外面，脸上都带着不可抑止、新奇的笑容，就好像看到自己的小娃在床里睡着的小脸一样。她们并不向看护妇问一句话，怕羞似的脸红着，只是默默的在预备热情，期待她们亲手造成的小动物与自己第一次见面。

第三个床看护妇推向芹的方向走来，芹的心开始跳动，就像个意外的消息传了来。手在摇动:"不要! 不……不要……我不要呀!"她的声音里,母子之情就像一条不能折断的钢丝被她折断了,她满身在抖颤。

十五

满墙泻着秋夜的月光。夜深,人静,只是隔壁小孩子在那边哭着。

孩子生下来哭了五天了,躺在冰凉的板床上。涨水后的蚊虫成群片的从气窗挤进来,在小孩的脸上身上爬行。她全身冰冰,她整天整夜的哭。冷吗? 饿吗? 生下来就没有妈妈的孩子,谁去管她呢?

月光照了满墙,墙上闪着一个影子,影子抖颤着。芹挨下床去,脸伏在有月光的墙上:"小宝宝,不要哭了,妈妈不是来抱你吗? 冻得这样凉呵,我可怜的孩子!"

孩子咳嗽的声音,把芹伏在壁上的脸移动了,她跳上床去,她扯着自己的头发,用拳头痛打自己的头盖。真个自私的东西,成千成万的小孩在哭,怎么就听不见呢? 成千成万的小孩饿死了,怎么看不见呢? 比小孩更有用的大人也都饿死了,自己也快饿死了,这都看不见! 真是个自私的东西!

睡熟的芹在梦里又活动着,芹梦着蓓力到床边抱起她就跑了,跳过墙壁,院费也没交,孩子也不要了。听说后来小孩给院长做了丫环,被院长打死了。

孩子在隔壁还是哭着,哭得时间太长了,那孩子作呕,芹被惊醒,慌张的迷惑的赶下床去。她以为院长在杀害她的孩子,只见影子在壁上一闪,她昏倒了。

秋天的夜在寂寞的流,每个房间泻着雪白的月光,墙壁这边地板上倒着妈妈的身体,那边的孩了在哭着妈妈。只隔 道墙壁,母子之情就永久相隔了。

十六

身穿白长衫三十多岁的女人,她黄脸上涂着白粉,粉下隐现黄黑的斑点。坐在芹的床沿,女人烦絮的向芹问些琐碎的话,别的产妇凄然的在静听。

芹一看见她们这种脸,就像针一样在突刺着自己的心。"请抱去吧,不要再说别的话了。"她把头用被蒙起,她再不能抑止,这是什么眼泪呢?在被里横流。

那两个产妇受了感动似的,也用手抹着眼睛,坐在床沿的女人说:"谁的孩子,谁也舍不得,我不能做这母子两离的事。"女人的身子扭了一扭。

芹像被什么人要挟似的,把头上的被掀开,面上笑着,眼泪和笑容凝结的笑着:"我舍得,小孩子没有用处,你把她抱去吧!"

小孩子在隔壁睡,一点都不知道,亲生她的妈妈把她给别人了。

那个女人站起来到隔壁去了,看护妇向那个女人在讲,一面流泪:"小孩子生下来六天了,连妈妈的面都没得见,整天整夜的哭,喂她牛奶她不吃,他妈妈的奶胀得痛都挤扔了。唉,不知为什么!听说孩子的爸爸还很有钱呢!这个女人真怪,连有钱的丈夫都不愿嫁。"

那个女人同情着。看护妇说:"这小脸多么冷清,真是个生下来就招人可怜的孩子。"小孩子被她们摸索醒了,她的面贴到别人的手掌,以为是妈妈的手掌,她撒怨的哭了起来。

过了半个钟头,小孩将来的妈妈,夹着红包袱满脸欢喜的踏上医院的石阶。

包袱里的小被褥给孩子包好,经过穿道,经过产妇室的门前,经过产妇室的妈妈,小孩跟着生人走了,走下石阶了。

产妇室里的妈妈什么也没看见,只听一阵噪杂的声音呵!

十七

当芹告诉蓓力孩子给人家抱去了的时候,她刚强的沉毅的眼睛把蓓力给瞪住了,他只是安定的听着:"这回我们没有挂碍了。丢掉一个小孩,是有多数小孩要获救的目的,现在当前的问题就是住院费。"

蓓力握紧芹的手,他想:"芹是个时代的女人,真想得开。一定是我将来忠实的伙伴!"他的血在沸腾。

每天当蓓力走出医院时,庶务都是向他问院费,蓓力早就放下没有院费的决心了,所以他第二次又夹着那件制服到当铺去,预备芹出院的车钱。

他的制服早就被老鼠在床下给咬破了,现在就连这件可希望的制服,也没有希望了。

蓓力为了五角钱,开始奔波。

十八

芹住在医院快是三个星期了!同室的产妇,来一个住一个星期抱着小孩走了,现在仅留她一个人在产妇室里,院长不向她要院费了,只希望她出院好了。但是她出院没有车钱,没有夹衣,最要紧的她没有钱租房子。

芹一个人住在产妇室里,整夜的幽静,只有她一个人享受窗上大树招摇细碎的月影,满墙走着,满地走着。她想起来母亲死去的时候,自己还是小孩子,睡在祖父的身旁,不也是在夜里,看着窗口的树影么?现在祖父走进坟墓去了,自己离家乡已三年了,时间一过什么事情都消灭了。

窗外的树风唱着幽静的曲子,芹听到隔院的鸡鸣声了。

十九

　　产妇们都是抱着小孩坐着汽车或是马车一个个出院了,现在芹也出院了。她没有小孩也没有汽车,只有眼前的一条大街要她走,就像一片荒田要她开拔一样。

　　蓓力好像个助手似的在眼前引导着。

　　他们这一双影子,一双刚强的影子,又开始向人林里去迈进。

　　　　　　　　　　　　　　　　一九三三,四,十八,哈尔滨

小黑狗①

像从前一样，大狗是睡在门前的木台上。望着这两只狗我幽默着。我自己知道又是想起我的小黑狗来了。

前两个月的一天早晨，我去倒脏水。在房后的角落处，房东的使女小钰蹲在那里。她的黄头发毛着，我记得清明的，她的衣扣还开着。我看见的是她的背面，所以我不能预测这是什么发生了！

我斟酌着我的声音，还不等我向她问，她的手已在颤抖，唔！她颤抖的小手上有个小狗在闭着眼睛，我问：

"那里来的？"

"你来看吧？"

她说着，我只看她毛蓬的头发摇了一下，手上又是一个小狗在闭着眼睛。

不仅一个两个，不能辨清是几个，简直是一小堆。我也和孩子一样，和小钰一样欢喜着跑进屋去，在床边拉他的手：

"平森……啊，……喔喔……"

---

① 该篇创作完成于一九三三年八月一日，首刊于一九三三年八月十三日长春《大同报》周刊"夜哨"第一期，署名悄吟。一九三三年十月，收入哈尔滨五画印刷社初版小说、散文集《跋涉》（与三郎合著），署名悄吟。

我的鞋底在地板上响，但我没说出一个字来，我的嘴废物似的啊喔着。他的眼睛瞪住，和我一样，我是为了欢喜，他是为了惊愕。最后我告诉了他，是房东的大狗生了小狗。

过了四天，别的一只母狗也生了小狗。

以后小狗都睁开眼睛了。我们天天玩着它们，又给小狗搬了个家，把它们都装进木箱里。

争吵就是这天发生的：小钰看见老狗把小狗吃掉一只，怕是那只老狗把它的小狗完全吃掉，所以不同意小狗和那个老狗同居，大家就抢夺着把余下的三个小狗也给装进木箱去，算是那白花狗生的。

那个毛褪得稀疏，骨格透露，瘦得龙样似的老狗，追上来！白花狗仗着年青不惧敌哼吐着开仗的声音。平时这两条狗从不咬架，就连咬人也不会。现在凶恶极了，就像两条小熊在咬架一样。房东的男儿，女儿，听差，使女，又加我们两个，此时都没有用了。不能使两条狗分开。两条狗满院疯狂的拖跑。人也疯狂着。在人们吵闹的声音里，老狗的乳头脱掉一个，含在白花狗的嘴里。

人们算是把狗打开了。老狗再追去时，白花狗已经把乳头吐到地上，跳进木箱看护它的一群小狗去了。

脱掉乳头的，血流着，痛得满院转走。木箱里它的三个小狗却拥挤着不是自己的妈妈在安然的吃奶。

有一天把个小狗抱进屋来放在桌上，它害怕得不能迈步，全身有些颤，我笑着像是得意，说：

"平森，看小狗啊！"

他却相反，说道：

"哼！现在觉得小狗好玩，长大要饿死的时候，就无人管了。"

这话间接的可以了解，我笑着的脸被这话毁坏了，用我寞寞的手，把小狗送了出去，我心里有些不愿意，不愿意小狗将来饿死。可是我却没有说什么，面向后窗，我看望后窗外的空地，这块空地没有阳光照过,四面立着的是有产阶级的高楼,几乎是和阳光绝了缘。不知什么时候,小狗是腐了,烂了,挤在木板下,左近有苍蝇飞着。我的心情完全神经质下去,好像躺在木板下的小狗就是我自己,像听着苍蝇在自己已死的尸体上寻食一样。

平森走过来,我怕又要证实他方才的话,我假装无事,可是他已经看见那个小狗了!我怕他又要象征着说什么,可是他已经说了:

"一个小狗死在这没有阳光的地方,你觉得可怜么?年老的叫化子不能寻食,死在阴沟里,或是黑暗的街道上。女人,孩子,就是年青人失了业的时候也是一样。"

我愿意哭出来,但我不能因为人都说女人一哭就算了事,我不愿意了事。可是慢慢的我终于哭了!他说:"悄悄,你要哭么?这是平常的事,冻死,饿死,黑暗死,每天有这样的事情,把持住自己!渡我们的桥梁吧!小孩子!"

我怕着羞把眼泪拭干了,但,终日我是心情寞寞。

过了些日子,十二个小狗之中又少了两个。但是这些更可爱了!会摇尾巴,会学着大狗叫,跑起来在院子就是一小群。有时门口来了生人,它们也跟着大狗跑去,并不咬,只是摇着尾巴,就像和生人要好似的,这或是小狗还不晓得它们的责任,还不晓得保护主人的财产。

天井中纳凉的软椅上,房东太太吸着烟,她开始说家常话了。结果又说到了小狗:

"这一大群什么用也没有,一个好看的也没有,过几天把它们远远的送到马路上去。秋天又要有一群,厌死人了!"

坐在软椅旁边的是个六十多岁的老经管。眼花着,有主意的嘴吃着说:"明明……天,用麻……袋背送到大江去。"

小钰是个小孩子,她说:

"不用送大江,慢慢都会送出去。"

小狗满院跑跳。我最愿意看的是它们睡觉,多是一个压着一个脖子睡,小圆肚一个个的相挤着。是凡来了熟人的时候都是往外介绍,生得好看一点的抱走了几个。

其中有一个耳朵最大,肚子最圆的小黑狗,算是我的了!我们的朋友用小提篮带回去两个,剩下的只有一个小黑狗和一个小黄狗。老狗对它两个非常珍惜起来,争着给小狗去舐绒毛,这时候,小狗在院子里已经就不成群了!

我从街上回来,打开窗子。我读一本小说。那个小黄狗它挠窗纱,和我玩笑似的竖起身子来,挠了又挠。

我想:

"怎么几天没有见到小黑狗呢?"

我喊了小钰。别的同院住的人都出来了,找遍全院,不见我的小黑狗。马路上也没有可爱的小黑狗,再看不见它的大耳朵了!它忽然是失了踪!

又过三天,小黄狗也被人拿走。

没有妈妈的小钰向我说:

"大狗一听隔院的小狗叫,它就想起它的孩子。可是满院急寻,上楼顶去张望,最终一个都不见。它哽哽的叫呢!"

十三个小狗一个不见了!和两个月以前一样,大狗是孤独的睡在木台上。

平森的小脚,鸽子形的小脚,栖在床单上,他是睡了,我在写,我在想,玻璃窗上的三个苍蝇在飞……

一九三三,八,一

广告副手^①

对于广告副手后的①，这是非数学上标注释标记，应使用[1]格式。

一

地板上细碎的木屑，油罐，颜料罐子。不流通的空气的味，刺人的散散乱乱的混杂着。

木匠穿着短袖的衬衫，摇着耳朵，胳膊上年老的筋肉，忙碌的突起，又忙碌的落下；头上流下的汗水直浸入他白色的胡子根端去。

另一个在大广告牌上涂抹着红颜料的青年，确定的不希望回答，拉起读小说的声音说：

"这就是大工厂啊！"

屋子的右半部不知是架什么机器哒哒的响。什么声音都给机器切断了！芹的叹息声听不见，老木匠的咳嗽声也听不见，只是抖着他那年老快不中用的胳膊！

芹在大牌上涂了一块白色，现在她该用红色了！走到颜料罐子的堆里去寻，肩上披着两条发辫。

"这就是大工厂啊！"

"这就是大工厂啊！"

脚注部分标记为footnote，属于body保留。

---

① 该篇创作时间、首刊何处不详。一九三三年十月，收入哈尔滨五画印刷社初版小说、散文集《跋涉》(与三郎合著)，署名悄吟。

芹追紧这个反复的声音，望着那个青年正在涂抹的一片红色，她的骨肉被割的在切痛，这片红色捉人心魂的在闪着振撼的光。

"努力抹着自己的血吧！"

她说的话别人没有听见，这却不是被机器切断的，只是她没说出口来。

站在墙壁一般宽大的广告牌前，消遣似的她细数着老木匠喘着呼吸的次数！但别一方她却非消遣，实际的需要的想下去：

"我决不能涂抹自己的血，——……每月二十元。"

"我决不能涂抹自己的血，我不忍心呀！——……二十元。"

"米袋子空了！蓓力每月的五元稿金，现在是提前取出来用掉了！"

"可是怎么办？——……二十元……二十元……二十元……"

她爽快的拉条短凳在坐着。脑壳里的二十元，就像一架压榨机一样，一发动起来，不管自己的血，人家的血，就一起的从她的笔尖滴落到大牌子上面。

那个青年蹲着在大牌子上画。老木匠面向窗口运着他的老而快不中用的胳膊。三个昏黄的影子在墙上在牌子上慌忙的摇晃。

外面广茫的夜在展开着。前楼提琴响着，钢琴也响着。女人的笑声，经过老木匠面向的窗口，声音就终止在这暗淡的灯光里了！木匠带着胡子流着他快不中用的汗水。那个披着发辫的女人登上木凳在涂着血色。那个青年蹲在地板上也在涂着血色。琴声就像破锣似的，在他们听来，不尊贵，没有用。

"这就是大工厂啊！他妈妈的！"

这反复的话，隔一段时间又要反复一遍。好像一盘打字机似的，从那个青年的嘴里一字一字地跳出。

芹摇晃着影子，蓓力在她的心里走……

"他这回不会生气的吧！我是为着职业。"

"他一定会晓得我的。"

门扇打开走进一个鼻子上架着眼镜，手里牵着文明杖，并且上唇生着黑鼻涕似的小胡。他进来了！另一个用手帕掩着嘴的女人，也走来了！旗袍的花边闪动了一下，站在门限。

"唔，我可受不了这种气味，快走吧！"

男人正在鉴赏着大牌子上的颜色。他看着大牌子方才芹弄脏了的红条痕。他的眼眉在眼镜上面皱着，他说：

"这种红色不太显明，不太好看。"

穿旗袍的女人早已挽起他的胳膊，不许再停留一刻。

"医生不是说过吗？你头痛都是常到广告室看广告被油气熏的。以后用不着来看，总之，画不好凭钱不是什么都可以做到吗？画广告的不是和街上乞丐一样多吗？"

门扇没给关上，开着，他们走了！他们渐去渐远的话声，渺茫的可以听到：

"……女人为什么要做这种行道？真是过于笨拙了！……过于想不开了……"

那个青年摇着肩头把门关好，又摇动着肩头在说："叫你鉴赏着我们的血吧！就快要渲染到你们的身上了……"

他说着，并且用手拍打自己的膝盖。

芹气得喘不上气来，在木凳上痴呆茫然的立着，手里红颜色的笔溜到地板上，颜料罐子倒倾着；在将画就的大牌子上，在她的棉袍上爬着长条的红痕。

青年摇起昏黄的影子向着芹的方面：

"这可怎样办？四张大牌子明天就一起要。现在这张又弄上红色，方才进来的人就是这家影院的经理。那个女人就是他的姨太太。"

芹的影子就像钉在大牌子上似的，一动不动。她在失神的想啊：

"这真是工厂啊！方才走进来的那个小胡的男人不也和工厂主

一样吗？别人，在黑暗里涂抹的血，他们却拿到光明的地方去鉴赏，玩味！"

外面广茫的夜在流。前楼又是笑声拍掌声，带着刺般传来，突刺着芹的心。

广告室里机器响着，老木匠流着汗。

老木匠的汗为谁流呢？

二

房门大开着，碗和筷子散散乱乱的摊在炉台上，屋子充满黄昏的颜色。

蓓力到报馆送稿子回来一看着门扇，他脸就带上了惊疑的色彩，他心不平静的在跳：

"腊月天还这样放空气吗？"

他进屋摸索着火柴和蜡烛。他的手惊疑的在颤动。他心假装平静无事的跳。他嘴努力平静在喊：

"你快出来，我知道你又是藏在门后了！"

"快出来！还等我去门后拉你吗？"

脸上笑着，心里跳着，蜡油滴落了满手。他找过外屋门后没有，又到里屋门后：

"小东西，你快给我爬出来！"

他手按住门后衣挂上的衣服，不是芹。他的脸为了不可止的惊疑而愤怒，而变白。

他又带着希望寻过了床底，小厨房，最后他坐在床沿，无意识的掀着手上的蜡油，心里是这样的想：

"怎么她会带着病去画广告呢？"

蜡油一片一片的落到膝盖上，在他心上翻腾起无数悲哀的波。

拿起帽子一种悲哀勇敢的力量推着他走出房外，他的影子投向黑暗的夜里。

门在开着,墙上摇颤着空虚寂寞的憧影,蜡烛自己站在桌子上燃烧。

三

帽子在手里拿着,耳朵冻得和红辣椒一般,跑到电影院了! 太太和小姐们穿着镶边的袍子从他的眼前走过,只像一块肮脏的肉,或是一个里面裹着什么龌龊东西的花包袱,无手无足的在一串串的滚。

但,这是往日的情形,现在不然了。他恨得咬得牙齿作响,他想把这一串串的包袱肚子给踢裂。

电影厂里,拍手声和笑声,从门限射出来。蓓力手里摆着帽子,努力抑止脸上急愤的表情,用着似平和的声音说:

"广告室在什么地方?"

"有什么事?"

"今天来画广告的那个女人,我找她。广告室在什么地方?"

"画广告的人都走了! 门关锁了!"

"不能够,你去看看!"

"不信把钥匙给你去看。"

站在门旁那个人到里面,真的把钥匙拿给蓓力看了! 钥匙是真的,蓓力到现在,把方才愤怒的方向转变了! 方才的愤怒是因为芹带着病画广告,怕累得病重;现在他的愤怒是转向什么方向去了呢? 不用说他心内冲着爱和忌妒两种不能混合的波浪。

他走出影院的门来,帽子还是在手里拿着,有不可释的无端的线索向他抛着:

"为什么呢? 她不在家,也不在这里?"

满天都是星,各个在闪耀,但没有一个和蓓力接近的。他的耳朵,冻得硬了! 他不感觉,又转向影院去,坐在大长椅上。电影厂里扰嚷着噪杂的烦声，来来去去高跟鞋子的脚，板直的男人裤腿，手杖，女人牵着的长毛狗。这一切蓓力今天没有骂他们，只是专心的在等候。他想：

"芹或者到里面看电影去了，工作完了这里看电影是方便的。"

里门开放了！走出来麻雀似的人群吱吱的闹着骚音。蓓力站起来，眼睛花了一阵在寻找芹。

芹在后院广告室里，遥远缥渺的听着这骚音了！蓓力却在前房里寻芹。

门是开着，屋子里的蜡燃烧得不能再燃烧了！尽了！蓓力从影院回来的时候，才发觉自己是忘掉把蜡吹灭就走出去。

屋子给风吹得冰冷就和一个冰窖似的。门虽是关好，门限那儿被风带进来的雪霜凛凛的仍是闪光。仅有的一支蜡烛烧尽了！蓓力只得在黑暗里摸索着想：

"一看着职业什么全忘了！开着门就跑了！"

冷气充满他的全身，充满全室，他耳朵冻得不知道痛，躬着腰，他倒在床间。屋子里黑魆魆的，月光从窗子透进来，但，只是一小条，没有多大帮助。蓓力用他僵硬的手掠着头发在想。

门口间被风带进来雪的沙群，凛凛的闪着泪水般的光芒："看到职业，什么全忘了！开着门就跑了！可是现在为什么她不在影院呢？到什么地方去了？除开职业之外，还有别的力量躲在背后吗？"

他想到这里，猛然咒骂起自己来了：

"芹是带着病给人家画广告去，不都是为了我们没有饭吃吗？现在我倒是被别的力量扰乱了！男人为什么要生着这样出乎意外怀疑的心呢？"

四

蓓力的心软了，经过这场愤恨，他才知道芹的可爱，芹的伟大处！

他又想到影院去寻芹,接她回来,伴随着她,倚着肩头,吻过她,从影院把她接回来。

这不过是一刻的想像,事实上他没那么做。

他又接着烦恼下去,他不知道是爱芹还是恨芹。他手在捶着床,脚也在捶床。乱捶乱打,他心要给烦恼涨碎了!烦恼把一切压倒。

落在门口间地板上的雪,像刀刃一样在闪着凛凛的光。

蓓力蓬着头发,眉梢直竖到伏在额前的发际,慌惶的影子从铁栏栅的大门投射出来,向着路南那个卖食物的小铺去。

五

影院门又是闹着骚音,芹同别的人,同看电影的小姐少爷们,从同一个门口挤出来,她脸色也是红红,别人香粉的气味也传染到她的身上。

她同别人走着一样畅快的步子,她在摇动肩头,谁也不知道她是给看电影的人画广告的女工。街旁没有衣食的老人,他知道凡是看电影的大概都是小姐或太太;所以他开始向着这个女工张着向小姐们索钱的手,摆着向小姐们索钱的姿势。手在颤动,板起脸上可怜的笑容,眼睛含着眼泪,嗓子暗哑,声音在抖颤。

可怜的老人,只好再用他同样的声音,走向别一群太太,小姐,或绅士般装束的人们面前。

在老头子只看芹的脸红着,衣服发散着香气,他却不知道衣服的香味是别人传染过来的。脸红是在广告室里被油气和不流通的空气熏的。

芹心跳,她一看高悬在街上共用的大钟快八点了!她怕蓓力在家又要生气,她慌忙的摇着身子走,她肚了不痛了!什么病也跑开。

她又想蓓力不会生气的,她知道蓓力平时是十分爱她。她兴奋得有些多事起来。往日躲在楼顶的星星,现在都被她发见了!红色的,

黄色的,白色的,但在星星的背后似乎埋着这样的意义:

"这回总算不至于没有桦子烧了。米袋子会涨起,我们的肚子也不用忧虑了!屋子可以烧得暖一点,脚也不至于再冻破下去,到月底取钱的时候,可以给蓓力买一件较厚的毛衣。腊月天只穿一件夹外套是不行呢!"

她脚虽是冻短,走路有些歪斜,但,这是往日的情形,现在她理由充足的在摇着肩头走。

在铁栅栏的大门前,蓓力和芹相遇了。蓓力的脸,没有表情,就像没看着芹似的,蓬着头发走向路南小铺去。

芹方才的理由到现在变成了不中用。她脸上也没有表情,跟住蓓力走进小铺去;蓓力从袖口取出玻璃杯来,放在柜台上,并且手指着摆格子上的大玻璃瓶。

芹抢着他的手指说:

"你不要喝酒!"

纯理智的这话没有一点感情。没有感情的话谁肯听呢?

蓓力买了两毛钱酒,两支蜡烛。

一进门,摸着黑,他把酒喝了一半,趁着蓓力点蜡的机会,芹把杯子举起,剩余的一半便吞下她的肚里去。

蓓力坐下,把酒杯高举,喝一口是空杯,他望着芹的脸遥远并隔离的笑了笑!因为酒,他脸变得通红,又因为出去,手拿着帽子,耳朵更红。

蓓力和芹隔着桌子坐着,蜡烛在桌上站立,一个影子落在东墙;一个影子落在西墙,两个影子相隔的摇幌呀。

蓓力没有感情地笑着说:

"你看的是什么影片呀?"

芹恐惶的睁大了眼睛,她的嗓子浸进眼泪去,暗哑着说:

"我什么都不能讲给你,你这话是根据什么来路呢?"

蓓力还用着他同样的笑脸说：

"当我七点钟到影院去寻你，广告室的门都锁了！"

芹的眼泪似乎充满了嗓子，又充满了眼眶，用她暗哑的声音解辩：

"我什么时候看的电影？你想我能把你留家，自己坐在那里看电影吗？我是一直画到现在呀？"

蓓力平时爱芹的心现在没有了！他不管芹的声音暗哑，追根，确定的用手作着绝对的手式说：

"你还有什么可说？锁门的钥匙都拿给我看了！"

芹的理由没有用了！急得像个小孩子似的摇着头，瞪着眼，脸色急得发青，酒力冲上来，脸色发着红。

蓓力还像有话要说似的，但是他肚子里的酒，像要起火似的烧着，酒的力量叫他把衣服脱得一件不留，光着脚在地板上走来走去。一会他又把衣裳，裤子，袜子一件一件的摊在地板上，最后他坐在衣服上，用被风带进来的霜雪擦着他中了酒通红的脚，嘴在唱着说：

"真凉快呀！我爱的芹呀！你不来洗个澡吗？"

他躺在地板上了，手捉抓着前胸，嘴里在唱，同时作呕。

他又歪斜的站起，把屋门打开立时又关上了！他嚷着中国人送灶王爷的声调：

"灶王爷开着门上西天！"

他看看芹也躺在地板上了，在下意识里他爱着芹，把他摊在地板上的衣服，都掀起来给芹盖好。他用手把芹的眼睛张开说："小妹妹，你睁开眼睛看看，把我的衣服脱得一件不留给你盖上，怕你着凉，你还去画广告吗？"

芹舌头短，不能说话。

蓓力反复的问她，她不能说话，蓓力持着酒气，孩子般的恼了！把衣裳又一件的从芹的身上取下来，重铺到地板上，和方才一样，用霜雪洗着脚，蜡烛昏黄的影子，和醉了酒的人一致的摇荡。夜深寂静的声音在飘漾着。蓓力被酒醉得用下意识在唱：

"看着职业,开着门就跑了!"

"连我也不要了!"

"连我也不要了! ——开着门就跑了……"

六

第二天蓓力病了! 冻病了! 芹耐着肚子痛从床上起来,蓓力问她：

"你为什么还起得这样早?"

芹回答：

"我去买样子!"

在这话后面,却是躲着别的意思：

"四个大牌子怕是画不出来,要早去点。"

芹肚子痛得不能直腰,走出大门口去,一会样子送来了! 她在找钱,蓓力的几个衣袋找遍了! 她惊恐的问蓓力：

"昨天的五角钱呢?"

蓓力想起来了：

"昨晚买酒的五角钱都给了小铺了!"

送样子的人在门外等着,芹出去,低着头说："一时找不到钱,下午或是明天来拿好吗?"

那个人带着不愿意的脸色,掮起样子来走了! 芹是眼看着样子被人掮走了!

七

正是九钟一刻,蓓力的朋友(画广告的那个青年)来了! 他说："昨夜大牌子上弄的那条红痕被经理看见了! 他说芹当广告副手不行,另找来一个别的人。"

中秋节^①

　　记得青野送来一大瓶酒，董醉倒在地下，剩我自己也没得吃月饼。小屋寞寞的，我读着诗篇，自己过个中秋节。

　　我想到这里，我不愿想。望着四面清冷的壁，望着窗外的天。我侧倒在床上，看一本书，一页，两页，许多页，不愿看。那么我听着桌上的表，看着瓶里不知名的野花，我睡了。

　　那不是青野吗？带着枫叶进城来，在床沿大家默坐起。枫叶插在瓶里，放在桌上，后来枫叶干了坐在院心。常常有东西落在头上，啊，小圆枣滚在墙根处。枣树的命运渐渐完结着。晨间学校打钟了，正是上学的时候，梗妈穿起棉袄打着嚏喷在扫偎在墙根哭泣的落叶，我也打着嚏喷。梗妈捏了我的衣裳说，九月时节穿单衣服，怕是害凉。董从他房里跑出，叫我多穿件衣服，我不肯。经过阴凉的街道走进校门。在课室里可望到窗外黄叶的芭蕉。同学们一个跟着一个的向我问：

　　"你真耐冷，还穿单衣。"

　　"你的脸为什么紫色呢？"

　　"倒是关外人……"

---

① 该篇创作时间不详，首刊于一九三三年十月二十九日长春《大同报》周刊"夜哨"第十一期，署名玲玲。

她们说着，拿女人专有的眼神闪视。到晚间，嚏喷打得越多，头痛，两天不到校。上了几天课，又是两天不到校。

森森的天气紧逼着我，好像是秋风逼着黄叶样，新历一月一日降雪了，我打起寒颤。开了门望一望雪天，呀！我的衣裳薄得透明了，结了冰般地。

跑回床上，床也结了冰般地。我在床上等着董哥，等得太阳偏西，董哥偏不回来。向梗妈借十个大铜板，于是吃烧饼和油条。

青野踏着白雪进城来，坐在椅间，他问：

"绿叶怎么不起呢？"

梗妈说："一天没起，没上学，可是董先生也出去一天了。"

青野穿的学生服，他摇摇头，又看了自己有洞的鞋底，走过来，他站在床边又问：

"头痛不？"把手放在我头上试热。

说完话他去了，可是太阳快落时，他又回转来。董和我都在猜想。他把两元钱放在梗妈手里，一会就是门外送烤的小车子哗铃的响，又一会小煤炉在地心红着。同时，青野的被子进了当铺。从那夜起，他的被子没有了，盖着褥子睡。

这已往的事，在梦里，又关不住了。

门响，我知道是三郎回来了，我望了他，我又回到梦中。可是他在叫我：

"起来吧，悄悄，我们到朋友家去吃月饼。"

他的声音使我心酸，我知道今晚连买米的钱都没有，所以起来了，去到朋友家吃月饼。人嚣着，经过菜市，也经过睡在路侧的僵尸。酒醉得晕晕的，走回家来，两人就睡在清凉的夜里。

三年过去了，现在我认识的是新人，可是他也和我一样穷困，使我记起三年前的中秋节来。

一　天 [①]

　　他在祈祷,他好像是向天祈祷。

　　正是跪在栏杆那儿,冰冷的,石块砌成的人行道。然而他没有鞋子,并且他用裸露的膝头去接触一些冬天的石块。我还没有走近他,我的心已经为愤恨而烧红,而快要涨裂了!我咬我的嘴唇,毕竟我是没有押起眼睛来走过他。

　　他是那样年老而昏聋,眼睛像是已腐烂过。街风是锐利的:他的手已经被吹得和一个死物样。可是风,仍然是锐利的。我走近他,但不能听清他祈祷的文句,只是喃喃着。

　　一个俄国老妇,她说的不是俄语,大概是犹太人,把一张钞票子放到老人的手里,同时他仍然喃喃着,好像是向天祈祷。

　　我带着我重得和石头似的心走回屋中,把积下的旧报纸取出来,放到老人的面前,为的是他可以卖几个钱,但是当我已经把报纸放好的时候,我心起了一个剧变,我认为我是再平庸没有的人了!仿佛我是作了一件蠢事般地。于是我摸衣袋,我思考家中存钱的盒子,可是

---

① 该篇创作完成于一九三三年十二月八日,原篇名为《烦扰的一日》,首刊于一九三三年十二月十七日、二十四日长春《大同报》周刊"夜哨"第十七、十八期,署名悄吟。一九三六年十一月,收入上海文化生活出版社初版的散文、小说集《桥》,署名悄吟。一九四〇年六月,改篇名《一天》,收入重庆大时代书局初版"文艺丛书"《萧红散文》,署名萧红。

连半角钱的票子都不能够寻思得到。老人是过于笨拙了！怕是他不晓得怎样去卖旧报纸。

我走向邻居家去，她的小孩子在床上玩着，她常常是没有心思向我讲一些话。我坐下来，把我带去的小包袱打开，预备裁一件衣服。可是今天雪琦说话了：

"于妈还不来，那么我的孩子，会使我没有希望。你看！我是什么事也没有作，外国语不能读，而且我连读报的趣味都没有呀！"

"我想你还是另寻一个老妈子好啦！"

"我也这样想，不过实际是困难的。"

她从生了孩子以来，那是五个月，她沉下苦恼的陷阱去。唇部不似从前有颜色，脸儿皱绉。

为着我到她家去替她看小孩，她走了，和猫一样蹑手蹑足的下楼去了。

小孩子自己在床上玩得厌了，几次想要哭闹，我忙着裁旗袍，只是用声音招呼他。看一下时钟，知道她去了还不到一点钟，可是看小孩子要多么耐性呀！我烦乱着，这仅是一点钟。

妈妈回来了，带进来衣服的冷气，后面跟进来一个瓷人样的，缠着两只小脚，穿着毛边鞋子，她坐在床沿，并且在她进房的时候，她还向我行了一个深深的鞠躬礼。我又看见她戴的是毛边帽子，她坐在床沿。

过了一会她是欣喜的，有点不像瓷人："我是没有作过老妈子的，我的男人在十八道街开柳条包铺，带开药铺……我实在不能再和他生气，谁都是愿意支使人，还有人愿意给人家支使吗？咱们命不好，那就讲不了！"

像猜谜似的，使人想不出她是什么命运。雪琦她欢喜，她想幸福是近着她了，她在感谢我：

"玉莹，你看今天你若不来，我怎能去找这个老妈子来呀！"

那个半老的婆娘仍然讲着："我的男人他打我骂我，以先对我很好，因为他开柳条包铺，要招股东。就是那个入二十元钱顶大的股东，他替我造谣，说我的娘家有钱，为什么不帮助开柳条包铺呢？在这一年中就连一顿舒服饭也没吃过，我能不伤心吗！我十七岁过门，今年我是二十四岁。他从不和我吵闹过。"

她不是个半老的婆娘，她才二十四岁。说到这样心伤的地方她没有哭，她晓得做老妈子的身份。可是又想说下去。雪琦眉毛打锁，把小孩子给她：

"你抱他试试。"

小孩子，不知为什么，但是他哭，也许他不愿看那种可怜的脸相？

雪琦有些不快乐了，只是一刻的工夫，她觉得幸福是远着她了！

过了一会她又像个瓷人，最像瓷人的部分，就是她的眼睛，眼珠定住，我们一向她看去，她忙着把眼珠活动一下，然而很慢，并且一会又要定住。

"你不要想，将来你会有好的一日……"

"我是同他打架生气的，一生气就和个呆人样，什么也不能做。"那瓷人又忙着补充一句："若不生气什么病也没有呀！好人一样，好人一样。"

后来她看我缝衣裳，她来帮助我，我不愿她来帮助，但是她要来帮助。

小孩子吃着奶，在妈妈的怀中睡了！孩子怕一切音响，我们的呼吸为着孩子的睡觉都能听得清。

雪琦更不欢喜了，大概她在恐怕着，她在计量着，计量她的计划怎样失败。我窥视出来这个瓷器的老妈，怕是一会就要被辞退。

然而她是有希望的，满着希望，她殷勤的在盆中给小孩在洗尿布。

"我是不知当老妈子的规矩的，太太要指教我。"她说完坐在木凳上，又开始变成不动的瓷人。

我烦扰着，街头的老人又回到我的心中；雪琦铅板样的心沉沉的挂在脸上。

"你把脏水倒进水池子去。"她向摆在木凳间的那瓷人说。

捧着水盆子，那个妇人紫色毛边鞋子还没有响出门去，雪琦的眼睛和偷人样转过来了：

"她是不是不行？那么快让她走吧！"

孩子被丢在床上，他哭叫，她到隔壁借三角钱给老妈子的工钱。

那紫色的毛边鞋慢慢移着，她打了盆净水放在盆架间，过来招呼孩子。孩子惧怕这瓷人，他更哭。我缝着衣服，不知什么一种不安传染了我的心。

忽然老妈子停下来，那是雪琦把三角钱的票子示到面前的时候。她拿到三角钱走了。她回到妇女们最伤心的家庭去，仍去寻她恶毒的生活。

毛边帽子，毛边鞋子，来了又走了。

雪琦仍然自己抱着孩子。

"你若不来，我怎能去找她来呢！"她瞒怨我。

我们深深呼吸了一下，好像刚从暗室走出。屋子渐渐没有阳光了，我回家了，带着我的包袱，包袱中好像裹着一群麻烦的想头——妇女们有可厌的丈夫，可厌的孩子。冬天追赶着老叫化子使他绝望。

在家门口，仍是那条栏杆，仍是那块石道，老人向天跪着，黄昏了，给他的绝望甚于死。

我经过他，我总不能听清他祈祷的文句，但我知道他在祈祷的，不是我给他的那些报纸！也不是半角钱的票子，是要从死的边沿上把他拔回来。

然而让我怎样做呢？他向天跪着，他向天祈祷。……

一九三三，十二，八

夏　夜[①]

　　密密的浓黑的一带长林,远在天边静止着。夏夜蓝色的天,蓝色
的夜。夏夜坐在茅檐边,望着茅檐借宿麻雀的窠巢,隔着墙可以望见
北山森静的密林,林的那端,望不见弯月勾垂着。

　　于是虫声,各样的穿着夜衣的幽灵般的生命的响叫。墙外小溪畅
引着,水声脆脆琊琊。菱姑在北窗下语着多时了! 眼泪凝和着夜露已
经多时了! 她依着一株花枝,花枝的影子抹上墙去,那样她俨若睡在
荷叶上,立刻我取笑她:

　　"荷叶姑娘,怎么啦?"

　　她过来似用手打我,嘴里似乎咒我,她依过的那花枝,立刻摇闪不
定了,我想:我们两个是同一不幸的人。

　　"为什么还不睡呢? 有什么说的尽在那儿咕咕叨叨,天不早啦,
进来睡。"

　　祖母的头探出竹帘外,又缩回去。在模糊的天光下,我看见她白
色的睡衣,我疑她是一只夜猫,在黑夜她也是到处巡行着。

---

① 该篇创作日期不详,篇末标注的时间有误。首刊于一九三四年三月六日、七日哈尔
滨《国际协报》副刊"国际公园",署名悄吟。一九三六年十一月,收入上海文化生
活出版社初版散文、小说集《桥》,署名悄吟。一九四○年六月,收入重庆大时代书
局初版"文艺丛书"《萧红散文》,署名萧红。

菱姑二十七岁了,菱姑的青春尚关闭在怀中,近来她有些关闭不住了,她怎能不忧伤呢?怎能对于一切生兴致呢?渐渐脸孔惨黄。

她一天天远着我的祖母,有时间只和我谈话,和我在园中散步。

"小萍,你看那老太太,她总怕我们在一起说什么,她总留心我们。"

"小萍,你在学校一定比我住在家得到的知识多些,怎么你没胆子吗?我若是你,我早跑啦!我早不在家受他们的气,就是到工厂去作工也可以吃饭。"

"前村李正的两个儿子,听说去当'胡子',可不是为钱,是去……"

祖母宛如一只猫头鹰样,突然发现在我们背后,并且响着她的喉咙好像响着猫头鹰的翅膀似的:

"好啊!这东西在这议论呢!我说:菱子你还有一点廉耻没有?"她吐口涎在地面上:"小萍那丫头入了什么党啦,你也跟她学没有老幼!没有一点姑娘样!尽男学生在一块。你知道她爸爸为什么不让她上学,怕是再上学更要学坏,更没法管教啦!"

我常常是这样,我依靠墙根哭,这样使她更会动气,她的眼睛好像要从眼眶跑出来马上落到地面似的,把头转向我,银簪子闪着光:"你真给咱家出了名了,怕是祖先上也找不出这丫头。"

我听见她从窗口爬进去的时候她仍是说着我把脸丢尽了。就是那夜,菱姑在枕上小声说:

"今天不要说什么了,怕是你奶奶听着。"

菱姑是个乡下姑娘,她有热的情怀,聪明的素质,而没有好的环境。

"同什么人结婚好呢?"她常常问我。

"我什么时候结婚呢?结婚以后怎样生活?我希望我有职业,我一定到工厂去。"她说。

那夜我怎样努力也不能睡着,我反复想过菱姑的话,可怜的菱姑她只知道在家庭里是受压迫，因为家中有腐败的老太婆。然而她不能知道工厂里更有齿轮，齿轮更会压榨。

在一条长炕上，祖母睡在第一位，菱姑第二位，我在最末的一位。通宵翻转着，我仿佛是睡在蒸笼里，每夜要听后窗外的虫声，和着这在山上的密林啸声透进竹帘来，也听更多的在夜里的一切声息。今夜我被蒸笼蒸昏了！忘记着一切！

是天快要亮的时候，马在前院响起鼻子来，狗睡醒了，在院中抖擞着毛，这时候正是炮手们和一些守夜更的人睡觉的时候。在夜里就连叔叔们也戒备着，戒备着这乡村多事的六八月，现在他们都去睡觉了！院中只剩下些狗，马，鸡，和鸭子们。

就是这天早晨，来了胡匪了，有人说是什么军，有人说是前村李正的儿子。

祖母到佛龛边去叩头，并且祷告：

"佛爷保佑……"

"我来保佑吧！"站在佛龛边我说。

菱姑作难的把笑沉下去。

大门打开的时候，只知是官兵，不是胡匪，不是什么什么军。

一九三六，二，二十一

皮 球[①]

看到了乡巴老坐洋车忽然想起一个童年的故事。

当我还是小孩的时候，祖母常常进街。我们并不住在城外，只是离市镇较偏的地方罢了！有一天，祖母她又要进街，命令我：

"叫你妈妈把斗风给我拿来！"

那时因为我过于娇惯，把舌头故意缩短一些，叫斗篷作斗风，所以祖母学着我，把风字拖得很长。

她知道我最爱惜皮球，每次进街的时候，她问我：

"你要些什么呢？"

"我要皮球。"

"你要多大的呢？"

"我要这样大的。"

我赶快把手臂拱向两面，好像张着的，鹰的翅膀。大家都笑了！祖父轻动着嘴唇好像要骂我一些什么话，因我的小小的姿式感动了他。

---

① 该篇创作于一九三四年三月十六日，首刊于一九三四年三月三十日、三十一日、四月一日哈尔滨《国际协报》副刊"国际公园"，首刊时篇名为《蹲在洋车上》，署名悄吟。一九三六年十一月，收入上海文化生活出版社初版散文、小说集《桥》，署名悄吟。一九四〇年六月，改篇名《皮球》，收入重庆大时代书局初版"文艺丛书"《萧红散文》，署名萧红。

祖母的斗风消失在高烟囱的背后。

等她回来的时候，什么皮球也没带给我，可是我也不追问一声：
"我的皮球呢？"

因为每次她也不带给我；下次祖母再上街的时候，我仍说是要皮球，我是说惯了！我是熟练而惯于作那种姿式。

祖母上街尽是坐马车回来。今天却不是，她睡在仿佛是小槽子里，大概是槽子装置了两个大车轮。非常轻快，雁似的从大门口飞来，一直到房门。在前面挽着的那个人，把祖母停下，我站在玻璃窗里，小小的心灵上，有无限的奇秘冲击着。我以为祖母不会从那里头走出来，我想祖母为什么要被装进槽子里呢？我渐渐惊怕起来，我完全成个呆气的孩子，把头盖顶住玻璃，想尽方法理解我所不能理解的那个从来没有见过的槽子。

很快我领会了！看见祖母从口袋里拿钱给那个人，并且祖母非常兴奋，她说叫着，斗风几乎从她的肩上脱溜下去！

"呵！今天我坐的是东洋驴子回来的，那是过于安稳呀！还是头一次呢，我坐过安稳的车子！"

祖父在街上也看见过人们所呼叫的东洋驴子，妈妈也没有奇怪。只是我，仍旧头皮顶撞在玻璃镜那儿。我眼看那个驴子从门口飘飘的不见了！我的心魂被引了去。

等我离开窗子，祖母的斗风已是脱在炕的中央，她嘴里叨叨的讲着她街上所见的新闻，可是我没有留心听，就是给我吃什么糖果之类，我也不会留心吃，只是那样的车子太吸引我了！太捉住我小小的心灵了！

夜晚在灯光里，我们的邻居，刘三奶奶摇闪着走来，我知道又是找祖母来谈天的。所以我稳当当地占了一个位置在桌边。于是我咬起嘴唇来，仿佛大人样能了解一切话语。祖母又讲关于街上所见的新闻，我用心听，我十分费力！

"……那是可笑，真好笑呢！一切人站下瞧，可是那个乡下老还不知道笑自己。拉车的回头才知道乡巴老是蹲在车子前面，放脚的地方，拉车的问：

"你为什么蹲在这地方？"

他说怕拉车的过于吃力，蹲着不是比坐着强吗？比坐在那里不是轻吗？所以没敢坐下……"

邻居的三奶奶，笑得几个残齿完全摆在外面。我也笑了！祖母还说，她感到这个乡巴老难以形容，她的态度，她用所有的一切字眼，都是引人发笑。

"后来那个乡巴老，你说怎么样！他从车上跳下来，拉车的问他为什么跳？他说：'若是蹲着吗！那还行，坐着！我实在没有那样的钱。'拉车的说：'坐着我不多要钱。'那个乡巴老到底不信这话，从车上搬下他的零碎东西，走了。他走了！"

我听得懂，我觉得费力，我问祖母：

"你说的，那是什么驴子？"

她不懂我的半句话，拍了我的头一下，当时我真是不能记住那样繁复的名词。

过了几天祖母又上街，又是坐驴子回来的，我的心里渐渐羡慕那驴子，也想要坐驴子。

过了两年！六岁了！我的聪明，也许是我的年岁吧！支持着使我愈见讨厌我那个皮球，那真是太小，而又太旧了！我不能喜欢黑脸皮球，我爱上邻家孩子手里那个大的，买皮球，好像我的志愿，一天比一天坚决起来。

向祖母说，她答："过几天买吧！你先玩这个吧！"

又向祖父请求，他答："这个还不是很好吗？不是没有出气吗？"

我得知他们的意思是说旧皮球还没有破，不能买新的。于是把皮球在脚下用力捣毁它，任是怎样捣毁，皮球仍是很圆，很鼓，后来到祖父面前让他替我踏破！祖父变了脸色，像是要打我，我跑开了！

从此我每天表示不满意的样子。

终于一天晴朗的夏日，戴起小草帽来，自己出街去买皮球了！朝向母亲曾领我到过的那家铺子走去，离家不远的时候，我的心志非常光明，能够分辨方向，我知道自己是向北走，过了一会，不然了！太阳我也找不着了！一些些的招牌，依我看来都是一个样，街上的行人好像每个要撞倒我似的就连马车也好像是旋转着走。我不晓得自己走了多远，但我实在疲劳。不能再寻找那家商店；我急切的想回家，可是家也被寻觅不到。我是从那一条路来的？究竟家是在什么方向？

我忘记一切危险，在街心停住，我没有哭，把头向天，愿看见太阳。因为平常爸爸不是拿指南针看看太阳就知道或南或北吗？我既然看了！只见太阳在街路中央，别的什么都不能知道，我无心留意街道，跌倒了在阴沟板上面。

"小孩！小心点！"

身边的马车夫驱着车子过去，我想问他我的家在什么地方，他走过了！我昏沉极了！忙问一个路旁的人。

"你知道我的家吗？"

他好像知道我是被丢的孩子，或许那时候我的脸上有什么急慌的神色，那人跑向路的那边去。把车子拉过来，我知道他是洋车夫，他和我开玩笑一般。

"走吧！坐车回家吧！"

我坐上了车，他问我，总是玩笑一般地：

"小姑娘！家在那里呀？"

我说："我们离南河沿不远，我也不知道那面是南，反正我们南边有河。"

走了一会，我的心渐渐平稳，好像被动荡的一盆水，渐渐静止下来，可是不多一会，我忽然忧愁了！抱怨自己皮球仍是没有买成！从皮球联想到祖母骗我给买皮球的故事，很快又联想到祖母讲的关于乡巴老坐东洋驴子的故事。于是我想试一试，怎样可以像个乡巴老。该怎样蹲法呢？轻轻的从座位滑下来，当我还没有蹲稳当的时节。拉车的回头来：

"你要做什么呀！"

我说："我要蹲一蹲试试，你答应我蹲吗？"

他看我已经偎在车前放脚的那个地方，于是他向我深深的做了一个鬼脸，嘴里哼着：

"倒好哩！你这样孩子，很会淘气！"

车子跑得不很快，我忘记街上有没有人笑我。车跑到红色的大门楼，我知道到家了！我应该起来呀！应该下车呀！不，目的想给祖母一个意外的发笑，等车拉到院心，我仍蹲在那里，像耍猴人的猴样，一动不动。祖母笑着跑出来了！祖父也是笑！我怕他们不晓得我的意义，用尖音喊：

"看我！乡巴老蹲东洋驴子！乡巴老蹲东洋驴子呀！"

只有妈妈大声骂着我，忽然我怕她要打我，我是偷着上街。

洋车忽然放停，从上面我倒滚下来，不记得被跌伤没有？祖父猛力打了拉车的，说他欺侮小孩，说他不让小孩坐车让蹲在那里。没有给他钱，从院子把他轰出去。

所以后来，无论祖父对我怎样疼爱，心里总是生着隔膜，我不同意他打洋车夫，我问：

"你为什么打他呢？那是我自己愿意蹲着。"

祖父把眼睛斜视一下："有钱的孩子是不受什么气的。"

我的祖父死去多年了！在这样的年代中我没发见一个有钱的人

蹲在洋车上，他有钱他不怕车夫吃力，他自己没拉过车，自己所尝到的，只是被拉着舒服滋味。假若偶尔有钱家的小孩子要蹲在车厢中玩一玩，那么孩子的祖父出来，拉洋车的便要被打。①

一九三四，三，十六

---

① 本篇首刊时，此段开头为"现在我是廿多岁了!"，下一段为"可是我呢? 现在变成个没有钱的孩子了!"，收入《萧红散文》时删去。

镀金的学说①

　　我的伯伯,他是我童年唯一崇拜的人物。他说起话来有宏亮的声音,并且他什么时候讲话总关于正理,至少那个时候我觉得他的话是严肃的,有条理的,千真万对的。

　　那年我十五岁,是秋天,无数张叶子落了,回旋在墙根了！我经过北门旁在寒风里号叫着的老榆树,那榆树的叶子也向我打来。可是我抖擞着跑进屋去,我是参加一个邻居姐姐出嫁的筵席回来。一边脱换我的新衣裳,一边同母亲说,那好像同母亲吵嚷一般:"妈,真的没有见过,婆家说新娘笨,也有人当面来羞辱新娘,说她站着的姿式不对,坐着的姿式不好看,林姐姐一声也不作。假若是我呀！哼！……"

　　母亲说了几句同情的话,就在这样的当儿,我听清伯父在呼唤我的名字。他的声音是那样低沉,平素我是爱伯父的,可是也怕他,于是我心在小胸膛里边惊跳着走出外房去。我的两手下垂,就连视线也不敢放过去。

　　"你在那里讲究些什么话？很有趣哩！讲给我听听。"伯伯说话的时候,他的眼睛流动着笑着,我知道他没有生气,并且我想他很愿意

---

① 该篇创作时间不详,首刊于一九三四年六月十四日、二十一日、二十八日哈尔滨《国际协报》"文艺"周刊第十九、二十、二十一期,署名田娣。

听我讲话。我就高声把那事又说了一遍，我且说且做出种种姿式来。等我说完的时候，我仍欢喜，说完了我把说话时跳打着的手足停下，静等着伯伯夸奖我呢！可是过了很多工夫，伯伯在桌子旁仍写他的文字。对于我好像没有反应，再等一会他对于我的讲话也绝对没有回响。至于我呢，我的小心房立刻感到压迫，我想我的错在什么地方？话讲的是很流利呀！讲话的速度也算是活泼呀！伯伯好像一块朽木塞住我的咽喉，我愿意快躲开他到别的房中去长叹一口气。

伯伯把笔放下了，声音也跟着来了："你不说假若是你吗？是你又怎么样？你比别人更糟糕，下回少说这一类话！小孩子学着夸大话，浅薄透了！假若是你，你比别人更糟糕，你想你总要比别人高一倍吗？再不要夸口，夸口是最可耻，最没出息。"

我走进母亲的房里时，坐在炕沿我弄着发辫，默不作声，脸部感到很烧很烧。以后我再不夸口了！

伯父又常常讲一些关于女人的服装的意见，他说穿衣服素色最好，不要涂粉，抹胭脂，要保持本来的面目。我常常是保持本来的面目，不涂粉不抹胭脂，也从没穿过花色的衣裳。

后来我渐渐对于古文有趣味，伯父给我讲古文，记得讲到《吊古战场文》①那篇，伯父被感动得有些声咽，我到后来竟哭了！从那时起我深深感到战争的痛苦与残忍。大概那时我才十四岁。

又过一年，我从小学卒业就要上中学的时候，我的父亲把脸沉下了！他终天把脸沉下。等我问他的时候，他瞪一瞪眼睛，在地板上走转两圈，必须要过半分钟才能给一个答话："上什么中学？上中学在家上吧！"

父亲在我眼里变成一只没有一点热气的鱼类，或者别的不具着情感的动物。

---

① 《吊古战场文》：唐代诗人李华（715—766）的一篇骈赋。

半年的工夫，母亲同我吵嘴，父亲骂我："你懒死啦！不要脸的。"当时我过于气愤了，实在受不住这样一架机器压轧了。我问他："什么叫不要脸呢？谁不要脸！"听了这话立刻像火山一样暴裂起来。当时我没能看出他头上有火冒出没？父亲满头的发丝一定被我烧焦了吧！那时我是在他的手掌下倒了下来，等我爬起来时，我也没有哭。可是父亲从那时起他感到父亲的尊严是受了一大挫折，也从那时起每天想要恢复他的父权。他想做父亲的更该尊严些，或者加倍的尊严着才能压住子女吧？

可真加倍尊严起来了。每逢他从街上回来，都是黄昏时候，父亲一走到花墙的地方便从喉管作出响动，咳嗽几声啦！或是吐一口痰啦！后来渐渐我听他只是咳嗽而不吐痰，我想父亲一定会感着痰不够用了呢！我想做父亲的为什么必须尊严呢？或者因为做父亲的肚子太清洁？！把肚子里所有的痰都全部呕出来了？

一天天睡在炕上，慢慢我病着了！我什么心思也没有了！一班同学不升学的只有两三个，升学的同学给我来信告诉我，她们怎样打网球，学校怎样热闹，也说些我所不懂的功课。我愈读这样的信，病愈加重一点。

老祖父支住拐杖，仰着头，白色的胡子振动着说："叫樱花上学去吧！给她拿火车费，叫她收拾收拾起身吧！小心病坏了！"

父亲说："有病在家养病吧，上什么学，上学！"

后来连祖父也不敢向他问了，因为后来不管亲戚朋友，提到我上学的事他都是连话不答，出走在院中。

整整死闷在家中三个季节，现在是正月了。家中大会宾客，外祖母啜着汤食向我说："樱花，你怎么不吃什么呢？"

当时我好像要流出眼泪来，在桌旁的枕上，我又倒下了！

因为伯父外出半年是新回来，所以外祖母向伯父说："他伯伯，向樱花爸爸说一声，孩子病坏了，叫她上学去吧！"

伯父最爱我,我五六岁时他常常来我家,他从北边的乡村带回来榛子。冬天他穿皮大氅,从袖口把手伸给我,那冰寒的手呀! 当他拉住我的手的时候,我害怕挣脱着跑了,可是我知道一定有榛子给我带来,我秃着头两手捏耳朵,在院子里我向每个货车夫问:"有榛子没有? 有榛子没有?"

伯父把我裹在大氅里,抱着我进去,他说:"等一等给你榛子。"

我渐渐长大起来,伯父仍是爱我的,讲故事给我听。买小书给我看。等我入高级,他开始给我讲古文了! 有时族中的哥哥弟弟们都唤来,也讲给他们听。可是书讲完他们临去的时候,伯父总是说:"别看你们是男孩子,樱花比你们全强,真聪明。"

他们自然不愿意听了,一个一个退走出去。不在伯父面前他们齐声说:"你好呵! 你有多么聪明! 比我们这一群混蛋强得多。"

男孩子说话总是有点野,不愿听,便离开他们了。谁想男孩子们会这样放肆呢? 他们扯住我,要打我:"你聪明,能当个什么用? 我们有气力,要收拾你。""什么狗屁聪明,来,我们大家伙看看你的聪明到底在那里!"

伯父当着什么人都夸奖我:"好记力,心机灵快。"

现在一讲到我上学的事,伯父微笑了:"不用上学,家里请个老先生念念书就够了! 哈尔滨的女学生们太荒唐。"

外祖母说:"孩子在家里教养好,到学堂也没有什么坏处。"

于是伯父斟了一杯酒,夹了一片香肠放到嘴里,那时我多么不愿看他吃香肠呀! 那一刻我是怎样恼烦着他? 我讨厌他喝酒用的杯子,我讨厌他上唇生着的小黑髭;也许伯父没有观察我一下,他又说:"女学生们靠不住,交男朋友啦! 恋爱啦! 我看不惯这些。"

从那时起伯父同父亲是没有什么区别,变成严凉的石块。

当年,我升学了,那不是什么人帮助我,是我自己向家庭施行的骗术。后一年暑假,我从外埠回家,我和伯父的中间,总感到一种淡漠的情绪,伯父对我似乎是客气了,似乎是有什么从中间隔离着了!

一天伯父上街去买鱼,可是他回来的时候,筐子是空空的。母亲问:

"怎么!没有鱼吗?"

"哼!没有。"

母亲又问:"鱼贵吗?"

"不贵。"

伯父走进堂屋,坐在那里好像幻想着一般,后门外树上满挂着绿的叶子,伯父望着那些无知的叶子幻想,最后他小声唱起,像是有什么悲哀蒙蔽着他了!看他的脸色完全可怜起来。他的眼睛是那样忧烦的望着桌面,母亲说:

"哥哥头痛吗?"

伯父似乎不愿回答,摇着头,他走进屋倒在床上,很长时间,他翻转着,扇子他不用来摇风,在他手里乱响。他的手在胸膛上拍着,气闷着。再过一会,他完全安静下去,扇子任意丢在地板,苍蝇落在脸上,也不去搔它。

晚饭桌上,伯父多喝了几杯酒,红着颜面向祖父说:"菜市上看见王大姐了呢!"

王大姐,我们叫他王大姑。常听母亲说:"王大姐没有妈,爹爹为了贫穷去为匪,只留这个可怜的孩子住在我们家里。"伯父很多情呢!伯父也会恋爱呢,伯父的屋子和我姑姑们的屋子挨着,那时的我的三个姑姑全没出嫁。

一夜,王大姑没有回内房去睡,伯父伴着她哩!

祖父不知这件事,他说:"怎么不叫她来家呢?"

"她不来,看样子是很忙。"

"呵!从出了门子总没见过,二十多年了!……二十多年了!"

祖父捻着斑白的胡子,他感到自己是老了!

伯父也感叹着："嗳！一转眼，老了！不是姑娘时候的王大姐了！头发白了一半。"

伯父的感叹和祖父完全不同，伯父是痛惜着他破碎的青春的故事。又想一想，他婉转着说，说时他神秘的有点微笑：

"我经过菜市，一个老太太回头看我，我走过，她仍旧看我。停在她身后，我想一想，是谁呢？过会我说：'是王大姐吗？'她转过身来，我问她：'在本街住吧？'她垂下头，我看见她的门牙脱落了两个。她说：'在本街住。'我叫她回来看看，她说她很忙，要回去烧饭，随后她走了，什么话也没说，提着空筐子走了！"

夜间，全家人都睡了，我偶然到伯父屋里去找一本书，因为对他，我连一点信仰也失去了，所以无言走出。

伯父愿意和我谈话似的："没睡吗？"

"没有。"

隔着一道玻璃门，我见他无聊的样子翻着书和报，枕旁一只蜡烛，火光在起伏。伯父今天似乎是例外，同我讲了好些话，关于报纸上的，又关于什么年鉴上的。他看见我手里拿着一本花面的小书，他问："什么书？"

"小说。"

我不知道他的话是从什么地方说起："言情小说，《西厢》是妙绝，《红楼梦》也好。"

那夜伯父奇怪的向我笑，微微的笑，把视线斜着看住我。我忽然想起白天所讲的王大姑来了，于是给伯父倒一杯茶，我走出房来，让他伴着茶香来慢慢的回味着记忆中的姑娘吧！

我与伯伯的学说渐渐悬殊，因此感情也渐渐恶劣，我想什么给感情分开的呢？我需要恋爱，伯父也需要恋爱。伯父见着他年轻时候的情人痛苦，假若是我也是一样。

那么他与我有什么不同呢？不过伯伯相信的是镀金的学说。

搬　家①

"六啊,六……"

孩子顶着一块大锅盖,蹒蹒跚跚大蜘蛛一样从楼梯爬下来,孩子头上的汗还不等揩抹,妈妈又唤喊了:

"六啊!……六啊……"

是小六家搬家的日子。八月天,风静睡在树梢不动,蓝天好像碧蓝的湖水,一条云彩也不挂到湖上。楼顶闲荡无虑的在晒太阳。楼梯被石墙的阴影遮断了一半,和往日一样该是预备午饭的时候。

"六啊……六,……小六……"

一切都和昨日一样,一切没有变动,太阳天空,墙外的树,树下的两只红毛鸡仍在啄食。小六家房盖穿着洞了,有泥块打进水桶,阳光从窗子,门,从打开的房盖一起走进来,阳光逼走了小六家一切盆子桶子和人。

不到一个月,那家的楼房完全长起,红色瓦片盖住楼顶,有木匠在那里正装窗框。吃过午饭,泥水匠躺在长板条上睡觉,木匠也和大鱼似的找个有荫凉的地方睡。那一些拖长的腿,泥污的手脚,在长板条

---

① 该篇创作于一九三五年一月二十六日,原篇名为《小六》,首刊于一九三五年三月五日上海《太白》第一卷第十二期,署名悄吟。一九三五年十月,收入上海生活书店编译所的《三种船》。一九三六年十一月,收入上海文化生活出版社初版散文、小说集《桥》,署名悄吟。一九四〇年六月,改篇名《搬家》,收入重庆大时代书局初版"文艺丛书"《萧红散文》,署名萧红。

上可怕的,偶然伸动两下。全个后院,全个午间,让他们的鼾声结着群。

虽然楼顶已盖好瓦片,但在小六娘觉得,只要那些人醒来,楼好像又高一点,好像天空又短了一块。那家的楼房玻璃快到窗框上去闪光,烟筒快要冒起烟来了。

同时小六家呢? 爹爹提着床板一条一条去卖。并且蟋蟀吟鸣得利害,墙根草莓棵藏着蟋蟀似的。爹爹回来,他的单衫不像夏夜那样染着汗。娘在有月的夜里,和旷野上老树一般一张叶子也没有,娘的灵魂里一颗眼泪也没有,娘没有灵魂了!

"自来火给我! 小六她娘,小六她娘。"

"俺娘那来的自来火,昨晚不是借的自来火点灯吗?"

爹爹骂起来:"懒老婆,要你也过日子,不要你也过日子。"

爹爹没有再骂,假如再骂小六就一定哭起来,她想爹爹又要打娘。

爹爹去卖西瓜,小六也跟着去,后海沿那一些闹嚷嚷的人,推车的,摇船的,肩布袋的……拉车的,爹爹切西瓜,小六拾着从他们嘴上流下来的瓜子。后来爹爹又提着篮子卖油条包子。娘在墙根砍着树枝。小六到后山去拾落叶。

孩子夜间说的睡话多起来,爹和娘也嚷着:

"别挤我呀! 往那面一点,我腿疼。"

"六啊! 六啊,你爹死到那个地方去啦?"

女人和患病的猪一般在露天的房子样哼哽的说话。

"快搬,快搬……告诉早搬,你不早搬,你不早搬,打碎你的盆! 瞒——谁?"

大块的士敏土翻滚着沉落。那个人嚷一些什么女人听不清了! 女人坐在灰尘中好像让她坐在着火的烟中,两眼快要流泪,喉头麻麻辣辣,好像她幼年时候夜里的恶梦,好像她幼年时候爬山滚落了。

"六啊! 六啊!"

孩子在她身边站着：

"娘，俺在这。"

"六啊！六啊！"

"娘，俺在这。俺不是在这吗？"

那女人孩子拉到她的手，她才看见。若不触到她，她什么也看不到了。

那一些盆子桶子，罗列在门前。她家像是着了火；或是无缘的，想也想不到的闯进一些鬼魔去。

"把六挤掉地下去了。一条被你自己盖着。"

一家三人腰疼腿疼，然而不能吃饱穿暖。

妈妈出去做女仆，小六也去，她是妈妈的小仆人，妈妈为人家烧饭，小六提着壶去打水。柏油路上飞着雨丝，那是秋雨了。小六戴着爹爹的大毡帽，提着壶，壶在雨中穿过横道。

那夜小六和娘一起哭着回来。爹说：

"哭死……死就痛快的死。"

房东又来赶他们搬家，说这间厨房已经租出去了。后院亭子间盖起楼房来了！前院厨房又租出去。蟋蟀夜夜吟鸣，小六全家在蟋蟀吟鸣里向着天外的白月坐着。尤其是娘，她呆人一样，朽木一样。她说：

"往那样搬？我本打算一个月三元钱能租个板房！……你看……那家算掉我……。"

夜夜那女人不睡觉。肩上披着一张单布坐着。搬到什么地方去！搬到海里去？

搬家把女人逼得疯子似的，眼睛每天红着。她家吵架，全院人都去看热闹。

"我不活……啦……你打死我……打死我……。"

小六惶惑着，比妈妈的哭声更大，那孩子跑到同院人家去唤喊：

"打俺娘……爹打俺娘……"有时候她竟向大街去喊。同院人来了！但是无法分开，他们像两条狗打仗似的。小六用拳头在爹的背脊上挥两下，但是又停下来哭，那孩子好像有火烧着她一般，暴跳起来。打仗停下了的时候，那也正同狗一样，爹爹在墙根这面呼喘，妈妈在墙根那面呼喘。

"你打俺娘，你……你要打死她！俺娘……俺娘……"爹和娘静下来，小六还没有静下来。滔荡着那孩子仍哭。

有时夜里打起来，床板翻倒，同院别人家的孩子渐渐害怕起来，说小六她娘疯了！有的说她着了妖魔。因为每次打仗都是哭得昏过去才停止。

"小六跳海了……小六跳海了……"

院中人都出来看小六。那女人抱着孩子去跳湾，（湾即路旁之臭泥沼。）而不是去跳海。她向石墙疯狂的跌撞，湿得全身打颤的小六又是哭，女人号啕到半夜。同院人家的孩子更害怕起来，说是小六也疯了。娘停止号啕时，才听到蟋蟀在墙根鸣。娘就穿着湿裤子睡。

白月夜夜照在人间，安息了！人人都安息了！可是太阳一出来时，小六家又得搬家。搬向那样去呢？说不定娘要跳海，又要先把小六推下海去。

一九三五，一，二六日

饿①

　　"列巴圈"挂在过道别人的门上,过道好像还没有天明,可是电灯已经熄了。夜间遗留下来睡朦朦的气息充塞在过道,茶房气喘着,抹着地板。我不愿醒得太早,可是已经醒了,同时再不能睡去。

　　厕所房的电灯仍开着,和夜间一般昏黄,好像黎明还没有到来,可是"列巴圈"已经挂上别人家的门了!有的牛奶瓶也规规矩矩的等在别人的房间外。只要一醒来,就可以随便吃喝,但,这都只限于别人,是别人的事,与自己无关。

　　扭开了灯,郎华睡在床上,他睡得很恬静,连呼吸也不震动空气一下。听一听过道连一个人也没走动。全旅馆的三层楼都在睡中,越这样静越引诱我,我的那种想头越坚决。过道尚没有一点声息,过道越静越引诱我,我的那种想头越想越充涨我:去拿吧!正是时候,即使是偷,那就偷吧!

　　轻轻扭动钥匙,门一点响动也没有,探头看了看,"列巴圈"对门就挂着,东隔壁也挂着,西隔壁也挂着。天快亮了!牛奶瓶的乳白色看得真真切切,"列巴圈"比每天也大了些。结果什么也没有去拿,我

<hr>

① 该篇创作于一九三五年三至五月间,首刊于一九三五年六月一日上海《文学》第四卷第六号,署名悄吟。一九三六年八月,收入上海文化生活出版社初版散文集《商市街》,署名悄吟。

心里发烧,耳朵也热了一阵,立刻想到这是"偷"。儿时的记忆再现出来,偷梨吃的孩子最羞耻。过了好久,我就贴在已关好的门扇上,大概我像一个没有灵魂的,纸剪成的人贴在门扇。大概这样吧:街车唤醒了我,马蹄得得,车轮吱吱的响过去。我抱紧胸膛,把头也挂到胸口,向我自己心说:我饿呀! 不是"偷"呀!

第二次也打开门,这次我决心了! 偷就偷,虽然是几个"列巴圈",我也偷,为着我"饿",为着他"饿"。

第二次又失败,那么不去做第三次了。下了最后的决心,爬上床,关了灯,推一推郎华,他没有醒,我怕他醒。在"偷"这一刻,郎华也是我的敌人;假若我有母亲,母亲也是敌人。

天亮了! 人们醒了,马路也醒了。做家庭教师,无钱吃饭也要去上课,并且要练武术。他喝了一杯空茶走的,过道那些"列巴圈"早已不见,都让别人吃了。

从昨夜饿到中午,四肢软弱一点,肚子好像被踢打放了气的皮球。

窗子在墙壁中央,天窗似的,我从窗口升了出去,赤裸裸,完全和日光接近;市街临在我的脚下,直线的,错综着许多角度的楼房,大柱子一般工厂的烟筒,街道横顺交组着,秃光的街树。白云在天空作出各样的曲线,高空的风吹破我的头发,飘荡我的衣襟。市街和一张烦烦杂杂颜色不清晰的地图挂在我的眼前。楼顶和树梢都挂住一层稀薄的白霜,整个城市在阳光下闪闪灼灼撒了一层银片。我的衣襟风拍着作响,我冷了,我孤孤独独的好像站在无人的山顶。每家楼顶的白霜,一刻不是银片了,而是些雪花,冰花或是什么更严寒的东西在吸我,全身浴在冰水里一般。

我披了棉被再出现到窗口,那不是全身,仅仅是头和胸突在窗口。一个女人站在一家药店门口讨钱,手下牵着孩子,衣襟裹着更小的孩子。药店没有人出来理她,过路人也不理她,都像说她有孩子不对,穷就不该有孩子,有也应该饿死。

我只能看到街路的半面，那女人大概向我的窗下走来，因为我听见那孩子的哭声很近。

"老爷，太太，可怜可怜……"可是看不见她在追逐谁，虽然是三层楼，也听得这般清楚，她一定是跑得颠颠断断的呼喘："老爷……老爷……可怜吧！"

那女人一定正相同我，一定早饭还没有吃，也许昨晚的也没有吃，她在楼下急迫的来回的呼声传染了我，肚子立刻响起来，肠子不住的呼叫……

郎华仍不回来，我拿什么来喂肚子呢？桌子可以吃吗？草褥子可以吃吗？

晒着阳光的行人道，来往的行人，小贩，乞丐……这一些看得我疲倦了！打着呵欠从窗口爬下来。

窗子一关起来，立刻满生了霜，过一刻玻璃片就流着眼泪了！起初是一条一条的，后来就大哭了！满脸是泪，好像在行人道上讨饭的母亲的脸。

我坐在小屋，饿在笼中的鸡一般，只想合起眼睛来静着，默着，但又不是睡。

"咯，咯！"这是谁在打门！我快去开门，是三年前旧学校里的图画先生。

他和从前一样很喜欢说笑话，没有改变，只是胖了一点，眼睛又小了一点。他随便说，说得很多。他的女儿，那个穿红花旗袍的小姑娘，又加了一件黑绒上衣，她在藤椅上怪美丽的，但她有点不耐烦的样子：

"爸爸，我们走吧。"小姑娘那里懂得人生！小姑娘只知道美，那里懂得人生？

曹先生问："你一个人住在这里吗？"

"是——"我当时不晓得为什么答应"是"，明明是和郎华同住，怎么要说自己住呢？

好像这几年并没有别开，我仍在那个学校读书一样。他说：

"还是一个人好，可以把整个的心身献给艺术。你现在不喜欢画，你喜欢文学，就把全心献给文学。只有忠心于艺术的心才不空虚，只有艺术才是美，才是真美。'爱情'这话很难说，若是为了性欲才爱，那么就不如临时解决，随便可以找到一个，只要是异性。爱是爱，'爱'很不容易，那么就不如爱艺术，比较不空虚……"

"爸爸，走吧！"小姑娘那里懂得人生，只知道"美"，她看一看这屋子一点意思也没有，床上只铺一张草褥子。

"是，走——"曹先生又说，眼睛指着女儿："你看我，十三岁就结了婚。这不是吗？曹云都十五岁啦！"

"爸爸，我们走吧！"

他和前几年一样，总爱说"十三岁"就结了婚。差不多全校同学都知道曹先生是十三岁结婚的。

"爸爸，我们走吧！"

他把一张票子丢在桌上就走了！那是我写信去要的。

郎华还没有回来，我应该立刻想到饿，但我完全被青春迷惑了，读书时候那里懂得"饿"？只晓得青春最重要，虽然现在我也并没老，但总觉得青春是过去了！过去了！

我冥想了一个长时期，心浪和海水一般的潮了一阵。

追逐实际吧！青春惟有自私的人才系念她，"只有饥寒，没有青春。"

几天没有去过的小饭馆，又坐在那里边吃喝了。"很累了吧！腿可疼？道外道里要有十五里路。"我问他。

只要有的吃，他也很满足，我也很满足。其余什么都忘了！

那个饭馆，我已经习惯，还不等他坐下，我就抢了个地方先坐下，我也把菜的名字记得很熟，什么辣椒白菜啦，雪里红豆腐啦……什么酱鱼啦！怎么叫酱鱼呢？那里有鱼！用鱼骨头炒一点酱，借一点腥味就是啦！我很有把握，我简直都不用算一算就知道这些菜也超不过一角钱。因此我很大的声音招呼，我不怕，我一点也不怕花钱。

回来，没有睡觉之前我们一面喝着开水一面说：

"这回又饿不着了，又够吃些日子。"

闭了灯，又满足又安适的睡了一夜。

祖父死了的时候[①]

　　祖父总是有点变样子,他喜欢流起眼泪来,同时过去很重要的事情他也忘掉。比方过去那一些他常讲的故事,现在讲起来,讲了一半,下一半他就说:"我记不得了。"

　　某夜,他又病了一次,经过这一次病,他竟说:

　　"给你三姑写信,叫她来一趟,我不是四五年没看过她吗?"他叫我写信给我已经死去五年的姑母。

　　那次离家是很痛苦的。学校来了开学通知信,祖父又一天一天的变样起来。

　　祖父睡着的时候,我就躺在他的旁边哭,好像祖父已经离开我死去似的,一面哭着一面抬头看他凹陷的嘴唇。

　　我若死掉祖父,就死掉我一生最重要的一个人,好像他死了就把人间一切"爱"和"温暖"带得空空虚虚。我的心被丝线扎住或是被铁丝绞住了。

　　我联想到母亲死的时候。母亲死以后,父亲怎样打我,又娶一个新母亲来。这个母亲很客气,不打我,就是骂,也是指着桌子或椅子来

①　该篇创作时间不详,原篇名《祖父死的时候》,首刊于一九三五年七月十六日、十七日上海《时事新报》副刊"青光",署名悄吟。一九三五年七月二十八日,改篇名《祖父死了的时候》,再刊于长春《大同报》副刊"大同俱乐部",署名悄吟。

骂我。客气是越客气了，但是冷淡了，疏远了，生人一样。

"到院子去玩玩吧！"祖父说了这话之后，在我的头上撞了一下，"喂！你看这是什么？"黄金色的桔子落到我的手中。

夜间不敢到茅厕去，我说："妈妈同我到茅厕去趟吧。"

"我不去！"

"那我害怕呀！"

"怕什么？"

"怕什么？怕鬼怕神？"父亲也说话了，把眼睛从眼镜上面看着我。

冬天，祖父已经睡下，赤着脚，开着钮扣跟我到外面茅厕去。

学校开学，我迟到了四天。

三月里，我又回家一次。正在外面叫门，里面小弟弟嚷着：

"姐姐回来了！姐姐回来了！"

大门开时，我就远远注意着祖父住着的那间房子。果然祖父的面孔和胡子闪现在玻璃窗里。

我跳着笑着跑进屋去。但不是高兴，只是心酸，祖父的脸色更惨淡更白了。等屋子里一个人没有时，他流着泪，他慌慌忙忙的一边用袖口擦着眼泪，一边抖动着嘴唇：

"爷爷不行了，不知早晚……前些日子好险没跌……跌死。"

"怎么跌的？"

"就是在后屋，我想去解手，招呼人，也听不见，按电铃也没有人来，就得爬啦。还没到后门口，腿颤，心跳，眼前发花了一阵就倒下去。没跌断了腰……人老了，有什么用处！爷爷是八十一岁呢！"

"爷爷是八十一岁。"

"没用了，活了八十一岁还是在地上爬呢！我想想你看不着爷爷了，谁知没有跌死，我又慢慢爬到炕上。"

我走的那天也是和我回来那天一样，白色的脸的轮廓闪现在玻璃窗里。

在院心我回头看着祖父的面孔,走到大门口,在大门口我仍可看见,出了大门,就被门扇遮断。

从这一次祖父就与我永远隔绝了。虽然那次和祖父告别,并没说出一个永别的字。

我回来看祖父,这回门前吹着喇叭,幡杆挑得比房头更高,马车离家很远的时候,我已看到高高的白色幡杆了,吹鼓手们的喇叭怆凉的在悲号。马车停在喇叭声中,大门前的白幡,白对联,院心的灵棚,闹嚷嚷许多人,吹鼓手们响起呜呜的哀号。

这回祖父不坐在玻璃窗里,是睡在堂屋的板床上,没有灵魂地躺在那里。我要看一看他白色的胡子,可是怎样看呢!拿开他脸上蒙着的纸吧,胡子,眼睛和嘴,都不会动了,他真的一点感觉也没有了?

我从长长的袖管里去摸他的手,手也没有感觉了。祖父这回真死去了啊!

祖父装进棺材去的那天早晨,正是后园里玫瑰花开放满树的时候。

我扯着祖父的一张被角,抬向灵前去。吹鼓手在灵前吹着大喇叭。

我怕起来,我号叫起来。

"咣咣!"黑色的,半尺厚的灵柩盖子压上去。

吃饭的时候,我饮了酒,用祖父的酒杯饮的。饭后我跑到后园玫瑰树下去卧倒,园中飞着蜂子和蝴蝶,绿草的清凉的气味,这都和十年前一样。可是十年前死了妈妈。妈妈死后我仍是在园中捕蝴蝶;这回祖父死去,我却饮了酒。

过去的十年我是和父亲打斗着生活。在这期间我觉得人是残酷的东西。父亲对我是没有好面孔的,对于仆人也是没有好面孔的,他对于祖父也是没有好面孔的。

因为仆人是穷人，祖父是老了，我是个小孩子，所以我们这些完全没有保障的人就落到他的手里。后来我看到新娶来的母亲也落到他的手里，他喜欢她的时候，便同她说笑，他恼怒时便骂她，母亲渐渐也怕起父亲来。

　　母亲也不是穷人，也不是老人，也不是孩子，怎么也怕起父亲来呢？

　　我到邻家去看看，邻家的女人也是怕男人。我到舅家去，舅母也是怕舅父。

　　我懂得的尽是些偏僻的人生，我想世间死了祖父，就没有再同情我的人了，世间死了祖父，剩下的尽是些凶残的人。

　　我饮了酒，回想，幻想……

　　以后我必须不要家，到广大的人群中去，但我在玫瑰树下颤慄了，人群中没有我的祖父。

　　所以我哭着，整个祖父死的时候我哭着。

小　事①

　　公园门口站着一个笑吟吟的老头，正是黄昏时候，夕阳在树梢闪着光辉，夕阳照满园里园外，拿着"派司"，推着小车的孩子大人都是从那个转门进去。里面睡着孩子的小推车是从旁边那个宽门口进去的。

　　同样，那老头也是拿着"派司"，可是就不同了，他仍是站在门外笑，并不进来。

　　我们进了园门回头看时，他为什么笑呢？守园门的巡捕用一根竹杆点着孩子的脚，那孩子大概是老头的孙儿。

　　"哼！你就穿这个鞋子，你不穿袜子，外国人看到不许。"那巡捕还作了个鬼脸，把嘴唇向上一兜，把眼球向上一翻，我们站得近，所以那巡捕翻眼球翻到发白的程度，我们都看见。

　　我从前还不知道这个，我问我的同伴：

　　"怎么！外国人还管到穿袜子不穿袜子？"

　　"不行啊！不穿袜子就不让进的。"同伴答我。

　　我根据这话马上就找到例证：推车的保姆不穿袜子，外国孩子不

① 该篇创作时间不详，首刊于一九三五年八月四日上海《时事新报》副刊"青光"，署名悄吟。

穿袜子，漂亮女人不穿袜子。

"这不是吗？这不是都没穿袜子吗？"我就指着树下穿高跟鞋的女人。

"嗳！穿袜子，不穿袜子不是这样说。"

"那么怎样说呢？"

"'不平'，这就叫'不平'。"

再回头看时，那老头仍站在园门外，还是站得那样近，只要伸手推转一下转门就可以进来，就可以连孙儿也带进来。

老头看一看自己是不是拿着和别人一样的那么一个长方浅蓝色的纸片！大概他自己不相信这护照是好用的，他仔细的摸一摸，那是和别人一样，外面套了一片硬壳。

"好用的，好用的。"他把"派司"又放进衣袋去。

但是他仍不能进来，同时被夕阳拖长的连孙儿的影子也进了园门，那光着脚的，推着车子的保姆就踏着老头的影子走进园门。和孙儿一般高的外国孩子也光着脚，踏着孙儿的影子跑进去。巡捕没有去问其余的孩子，也不用竹竿去敲打其余的孩子们赤光的脚。

老头，他微微的露着笑脸，挟着羞容，望着这有趣而不得见的公园，他更加憧憬了吧！和孩子一般地，听说里面有水池，满池的金鱼呢！

孙儿站在身边，并不像别的孩子一般遇了不满意的事就闹起来，他看一看公公，再看一看巡捕。

我们走得远了，再回头看时，那老头已不见了。

再走几步，草地上摆着藤椅，也是老头，带着眼镜，就坐在藤椅上喝汽水。

"这边就喝汽水，也是老头，站在园门外的也是老头……"

我的同伴说："老头与老头之间不同如是。"

"嗳呀！"我叹息出来。

"进不了公园这是小事,没饭吃的,被杀的……"

"杀是听说惯了,一个公园看看就不许……"

"就要的是这股'劲'吗?穿草鞋进公园有多么不体面,阔人和外国人不愿意看。"我的同伴说。

我想了又想,并不是因为那老头赤脚,假若他穿一双用金丝绞成的"草鞋",那么也可以进的?他的鞋是用草做的,是用不值钱的东西做的。

同时证明那老头也是不值钱,不值钱的人,逛公园也罢,不逛公园也罢!

小事,这就是小事。

三个无聊人①

　　一个大胖胖,戴着圆眼镜。另一个很高,肩头很狭。第三个弹着小四弦琴,同时读着李后主的词:

　　"四十年来家国,三千里地山河……"②读到一句的末尾,琴弦没有节调的,重复的响了一下,这样就算他把词句配上了音乐。

　　"嘘!"胖子把被角撅了一下,接着唱道:"杨延辉,坐宫院……"③他的嗓子像破了似的。

　　第三个也在作声:

　　"《小品文和漫画》④那里去了?"总是这人比其他两个好,他愿意读杂志和其他刊物。

　　"唉! 无聊!"每次当他读完一本的时候,他就用力向桌面摔去。

---

① 该篇创作于一九三五年六月十二日,首刊于一九三五年八月五日上海《太白》第二卷第十期,署名悄吟。一九三六年十一月,收入上海文化生活出版社初版散文、小说集《桥》,署名悄吟。一九四〇年六月,收入重庆大时代书局初版"文艺丛书"《萧红散文》,署名萧红。

② 四十年来家国,三千里地山河……:南唐后主李煜(937—978)《破阵子·四十年来家国》中诗句。

③ 杨延辉,坐宫院……:传统京剧《四郎探母》的唱词。杨延辉,即杨四郎,宋名将杨业(? —986)第四子,名杨贯。

④ 《小品文和漫画》:《太白》杂志社一九三五年编辑出版的纪念特辑,收入五十八位作者关于小品文和漫画的言论。

晚间,狭肩头的人去读"世界语①"了,临出门时他的眼光很足,向着他的两个同伴说:

"你们这是干什么! 没有纪律,一天哭哭叫叫的。"

"唉! 无聊!"当他回来的时候,眼睛也无光了。

照例是这样,临出门时是兴奋的,回来时他就无聊了,和他的两个同伴同样没有纪律。从学"世界语"起,这狭肩头的人差不多每天念起"爱丝迫乱多②",后来他渐渐骂起"爱丝迫乱多"来,这可不知因为什么? 他们住得很好,铁丝颤条床,淡蓝色的墙壁涂着金花,两只四十烛光灯泡,窗外有法国梧桐,楼下是外国菜馆,并且铁盒子里不断的放着饼干,还有罐头鱼。

"咳! 真无聊!"高个狭肩头的说。

于是胖同伴提议去到法国公园,园中有流汗的园丁;园门口有流汗的洋车夫。巧得很,一个没有手脚的乞丐,滚叫在去公园的道旁被他们遇见。

"老黑,你还没起来吗? 真够享福了。"狭肩头的人从公园回来,要把他的第三个同伴拖下来;"真够受的,你还在梦中……"

"不要闹,不要闹,我还困呢!"

"起来吧! 去看看那滚号在公园门前的人你就不困啦!"

那睡在床上的,没有相信他的话,并没起来。

狭肩头的人,愤愤懑懑地,整整一个早晨,他没说无聊,这是他看了一个无手无足的乞丐的结果。也许他看到这无手无足的东西就有聊了!

十二点钟要去午餐,这愤懑的人没有去。

"太浪费了,吃些面包不能过吗?"他去买面包,自己坐在房中吃。

---

① 世界语:波兰眼科医生柴门霍夫(1859—1917)于一八八七年创立的人工语言,被称为"国际普通话"。二十世纪初,该语言传入中国。
② 爱丝迫乱多:世界语 Esperanto 的译音。

"买一盒沙丁鱼来拌着吃吧!"他又出去买沙丁鱼。

等晚上有朋友来,他就告诉他无钱的朋友:

"你们真是不会俭省,买面包吃多么好!"

他的朋友吃了两天面包,把胃口吃得很酸。

狭肩头人,又无聊了,因为他好几天没有看到无手无足的人,或是什么特别惨状的人。

他常常到街上去走,只要看到卖桃的小孩在街上被巡捕打翻了筐子,他也够有聊几个钟头。慢慢他这个无聊的病非到街头去治不可,后来这卖桃的小孩一类的事竟治不了他。那么就必须看报了,报纸上说:烟台煤矿又烧死多少人,或是压死多少人。

"啊呀!真不得了,这真是惨目。"这样大事能使他三两天反复着说,他的无聊像一种病症似的,又被这大事治住个三两天。他不无聊,很有聊的样子读小说,读杂志。

"四十年来家国,三千里地山河⋯⋯"老黑无聊的时候就唱这调子,他不愿意看什么惨事,他也不愿意听什么伟大的话,他每天不用理智,就用感情来生活着,好像个真诗人似的。四弦琴在他的手下,不成曲调的嗒啦啦嗒啦啦⋯⋯

"嗒啦,嗒啦,啦嗒嗒⋯⋯"胖同伴的木鞋在地板上拍,手臂在飞着⋯⋯

"你们这是在干什么?"读杂志的人说。

"我们这是在无聊?"三个无聊人听到这话都笑了。

胖同伴,有书也读书,有理论也讲理论,有琴也弹琴,有人弹琴他就唱。但这在他都是无聊的事情,对于他实实在在有趣的,是"先施公司":

"那些女人真可怜,有的连血色都没有了,可是还站在那里拉客⋯⋯"他常常带着钱去可怜那些女人。

"最非人生活的就是这些女人,可是没有人知道更详细些。"他这态度是个学者的态度。说着他就搭电车,带着钱,热诚的去到那些女人身上去研究"社会科学"去了。

剩下的两个无聊!一个在看报,一个去到公园,拿着琴。去到公园的不知怎样? 最大限度也不过"四十年来家国,三千里地山河……"

但是在看报的却发足火来,无论怎样看,报上也不过载着煤矿啦!或者是什么大河大川暴涨淹死多少人。电车轧死小孩,受经济压迫投黄浦自杀一类的。

无聊,无聊!

人间慢慢治不了他这个病了。

可惜没有比煤矿更惨的事。

六月十二日

雪　天[①]

　　我直直是睡了一个整天,这使我不能再睡。小屋子渐渐从灰色变做黑色。

　　睡得背很痛,肩也很痛,并且也饿了。我下床开了灯,在床沿坐了坐,到椅子间坐了坐,扒一扒头发,揉擦两下眼睛,心中感到幽长和无底,好像把我放下一个煤洞去,并且没有灯笼,使我一个人走沉下去。屋子虽然小,在我觉得和一个荒凉的广场样,屋子的墙壁隔离着我,比天还远,那是说一切不和我发生关系;那是说我的肚子太空了!

　　一切街车街声在小窗外闹着。可是三层楼的过道非常寂静。每走过一个人,我留意他的脚步声,那是非常响亮的,硬底皮鞋踏过去,女人的高跟鞋更响亮而且焦急,有时成群的响声,男男女女穿踏着过道一阵。我听遍了过道上一切引诱我的声音,可是不用开门看,我知道郎华还没回来。

　　小窗那样高,囚犯住的屋子一般,我仰起头来,看见那一些纷飞的雪花从天空忙乱的跌落,有的也打在玻璃窗片上,即刻就消融了! 变成水珠滚动爬行着,玻璃窗被它画成没有意义无组织的条纹。

① 该篇创作于一九三五年三至五月间,首刊于一九三五年八月三十一日上海《时事新报》副刊"青光",署名悄吟。一九三六年八月,收入上海文化生活出版社初版散文集《商市街》,署名悄吟。

我想:雪花为什么要翩飞呢？多么没有意义！忽然我又想:我不也是和雪花一般没有意义吗？坐在椅子里,两手空着,什么也不做;口张着,可是什么也不吃。我十分和一架完全停止了的机器相像。

过道一响,我的心就非常跳,那该不是郎华的脚步？一种穿软底鞋的声音,擦擦来近门口,我仿佛是跳起来,我心害怕着:他冻得可怜了吧？他没有带回面包来吧！

开门看时,茶房站在那里:

"包夜饭吗?"

"多少钱?"

"每份六角。包月十五元。"

"……"我一点都不迟疑摇着头,怕是他把饭送进来强迫叫我吃似的,怕他强迫向我要钱似的。茶房走出,门又严肃的关起来。一切别的房中的笑声,饭菜的香气都断绝了,就这样用一道门,我与人间隔离着。

一直到郎华回来,他的胶皮底鞋擦在门限我才止住幻想。茶房手上的托盘,肉饼,炸黄的番薯,切成大片有弹力的面包……

郎华的夹衣上那样湿了,已湿的裤管拖着泥。鞋底通了孔,使得袜子也湿了。

他上床暖一暖,脚伸在被子外面,我给他用一张破布擦着脚上冰凉的黑圈。

当他问我时,他和呆人一般直直的腰也不弯:

"饿了吧?"

我几乎是哭了,我说:"不饿。"为了低头,我的脸几乎接触到他冰凉的脚掌。

他的衣服完全湿透,所以我到马路旁去买馒头。就在光身的木桌上,刷牙缸冒着气,刷牙缸伴着我们把馒头吃完。馒头既然吃完,桌上的铜板也要被吃掉似的。他问我:

"够不够?"

我说:"够了。"我问他:"够不够?"

他也说:"够了。"

隔壁的手风琴唱起来,它唱的是生活的痛苦吗? 手风琴凄凄凉凉地唱呀!

登上桌子,把小窗打开。这小窗是通过人间的孔道:楼顶,烟囱,飞着雪沉重而浓黑的天,路灯,警察,街车,小贩,乞丐,一切显现在这小孔道,烦烦忙忙的市街发着响。

隔壁的手风琴在我们耳里不存在了。

初　冬①

初冬,我走在清凉的街道上遇见了我的弟弟。

"莹姐,你走到那里去?"

"随便走走吧!"

"我们去吃一杯咖啡,好不好? 莹姐。"

咖啡店的窗子在帘幕下挂着苍白的霜层。我把领口脱着毛的外衣搭在衣架上。

我们开始搅着杯子玲啷的响了。

"天冷了吧! 并且也太孤寂了,你还是回家的好。"弟弟的眼睛是深黑色的。

我摇了头,我说:

"你们学校的篮球队近来怎么样? 还活跃吗? 你还是很热心吗?"

"我掷筐掷得更进步,可惜你总也没到我们的球场上来了。你这样不畅快是不行的。"

---

① 该篇创作于一九三五年初冬,首刊于一九三六年　月五日上海《生活知识》第一卷第七期,署名悄吟。一九三六年十一月,收入上海文化生活出版社初版散文、小说集《桥》,署名悄吟。一九四〇年六月,收入重庆大时代书局初版"文艺丛书"《萧红散文》,署名萧红。

我仍搅着杯子,也许飘流久了的心情,就和离了岸的海水一般,若非遇到大风是不会翻起的,我开始弄着手帕。弟弟再向我说什么我已不去听清他,仿佛自己是沉坠在深远的幻想的井里。

我不记得怎样咖啡被我吃干了杯了。茶匙在搅着空的杯子时,弟弟说:

"再来一杯吧!"

女侍者带着欢笑一般飞起的头发来到我们桌边。她又用很响亮的脚步摇摇的走了去。

也许是因为清早或是天寒,再没有人走进这咖啡店。在弟弟默默看着我的时候,在我的思想宁静得玻璃一般平的时候,壁间暖气管小小嘶鸣的声音都听得到了。

"天冷了,还是回家好,心情这样不畅快长久了是无益的。"

"怎么!"

"太坏的心情与你有什么好处呢?"

"为什么要说我的心情不好呢?"

我们又都搅着杯子。有外国人走进来,那响着嗓子的,嘴不住在说的女人,就坐在我们的近边,她离得我越近,我越嗅到她满衣的香气,那使我感到她离得我更辽远,也感到全人类离得我更辽远。也许她那安闲而幸福的态度与我一点连系也没有。

我们搅着杯子,杯子不能像起初搅得发响了,街车好像渐渐多了起来,闪在窗子上的人影迅速而且繁多了。隔着窗子可以听到喑哑的笑声和喑哑的踏在行人道上的鞋子的声音。

"莹姐,"弟弟的眼睛是深黑色的。"天冷了,再不能飘流下去,回家去吧!"等他说:"你的头发这样长了,怎么不到理发店去一次呢?"我不知为什么被他这话所激动了。

也许要熄灭的灯火在我心中复燃起来,热力和光明鼓荡着我:

"那样的家我是不想回去的。"

"那么飘流着,就这样飘流着?"弟弟的眼睛是深黑色的。他的杯子留在左手里边,另一只手在桌面上手心向上翻张了开来,要在空间摸索着什么似的。最后他是捉住他自己的领巾。我看着他在抖动的唇嘴:

"莹姐,我真担心你这个女浪人!"他的牙齿好像更白了些,更大些,而且有力了,而且充满热情了。为热情而波动,他的嘴唇是那样的退去了颜色。并且他的全人有些近乎狂人,然而是安静的,完全被热情侵占着的。

出了咖啡店,我们在结着薄碎的冰雪上面踏着脚。

初冬,朝晨的红日扑着我们的头发,这样的红光使我感到欣快和寂寞。弟弟不住地在手下摇着帽子,肩头耸起了又落下了;心脏也是高了又低了。

渺小的同情者和被同情者离开了市街。

停在一个荒败的枣树园的前面时,他突然把很厚的手伸给了我,这是在我们要告别了。

"我到学校去上课!"他脱开我的手向着和我相反的方向背转过去。可是走了几步又转回来:

"莹姐,我看你还是回家的好!"

"那样的家我是不能回去的,我不愿意受和我站在两极端父亲的豢养……"

"那么你要钱用么?"

"不要的。"

"那么你就这个样子吗? 你瘦了! 你快要生病了! 你的衣服也太薄啊!"弟弟的眼睛是深黑色的,充满着祈祷和愿望。我们又握过手,分别方向走去。

太阳在我的脸面上闪闪耀耀,仍和未遇见弟弟以前一样,我穿着街头,我无目的的走。寒风,刺着喉头,时时要发作小小的咳嗽。

弟弟留给我的是深黑色的眼睛,这在我散漫与孤独的流荡人的心板上,怎能不微温了一个时刻?

一九三五年,初冬

访 问[①]

这是寒带的,俄罗斯式的家屋:房身的一半是埋在地下,从外面看去,窗子几乎与地平线接近着。门厅是突出来的,和一个方形的亭子似的与房子接连着,门厅的外部,用毛草和麻布给它穿起了衣裳,就这样,门扇的边沿仍是挂着白色的霜雪。

只要你一踏进这家屋去,你立刻就会相信这是夏季,或者在你的感觉里面会出现一个比夏季更舒适的另外的一个季节,人在这家屋里边,只穿着单的衣裳,也还打开着领口,阳光在沙发上跳跃着,大火炉上,水壶的盖子为了水的滚煮的原故,克答克答的在响,窗台的花盆里生着绿色的毛绒草。总之,使人立刻就会放弃了对于冬季的怨恨和怕惧。

我来过这房屋三次,第一次我是来访我的朋友,可以说每次我都是来访我的朋友,在最末这一次我的来访是黄昏时候。在冬季的黄昏里,所有的房屋都呈现着灰白色,好像是出了林子的白兔,为了疲倦到处躺卧下来。

---

① 该篇创作于一九三六年一月七日,首刊于一九三六年一月十九日上海《海燕》第一期,署名萧红。一九二六年十一月,收入上海文化生活出版社初版散文、小说集《桥》,署名悄吟。一九四〇年六月,收入重庆大时代书局初版"文艺丛书"《萧红散文》,署名萧红。一九四一年,收入上海地球出版社《文青丛刊》第二集《第一流(续编)》。

我察看了一下房号,在被遗留下来的太阳的微光里面那完全是模糊的,蓝色的牌子上面,并分辨不出写着什么字数。我察看着那突出来的门厅,然而每家的门厅都是一律。我虽然来过这房子两次,但那都是日里。我开始留心着窗口,我的朋友的窗口是摆着一盆浅绿色的毛绒草,于是我穿着这灰色天空下模糊的家屋而徘徊……

"唔!"门厅旁边嵌着的那块小玻璃,在我的记忆上恍了一下。我记得别的门厅是没有这块玻璃的。

我既认出了这个门厅,然而窗子里并没有灯光,我已经感到超过半数以上的失望!

"也许是睡觉了吧? 可是这么早?"我打过门以后,并没有立刻走出人来,连回声也没有,只是狗在门里边叫着。

"可多? 可多?"我听出来这是女房东的声音。谁? 谁? 自然她说的是俄语。

"请! 请进来等一等……你的朋友,五点钟就回来的。"

方块糖,咖啡,还有她亲手制做的点心。她都拿出来陪着我吃。方块糖是从一个纸盒里面取出来的,她把手伸到纸盒的底边,一块一块撮了出来。

"唔,这是不很多,但是,吃……吃!"

起初她还时时去看那挂在墙上的手表。

"姑娘,请等一刻,五点钟,你的朋友是回来的,最多也不过六点钟……"

渐渐她把我看成完全是来访她的。她开始读一段书给我听,读得很长,并且使我完全不懂。

"明白了吗? 姑娘……"

"不,不十分明白。"

"呵哈!"她摇一下那翠蓝色的大耳环,留恋和羡慕使她灰色的嘴唇不能够平顺的播送着每个字的尾音。

"明白吗？姑娘，多么出色的故事！多么……我见过真的这样的恋爱，真的，我也有过这样的恋爱。明白一点吗？还是全明白了？"

"不，我一点也不明白。"

但是她并不停下来给我解释，那摊在她膝头上的快要摊散的旧书，她用十个手指在把持着它。

"唔！吃茶吧！"大概她已经读到了段落。把书放在桌子上，用一块糖在分着书页的界线。

"咖啡，我是只预备这一点点，我来到中国，就从来没多预备过……可是我会绣花边了，从前我是连知道也不知道，现在我绣得很好了。你愿意看一看吗？我有各种各样的花边……俄罗斯的花边和俄罗斯的跳舞一样漂亮……有名的，是，全世界是知道的……"

我始终看成她是犹太人，她的头发虽然卷曲而是黑色，只有犹太人是这样的头发；同时她的大耳坏也和犹太人的耳环一样，大而且沉重。

"不，姑娘，要看不要看呢？我想还是看一看的好……"她紧一紧那挂着穗子的披肩，想要站起来，但是椅背上像有什么东西牵着她的披肩。

"这是什么……这是……"那张椅子的靠背有许多弯弯曲曲的铁丝爬行着，并且在她摘取着挂在铁丝上的披肩时，那椅子吱吱的响起，好像要碎下来。

"姑娘，这花边吗！花边，花边……高贵的家庭需要花边的地方很多，比方……被套，女睡衣，窗帘，考究一点的主妇连饭巾也是钉起花边来的。多多的，用的地方多多的，赶快学一学吧！"

于是看到她的花边，但是一点也不出色，那上面已经染着灰尘，有的像是用水洗过，但是也没有洗净的样子，仿佛是些生着斑点的树叶连结了起来的。

"姑娘，学起来很快，你看我这盘机器，你会用机器吧！只要一个月，只要一个月……学费是三块钱……"

狗在床上跳来跳去，床已经显着颤动和发响。这狗时时会打断我们的谈话，它从床上跳到桌子上，又从桌子跳到窗台上去。这房间一切家具隔着过小的距离，床和窗子的距离中间摆着一张方桌——就是我们坐着喝茶的方桌——再就是大炉台，再就是脚下的痰盂。

"喝茶吧！这茶是不很好，我是到中国从来没预备过好茶。那么，吃饼干……"她把那盛饼干破了边沿的盘子向我这边推了推，于是她把眼睛几乎是合起来问着我："你不喜欢？你不喜欢吃这东西？"

我一边看着她那善于表情的样子，一边伸手去取茶杯，于是发见桌子上面只摆着一个杯子，我用眼满屋里寻找，但也没第二只杯子。

我已经感到了疲倦，我想另一天再来访我的朋友，我站起来时，小狗扯住了我衣裳的襟角。

"看吧！姑娘，这狗最欢迎客人……再坐一坐，等一等，你的朋友大概就要回来的……我把火炉加一点木片……你看，我和狗一道生活着，也实在闷了，它直是跳着使我爱它，有时也使我厌烦它，但是它不会说话……虽然我发怒的时候它怕我，但它不知道我灵魂的颜色……"她打开了炉门，炉火在她的耳环上面拥挤，火光抖动着的热力好像增强了她黑色的头发的卷曲。她的胳臂在动作的时候，那披肩的一个角部要从肩上流了下来，小狗在萦卷她那金黄色披肩的穗头。

她说那是"非洲狗"，看起来简直和袋鼠一样，毛皮稀疏得和一条脱了鳞的鱼相似，但在火光里面，它已像增强了美丽，它活泼。它竖起来的和耗子一般的耳朵也透着明。

炉门闭起来了，灯光增添了它的强度。当她坐下来，把披肩整理好，又要谈下去的时候，小狗在窗台上撕扯着窗帘的角落……

她说到"宫廷"，说到"尼古拉"，她说到一些华贵的事物上去的时节，她的两臂都完全分张开，好像要在空中去环抱她所讲的一切。并且椅子也唧唧吱吱的响了起来。

"我吗！我此刻不算什么生活了，俄罗斯，我敢相信，俄罗斯的奴仆也没有像我这样过活的……贵人完全破坏得一点也不存在了……贵人完全被他们赶到中国和别的国去了……好生活，那里还有好生活？俄罗斯的伟大消灭了……"这时候她拾了一块饼干伏在手掌上，她眼睛黑色的睫毛很快的闪合了一下，嘴唇好像波浪似的开始荡动：

"你见过吗？这叫饼干，这是什么饼干呢？狗也怕不想吃这东西……"

于是她把她手掌上的小硬块向着那袋鼠一样的狗掷了过去，果然在玻璃窗上发出一声相撞的响声，狗的牙齿开始和饼干接触着好像开始和什么骨类接触着似的。

"姑娘，你知道，这不是俄罗斯的狗，俄罗斯没有这样下贱的狗。从前我是养过的，只吃肉和汤，其余什么也不吃，面包也不吃……"

后来又谈到咖啡，又谈到跳舞……

她做着姿式，在颤抖的地板上她还打了几个旋风……

"俄罗斯的跳舞和俄罗斯的花边一样有名，是全世界顶有名的……"她坐了下来，好像刚刚她恢复了的青春又从她滑了去："可是关于花边，我要找几个学生，为的是生活，一点点的补助……你看，两个房子，我住在厨房里面，实在是小得可以……前几年我就教人做花边，可是慢慢少了下来……到现在简直没有人注意我……我来到中国十八年……不，十九年了，那年，我是二十二岁。刚结过婚……可是现在教花边了……是的……教花边……。"

窗子的上角，一颗星从帘子的缝际透了进来，她去把帘子舒展了一次，她说：

"这不是俄罗斯的星光，请不要照我……"她摇着头，她的大耳环在她很细的颈部荡了几下，于是她伸出去那青白的手把那颗星光遮掩了起来。

我走出这俄罗斯式的家屋的时候，那黑色的非洲狗向我叫了几声。

"姑娘！花边……有什么人要学花边,请介绍一下……"

我想起了,我的朋友说过,她的房东是旧俄时代一个将军的女儿。

于是我们说着再见。我向街道走去,她却关了门。隔着门,我听她大声唤着:

"格宾克！格宾克!"这大概是那非洲狗的名字。

一九三六,一,七日

家庭教师[1]

二十元票子,使他作了家庭教师。

这是第一天,他起得很早,并且脸上也像愉悦了些。我欢喜的跑到过道去倒脸水。心中埋藏不住这些愉快,使我一面折着被子,一面嘴里任意唱着什么歌的句子。而后坐到床沿,两腿轻轻的跳动,单衫的衣角在腿下面抖荡。我又跑出门外,看了几次那个提篮卖面包的人,我想他应该吃些点心吧,八点钟他要去教书,天寒,衣单,又空着肚子,那是不行的。

但是还不见那提着膨胀的篮子的人来到过道。

郎华作了家庭教师,大概他自己想也应该吃了。当我下楼时,他就自己在买,长形的大提篮已经摆在我们房间的门口。他仿佛一个大蝎虎样,贪婪的,为着他的食欲,从篮子里往外捉取着面包,圆形的点心和"列巴圈",他强健的两臂,好像要把整个篮子抱到房间里才能满足。最后他付过钱,下了最大的决心,舍弃了篮子跑回房中来吃。

还不到八点钟,他就走了。九点钟刚过他就回来。下午太阳快落时,他又去一次,一个钟头又回来。他已经慌慌忙忙像是生活有了意

① 　该篇创作于一九三五年三至五月间,首刊于一九三六年二月一日上海《中学生》第六十二号,署名悄吟。一九三六年八月,收入上海文化生活出版社初版散文集《商市街》,署名悄吟。

义似的。当他回来时,他带回一个小包袱,他说那是才从当铺取出的从前他当过的两件衣裳。他很有兴致的把一件长夹袍从包袱里解出来,还有一件小毛衣。

"你穿我的夹袍,我穿毛衣,"他吩咐着。

于是两个人各自赶快穿上。他的毛衣很合适。惟有我穿着他的夹袍,两只脚使我自己看不见,手被袖口吞没去,宽大的袖口使我忽然感到我的肩膀一边挂好一个口袋,就是这样我觉得很合适,很满足。

电灯照耀着满城市的人家。钞票带在我的衣袋里,就这样两个人理直气壮的走在街上,穿过电车道,穿过扰嚷着的那条破街。

一扇破碎的玻璃门,上面封了纸片,郎华拉开它,并且回头向我说:"很好的小饭馆,洋车夫和一切工人全在这里吃饭。"

我跟着进去。里面摆着三张大桌子,我有点看不惯,好几部分食客都挤在一张桌上。屋子几乎要转不来身,我想:让我坐在那里呢?三张桌子都是满满的人。我在袖口外面捏了一下郎华的手说:"一张空桌也没有,怎么吃?"

他说:"在这里吃饭是随随便便的,有空就坐。"他比我自然得多,接着他把帽子挂到墙壁上。堂管走来,用他拿在手中已经擦满油腻的布巾抹了一下桌角,同时向旁边正在吃的那个人说:"借光,借光。"

就这样,郎华坐在长板凳上那个人剩下来的一头。至于我呢,堂管把掌柜独坐的那个圆板凳搬来,占据着大桌子的一头。我们好像存在也可以,不存在也可以似的。不一会,小小的菜碟摆上来。我看到一个小圆木砧上堆着煮熟的肉,郎华跑过去,向着木砧说了一声:"切半角钱的猪头肉。"

那个人把刀在围裙上,在那块脏布上抹了一下,熟练的挥动着刀在切肉。我想:他怎么知道那叫猪头肉呢? 很快的我吃到猪头肉了。后来我又看见火炉上煮着一个大锅,我想要知道这锅里到底盛的是什么,然而当时我不敢,不好意思站起来满屋摆荡。

"你去看看吧。"

"那没有什么好吃的。"郎华一面去看,一面说。

正相反,锅虽然满挂着油腻,里面却是肉丸子。掌柜连忙说:"来一碗吧?"

我们没有立刻回答。掌柜又连忙说:"味道很好哩。"

我们怕的倒不是味道好不好,既然是肉的,一定要多花钱吧!我们面前摆了五六个小碟子,觉得菜已经够了。他看看我,我看看他。

"这么多菜,还是不要肉丸子吧,"我说。

"肉丸子还带汤。"我看他说这话,是愿意了,那么吃吧。一决心,肉丸子就端上来。

破玻璃门边,来来往往有人进出,戴破皮帽子的,穿破皮袄的,还有满身红绿的油匠,长胡子的老油匠,十二三岁尖嗓的小油匠。

脚下有点潮湿得难过了。可是门仍不住的开关,人们仍是来来往往。一个岁数大一点的妇人,抱着孩子在门外乞讨,仅仅在人们开门时她说一声:"可怜可怜吧!给小孩点吃的吧!"然而她从不动手推门。后来大概她等到时间太长了,就跟着人们进来,停在门口,她还不敢把门关上,表示出她一得到什么东西很快就走的样子。忽然全屋充满了冷空气。郎华拿馒头正要给她,掌柜的摆着手:"多得很,给不得。"

靠门的那个食客强关了门,已经把她赶出去了,并且说:"真她妈的,冷死人,开着门还行!"

不知那一个发了这一声:"她是个老婆子,你把她推出去。若是个大姑娘,不抱住她,你也得多看她两眼。"

全屋人差不多都笑了,我却听不惯这话,我非常恼怒。

郎华为着猪头肉喝了一小壶酒,我也帮着喝。同桌的那个人只吃咸菜,喝稀饭,他结账时还不到一角钱。接着我们也结账:小菜每碟二分,五碟小菜,半角钱猪头肉,半角钱烧酒,丸子汤八分,外加八个大馒头。

走出饭馆,使人吃惊,冷空气立刻裹紧全身,高空闪烁着繁星。我们奔向有电车经过叮叮响的那条街口。

"吃饱没有?"他问。

"饱了,"我答。

经过街口卖零食的小亭子,我还买了两块纸包糖,我一块,他一块,一面上楼,一面吮着糖的滋味。

"你真像个大口袋,"他吃饱了以后才向我说。

同时我打量着他,也非常不像样。在楼下大镜子前面两个人照了好久。他的帽子仅仅扣住前额,后脑勺被忘记似的,离得帽子老远老远的独立着。很大的头,顶个小卷沿帽,最不相宜的就是这个小卷沿帽,在头顶上看起来十分不牢固,好像乌鸦落在房顶,有随时飞走的可能。不配称的,别人送给他的那身学生服短而且宽。

走进房间,像两个大孩子似的,互相比着舌头,他吃的是红色的糖块,所以是红舌头,我是绿舌头。比完舌头之后,他忧愁起来,指甲在桌面上不住的敲响。

"你看,我当家庭教师有多么不带劲!来来往往冻得和个小叫花子似的。"

当他说话时,在桌上敲着的那只手的袖口已是破了,拖着线条。我想破了倒不要紧,可是冷怎么受呢?

长久的时间静默着,灯光照在两人脸上也不跳动一下,我说要给他缝缝袖口,明天要买针线。说到袖口,他惊觉一般看一下袖口,脸上立刻浮现着幻想,并且嘴唇微微张开,不自然似的,又不说什么。

关了灯,月光照在窗外,反映得全室微白。两人扯着一张被子,头下破书当做枕头。隔壁手风琴又咿咿呀呀的在诉说生之苦乐。乐器伴着他,他慢慢打开他幽禁的心灵了:

"敏子……这是敏子姑娘给我缝的。可是过去了,过去了就没有什么意义。我对你说过,那时候我疯狂了。直到最末一次信来,才算结束,结束就是说从那时起她不再给我来信了。这样意外的,相信也不能相信的事情,弄得我昏迷了许多日子……以前许多信都是写着爱我……甚至于说非爱我不可,最末一次信却骂起我来,直到现在我还不相信,可是事实是那样……"

他起来去拿毛衣给我看,"你看这桃色的线……是她缝的……敏子缝的……"

又灭了灯,隔壁的手风琴仍不停止。在说话里边他叫那个名字"敏子,敏子。"都是喉头发着水声。

"很好看的,小眼眉很黑……嘴唇很……很红啊!"说到恰好的时候,在被子里边他紧紧捏了我一下手。我想:我又不是她。

"嘴唇通红通红……啊……"他仍说下去。

马蹄打在街石上一朵朵的响声。每个院落在想像中也都睡去。

黑 夜[①]

也许是快近天明了吧！我第一次醒来。街车稀疏的从远处响起，一直到那声音雷鸣一般地震撼着这房子，直到那声音又远远的消灭下去，我都听到的。但感到生疏和广大，我就像睡在马路上一样，孤独并且无所凭据。

睡在我旁边的是我所不认识的人，那鼾声对于我简直是厌恶和隔膜。我对她并不存着一点感激，也像憎恶我所憎恶的人一样憎恶她。虽然在深夜里她给我一个住处，虽然从马路上把我招引到她的家里。

那夜寒风逼着我非常严厉，眼泪差不多和哭着一般流下，用手套抹着，揩着，在我敲打姨母家的门的时候，手套几乎是结了冰，在门扇上起着小小的粘结。我一面敲打一面叫着：

"姨母！姨母……"

她家的人完全睡下了，狗在院子里面叫了几声。我只好背转来走去。脚在下面感到有针在刺着似的痛楚。我是怎样的去羡慕那些临

① 该篇创作于一九三五年二月五日，原篇名《过夜》，首刊于一九三六年二月二十日上海《海燕》第二期，署名萧红。一九三六年十一月，收入上海文化生活出版社初版散文、小说集《桥》，署名悄吟。一九四〇年六月，改篇名《黑夜》，收入重庆大时代书局初版"文艺丛书"《萧红散文》，署名萧红。

微微南来风

画家简介

　　陈行哲，黑龙江省哈尔滨市呼兰人，现任哈尔滨师范大学美术教育系教师。多年从事呼兰河风情的艺术表现及萧红作品研究。

呼兰渔归

正月里

月　色

春来家园

南河沿初春

打春牛

河边渔家

街的我所经过的楼房,对着每个窗子我起着愤恨。那里面一定是温暖和快乐,并且那里面一定设置着很好的眠床。一想到眠床,我就想到了我家乡那边的马房,挂在马房里面不也很安逸吗!甚至于我想到了狗睡觉的地方,那一定有茅草。坐在茅草上面可以使我的脚温暖。

积雪在脚下面呼叫:"吱……吱……吱……"我的眼毛感到了纠绞,积雪随着风在我的腿部扫打。当我经过那些平日认为可怜的下等妓馆的门前时,我觉得她们也比我幸福。

我快走,慌张的走,我忘记了我的背脊怎样的弓起,肩头怎样的耸高。

"小姐!坐车吧!"经过繁华一点的街道,洋车夫们向我说着。

都记不得了,那等在路旁的马车的车夫们也许和我开着玩笑。

"喂……喂……冻得活像个他妈的……小鸡样……"

但我只看见马的蹄子在石路上面踩打。

我完全感到充血是我走上了我熟人的扶梯,我摸索,我寻找电灯,往往一件事情越接近着终点越容易着急和不能忍耐。升到最高级了,几乎从顶上滑了下来。

感到自己的力量完全用尽了!再多走半里路也好像是不可能,并且这种寒冷我再不能忍耐,并且脚冻得麻木了,它一定需要休息下来,无论如何它需要一点暖气,无论如何不应该再让它去接触着霜雪。

去按电铃,电铃不响了,但是门扇欠了一个缝,用手一触时,它自己开了。一点声音也没有,大概人们都睡了。我停在内间的玻璃门外,我招呼那熟人的名字,终没有回答!我还看到墙上那张没有框子的画片。分明房里在开着电灯。再招呼了几声,但是什么也没有……

"喔……"门扇用铁丝绞了起来,街灯就闪耀在窗子的外面。我踏着过道里搬了家余留下来的碎纸的声音,同时在空屋里我听到了自己苍白的叹息。

"浆汁还热吗?"在一排长街转角的地方,那里还张着卖浆汁的白色的布棚。我坐在小凳上，在集合着铜板……

等我第一次醒来时，只感到我的呼吸里面充满着鱼的气味。

"街上吃东西，那是不行的。您吃吃这鱼看吧，这是黄花鱼，用油炸的……"她的颜面和干了的海藻一样打着波绉。

"小金铃子，你个小死鬼，你给我滚出来……快……"我跟着她的声音才发现墙角蹲着个孩子。

"喝浆汁，要喝热的，我也是爱喝浆汁……哼！不然，你就遇不到我了，那是老主顾，我差不多每夜要喝……偏偏金铃子昨晚上不在家，不然的话，每晚都是金铃子去买浆汁。"

"小死金铃子，你失了魂啦！还等我孝敬你吗？还不自己来装饭！"

那孩子好像猫一样来到桌子旁边。

"还见过吗？这丫头十三岁啦，你看这头发吧！活像个多毛兽！"她在那孩子的头上用筷子打了一下，于是又举起她的酒杯来。她的两只袖口都一起往外脱着棉花。

晚饭她也是喝酒，一直喝到坐着就要睡去了的样子。

我整天没有吃东西，昏沉沉和软弱，我的知觉似乎一半存在着，一半失掉了。在夜里，我听到了女孩的尖叫。

"怎么，你叫什么？"我问。

"不，妈呀！"她惶惑的哭着。

从打开着的房门，老妇人捧着雪球回来了。

"不，妈呀！"她赤着身子站到角落里去。

她把雪块完全打在孩子的身上。

"睡吧！我让你知道我的厉害！"她一面说着，孩子的腿部就流着水的条纹。

我究竟不知道这是为了什么。

第二天，我要走的时候，她向我说：

"你有衣裳吗？留给我一件……"

"你说的是什么衣裳？"

"我要去进当铺，我实在没有好当的了！"于是她翻着炕上的旧毯片和流着棉花的被子："金铃子这丫头还不中用……也无怪她，年纪还不到哩！五毛钱谁肯要她呢？要长样没有长样，要人才没是人才！花钱看样子吗？前些个年头可行，比方我年青的时候，我常跟着我的姨姐到班子里去逛逛，一逛就能落几个……多多少少总能落几个……现在不行了！正经的班子不许你进，土窑是什么油水也没有，老庄那懂得看样子的，花钱让他看样子，他就干了吗？就是凤凰也不行啊！落毛鸡就是不花钱谁又想看呢？"她突然用手指在那孩子的头上点了一下。"摆设，总得像个摆设的样子，看这穿戴……呸呸！"她的嘴和眼睛一致的歪动了一下。"再过两年我就好了，管她长得猫样狗样，可是她到底是中用了！"

她的颜面和一片干了的海蜇一样。我明白一点她所说的"中用"或"不中用"——。

"套鞋可以吧?"我打量了我全身的衣裳，一件棉外衣，一件夹袍，一件单衫，一件短绒衣和绒裤，一双皮鞋，一双单袜。

"不用进当铺，把它卖掉，三块钱买的，五角钱总可以卖出。"

我弯下腰在地上寻找套鞋。

"那里去了呢？"我开始划着一根火柴，屋子里黑暗下来，好像"夜"又要来临了。

"老鼠会把它拖走的吗？不会的吧？"我好像在反复着我的声音。可是她，一点也不来帮助我，无所感觉的一样。

我去扒着土炕，扒着碎毡片，碎棉花。但套鞋是不见了。

女孩坐在角落里面咳嗽着，那老妇人简直是喑哑了。

"我拿了你的鞋！你以为？那是金铃子干的事……"借着她抽烟时划着火柴的光亮，我看到她打着绉纹的鼻子的两旁挂下两条发亮的东西。

"昨天她把那套鞋就偷着卖了！她交给我钱的时候我才知道。半夜里我为什么打她？就是为着这桩事。我告诉她偷，是到外面去偷。看见过吗？回家来偷。我说我要用雪把她活埋……不中用的，男人不能看上她的，看那小毛辫子！活像个猪尾巴！"

她回转身去扯着孩子的头发，好像她在扯着什么没有知觉的东西似的。

"老的老，小的小……你看我这年纪，不用说是不中用的啦！"

两天没有见到太阳，在这屋里，我觉得狭窄和阴暗，好像和老鼠住在一起了。假如走出去，外面又是"夜"。但一点也不怕惧，走出去了！

我把单衫从身上褪了下来。我说：

"去当，去卖，都是不值钱的。"

这次我是用夏季里穿的通孔的鞋子去接触着雪地。

一九三五，二，五日

广告员的梦想①

　　有一个朋友到一家电影院去画广告,月薪四十元。画广告留给我一个很深的印象,我一面烧早饭一面看报,又有某个电影院招请广告员被我看到,立刻我动心了:我也可以吧? 从前在学校时不也学过画吗? 但不知月薪多少。

　　郎华回来吃饭,我对他说,他很不愿意作这事。他说:"尽骗人。昨天别的报上登着一段招聘家庭教师的广告,我去接洽,其实去的人太多,招一个人,就要去十个,二十个……"

　　"去看看怕什么? 不成完事。"

　　"我不去。"

　　"你不去我去。"

　　"你自己去?"

　　"我自己去!"

　　第二天早晨我又留心那块广告,这回更能满足我的欲望。那广告又改登一次,月薪四十元,明明白白的是四十元。

　　"看一看去。不然,等着职业,职业会来吗?"我又向他说。

① 该篇创作于一九三五年三至五月间,首刊于一九三六年三月一日上海《中学生》第六十三号,署名悄吟。一九三六年八月,收入上海文化生活出版社初版散文集《商市街》,署名悄吟。

"要去吃了饭就去，我还有别的事。"这次他不很坚决了。

走在街上遇到他一个朋友。

"到那里去？"

"接洽广告员的事情。"

"就是《国际协报》①登的吗？"

"是的。"

"四十元啊！"这四十元他也注意到。

十字街商店高悬的大表还不到十一点钟，十二点才开始接洽。

已经寻找得好疲乏了，已经不耐烦了，代替接洽的那个"商行"才寻到。指明的是石头道街，可是那个"商行"是在石头道街旁的一条顺街尾上，我们的眼睛缭乱起来。走进"商行"去，在一座很大的楼房二层楼上，刚看到一块长方形的亮铜牌钉在过道，还没看到究竟是个什么"商行"，就有人截住我们："什么事？"

"来接洽广告员的！"

"今天星期日，不办公。"

第二天再去的时候还是有勇气的，是阴天，飞着清雪。那个商行的人说："请到电影院本家去接洽吧。我们这里不替他们接洽了。"

郎华走出来就埋怨我："这都是你主张，我说他们尽骗人，你不信！"

"怎么又怨我？"我也十分生气。

"不都是想当广告员吗？看你当吧！"

吵起来了。他觉得这是我的过错，我觉得他不应该同我生气。走路时他在前面，总比我快一些，他不愿意和我一起走的样子，好像我对事情没有眼光使他讨厌的样子。冲突就这样越来越大，当时并不去怨恨那个"商行"或是那个电影院，只是他生气我，我生气他，真正的目

---

① 《国际协报》：一九一八年在哈尔滨创刊，一九三七年被日本关东军强令终刊，是哈尔滨二十世纪二三十年代出版时间最长、影响最大的一份民营报纸。

的却丢开了。两个人吵着架回来。

第三天我再不去了。我再也不提那事，仍是在火炉板上烘着手。他自己出去，戴着他的飞机帽。

"南岗那个人的武术不教了。"晚上他告诉我。

我知道就是那个人不学了。

第二天他仍是戴着他的飞机帽走了一天。到夜间我也并没提起广告员的事。照样第三天我也并没有提，我已经没有兴致想找那样的职业。可是他自动的，比我更留心，自己到那个电影院去过两次。

"我去过两次，第一回说经理不在，第二回说过几天再来吧。真他妈的！有什么劲，只为着四十元钱，就去给他们要宝！画的什么广告？什么情火啦，艳史啦，甜蜜啦，真是无耻和肉麻！"

他发的议论我是不回答的。他愤怒起来，好像有人非捉他去作广告员不可。

"你说我们能干那样无聊的事？去他娘的吧！滚蛋吧！"他竟骂起来，跟着他就骂起自己来："真是混蛋，不知耻的东西，自私的爬虫！"

直到睡觉时他还没忘掉这件事，他还向我说："你说我们不是自私的爬虫是什么？只怕自己饿死，去画广告。画得好一点，不怕肉麻，多招来一些看情史的，使人们羡慕富丽，使人们一步一步的爬上去……就是这样只怕自己饿死，毒害多少人不管，人是自私的东西……若有人每月给二百元，不是什么都干了吗？我们就是不能够推动历史，也不能站在相反的方面努力败坏历史！"他讲得使我也感动了。并且声音不自知的越讲越大，他已经开始更细的分析自己……

"你要小点声啊，房东那屋里常常有日本朋友来。"我说。

又是一天，我们在"中央大街①"闲荡着，很瘦很高的老秦在他肩

---

① 中央大街：哈尔滨最繁华的商业街，始建于一八九八年，初建时称"中国大街"，一九二五年改称为"中央大街"。北起松花江防洪纪念塔，南接经纬街，全长一千四百五十米，街道两旁建有欧式、仿欧式建筑。现有文艺复兴、巴洛克、折中主义等多种风格的保护建筑。

上拍了一下。冬天下午三四点钟时已经快要黄昏了,阳光仅仅留在楼顶,渐渐微弱下来,街路完全在晚风中,就是行人道上也有被吹起的霜雪扫着人们的腿。

冬天在行人道上遇见朋友总是不把手套脱下来就握手的。那人的手套大概很凉吧,我见郎华的赤手握了一下就抽回来。我低下头去,顺便看到老秦的大皮鞋上撒着红绿的小斑点。

"你的鞋上怎么有颜料?"

他说他到电影院去画广告了。他又指给我们电影院就是眼前那个,他说:"我的事情很忙,四点钟下班,五点钟就要去画广告。你们可以不可以帮我一点忙?"

听了这话郎华和我都没有回答。

"五点钟我在卖票的地方等你们,你们一进门就能看见我。"老秦走开了。

晚饭吃的烤饼,差不多每张饼都是半生就吃下的,为着忙也没有到桌子上去吃,就围在炉边吃的。他的脸被火烤得通红。我是站着吃的,看一看新买的小表五点了,所以连汤锅也没有盖起我们就走出了,汤在火炉板上蒸着气。

不用说我是连一口汤也没喝,郎华已跑在我的前面。我一面弄好头上的帽子一面追随着他。才要走出大门时,忽然想起火炉旁还堆着一堆木柴,怕着了火,又回去看了一趟。等我再出来的时候他已跑到街口去了。

他说我:"做饭也不晓得快做!摸索,你看晚了吧!女人就会摸索,女人就能耽误事!"

可笑的内心起着矛盾。这行业不是干不得吗?怎么跑得这样快呢?他抢着我跨进电影院的门去。我看他矛盾的样子,好像他的后脑勺也在起着矛盾,我几乎笑出来跟着他进去了。

不知俄国人还是英国人,总之是大鼻子站在售票处卖票。问他老秦,他说不知道。问别人又不知道那个人是电影院的人。等了半个钟头也不见老秦,又只好回家了。

他的学说一到家就生出来,照样生出来:"去他娘的吧!都是你愿意去。那不成,那不成啊!人这自私的东西,多碰几个钉子也对。"

他到别处去了,留我一个人在家。

"你们怎不去找找?"老秦一边脱着他的皮帽一边说。

"还到那里找去?等了半点钟也看不到你!"

"我们一同走吧。郎华呢?"

"他出去了。"

"那么我们先走吧。你就是帮我忙,每月四十元,你二十,我二十,均分。"

在广告牌子前站到十点钟才回来。郎华找我两次也没有找到,所以他正在房中生气。

这一夜,我和他就吵了半夜。他去买酒喝,我也抢着喝了一半,哭了,两个人都哭了。他醉了以后在地板上嚷着说:"一看到职业,什么也不管就跑了,有职业,爱人也不要了!"

我是个很坏的女人吗?只为了二十元钱,把爱人气得在地板上滚着!醉酒的心像有火烧,像有开水在滚,就是哭也不知道为什么要哭,已经失去了理智。他也和我同样。

第二天酒醒,是星期日。他同我去画了一天的广告。我是老秦的副手,他是我的副手。

第三天就没有去,电影院另请了别人。

广告员的梦到底做成了,但到底是碎了。

同命运的小鱼[1]

我们的小鱼死了。它从盆中跳出来死的。

我后悔,为什么要出去那么久! 为什么只贪图自己的快乐而把小鱼干死了!

那天鱼放到水盆中去洗的时候,有两条又活了,在水中立起身来。那么只用那三条死的来烧菜。鱼鳞一片一片的掀掉,沉到水盆底去,肚子剥开,肠子流出来。我只管掀掉鱼鳞,我还没有洗过鱼,这是试着干,所以有点害怕,并且冰凉的鱼的身子,我总会联想到蛇,剥鱼肚子,我更不敢了。郎华剥着,我就在旁边看,然而看也有点躲躲闪闪,好像乡下没有教养的孩子怕着已死的猫会还魂一般地。

"你看你这个无用的,连鱼都怕。"说着,他把已经收拾干净的鱼放下,又剥第二个鱼肚子。这回鱼有点动,我连忙扯了他的肩膀一下:"鱼活啦,鱼活啦!"

"什么活啦! 神经质的人,你就看着好啦!"他争强一般在鱼肚子上划了一刀,鱼立刻跳动起来,从手上跳下水盆去。

"怎么办哪?"这回他向我说了。我也不知道怎么办。他从水中

---

① 该篇创作于一九三五年三至五月间,首刊于一九三六年四月一日上海《中学生》第六十四号,署名悄吟。一九三六年八月,收入上海文化生活出版社初版散文集《商市街》,署名悄吟。

摸出来看看,好像鱼会咬了他的手,马上又丢下水去。鱼的肠子流在外面一半,鱼是死了。

"反正也是死啦,那就吃了它。"

鱼再被拿到手上,一些也不动弹。他又安然的把它收拾干净。直到第三条鱼收拾完,我都是守候在旁边,怕看,又想看。第三条鱼是完全死的,没有动。盆中更小的一条很活泼了,要在盆中转圈。另一条怕是要死,立起不多时又横在水面。

大炉的铁板热起来,我的脸感觉烤痛时,锅中的油翻着花。鱼就在大炉台的菜板上,就要放到油锅里去。我跑到二层门去拿油瓶,听得厨房里有什么东西跳起来,噼噼啪啪的。他也来看。盆中的鱼仍在游着,那么菜板上的鱼活了,没有肚子的鱼活了,尾巴仍打得菜板很响。

这时我不知该怎样做,我怕看那悲惨的东西。躲到门口,我想:不吃这鱼吧。然而它已经没有肚子了,可怎样再活?我的眼泪都跑上眼睛来,再不能看了。我转过身去,面向着窗子。窗外的小狗正在追逐那红毛鸡,房东的使女小菊挨过打以后到墙根处去哭……

这是凶残的世界,失去了人性的世界,用暴力毁灭了它吧!毁灭了这些失去了人性的东西!

晚饭的鱼是吃的,可是很腥,我们吃得很少,全部丢到垃圾箱去。

剩下来两条活的就在盆里游泳,夜间睡醒时,听见厨房里有乒乒的水声。点起洋烛去看一下。可是我不敢去,叫郎华去看。

"盆里的鱼死了一条,另一条鱼在游水响……"

到早晨,用报纸把它包起来,丢到垃圾箱去。只剩一条在水中上下游着,又为它换了一盆水,早饭时又丢了一些饭粒给它。

小鱼两天都是快活的,到第三天忧郁起来,看了几次它都是沉到盆底。

"小鱼都不吃食啦,大概要死吧?"我告诉郎华。

他敲一下盆沿，小鱼走动两步，再敲一下，再走动两步……不敲，它就不走，它就沉下去。

又过一天，小鱼的尾巴也不摇了，就是敲盆沿，它也不动一动尾巴。

"把它送到江里一定能好，不会死。它一定是感到不自由才忧愁起来！"

"怎么送呢？大江还没有开冻，就是能找到一个冰洞把它塞下去，我看也要冻死，再不然也要饿死。"我说。

郎华笑了。他说我像玩鸟的人一样，把鸟放在笼子里，给它米子吃，就说它没有悲哀了，就说比在山里好得多，不会冻死，不会饿死。

"有谁不爱自由呢？海洋爱自由，野兽爱自由，昆虫也爱自由。"郎华又敲了一下水盆。

小鱼只悲哀了两天，又畅快起来，尾巴打着水响。我每天在大炉旁边烧饭，一边看着它，好像生过病又好起来的自己的孩子似的，更珍贵一点，更爱惜一点。天真太冷，打算过了冷天就把它放到江里去。

我们每夜到朋友那里去玩，小鱼就自己在厨房里过个整夜。它什么也不知道，它也不怕猫会把它攫了去，它也不怕耗子会使它惊跳。我们半夜回来也要看看，它总是安安然然的游着。家里没有猫，所以知道没有危险。

又一天就在朋友那里过的夜，终夜是跳舞，唱戏。明天晚上才回来，时间太长了，我们的小鱼死了！

第一步踏进门的是郎华，差一点没踏碎那小鱼。点起洋烛去看，还有一点呼吸，腮还轻轻抽着。我去摸它身上的鳞，都干了。小鱼是什么时候跳出水的？是半夜？是黄昏？耗子惊了你，还是你听到了猫叫？

蜡油滴了满地，我举着蜡烛的手，不知歪斜到什么程度。

屏着呼吸，我把鱼从地板上拾起来，再慢慢把它送到水里，好像亲手让我完成一件丧仪。沉重的悲哀压住了我的头,寒颤了我的手。

短命的小鱼死了!是谁把你摧残死的?你还那样幼小,来到世界——说你来到鱼群吧,在鱼群中你还是幼芽一般正应该生长的,可是你死了!

郎华出去了,把空漠的屋子留给我。他回来时正在开门,我就赶上去说:"小鱼没死,小鱼又活啦!"我一面拍着手,眼泪就要流出来。我到桌子上去取蜡烛。他敲着盆沿,没有动,鱼又不动了。

"怎么又不会动了?"手到水里去把鱼立起来,可是它又横过去。

"站起来吧。你看蜡油啊!……"他拉我离开盆边。

小鱼这回是真死了!可是过一会又活了。这回我们相信小鱼绝对不会死,离开水的时间太长,复一复原就会好的。

半夜郎华起来看,说它一点也不动了,但是不怕,那一定是又在休息。我招呼郎华不要动它,小鱼在养病,不要搅扰它。

亮天看它还在休息,吃过早饭看它还在休息。又把饭粒丢到盆中。我的脚踏起地板来也放轻些,只怕把它惊醒,我说小鱼是在睡觉。

这睡觉就再没有醒。我用报纸包它起来,鱼鳞沁着血,一只眼睛一定是在地板上挣跳时弄破的。

就这样吧,我送它到垃圾箱去。

索非亚的愁苦[①]

侨居在哈尔滨的俄国人那样多。从前他们骂着："穷党，穷党。"

连中国人开着的小酒店或是小食品店都怕穷党进去。谁都知道穷党喝了酒常常付不出钱来。

可是现在那骂着"穷党"的，他们做了"穷党"了：马车夫，街上的浮浪人，叫化子，至于那大胡子的老磨刀匠，至于那去过欧战的独腿人。那拉手风琴在乞讨铜板的，人们叫他街头音乐家的独眼人。

索非亚的父亲就是马车夫。

索非亚是我的俄文教师。

她走路走得很漂亮，像跳舞一样。可是她跳舞跳得怎样呢？那我不知道，因为我还不懂得跳舞。但是我看她转着那样圆的圈子，我喜欢她。

没多久，熟识了之后，我们是常常跳舞的。

"再教我一个新步法！这个，你看我会了。"

桌上的表一过十二点，我们就停止读书。我站起来，走了一点姿

---

① 该篇创作时间不详，首刊于一九三六年四月十日天津、上海《大公报》副刊"文艺"第一二五期，署名萧红。一九三六年十一月，收入上海文化生活出版社初版散文、小说集《桥》，署名悄吟。一九四〇年六月，收入重庆大时代书局初版"文艺丛书"《萧红散文》，署名萧红。

式给她看。

"这样可以吗？左边转，右边转，都可以。"

"怎么不可以！"她的中国话讲得比我们初识的时候更好了。

为着一种情感，我从不以为她是一个"穷党"，几乎连那种观念也没有存在。

她唱歌唱得也很好，她又教我唱歌。有一天，她的手指甲染得很红的来了。还没开始读书，我就对她的手很感到趣味，因为没有看到她装饰过。她从不涂过粉，嘴唇也是本来的颜色。

"嗯哼，好看的指甲啊！"我笑着。

"呵！坏的，不好的，涅克拉西为。"可是她没有笑，她一半说着俄国话。"涅克拉西为"是不美的难看的意思。

我问她："为什么难看呢？"

"读书，读书，十一点钟了。"她没有回答我。

后来我们再熟识的时候，不仅跳舞，唱歌，我们谈着服装，谈着女人：西洋女人，东洋女人，俄国女人，中国女人。有一天我们正在讲解着文法。窗子上有红光闪了一下，我招呼着：

"快看！漂亮哩！"房东的女儿穿着红缎袍子走过去。

我想，她一定要称赞一句，可是她没有：

"白吃白喝的人们！"

这样合乎文法完整的名词，我不知道为什么她能说出来？当时我只是为着这名词的构造而惊奇。至于这名词的意义好像以后才发现出来。

后来，过了很久，我们谈着思想，我们成了好友了。

"白吃白喝的人们，是什么意思呢？"我已经问过她几次了，但仍常常问她。

她的解说很有意思：

"猪一样的，吃得很好，睡得很好。什么也不做，什么也不想……"

"那么，白吃白喝的人们将来要做'穷党'了吧？"

"是的，要做'穷党'的。不，可是……"她连一丝笑纹也从脸上退走了。

不知多久，没再提到"白吃白喝"这句话。我们又回转到原来友情上的寸度：跳舞，唱歌，连女人也不再说到。我的跳舞步法也和友情一样没有增加，这样一直继续到巴斯哈节①。

节前的几天，索非亚的脸色比平日更惨白些，嘴唇白得几乎和脸色一个样，我也再不要求她跳舞。

就是节前的一日，她说：

"明天过节，我不来，后天来。"

后天，她来的时候，她向我们说着她愁苦，这很意外。友情因为这个好像又增加起来。

"昨天是什么节呢？"

"巴斯哈节，为死人过的节。染红的鸡子带到坟上去，花圈带到坟上去……"

"什么人都过吗？犹太人也过巴斯哈节吗？"

"犹太人也过，'穷党'也过，不是'穷党'也过。"

到现在我想知道索非亚为什么她也是"穷党"，然而我不能问她。

"愁苦，我愁苦……妈妈又生病，要进医院，可是又请不到免费证。"

"要进那个医院？"

"专为俄国人设的医院。"

"请免费证，还要很困难的手续吗？"

"没有什么困难的，只要不是'穷党'。"

---

① 巴斯哈节：东正教教徒的一个节日。该节耶稣教徒称"复活节"，犹太教徒称"逾越节"。

有一天,我只吃着干面包。那天她来得很早,差不多九点半钟她就来了。

"营养不好,人是瘦的,黑的,工作得少,工作得不好。慢慢健康就没有了。"

我说:"不是,只喜欢空吃面包,而不喜欢吃什么菜。"

她笑了:"不是喜欢,我知道为什么。昨天我也是去做客,妹妹也是去做客。爸爸的马车没有赚到钱,爸爸的马也是去做客。"

我笑她:"马怎么也会去做客呢?"

"会的,马到它的朋友家里去,就和它的朋友站在一道吃草。"

俄文读得一年了!索非亚家的大牛生了小牛她也是向我说的,并且当我到她家里去做客,若当老羊生了小羊的时候,我总是要吃羊奶的。并且在她家里我还看到那还不很会走路的小羊。

"吉卜西人①是'穷党'吗?怎么中国人也叫他们'穷党'呢?"这样话,好像在友情最高的时候更不能问她。

"吉卜西人也会讲俄国话的,我在街上听到过。"

"会的,犹太人也多半会俄国话!"索非亚的眉毛动弹了一下。

"在街上拉手风琴的,一个眼睛的人,他也是俄国人吗?"

"是俄国人。"

"他为什么不回国呢?"

"回国!那你说我们为什么不回国!"她的眉毛好像在黎明时候静止着的树叶,一点也没有摇摆。

"我不知道。"我实在是慌乱了一刻。

"那么犹太人回什么国呢?"

我说:"我不知道。"

春天柳条抽着芽子的时候,常常是阴雨的天气,就在雨丝里一种

---

① 吉卜西人:即吉卜赛人。

沉闷的鼓声来在窗外了：

"咚咚，咚咚！"

"犹太人，他就是父亲的朋友，去年巴斯哈节他是在我们家里过的。他世界大战的时候去打过仗。"

"咚咚，咚咚，瓦夏！瓦夏！"

我一面听着鼓声，一面听到喊着瓦夏，索非亚的解说在我感不到力量和微弱。

"为什么他喊着瓦夏？"我问。

"瓦夏是他的伙伴，你也会认识他……是的，就是你说的中央大街上拉手风琴的人。"

那犹太人的鼓声并不响了，但仍喊着瓦夏，那一双肩头一起耸起又一起落下，他的腿是一只长腿一只短腿。那只短腿使人看了会并不相信是存在的，那是从腹部以下就完全失去了，和丢掉一只腿的蛤蟆一样畸形。

他经过我们的窗口，他笑笑。

"瓦夏走得快哪！追不上他了。"这是索非亚给我翻译的。

等我们再开始讲话，索非亚她走到屋角长青树的旁边：

"屋子太没趣了，找不到灵魂，一点生命也感不到的活着啊！冬天屋子冷，这树也黄了。"

我们的谈话，一直继续到天黑。

索非亚述说着在落雪的一天，她跌了交，从前安得来夫将军的儿子在路上骂她"穷党"。

"……你说，那猪一样的东西，我该骂他什么呢？——骂谁'穷党'！你爸爸的骨头都被'穷党'的煤油烧掉了——他立刻躲开我，他什么话也没有再回答。'穷党'，吉卜西人也是'穷党'，犹太人也是'穷党'。现在真真的'穷党'还不是这些人，那些沙皇的子孙们，那些流氓们才是真真的'穷党'。"

索非亚的情感约束着我，我忘记了已经是应该告别的时候。

"去年的巴斯哈节，爸爸喝多了酒，他伤心……他给我们跳舞，唱高加索歌……我想他唱的一定不是什么歌曲，那是他想他家乡的心的嚎叫，他的声音大得厉害哩！我的妹妹米娜问他：'爸爸唱的是那里的歌？'他接着就唱起'家乡''家乡'来了，他唱着许多家乡。可是我和米娜一点也不知道'家乡'，我们生在中国地方，高加索，我们对它一点什么也不知道。妈妈也许是伤心的，她哭了！犹太人哭了——拉手风琴的人，他哭的时候把吉卜西女孩抱了起来。也许他们都想着'家乡'。可是，吉卜西女孩不哭，我也不哭。米娜还笑着，她举起酒瓶来跟着父亲跳高加索舞，她一面说：'这就是火把！'爸爸说：'对的。'他还是说高加索舞是有火把的。米娜一定是从电影上看到过火把。……爸爸举着三弦琴。"

"爸爸坐下来，手风琴还没立刻停住。'你很高兴吗？高加索舞很好看吗？米娜，你还没有看到过真正的高加索舞，你不是高加索的孩子！'爸爸问着她。"

索非亚忽然变了一种声音：

"不知道吧！为什么我们做'穷党'？因为是高加索人。哈尔滨的高加索人还不多，可是没有生活好的。从前是'穷党'，现在还是'穷党'。爸爸在高加索的时候种田，来到中国也是种田。现在他赶马车，他是一九一二年和妈妈跑到中国来。爸爸总是说：'那里也是一样，干活计就吃饭。'这话到现在他是不说的了……"

她父亲的马车回来了，院子里嘟嘟的响着铃子。

我再去看她，那是半年以后的事。临告别的时候索非亚才从床上走下地板来。

"病好了我是回国的。工作，我不怕，人是要工作的。传说，那边工作很厉害。母亲说，还是不要回去吧！可是人们没有想想，人们以为这边比那边待他还好！"

走到门外她还说：

"'回国证'怕是难一点,不要紧,没有回国证我也是要回去的。"

她走路的样子再不像跳舞了,迟缓与艰难。

过了一个星期,我又去看她,我是带着糖果。

"索非亚是进了病院的。"她的母亲说。

"病院在什么地方?"

她的母亲说的完全是俄语,那些俄文的街名无论怎样是我所不懂的。

"可以吗? 我去看看她?"

"可以,星期日可以,平常不可以。"

"医生说她是什么病?"

"肺病,很轻的肺病,没有什么要紧。回国证她是得不到的,'穷党'回国是难的。"

我把糖果放下就走了。这次送我出来的不是索非亚,而是她的母亲。

春意挂上了树梢①

三月，花还没有开，人们嗅不到花香，只是马路上融化了积雪的泥泞干起来。天空打起朦胧的多有春意的云彩；暖风和轻纱一般浮动在街道上，院宇里。春末了，关外的人们才知道春来。春是来了，街头的白杨树穿着芽，拖马车的马冒着气，马车夫们的大毡靴也不见了，行人道上外国女人的脚又从长筒套鞋里显现出来。笑声，见面打招呼声，又复活在行人道上。商店为着快快的传播春天的感觉，饰窗里的花已经开了，草也绿了，那是布置着公园的夏景。我看得很凝神的时候有人撞了我一下，是汪林，她也戴着那样小沿的帽子。

"天真暖啦！走路都有点热。"

看着她转过"商市街"，我们才来到另一家店铺，并不是买什么，只是看看，同时晒晒太阳。这样好的行人道，有树，也有椅子，坐在椅子上把眼睛闭起，一切春的梦，春的谜，春的暖力……这一切把自己完全陷进去。

听着，听着吧！春在歌唱……

"大爷大奶奶……帮帮吧……"这是什么歌呢，从背后来的？这

① 该篇创作于一九三五年三至五月间，作为"随笔二篇"之一，首刊于一九三六年五月一日上海《中学生》第六十五号，署名悄吟。一九三六年八月，收入上海文化生活出版社初版散文集《商市街》，署名悄吟。

不是春天的歌吧！

那个叫化子嘴里吃着个烂梨，一条腿和一只脚肿得把另一只显得好像不存在似的。

"我的腿冻坏啦！大爷帮帮吧！唉唉……！"

有谁还记得冬天？阳光这样暖了！街树穿着芽！

手风琴在隔道唱起来，这也不是春天的调子，只要一看到那个瞎人为着拉琴而扭歪的头，就觉得很残忍。瞎人他摸不到春天，他没有眼睛。坏了腿的人，他走不到春天，他有腿也等于无腿。世界上这一些不幸的人存在着也等于不存在，倒不如赶早把他们消灭掉，免得在春天他们会唱这样难听的歌。

汪林在院心吸着一支烟卷，她又换一套衣裳。那是淡绿色的，和树枝发出的芽一样的颜色。她腋下夹着一封信，看见我们赶忙把信送进衣袋去。

"大概又是情书吧！"郎华随便说着玩笑话。

她跑进屋去了。香烟的烟缕在门外打了一下旋卷才消灭。

夜，春夜，中央大街充满了音乐的夜。流浪人的音乐，日本舞场的音乐，外国饭店的音乐……

七点钟以后。中央大街的中段。在一条横口。那个很响的播音机哇哇的叫起来，这歌声差不多响彻全街。若站在商店的玻璃窗前，会疑心是从玻璃发着震响。一条完全在风雪里寂寞的大街，今天第一次又号叫起来。

外国人！绅士样的，流氓样的，老婆子，少女们，跑了满街……有的连起人排来封闭住商店的窗子，但这只限于年青人。也有的同唱机一样唱起来，但这也只限于年青人。这好像特有的年青人的集会。他们和姑娘们一道说笑，和姑娘们连起排来走。中国人来混在这些卷发人中间少得只有七分之一，或八分之一。但是汪林在其中，我们又遇到她。她和另一个，也和她同样打扮漂亮的，白脸的女人同走……卷发的人用俄国话说她漂亮。她也用俄国话和他们笑了一阵。

中央大街的南端，人渐渐稀疏了。

墙根，转角，都发现着哀哭，老头子，孩子，母亲们……哀哭着的是永久被人间遗弃的人们！

那边，还望得见那边快乐的人群。还听得见那边快乐的声音。

三月。花还没有开，人们嗅不到花香。

夜的街，树枝上嫩绿的芽子看不见，是冬天吧？是秋天吧？但快乐的人们不问四季总是快乐，哀哭的人们不问四季也总是哀哭！

公　园①

　　树叶摇摇曳曳的挂满了池边。一个半胖的人走在桥上,他是一个报社的编辑。

　　"你们来多久啦?"他一看到我们两个在长石凳上就说。"多幸福,像你们多幸福,两个人逛逛公园……"

　　"坐在这里吧。"郎华招呼他。

　　我很快的让一个位置,但他没有坐,他的鞋底无意的踢撞着石子,身边的树叶让他扯掉两片。他更烦恼了,比前些日子看见他更有点两样。

　　"你忙吗? 稿子多不多?"

　　"忙什么! 一天到晚就是那一点事,发下稿子去就完,连大样子也不看。忙什么,忙着幻想!"

　　"幻想什么? ……这几天有信吗?"郎华问他。

　　"什么信! 那……一点意思也没有,恋爱对于胆小的人是一种刑罚。"

　　让他坐下,他故意不坐下,没有人让他,他自己会坐下。于是他又

---

① 　该篇创作于一九三五年三至五月间,作为"随笔三篇"之二,首刊于一九三六年五月一日上海《中学生》第六十五号,署名悄吟。一九三六年八月,收入上海文化生活出版社初版散文集《商市街》,署名悄吟。

用手拔着脚下的短草。他满脸似乎蒙着灰色。

"要恋爱,那就大大方方的恋爱,何必受罪?"郎华摇一下头。

一个小信封,小得有些神秘意味的,从他的口袋里拔出来,拔着蝴蝶或是什么会飞的虫儿一样,他要把那信给郎华看,结果只是他自己把头歪了歪,那信又放进了衣袋。

"爱情是苦的呢,是甜的?我还没有爱她,对不对?家里来信说我母亲死了那天,我失眠了一夜,可是第二天就恢复了。为什么她……她使我不安会整天,整夜?才通信两个礼拜,我觉得我的头发也脱落了不少,嘴上的小胡也增多了。"

当我们站起要离开公园时,又来一个熟人:"我烦忧啊!我烦忧啊!"像唱着一般说。

我和郎华踏上木桥了,回头望时,那小树丛中的人影也像对那个新来的人说:

"我烦忧啊!我烦忧啊!"

我每天早晨看报先看文艺栏,这一天,有编者的说话:

——摩登女子的口红,我看正相同于"血"。资产阶级的小姐们怎样活着的?不是吃血活着吗?不能否认,那是个鲜明的标记。人涂着人的"血"在嘴上,那是污浊的嘴,嘴上带着血腥和血色,那是污浊的标记。

我心中很佩服他,因为他来得很干脆。我一面读报一面走到院子里去,晒一晒清晨的太阳。汪林也在读报。

"汪林,起得很早!"

"你看,这一段,什么小姐不小姐,'血'不'血'的!这骂的是谁!"

那天郎华把他做编辑的朋友领到家里来,是带着酒和菜回来的,郎华说他朋友的女友到别处去进大学了。于是喝酒,我是帮闲喝,郎华是劝朋友。至于被劝的那个朋友呢?他嘴里哼着京调,哼得很难听。

和我们的窗子相对的是汪林的窗子。里面胡琴响了。那是汪林拉的胡琴。

天气开始热了,趁着太阳还没走到正空,汪林在窗下长凳上洗衣服。

编辑朋友来了,郎华不在家,他就在院心里来回走转,可是郎华还没有回来。

"自己洗衣服,很热吧!"

"自己洗得干净。"汪林手里拿着肥皂答他。

郎华还不回来,他走了。

夏　夜[①]

汪林在院心坐了很长的时间了。小狗在她的脚下打着滚睡。

"你怎么样？我胳臂疼。"

"你要小点声说，我妈会听见。"

我抬头看，她的母亲在纱窗里边，于是我们转了话题。在江上摇船到"太阳岛"去洗澡这些事，她是背着她的母亲的。

第二天她又是去洗澡。我们三个人租一条小船在江上荡着。清凉的，水的气味。郎华和我都唱起来了。汪林的嗓子比我们更高。小船浮得飞起来一般地。

夜晚又是在院心乘凉，我的胳臂为着摇船而痛了，头也觉得发胀。我不能再听那一些话感到趣味。什么恋爱啦，谁的未婚夫怎样啦，某某同学结婚，跳舞……我什么也不听了，只是想睡。

"你们谈吧。我可非睡觉不可。"我向她和郎华告辞。

睡在我脚下的小狗，我误踏了它，小狗还在哽哽的叫着，我就关了门。

最热的几天，差不多天天去洗澡，所以夜夜我早早睡。郎华和汪

---

① 该篇创作于一九三五年三至五月间，作为"随笔三篇"之三，首刊于一九三六年五月一日上海《中学生》第六十五号，署名悄吟。一九三六年八月，收入上海文化生活出版社初版散文集《商市街》，署名悄吟。

林就留在暗夜的院宇里。

只要接近着床,我什么全忘了。汪林那红色的嘴,那少女的烦闷……夜夜我不知道郎华什么时候回屋来睡觉。就这样,我不知过了几天了。

"她对我要好,真是……少女们。"

"谁呢?"

"那你还不知道!"

"我还不知道。"我其实知道。

很穷的家庭教师,那样好看的有钱的女人竟向他要好了。

"我坦白的对她说了:我们不能够相爱的,一方面有吟,一方面我们彼此相差得太远……你沉静点吧……"他告诉我。

又要到江上去摇船。那天又多了三个人,汪林也在内。一共是六个人:陈成和他的女人,郎华和我,汪林,还有那个编辑朋友。

停在江边的那一些小船动荡得落叶似的。我们四个跳上了一条船,当然把汪林和半胖的人丢下。他们两个就站在石堤上。本来是很生疏的,因为都是一对一对的,所以我们故意要看他们两个也配成一对。我们的船离岸很远了。

"你们坏呀!你们坏呀!"汪林仍叫着。

为什么骂我们坏呢?那人不是她一个很好的小水手吗?为她荡着桨,有什么不愿意吗?也许汪林和我的感情最好,也许她最愿意和我同船。船荡得那么远了,一切江岸上的声音都已隔绝,江沿上的人影也消灭了轮廓。

水声,浪声,郎华和陈成混合着江声在唱。远远近近的那一些女人的阳伞,这一些船,这一些幸福的船呀!满江上是幸福的船,满江上是幸福了!人间,岸上没有罪恶了罢!

再也听不到汪林的喊。他们的船是脱开,离我们很远了。

郎华故意把桨打起的水星落到我的脸上。船越行越慢,但郎华和陈成流起汗来。桨板打到江心的沙滩了,小船就要搁浅在沙滩上。这两个勇敢的大鱼似的跳下水去,在大江上挽着船行。

一入了湾,把船任意停在什么地方都可以。

我浮水是这样浮的:把头昂在水外,我也移动着,看起来像是在浮,其实手却抓着江底的泥沙,鳄鱼一样,四条腿一起爬着浮。

那只船到来时,听着汪林在叫。很快她脱了衣裳,也和我一样抓着江底在爬,但她是快乐的,爬得很有意思。

在沙滩上滚着的时候,居然很熟识了,她把伞打起来,给她同船的人遮着太阳,她保护着他。陈成扬着沙子飞向他去:"陵,着镖吧!"

汪林和陵站了一队用沙子反攻。

我们的船出了湾已行在江上时,他们两个仍在沙滩上走着。

"你们先走吧,看我们谁先上岸。"汪林说。

太阳的热力在江面上开始减低,船是顺水行下去的。他们还没有来,看过多少只船,看过多少柄阳伞,然而没有汪林的阳伞。太阳西沉时,江风很大了,浪也很高,我们有点担心那只船。李说那只船是"迷船"。

四个人在岸上就等着这"迷船",意想不到的是他们绕着弯子从上游来的。

汪林不骂我们是坏人了,风吹着她的头发,那兴奋的样子,这次摇船好像她比我们得到的快乐更大,更多……

早晨再看报时,编辑居然做诗了。大概就是这样的意思:愿意风把船吹翻,愿意和美人一起沉下江去……

让我这样一说,就没有诗意了。总之,可不是前几天那样的话,什么摩登女子吃"血"活着啦,小姐们的嘴是吃"血"的嘴啦……总之可不是那一套。这套比那套文雅得多,这套说摩登女子是天仙,那套说摩登女子是恶魔。

汪林和郎华在夜间也不那么谈话了。陵编辑一来,她就到我们屋

119

里来,因此陵到我们家来的次数多多了。

"今天早点走……多玩一会,你们在街角等我。"这样的话,汪林再不向我们说了。她用不到约我们去"太阳岛"了。

陵伴着这吃人血的女子在街上走,在电影院里会,他也不怕她会吃他的血,还说什么怕呢,常常在那红色的嘴上接吻,正因为她的嘴和血一样红才可爱。

骂小姐们是恶魔是羡慕的意思,是伸手去攫取怕她逃避的意思。

在街上,汪林的高跟鞋,陵的亮皮鞋咯钉咯钉谐和的响着了。

册　子①

永远不安定下来的洋烛的火光使眼睛痛了。抄写,抄写……

"几千字了?"

"才三千多。"

"手不疼吗?休息休息吧,别弄坏了眼睛。"郎华打着伸欠到床边,两只手相交着依在头后,背脊靠着铁床的钢骨。我还没停下来,笔尖在纸上作出响声……

纱窗外阵阵起着狗叫,很响的皮鞋,人们的脚步从大门道来近。不自禁的恐怖落在我的心上。

"谁来了,你出去看看。"

郎华开了门,李和陈成进来。他们是剧团的同志,带的一定是剧本。我没接过来看,让他们随便坐在床边。

"吟真忙,又在写什么?"

"没有写,抄一点什么。"我又拿起笔来抄。

他们的谈话我一句半句的听到一点,我的神经开始不能统一,时时写出错字来,或是丢掉字,或是写重字。

① 该篇创作于一九三五年三至五月间,作为"随笔三篇"之一,首刊于一九三六年六月一日上海《中学生》第六十六号,署名悄吟。一九三六年八月,收入上海文化生活出版社初版散文集《商市街》,署名悄吟。"册子"指萧红(悄吟)、萧军(三郎)第一本文集《跋涉》。

蚊虫啄着我的脚面,后来在灯下作着阵,我才放下不写。

呵呀呀,蚊虫满屋了!门扇仍大开着。一个小狗崽溜走进来,又卷着尾巴跑出去。关起门来,蚊虫仍是飞……我用手搔着作痒的耳边,搔着腿和脚……手指的骨节搔得肿胀起来,这些中了蚊毒的地方,使我已经发酸的手腕不得不停下。我的嘴唇肿得很高,眼边也感到发热和紧涨。这里搔搔,那里搔搔,我的手感到不够用了。

"册子怎么样啦?"李的烟卷在嘴上冒烟。

"只剩这一篇。"郎华回答。

"封面是什么样子?"

"就是等着封面呢……"

第二天我也跟着跑到印刷局去,使我特别高兴,折得很整齐的一帖一帖的都是要完成的册子,比儿时母亲为我制一件新衣裳更觉欢喜。……我又到排铅字的工人旁边,他手下按住的正是一个题目,很大的铅字,方的,带来无限的感情,那正是我的那篇《夜风》①。

那天预先吃了一顿外国包子,郎华说他为着册子来敬祝我,所以到柜台前叫那人倒了两小杯"哦特克②"酒,我说这是为着册子敬祝他。

被大欢喜追逐着,我们变成小孩子了!走进公园,在大树下乘了一刻凉,觉得公园是满足的地方。望着树梢顶边的天。外国孩子们在地面弄着沙土。因为还是上午,游园的人不多,日本女人撑着伞走。卖"冰淇凌"的小板房里洗刷着杯子。我忽然觉得渴了,但那一排排的,透明的汽水瓶,并不引诱我们。我还没有养成那样的习惯,在公园还没喝过一次那样东西。

"我们回家去喝水吧。"只有回家去喝冷水,家里的冷水才不要钱。

拉开第一扇门,大草帽被震落下来。喝完了水,我提议戴上大草

---

① 《夜风》:萧红短篇小说,曾在长春《大同报》周刊"夜哨"上连载,后收入文集《跋涉》。

② 哦特克:俄文 Водка 音译,现译为伏特加。

帽到江边走走。

赤着脚,郎华穿的是短裤,我穿的是小短裙子,向江边出发了。

两个人渔翁似的,时时在沿街玻璃窗上反映着。

"划小船吧,多么好的天气!"到了江边我又提议。

"就剩两角钱……但也可以划,都花了吧!"

择一个船底铺着青草的有两副桨的船。和船夫说明,一点钟一角五分。并没打算洗澡,连洗澡的衣裳也没有穿。船夫给推开了船,我们向江心去了。两副桨翻着,顺水下流,好像江岸在退走。我们不是故意去寻,任意遇到了一个沙洲,有两方丈的沙滩突出江心,郎华勇敢地先跳上沙滩,我胆怯,迟疑着,怕沙洲会沉下江底。

最后洗澡了,就在沙洲上脱掉衣服。郎华是完全脱的。我看了看江沿洗衣人的面孔是辨不出的,那么我借了船身的遮掩才爬下水底把衣服脱掉。我时时靠近沙滩,怕水流把我带走。江浪击撞着船底,我拉住船板,头在水上,身子在水里,水光,天光,离开了人间一般地。当我躺在沙滩晒太阳时,从北面来了一只小划船。我慌张起来,穿衣裳已经来不及,怎么好呢?爬下水去吧!船走过,我又爬上来。

我穿好衣服。郎华还没穿好。他找他的衬衫,他说他的衬衫洗完了就挂在船板上,结果找不到。远处有白色的东西浮着,他想一定是他的衬衫了。划船去追白色的东西,那白东西走得很慢,那是一条鱼,死掉的白色的鱼。

虽然丢了衬衫并不感到可惜,郎华赤着膀子大嚷大笑的把鱼捉上来,大概他觉得在江上能够捉到鱼是一件很有本领的事。

"晚饭就吃这条鱼,你给煎煎它。"

"死鱼不能吃的,大概臭了。"

他赶快把鱼腮掀给我看:"你看,你看,这样红就会臭的?"

直到上岸,他才静下去。

"我怎么办呢! 光着膀子,在中央大街上可怎样走?"他完全静下去了，大概这时候忘了他的鱼。

我跑到家去拿了衣裳回来，满头流着汗，可是他在江沿和码头夫们在一起喝茶了。在那个伞样的布棚下吹着江风。他第一句和我说的话想来是："你热吧？"

但他不是问我，他先问鱼："你把鱼放在那里啦？用凉水泡上没有？"

"五分钱给我！"我要买醋，煎鱼要用醋的。

"一个铜板也没剩，我喝了茶，你不知道？"

被大欢喜追逐着的两个人把所有的钱用掉，把衬衣丢到大江，换得一条死鱼。

等到吃鱼的时候郎华又说："为着册子我请你吃鱼。"

这是我们创作的一个阶段，最前的一个阶段，册子就是划分这个阶段的东西。

八月十四日，家家准备着过节的那天。我们到印刷局去，自己开始装订，装订了一整天。郎华用拳头打着背，我也感到背痛。

于是郎华跑出去叫来一部斗车，一百本册子提上车去，就在夕阳中马脖子上颠动着很响的铃子走在回家的道上。

家里，地板上摆着册子，朋友们手里拿着册子，谈论也是册子。同时关于册子出了谣言：没收啦！日本宪兵队要逮捕啦！

逮捕可没有逮捕，没收是真的。送到书店去的书，没有几天就被禁止发卖。

剧　团[①]

册子带来了恐怖,黄昏时候,我们排完了剧,和剧团那些人出了民众教育馆,恐怖使我对于家有点不安。街灯亮起来,进院,那些人跟在我们后面。门扇,窗子和每日一样安然的关着。我十分放心,知道家中没有来过什么恶物。

失望了,开门的钥匙由郎华带着,于是大家就坐在窗下的楼梯口。李买的香瓜,大家就吃香瓜。

汪林照样吸着烟,她掀起纱窗帘来向我们这边笑了笑。陈成把一个香瓜高举起来。

"不要。"她摇头,隔着玻璃窗说。

我一点趣味也感不到,一直到他们把公演的事情议论完,我想的事情还没停下来。我愿意他们快快走,我好收拾箱子,好像箱子里面藏着什么使我和郎华犯罪的东西。

那些人走了,郎华从床底把箱子拉出来,洋烛立在地板上,我们开始收拾了。弄了满地纸片,什么犯罪的东西也没有。但不敢自信,怕

---

① 该篇创作于一九三五年三至五月间,作为"随笔三篇"之二,首刊于一九三六年六月一日上海《中学生》第六十六号,署名悄吟。一九三六年八月,收入上海文化生活出版社初版散文集《商市街》,署名悄吟。"剧团"指"星星剧团"。

书页里边夹着骂"满洲国"①的或是骂什么的字迹,所以每册书都翻了一遍。一切收拾好,箱子是空空洞洞的了。一张高尔基的照片,也把它烧掉。大火炉烧得烤痛人的面孔。我烧得很快,日本宪兵就要来捉人似的。

当我们坐下来喝茶的时候,当然是十分定心了,十分有把握了。一张吸墨纸我无意的玩弄着,我把腰挺得很直,很大方的样子,我的心像被拉满的弓放了下来一般的松适。我细看红铅笔在吸墨纸上写的字,那字正是犯法的字:

——小日本子,走狗,他妈的"满洲国"……——

我连再看一遍也没有看,就送到火炉里边。

"吸墨纸啊!是吸墨纸!"郎华可惜得跺着脚。等他发觉那已开始烧起来了:"那样大一张吸墨纸你烧掉它,烧花眼了?什么都烧,看你用什么!"

他过于可惜那张吸墨纸。我看他那种样子也很生气。吸墨纸重要,还是拿生命去开玩笑重要?

"为着一个虱子烧掉一件棉袄!"郎华骂我。"那你就不会把字剪掉?"

我那想起来这样做!真傻,为着一块疤疤丢掉一个苹果!

我们把"满洲国"建国纪念明信片摆到桌上,那是朋友送给的,很厚的一打。还有两本上面写着"满洲国"字样的,不知是什么书,连看也没有看也摆起来。桌子上面很有意思:《离骚》,《李后主②词》,《石达开③日记》,他当家庭教师用的小学算术教本。一本《世界各国革命史》也从桌子抽下去。郎华说那上面载着日本怎样压迫朝鲜的历史,

---

① 满洲国:一九三一年"九一八事变"后,日本侵略者在中国东北建立的一个傀儡政权。
② 李后主(937—978):五代十国时南唐国君李煜,著名词人,通音律,擅绘画,史称"李后主"。
③ 石达开(1831—1863):太平天国著名军事将领、政治家。

所以不能摆在外面。我一听说有这种重要性，马上就要去烧掉，我已经站起来了，郎华把我按下："疯了吗？你疯了吗？"

我就一声不响了，一直到灭了灯睡下，连呼吸也不能呼吸似的。在黑暗中我把眼睛张得很大。院中的狗叫声也多起来。大门扇响得也厉害了。总之，一切能发声的东西都比平常发的声音要高，平常不会响的东西也被我新发现着，棚顶发着响，洋瓦房盖被风吹着也响，响，响……

郎华按住我的胸口……我的不会说话的胸口。铁大门震响了一下，我跳了一下。

"不要怕，我们有什么呢？什么也没有。谣传不要太认真。他妈的，那天捉去那天算！睡吧，睡不足，明天要头疼的……"

他按住我的胸口。好像给恶梦惊醒的孩子似的，心在母亲的手下大跳着。

有一天，到一家影戏院去试剧，散散杂杂的这一些人从我们的小房出发。

全体都到齐，只少了个徐志，他一次也没有不到过，要试演他就不到，大家以为他病了。

很大的舞台，很漂亮的垂幕。我扮演的是一个老太婆的角色，还要我哭，还要我生病。把四个椅子拼成一张床，试一试倒下去，我的腰部触得很疼。

先试给影戏院老板看的，是郎华饰的《小偷》①中的杰姆和李饰的律师夫人对话的那一幕。我是另外一个剧本②，还没挨到我，大家就退出影戏院了。

因为条件不合，没能公演。大家等待机会，同时每个人起着疑问：

---

① 《小偷》：美国作家辛克莱（1878—1968）的剧本。
② 另外一个剧本：指星星剧团排演的剧本《娘姨》，萧红在该剧中扮演一个角色。

公演不成了吧？

　　三个剧排了三个月，若说演不出总有点可惜。

　　"关于你们册子的风声怎么样？"

　　"没有什么。怕狼，怕虎是不行的。这年头只得碰上什么算什么……"郎华是刚强的。

白面孔①

　　恐怖压到剧团的头上，陈成的白面孔在月光下更白了。这种白色使人感到事件的严重。落过秋雨的街道，脚在街石上发着拔拔的声音，李，郎华我们四个人走过很长的一条街。李说："徐志，我们那天去试演，他不是没有到吗？被捕一个礼拜了！我们还不知道……"

　　"不要说。在街上不要说。"我撞动她的肩头。

　　鬼祟的样子，郎华和陈成一队，我和李一队。假如有人走在后面，还不等那人注意我，我就先注意他，好像人人都知道我们这回事。街灯也变了颜色，其实我们没有注意到街灯，只是紧张的走着。

　　李和陈成是来给我们报信，听说剧团人老柏已经三天不敢回家，有密探等在他的门口，他在准备逃跑。

　　我们去找胖朋友，胖朋友又有什么办法？他说："××科里面的事情非常秘密，我不知道这事，我还没有听说。"他在屋里转着弯子。

　　回到家锁了门，又在收拾书箱，明知道没有什么可收拾的，但本能的要收拾。后来也把那一些册子从过道拿到后面样子房去，看到册子并不喜欢，反而感到累赘了！

---

① 　该篇创作于一九三五年三至五月间，作为"随笔三篇"之三，首刊于一九三六年六月一日上海《中学生》第六十六号，署名悄吟。一九三六年八月，收入上海文化生活出版社初版散文集《商市街》，署名悄吟。

老秦的面孔也白起来，那是在街上第二天遇见他。我们没说什么，因为郎华早已通知他这事件。

没有什么办法，逃，没有路费，逃又逃到什么地方去？不安定的生活重新又开始。从前是闹着饿，刚能弄得饭吃，又闹着恐怖。好像从来未遇过的恶的传闻和事实都在这时来到：日本宪兵队前夜捉去了谁，昨夜捉去了谁……听说昨天被捉去的人与剧团又有关系……

耳孔里塞满了这一些，走在街上也是非常不安。在中央大街的中段，竟有这样突然的事情——郎华被一个很瘦的高个子在肩上捉了一下，就带着他走了！转弯走向横街去，郎华也一声不响的就跟他去，也好像莫名其妙的脱开我就跟他去……起先我的视线被电影院门前的人们遮断，但我并不怎样心跳，那人和郎华很密切的样子，肩贴着肩，踱过来，但一点感情也没有，又踱过去……这次走了许多工夫就没再转回来，我想这是用的什么计策吧？把他弄上了圈套。

结果不是要捉他，那是他的一个熟人，多么可笑的熟人呀！太突然了！神经衰弱的人会吓出神经病来。——唉呀危险，你们剧团里人捕去了两个了——在大街上他竟弄出这样一个奇特的样子来，他不断的说："你们应该预备预备。"

"我预备什么？怕也不成，遇上算。"郎华的肩连摇也不摇的说。

这几天发生的事情极多。做编辑的朋友陵也跑掉了。汪林喝过酒的白面孔也出现在院心，她说她醉了一夜，她说陵前夜怎样送她到家门，怎样要去了她一把削瓜皮的小刀……她一面说着，一面幻想，脸孔是白的。好像不好的事情都一起发生，朋友们变了样。汪林在院子里走来走去，也变了样。

只失掉了剧员徐志，剧团的事就在恐怖中不再提起了。

欧罗巴旅馆[①]

　　楼梯是那样长,好像让我顺着一条小道爬上天顶。其实只是三层楼,也实在无力了,手扶着楼栏,努力拔着两条颤颤地,不属于我似的腿,升上几步,手也开始和腿一般颤。

　　等我走进那个房间的时候,和受辱的孩子似的偎上床去,用袖口慢慢擦着脸。

　　他——郎华[②],我的情人,那时候他还是我的情人,他问我了:

　　"你哭了吗?"

　　"为什么哭呢? 我擦的是汗呀,不是眼泪呀!"

　　不知是几分钟过后,我才发现这个房间是如此的白,棚顶是斜坡的棚顶,除了一张床,地下有一张桌子,一围藤椅。离开床沿用不到两步可以摸到桌子和椅子。开门时,那更方便,一张门扇躺在床上可以打开。住在这白色的小室,好像把我住在幔帐中一般。我口渴,我说:

　　"我应该喝一点水吧!"

　　他要为我倒水时,他非常着慌,两条眉毛好像要连接起来,在鼻子

---

①　该篇创作于一九三五年三至五月间,首刊于一九三六年七月一日上海《文季月刊》第一卷第二期,署名悄吟。一九三六年八月,收入上海文化生活出版社初版散文集《商市街》,署名悄吟。欧罗巴旅馆为哈尔滨早期开设于道里区四十道街的　家旅馆。

②　郎华:即萧军。

的上端扭动了好几下：

"怎样喝呢？用什么喝？"

桌子上除了一块洁白的桌布，干净得连灰尘都不存在。

我有点昏迷，躺在床上听他和茶房在过道说了些时，又听到门响，他来到床边，我想他一定举着杯子在床边，却不，他的手两面却分张着：

"用什么喝？可以吧？用脸盆来喝吧！"

他去拿藤椅上放着才带来的脸盆时，手巾下面刷牙缸被他发现，于是拿着刷牙缸走去。

旅馆的过道是那样寂静，我听他踏着地板来了。

正在喝着水，一只手指抵在白床单上，我用发颤的手指抚来抚去。他说：

"你躺下吧！太累了。"

我躺下也是用手指抚来抚去，床单有突起的花纹，并且白得有些闪我的眼睛，心想：不错的，自己正是没有床单。我心想的话他却说出了！

"我想我们是要睡空床板的，现在连枕头都有。"

说着，他拍打我枕在头下的枕头。

"咯咯——"有人打门，进来一个高大的俄国女茶房，身后又进来一个中国茶房：

"也租铺盖吗？"

"租的。"

"五角钱一天。"

"不租。""不租。"我也说不租，郎华也说不租。

那女人动手去收拾：软枕，床单，就连桌布她也从桌子扯下去。床单夹在她的腋下。一切夹在她的腋下。一秒钟，这洁白的小室跟随她花色的包头巾一同消失去。

我虽然是腿颤,虽然肚子饿得那样空,我也要站起来,打开柳条箱去拿自己的被子。

小室被劫了一样,床上一张肿涨的草褥赤现在那里,破木桌一些黑点和白圈显露出来,大藤椅也好像跟着变了颜色。

晚饭以前,我们就在草褥上吻着抱着过的。

晚饭就在桌子上摆着黑"列巴"①和白盐。

晚饭以后事件就开始了:

开门进来三四个人,黑衣裳,挂着枪,挂着刀。进来先拿住郎华的两臂,他正赤着胸膛在洗脸,两手还是湿着。他们那些人,把箱子弄开,翻扬了一阵:

"旅馆报告你带枪,没带吗?"那个挂刀的人问。随后那人在床下扒得了一个长纸卷,里面卷的是一支剑。他打开,抖着剑柄的红穗头:

"你那里来的这个?"

停在门口那个去报告的俄国管事,挥着手,急得涨红了脸。

警察要带郎华到局子里去,他也预备跟他们去,嘴里不住说:"为什么单独用这种方式检查我? 防害我?"

最后警察温和下来,他的两臂被放开,可是他忘记了穿衣裳,他湿水的手也干了。

原因日间那白俄来取房钱,一日两元,一月六十元。我们只有五元钱。马车钱来时去掉五角。那白俄说:

"你的房钱,给!"他好像知道我们没有钱似的,他好像是很着忙,怕是我们跑走一样。他拿到手中两元票子又说:"六十元一月,明天给!"原来包租一月三十元,为了松花江涨水才有这样的房价。如此,他摇手瞪眼的说:"你的明天搬走,你的明天走!"

郎华说:"不走,不走 ——"

---

① 列巴:俄文译音,意为"大面包"。

"不走不行,我是经理——"

郎华从床下取出剑来,指着白俄:

"你快给我走开,不然,我宰了你。"

他慌张着跑出去了,去报告警察所,说我们带着凶器,其实剑裹在纸里,那人以为是大枪,而不知是一支剑。

结果警察带剑走了,他说:"日本宪兵若是发见你有剑,那你非吃亏不可,了不得的,说你是大刀会,我替你寄存一夜,明天你来取。"

警察走了以后,闭了灯,锁上门,街灯的光亮从小窗口跑下来,凄凄淡淡的,我们睡了。在睡中不住想:警察是中国人,倒比日本宪兵强得多啊!

天明了,是第二天,从朋友处被逐出来是第二天了。

十三天①

"用不到一个月我们就要走的。你想想吧,去吧!不要闹孩子脾气,三两天我就去看你一次……"郎华说。

为着病,我要到朋友家去休养几天。我本不愿去,那是郎华的意思,非去不可,又因为病像又要重似的,全身失去了力量,骨节酸痛。于是冒着雨,跟着朋友就到朋友家去。

汽车在斜纹的雨中前行。大雨和冒着烟一般。我想开汽车的人怎能认清路呢?但车行更快起来,在这样大的雨中,人好像坐在房间里,这是多么有趣!汽车走出市街接近乡村的时候立刻有一种感觉,好像赴战场似的英勇。我是有病,我并没喊一声"美景"。汽车颠动着,我按紧着肚子,病会使一切厌烦。

当夜还不到九点钟我就睡了。原来没有睡,来到乡村,那一种落寞的心情浸透了我。又是雨夜,窗子上疏沥的打着雨点。好像是做梦把我惊醒,全身沁着汗,这一刻又冷起来,从骨节发出一种冷的滋味,发着疟疾似的,一刻热了,又寒了!

要解体的样子,我哭出来吧!没有妈妈哭向谁去?

---

① 该篇创作于一九三五年三至五月间,作为"随笔两篇"之一,首刊于一九三六年八月一日上海《文季月刊》第一卷第三期,署名悄吟。一九三六年八月,收入上海文化生活出版社初版散文集《商市街》,署名悄吟。

第二天夜又是这样过的,第三夜又是这样过的,没有哭,不能哭,和一个害着病的猫儿一般,自己的痛苦自己担当着吧!整整是一个星期都是用被子盖着坐在炕上,或是躺在炕上。

　　窗外的梨树开花了,看着树上白白的花儿。

　　到端阳节还有二十天,节前就要走的。

　　眼望着窗外梨树上的白花落了!有小果子长起来,病也渐好,拿椅子到树下去看看小果子。

　　第八天郎华才来看我,好像父亲来了似的,好像母亲来了似的,我发羞一般的,没有和他打招呼,只是让他坐在我的近边。

　　我明明知道生病是平常的事,谁能不生病呢?可是总要酸心,眼泪虽然没有落下来,我却耐过一个长时间酸心的滋味。好像谁虐待了我一般。那样风雨的夜,那样忽寒忽热独自幻想着的夜。

　　第二次郎华又来看我,我决定要跟他回家。

　　"你不能回家,回家你就要劳动,你的病非休息不可,还没有两个星期我们就得走。刚好起来再累病了,我可没有办法。"

　　"回去,我回去……"

　　"好,你回家吧!没有一点理智的人,不能克服自己的人还有什么办法!你回家好啦!病犯了可不要再问我!"

　　我又被留下,窗外梨树上的果子渐渐大起来。我又不住的乱想:穷人是没有家的,生了病被赶到朋友家去。

　　已经十三天了!

最后的一星期①

　　刚下过雨,我们踏着水淋的街道,在中央大街上徘徊,到江边去呢? 还是到那里去呢?

　　天空的云还没有散,街头的行人还是那样稀疏,任意走,但是再不能走了。

　　"郎华,我们应该规定个日子,那天走呢?"

　　"现在三号,十三号吧! 还有十天,怎么样?"

　　我突然站住,受惊一般地,哈尔滨要与我们别离了! 还有十天,十天以后的日子,我们要过在车上,海上,看不见松花江了,只要"满洲国"存在一天,我们是不能来到这块土地。

　　李和陈成也来了,好像我们走,是应该走。

　　"还有七天,走了好啊!"陈成说。

　　为着我们走,老张请我们吃饭,吃过饭以后,又去逛公园。在公园又吃冰淇淋,无论怎样总感到另一种滋味,公园的大树,公园夏日的风,沙土,花草,水池,假山,山顶的凉亭,……这一切和往日两样,我没有像往日那样到公园里乱跑,我是安静静的走着,脚下的沙土慢慢的在响。

　　夜晚屋中又剩了我一个人,郎华的学生跑到窗前,他偷偷视查着

①　该篇创作于一九三五年五月十五日,作为"随笔两篇"之二,首刊于一九三六年八月一日上海《文季月刊》第一卷第三期,署名悄吟。一九三六年八月,收入上海文化生活出版社初版散文集《商市街》,署名悄吟。

我,他在窗前走来走去,假装着闲走来观察我,来观察这屋中的事情,观察不足,于是问了:

"我老师上那里去了?"

"找他做什么?"

"找我老师上课。"

其实那孩子平日就不愿意上课,他觉得老师这屋有个景况:怎么这些日子卖起东西来,旧棉花,破皮褥子……

要搬家吧!那孩子不能确定是怎么回事。他跑回去又把小菊也找出来,那女孩和他一般大,当然也觉得其中有个景况。我把灯闭下了,要收拾的东西,暂时也不收拾了!

躺在床上,摸摸墙壁,又摸摸床边,现在这还是我所接触的,再过七天,这一些都别开了。

小锅,小水壶,终归被旧货商人所提走,在商人手里发着响,闪着光,走出门去!那是前年冬天郎华从破烂市买回来的。现在又将回到破烂市去。

卖掉小水壶,我的心情更不能压制住。不是用的自己的腿似的,到木桦房去看看许多木桦还没有烧尽,是卖呢?是送朋友?门后还有个电炉,还有双破鞋。

大炉台上失掉了锅,失掉了壶,不像个厨房样。

一个星期已经过去四天,心情随着时间更烦乱起来。也不能在家烧饭吃,到外面去吃,到朋友家去吃。

看到别人家的小锅,就想起卖掉的小锅,吃饭也不能安定。后来睡觉也不能安定。

"明早六点就起来拉床,要早点起来。"

郎华说这话,觉得走是逼近了!必定得走了。好像郎华如不说,就不走了似的。

夜里想睡也睡不安。太阳还没出来,铁大门就响起来,我怕着,这声音要夺去我的心似的,昏茫的坐起来。郎华就跳下床去,两个人从床上往下拉着被子,褥子。枕头摔在脚上,忙忙乱乱,有人打着门,院子里的狗乱咬着。

马颈的铃铛就响在窗外,这样的早晨已经过去,我们遭了恶祸一般,屋子空空的了。

我把行李铺了铺就睡在地板上。为了多日的病和不安,身体弱的快要支持不住的样子,郎华跑到江边去洗他的衬衫,他回来看到我还没有起来,他就生气:

"不管什么时候,总是懒,起来,收拾收拾,该随手拿走的东西,就先把它拿走。"

"有什么收拾的,都已收拾好,我再睡一会,天还早,昨夜我失眠了。"我的腿痛,腰痛,又要犯病的样子。

"要睡,收拾干净再睡,起来!"

铺在地板上的小行李也卷起来了,墙壁从四面直垂下来,棚顶一块块发着微黑的地方,是长时间点蜡烛被烛烟所熏黑的。说话的声音有些轰响。空了! 在屋子里边走起来很旷荡……

还吃了最后的一次早餐——面包和肠子。

我手提个包袱。郎华说:

"走吧!"他推开了门。

这正像乍搬到这房子郎华说"进去吧"一样,门开着我出来了,我腿发抖,心往下沉坠,忍不住这从没有落下来的眼泪,是哭的时候了! 应该流一流眼泪。

我没有回转一次头走出大门,别了家屋! 街车,行人,小店铺,行人道旁的杨树。转角了!

别了,"商市街"!

小包袱在手上挂着。我们顺了中央大街南去。

一九三五,五,十五日。上海。

孤独的生活①

　　蓝色的电灯，好像通夜也没有关，所以我醒来一次看看墙壁是发蓝的，再醒来一次，也是发蓝的。天明之前，我听到蚊虫在帐子外面嗡嗡嗡嗡的叫着，我想，我该起来了，蚊虫都吵得这样热闹了。

　　收拾了房间之后，想要作点什么事情。这点，日本与我们中国不同，街上虽然已经响着木屐的声音，但家屋仍和睡着一般的安静。我拿起笔来，想要写点什么，在未写之前必得要先想，可是这一想，就把所想的忘了！

　　为什么这样静呢？我反倒对着这安静不安起来。

　　于是出去，在街上走走，这街也不和我们中国的一样，也是太静了，也好像正在睡觉似的。

　　于是又回到了房间，我仍要想我所想的；在席子上面走着，吃一根香烟，喝一杯冷水，觉得已经差不多了，坐下来吧！写吧！

　　刚刚坐下来，太阳又照满了我的桌子。又把桌子换了位置，放在墙角去，墙角又没有风，所以满头流汗了。

　　再站起来走走，觉得所要写的，越想越不应该写，好，再另计划别的。

---

① 该篇创作于一九三六年八月九日，首刊于一九三六年九月五日上海《中流》第一卷第一期，署名悄吟。一九三七年五月，收入上海文化生活出版社初版散文、小说集《牛车上》，署名萧红。

好像疲乏了似的,就在席子上面躺下来,偏偏帘子上有一个蜂子飞来,怕它刺着我,起来把它打跑了。刚一躺下,树上又有一个蝉开头叫起。蝉叫倒也不算奇怪,但只一个,听来那声音就特别大,我把头从窗子伸出去,想看看,到底是在那一棵树上?可是邻人拍手的声音,比蝉声更大,他们在笑了。我是在看蝉,他们一定以为我是在看他们。

于是穿起衣裳来,去吃中饭。经过华的门前,她们不在家,两双拖鞋摆在木箱上。她们的女房东,向我说了一些什么,我一个字也不懂,大概也就是说她们不在家的意思。日本食堂之类,自己不敢去,怕人看成个阿墨林①。所以去的是中国饭馆,一进门,那个戴白帽子的就说:

"伊拉瞎伊麻丝……"

这我倒懂得,就是"来啦"的意思。既然坐下之后,他仍说的是日本话。于是我跑到厨房去,对厨子说了:要吃什么,要吃什么。

回来又到华的门前看看,还没有回来,两双拖鞋仍摆在木箱上。她们的房东又不知向我说了些什么!

晚饭时候,我没有去找她们,出去买了东西回到家里来吃,照例买的面包和火腿。

吃了这些东西之后,着实是寂寞了。外面打着雷,天阴得混混沉沉的了。想要出去走走,又怕下雨,不然,又是比日里还要长的夜,又把我留在房间里了。终于拿了雨衣,走出去了,想要逛逛夜市,也怕下雨,还是去看华吧!一边带着失望一边向前走着,结果,她们仍是没有回来,仍是看到了两双拖鞋,仍是听到了那房东说了些我所不懂的话语。

假若,再有别的朋友或熟人,就是冒着雨,我也要去找他们,但实际是没有的。只好照着原路又走回来了。

现在是下着雨,桌了上面的书,除掉《水浒》之外,还有一本胡风

---

①　阿墨林:上海方言,形容人笨拙。

译的《山灵》①，《水浒》我连翻也不想翻，至于《山灵》，就是抱着我这一种心情来读，有意义的书也读坏了。

雨一停下来，穿着街灯的树叶好像萤火似的发光，过了一些时候，我再看树叶时，那就完全漆黑了。

雨又开始了，但我的周围仍是静的，关起了窗子，只听到屋瓦滴滴的响着。

我放下了帐子，打开蓝色的电灯，并不是准备睡觉，是准备看书了。

读完了《山灵》上《声》的那篇，雨不知道已经停了多久了？那已经哑了的权龙八，他对他自己的不幸，并不正面去惋惜，他正为着铲除这种不幸才来干这样的事情的。

已经哑了的丈夫，他的妻来接见他的时候，他只把手放在嘴唇前面摆来摆去，接着他的脸就红了，当他红脸的时候，我不晓得那是什么心情激动了他？还有，他在监房里读着速成国语读本的时候，他的伙伴都想要说："你话都不会说，还学日文干什么！"

在他读的时候，他只是听到像是蒸气从喉咙漏出来的一样。恐怖立刻浸着了他，他慌忙的按了监房里的报知机，等他把人喊了来，他又不说什么，只是在嘴的前面摇着手。所以看守骂他："为什么什么也不说呢？混蛋！"

医生说他是"声带破裂"，他才晓得自己一生也不会说话了。

我感到了蓝色灯光的不足，于是开了那只白灯泡，准备再把山灵读下去。我的四面虽然更静了，等到我把自己也忘掉了时，好像我的周围也动荡了起来。

天还未明，我又读了三篇。

一九三六，八，九，东京

---

① 《山灵》：日本短篇小说集，胡风（1902—1985）译，上海文化生活出版社一九三六年四月初版。

他去追求职业①

他是一匹受冻受饿的犬呀！

在楼梯尽端，在过道长筒的那边，他着湿的帽子被墙角隔住，他着湿的鞋子踏过发光的地板，一个一个排着脚踵的印泥。

这还是清早，过道的光线还不充足。可是有的房间门上已经挂好"列巴圈"了！送牛奶的人，轻轻带着白色的，发热的瓶子排在房间的门外。这非常引诱我，好像我已嗅到"列巴圈"的麦香，好像那成串肥胖的圆形的点心已经挂在我的鼻头上。几天没有饱食，我是怎样的需要啊！胃口在胸膛里面收缩，没有钱买，让那"列巴圈"们白白在虐待我。

过道渐渐响动起来。他们呼唤着茶房，关门开门，倒脸水。外国女人清早便高声说笑。可是我的小室，没有光线，连灰尘都看不见飞扬，静得桌子在墙角欲睡了，藤椅在地板上伴着桌子睡；静得棚顶和天空一般高，一切离得我远远，一切都厌烦我。

下午，郎华还不回来，我到过道口站了好几次，外国女人红色的裙子，蓝色的裙子……一张张笑着的骄傲的红嘴，走下楼梯，她们的高跟

---

① 该篇创作于一九三五年三至五月间，一九三六年八月，收入上海文化生活出版社初版散文集《商市街》，署名悄吟。

鞋打得楼梯清脆发响。圆胖而生着大胡子的男人那样不相称地捉着长耳环黑脸的和小鸡一般瘦小的"基卜塞①"女人上楼来。茶房在前面去给打开一个房间。长时间以后又上来一群外国孩子,他们嘴上剥着瓜子,多冰的鞋底在过道上摭摭拍拍的留下痕迹过去了。

看遍了这一些人,郎华总是不回来,我开始打旋子,经过每个房间,轻轻荡来踱去,别人已当我是个偷儿,或是讨乞的老婆,但我自己并不感觉。仍是带着我苍白的脸,退了色的蓝布宽大的单衫踱荡着。

忽然楼梯口跑上两个一般高的外国姑娘。

"啊呀!"指点着向我说:"你的……真好看!"

另一个样子像是为了我倒退了一步,并且那两个不住翻着衣襟给我看:

"你的……真好看!"

我没有理她们。心想:她们帽子上有水滴,不是又落雪?

跑回房间,看一看窗子究竟落雪不?郎华是穿着昨晚潮湿的衣裳走的。一开窗,雪花便满窗倒倾下来。

郎华回来,他的帽沿滴着水,我接过来帽子问他:

"外面上冻了吗?"

他把裤口摆给我看,我用手摸时,半段裤管又凉又硬。他抓住我在摸裤管的手说:

"小孩子,饿坏了吧!"

我说:"不饿。"我怎能说饿呢! 为了追求食物他的衣服都结冰了。

过一会,他拿出二十元票子给我看。忽然使我痴呆了一刻,这是那里来的呢?

---

① 基卜塞:现译为"吉卜赛"。

来　客[①]

打过门，随后进来一个胖子，穿的绸大衫，他也说他来念书，这使我很诧异。他四五十岁的样子，又是个买卖人，怎么要念书呢？过了好些时候，他说要念庄子。白话文他说不用念，一看就明白，那不算学问。

郎华该怎么办呢？郎华说："念庄子也可以。"

那胖子又说每一星期要做一篇文章，要请先生改。郎华说：也可以。郎华为了钱，为了一点点的学费这都可以。

另一天早晨，又来一个年青人，郎华不在家，他就坐在草褥上等着，他好像有肺病，一面看床上的旧报纸一面问我：

"门外那张纸贴上写着打武术，每月五元，不能少点吗？"

"等一下再讲吧！"我说。

他规规矩矩，很无聊的坐着。大约十分钟又过去了！郎华怎么还不回来，我很着急。得一点教书钱，好像做一笔买卖似的。我想这笔买卖是作不成了，那人直说要走。

"你等一等就回来的，就回来的。"

---

① 该篇创作于一九三五年三至五月间，一九三六年八月，收入上海文化生活出版社初版散文集《商市街》，署名悄吟。

结果不能等,临走时向我告诉:

"我有肺病,我是从'大罗新①'(商店)下来的,一年了,病也不好,医生叫我运动运动。吃药花钱太多,也不能吃了!运动总比挺着强。昨天我看报上有广告,才知道这里教武术,先生回来,请向先生说说,学费少一点。"

从家庭教师的广告登出去,就有人到这里治病,念《庄子》,还有人要练"飞檐走壁",问先生会不会"飞檐走壁"!

那天又是郎华不在家,来一个人,还没有坐定,他就走了。他看一看床上就是一张光身的草褥,被子卷在床头,灰色的棉花从破孔流出来,我想去折一下,又来不及。那人对准地下两只破鞋打量着。他的手杖和眼镜都闪着光,在他看来,教武术的先生不用问是个讨饭的家伙。

---

① 大罗新:民族资本家武百祥(1879—1966)一九二一年在哈尔滨开设的百货店。

提篮者①

提篮人，他的大篮子，长形面包，圆面包……每天早晨他带来诱人的麦香等在过道。

我数着……三个，五个，十个……把所有的铜板给了他。一块黑面包摆在桌子上。郎华回来第一件事，他在面包上掘了一个洞，连帽子也没脱掉就嘴里嚼着，又去找白盐。他从外面带进来的冷空气发着腥味。他吃面包，鼻子时时滴下清水滴。

"来吃啊！"

"就来。"我拿了刷牙缸跑下楼去倒开水，回来时，面包差不多只剩硬壳在那里。他紧忙说：

"我吃得真快，怎么吃得这样快？真自私，男人真自私。"只端起牙缸来喝水，他再不吃了！我再叫他吃他也不吃。只说："饱了，饱了！吃去你的一半还不够吗？男人不好，只顾自己。你的病刚好，一定要吃饱的。"

他给我讲着，他怎样要开一个"学社"，教武术，还教什么什么……这时候他的手，又凑到面包壳上去，并且另一只手也来了！扭

---

① 该篇创作于一九三五年三至五月间，一九三六年八月，收入上海文化生活出版社初版散文集《商市街》，署名悄吟。后刊于一九三七年一月三十一日大连《泰东日报》副刊"辽水周刊"第三十二期，署名悄吟。

了一块下去，已经送到嘴里，已经咽下去，他也没有发觉，第二次又来扭，可是说了：

"我不应该再吃，我已经吃饱。"

他的帽子仍没有脱掉，我替他脱了去，同时送一块面包皮到他的嘴上。

喝开水，他也是一直喝，等我向他要，他才给我。

"晚上，我领你到饭馆去吃。"我觉得很奇怪，没钱怎么可以到饭馆去吃呢！

"吃完就走，这年头不吃还饿死？"他说完，又去倒开水。

第二天，挤满面包的大篮子又等在过道，我始终没推开门，门外有别人在买，即是不开门我也好像嗅到麦香。对面包我害怕起来，不是我想吃面包，怕是面包要吞了我。

"列巴，列巴！"哈尔滨叫面包做"列巴"，卖面包的人打着我们的门在招呼。带着心惊，买完了说：

"明天给你钱吧，没有零钱。"

星期日家庭教师也休息。只有休息，连早饭也没有。提篮人在打门，郎华跳下床去，比猫跳得更得法，轻快，无声。我一动不动，"列巴"就摆在门口，郎华光着脚，只穿一件短裤，衬衣搭在肩上，胸膛露在外面。

一块黑面包，一角钱。我还要五分钱的"列巴圈"，那人用绳穿起来。我还说："不用，不用。"我打算就要吃了！我伏在床上，把头抬起来，正像遇见了桑叶而抬头的蚕一样。

可是，立刻受了打击，我眼看着那人从郎华的手上把面包夺回去，五个"列巴圈"也夺回去。

"明早一起取钱不行吗？"

"不行，昨天那半角也给我吧！"

我充满口涎的舌尖向嘴唇舐了几下，不但"列巴圈"没有吃到，把所有的铜板又都带走了。

"早饭吃什么呀?"

"你说吃什么?"锁好门,他又回到床上时,冰凉的身子贴住我。

搬　家①

搬家！什么叫搬家？移了一个窠就是罢！

一辆马车,载了两个人,一个条箱,行李也在条箱里。车行在街口了,街车,行人道上的行人,店铺大玻璃窗里的"模特儿"……汽车驰过去了,别人的马车赶过我们急跑,马车上面似乎坐着一对情人,女人的卷发在帽沿外跳舞,男人的长臂没有什么用处一般,只为着一种表示才遮在女人的背后。马车驰过去了,那一定是一对情人在兜风……只有我们是搬家。天空有水状的和要融化春冰状的白云,我仰望着白云,风从我的耳边吹过,使我的耳朵鸣响。

到了:商市街②××号。

他夹着条箱,我端着脸盆,通过很长的院子,在尽那头,第一下拉开门的是郎华,他说:

"进去吧!"

"家"就这样的搬来,这就是"家"。

一个男孩,穿着一双很大的马靴,跑着跳着喊:

"妈……我老师搬来啦,我老师搬来啦!"

---

① 该篇创作于一九三五年三至五月间,一九三六年八月,收入上海文化生活出版社初版散文集《商市街》,署名悄吟。

② 商市街:哈尔滨市道里区的一条商业街,现改名为"红霞街"。

这就是他教武术的徒弟。

借来的那张铁床，从门也抬不进来，从窗也抬不进来。抬不进来，真的就要睡地板吗？光着身子睡吗？铺什么？

"老师，用斧子打吧。"穿长靴的孩子去找到一柄斧子。

铁床已经站起，塞在门口，正是想抬出去也不能够的时候，郎华就用斧子打，铁击打着铁发出震鸣，门顶的玻璃碎了两块，结果床搬进来了，光身子放在地板中央，又向房东借一张桌子和两张椅子。

郎华走了，他说他去买水桶，菜刀，饭碗……

我的肚子因为冷，也许因为累，又在作痛。走到厨房去看，炉中的火熄了，未搬来之前也许什么人在烤火，所以炉中尚有木柈在燃。

铁床露着骨，玻璃窗渐渐结上冰来。下午了，阳光失去了暖力，风渐渐卷着沙泥来吹打窗子……用冷水擦着地板，擦着窗台……等到这一切做完，再没有别的事可做的时候，我感到手有点痛，脚也有点痛。

这里不像旅馆那样静，有狗叫，有鸡鸣……有人吵嚷。

把手放在铁炉板上也不能暖了，炉中连一颗火星也灭掉。肚子痛，要上床去躺一躺，那里是床！冰一样的铁条，怎么敢去接近！

我饿了，冷了，我肚痛，郎华还不回来，有多么不耐烦！连一只表也没有，连时间也不知道。多么无趣，多么寂寞的家呀！我好像落下井的鸭子一般寂寞并且隔绝。肚痛，寒冷和饥饿伴着我，……什么家？简直是夜的广场，没有阳光，没有暖。

门扇大声光郎光郎的响，是郎华回来，他打开小桶的盖给我看：小刀，筷子，碗，水壶，他把这些都摆出来，纸包里的白米也倒出来。

只要他在我身旁，饿也不难忍了，肚痛也轻了。买回来的草褥放在门外，我还不知道，我问他：

"是买的吗？"

"不是买的，是那里来的？"

"钱，还剩多少？"

"还剩！怕是不够哩！"

等他买木柈回来,我就开始点火。站在火炉边,居然间我也和小主妇一样调着晚餐。油菜烧焦了,白米饭是半生就吃的,说它是粥,比粥还硬一点,说它是饭,比饭还粘一点。这是说我做了"妇人",不做妇人,那里会烧饭？不做妇人那里懂得烧饭？

晚上房主人来时,大概是取着拜访先生的意义来的！房主人就是穿马靴那个孩子的父亲。

"我三姐来啦！"过一刻那孩子又打门。

我一点也不能认识她,她说她在学校时每天差不多都看见我,不管在操场或是礼堂。我的名字她还记得很熟。

"也不过三年,就忘得这样厉害……你在那一班？"我问。

"第九班。"

"第九班,和郭小娴一班吗？郭小娴每天打球,我倒认识她。"

"对啦！我也打篮球。"

但无论如何我也想不起她来,坐在我对面的简直是一个从未见过的面孔。

"那个时候,你十几岁呢？"

"十五岁吧！"

"你太小啊,学校里多半是不注意小同学们的。"我想了一下,我笑了。

她卷皱的头发,挂胭脂的嘴,比我好像还大一点,因为回忆完全把我带回往昔的境地去。其实我是二十二岁了,比起她来,怕是已经老了。尤其是在蜡烛光里,假若有镜子让我照一下,我一定惨败得比三十岁更老。

"三姐！你老师来啦。"

"我去学俄文。"她弟弟在外边一叫她,她就站起来说。

很爽快,完全是少女风度,长身材,细腰,闪出门去。

最末的一块木柈[①]

　　火炉烧起又灭，灭了再弄着，灭到第三次，我懊恼了！我再不能抑止我的愤怒，我想冻死吧，饿死吧，火也点不着，饭也烧不熟。就是那天早晨，手在铁炉门上烫焦了两条，并且把指甲烧焦了一个缺口。火焰仍是从炉门喷吐，我对着火焰生气，女孩子的娇气毕竟没有脱掉。我向着窗子，心很酸，脚也冻得很痛，打算哭了。但过了好久，眼泪也没有流出，因为已经不是娇子，哭什么？

　　烧晚饭时，只剩一块木柈，一块木柈怎么能生火呢？那样大的炉腔，一块木柈只能占去炉腔的二十分之一。

　　"睡下吧，屋子太冷，什么时候饿，就吃面包。"郎华抖着被子招呼我。

　　脱掉袜子，腿在被子里面团卷着，想要把自己的脚放到自己的肚子上面暖一暖，但是不可能，腿生得太长了，实在感到不便，腿实在是无用。在被子里面也要颤抖似的。窗子上的霜，已经挂得那样厚，并且四壁刷的绿颜色，涂着金边，这一些更使人感到寒冷。两个人的呼吸像冒着烟一般的。玻璃上的霜好像柳絮落到河面，密结的起着绒

① 该篇创作于一九三五年三至五月间，一九三六年八月，收入上海文化生活出版社初版散文集《商市街》，署名悄吟。

毛。夜来时也不知道,天明时也不知道,是个没有明暗的幽室,人住在里面正像菌类生在不见天日的大树下;快要朽了。而人不是菌类。

半夜我就醒来,并不饿,只觉到冷。郎华光着身子跳起来。点起蜡烛到厨房去喝冷水。

"冻着,也不怕受寒!"

"你看这力气!怕冷?"他的性格是这样,争强给我看。临上床,他还在自己肩头上打了两下。我遇着他冷的身子抖颤了。都说情人的身子比火还热,到此时我不能相信这话了。

第二天仍是一块木柈,他说借吧!

"向那里借?"

"向汪家借。"

写了一张纸条,他站在门口喊他的学生汪玉祥。

老厨夫抱了满怀的木柈来叫门。

不到半点钟我的脸一定也红了,因为郎华的脸红起来。窗子滴着水,水从窗口流延到地板上,窗前来回走人也看得清,窗前啄食的小鸡也看得清,黑毛的,红毛的,也有花毛的。

"老师,练武术吗?九点钟啦!"

"等一会,吃完饭练武术!"

有了木柈,还没有米,等什么?越等越饿。他教完武术又跑出去借钱,等他借了钱买了一大块厚饼回来,木柈又只剩了一块。这可怎么办?晚饭又不能吃。

对着这一块木柈,又爱它,又恨它,又可惜它。

黑列巴和白盐[①]

玻璃窗子又慢慢结起霜来,不管人和狗经过窗前都辨不清楚。

"我们不是新婚吗?"他这话说得很响,他唇下的开水杯起一个小圆波浪。他放下杯子,在黑面包上涂一点白盐送下喉去。大概是面包已不在喉中,他又说:"这不是正在度蜜月吗!"

"对的,对的。"我笑了。

他连忙又取一片黑面包涂上一点白盐,他学着电影上那样度蜜月,把涂盐的列巴先送上我的嘴,我咬了一下,而后他才去吃。一定盐太多了,舌尖感到不愉快,他连忙去喝水:

"不行不行,再这样度蜜月把人咸死了。"

盐毕竟不是奶油,带给人的感觉一点也不甜,一点也不香。我坐在旁边笑。

光线完全不能透进屋来,四面是墙,窗子已经无用,封闭了的洞门似的,与外界绝对隔离开。天天就生活在这里边。素食,有时候不食,好像传说上要成仙的人在这地方苦修苦练。很有成绩,修练得倒是不错了,脸也黄了,骨头也瘦了。我的眼睛越来越扩大,他的颊骨和木块

---

① 该篇创作于一九三五年三至五月间,一九三六年八月,收入上海文化生活出版社初版散文集《商市街》,署名悄吟。

一样突在腮边，这些工夫都做到，只是还没成仙。

　　"借钱"，"借钱"，郎华每日出去"借钱"，他借回来的钱总是很少，三角，五角，借到一元都是很稀有的事。

　　黑列巴和白盐许多日子成了我们唯一的生命线。

度　日[①]

天色连日阴沉下去,一点光也没有,完全灰色,灰得怎样程度呢?那和墨汁混到水盆中一样。

火炉台擦得很亮了,碗,筷子,小刀摆在格子上。清早起第一件事点起火炉来,而后擦地板,铺床。

炉铁板烧得很热时,我便站到火炉旁烧饭,刀子,匙子弄得很响。炉火在炉腔里起着小的爆炸,饭锅腾着气,葱花炸到油里发出很香的蒸调的气味,我细看葱花在油里边滚着,渐渐变黄起来。……小洋刀好像剥着梨皮一样把地豆[②]刮得很白,很好看,去了皮的地豆是乳黄色,柔和而有弹力,炉台上铺好一张纸,把地豆再切成薄片,饭已熟,地豆煎好。打开小窗望了望,院心几条小狗在戏耍。

家庭教师还没有下课,菜香和米香引我回到炉前再吃两口,用匙子调一下饭,再调一下菜,很忙的样子像在偷吃。在地板上走了又走,一个钟头的课程还不到吗?于是再打开锅盖吞下几口。再从小窗望一望,我快要吃饱的时候他才回来。习惯上知道一定是他,他都是在院心大声弄着嗓子响。我藏在门后等他,有时候我就不等他寻到就作

[①]　该篇创作于一九三五年三至五月间,一九三六年八月,收入上海文化生活出版社初版散文集《商市街》,署名悄吟。

[②]　地豆:学名马铃薯,俗称土豆。

着怪声跳出来。

早饭吃完以后,就是洗碗,刷锅,擦炉台,摆好木格子。假如有表,怕是十一点还多了!

再过三四个钟头又是烧晚饭。他出去找职业,我在家里烧饭,我在家里等他。火炉台,我开始围着它转走起来。每天吃饭,睡觉,愁柴,愁米……

这一切给我一个印象:这不是孩子时候了,是在过日子,开始过日子。

飞　雪[①]

是晚间,正在吃饭的时候,管门人来告诉:

"外面有人找。"

踏着雪,看到铁栅栏外我不认识的一个人,他说他是来找武术教师。那么这人就跟我来到房中,在门口他找擦鞋的东西,可是没有预备那样完备。表示着很对不住的样子,他怕是地板会弄脏的。厨房没有灯,经过厨房时那人为了脚下的雪差不多没有跌倒。

一个钟头过去了吧!我们的面条在碗中完全凉透他还没有走,可是他也不说"武术"究竟是学不学,只是在那里用手帕擦一擦嘴,揉一揉眼睛,他是要睡着了!我一面用筷子调一调快凝住的面条,一面看着他把外衣的领子轻轻的竖起来,我想这回他一定是要走。然而没有走,或者是他的耳朵怕受冻用皮领来取一下暖,其实,无论如何在屋里也不会冻耳朵,那么他是想坐在椅子上睡觉吗?这里是睡觉的地方?

结果他也没有说"武术"是学不学,临走时他才说:

"想一想……想一想……"

常常有人跑到这里来想一想,也有的人第二次他再来想一想。立刻就决定的人一个也没有,或者是学,或者是不学。看样子当面说不

---

① 该篇创作于一九三五年三至五月间,一九三六年八月,收入上海文化生活出版社初版散文集《商市街》,署名悄吟。

学,怕人不好意思,说学又总觉得学费不能再少一点吗?总希望武术教师把学费自动的减少一点。

我吃饭时很不安定,替他挑碗面,替自己挑碗面,一会又剪一剪灯花,不然蜡烛颤索得使人很不安。

两个人一句话也不说,对着蜡烛吃着冷面。雪落得很大了!出去倒脏水回来,头发就是湿的。从门口望出去,借了灯光,大雪白茫茫,一刻就要倾满人间似的。

郎华披起才借来的夹外衣到对面的屋子教武术。他的两只空袖口没进大雪片中去了。我听他开着对面那房子的门。那间客厅光亮起来。我向着窗子,雪片翻倒倾忙着,寂寞并且严肃的夜围临着我,终于起着咳嗽关了小窗。找一本书,读不上几页,又打开小窗,雪大了呢?还是小了?人在无聊的时候,风雨,总之一切天象会引起注意来。雪飞得更忙迫,雪片和雪片交组在一起。

很响的鞋底打着大门过道,走在天井里,鞋底就减轻了声音。我知道是汪林回来了。那个旧日的同学,今日我没能看见她穿的是中国衣裳或是外国衣裳,她停在门外的木阶上在按铃,小使女,也就是小丫环开了门,一面问:

"谁?谁?"

"是我你还听不出来!谁?谁?"她有点不耐烦,小姐们有了青春更骄傲,可是做丫环的一点也不知道这个。假若不是落雪一定能看到那女孩是怎样无知的把头缩回去。

又去读读书,又来看看雪,读了很多页了,但什么意思呢?我也不知道。因为我心只记得:落大雪天,就转寒,那么从此我不能出屋了吧?郎华没有皮帽,他的衣裳没有皮领,耳朵一定要冻伤的吧!

在屋里,只要火炉生着火,我就站在炉边,或者更冷的时候,我还能坐到铁炉板上去把自己煎一煎。若没有木枝,我就披着被坐在床上,一天不离床,一夜不离床,但到外边可怎么能去呢?披着被上街吗？那还可以吗？

我把两只脚伸到炉腔里去，两腿伸得笔直，就这样在椅子上对着炉门看书；那里看书，假看，无心看。

郎华一进门就说："你在烤火腿吗？"

我问他："雪大小？"

"你看这衣裳！"他用面巾打着外套。

雪，带给我不安，带给我恐怖，带给我终夜各种不舒适的梦……一大群小猪沉下雪坑去……麻雀冻死在电线上，麻雀虽然死了，仍挂在电线上。行人在旷野白色的大树林里一排一排的僵直着，还有一些把四肢都冻丢了。

这样的梦以后，但总不能知道这是梦，渐渐明白些时，才紧抱住郎华，但总不能相信这不是真事。我说：

"为什么要做这样的梦？照迷信来说，这可不知怎样？"

"真糊涂，一切要用科学方法来解释，你觉得这梦是一种心理，心理是从那里来的？是物质的反映。你摸摸你这肩膀冻得这样凉，你觉到肩膀冷，所以你做那样的梦！"很快的他又睡去，留下我觉得风从棚顶，从床底都会吹来，冻鼻头，又冻耳朵。

夜间大雪又不知落得怎样了！早晨起来，一定会推不开门吧！记得爷爷说过：大雪的年头小孩站在雪里露不出头顶……风不住扫打窗子，小狗在房后哽哽的叫……

从冻又想到饿，明天没有米了。

他的上唇挂霜了^①

他夜夜出去在寒月的清光下。他到五里路远一条僻静的街上去教两个人读中学国文课本。这是新找到的职业,不能说是职业,只能说新找到十五元钱。

秃着耳朵,夹外套的领子还不能遮住下巴,就这样夜夜出去,一夜比一夜冷了! 听得见人们踏着雪地的响声也更大。他带着雪花回来,裤子下口全是白色,鞋也被雪浸了一半。

"又下雪吗?"

他一直没有回答,好像是同我生气。把袜子脱下来,雪积满他的袜口,我拿他的袜子在门扇上打着,只有一小部分雪星是震落下来,袜子的大部分全是潮湿了的。等我在火炉上烘袜子的时候,一种很难忍的气味满屋散布着。

"明天早晨晚些吃饭,南岗有一个要学武术的。等我回来吃。"他说这话完全没有声色,把声音弄得很低很低……或者他想要严肃一点,也或者他把这事故意看做平凡的事。总之我不能猜到了!

他赤了脚。穿上"傻鞋"去到对门上武术课。

"你等一等,袜子就要烘干的。"

---

① 该篇创作于一九三五年三至五月间,一九三六年八月,收入上海文化生活出版社初版散文集《商市街》,署名悄吟。

"我不穿。"

"怎么不穿,汪家有小姐的。"

"有小姐管什么?"

"不是不好看吗!"

"什么好看不好看!"他光着脚去,也不怕小姐们看,汪家有两个很漂亮的小姐。

他很忙,早晨起来就跑到南岗去,吃过饭又要给他的小徒弟上国文课。一切完了又要跑出去借钱。晚饭后又是教武术,又去教中学课本。

夜间他睡觉醒也不醒转来,我感到非常孤独了!白昼使我对着一些家俱默坐,我虽生着嘴也不能言语,我虽生着腿也不能走动,我虽生着手而也没有什么做,和一个废人一般,有多么寂寞!连视线都被墙壁截止住,连看一看窗前的麻雀也不能够,什么也不能够,玻璃生满厚的和绒毛一般地霜雪。这就是"家",没有阳光,没有暖,没有声,没有色,寂寞的家,穷的家,不生毛草荒凉的广场。

我站在小过道窗口等郎华,我的肚子很饿。

铁门扇响了一下,我的神经便要震荡一下,铁门响了无数次,来来往往都是和我无关的人。汪林她很大的皮领子和她很响的高跟鞋相配称,她摇摇恍恍,满满足足,她的肚子想来很饱很饱,向我笑了笑,滑稽的样子用手指点我一下:

"啊!又在等你的郎华……"她快走到门前的木阶,还说着:"他出去,你天天等他,真是怪好的一对!"

她的声音在冷空气里来得很脆,也许是少女们特有的喉咙,对于她,我立刻把她忘记,也许原来就没把她看见,没把她听见,假若我是个男人,怕是也只有这样。肚子响叫起来。

汪家厨房传出来炒酱的气味,隔得很远我也会嗅到,他家吃炸酱面吧!炒酱的铁勺子一响都像说:炸酱面炸酱面……

在过道站着,脚冻得很痛,鼻子流着鼻涕。我回到屋里,关好二层门,不知是想什么,默坐了好久。

汪林的二姐到冷屋去取食物,我去倒脏水遇见她,平日不很说话,很生疏,今天她却说:

"没去看电影吗?这个片子不错,胡蝶主演。"她蓝色的大耳环永远吊荡着不能停止。

"没去看。"我的夹袍子冷透骨了!

"这个片很好,煞尾是结了婚,看这片子的人都猜想,假若再演下去,那是怎么度着美满的……"

她热心的来到门缝边,在门缝我也看到她大长的耳环在摆动。

"进来玩玩吧!"

"不进去,要吃饭啦!"

郎华回来了,他的上唇挂霜了!汪二小姐走得很远时,她的耳环和她的话声仍震荡着:"和你度蜜月的人回来啦,他来了。"

好寂寞的,好荒凉的家呀!他从口袋取出烧饼来给我吃。他又走了,说有一家招请电影广告员,他要去试试。

"什么时候回来?什么时候回来?"我追赶到门外问他,好像很久捉不到的鸟儿,捉到又飞了!失望和寂寞,虽然吃着烧饼也好像饿倒下来。

小姐们的耳环对比着郎华的上唇挂着的霜。对门居着,他家的女儿看电影,戴耳环;我家呢?我家……

当　铺①

"你去当吧！你去当吧，我不去！"

"好，我去，我就愿意进当铺，进当铺我一点也不怕，理直气壮。"

新做起来的，我的棉袍，一次还没有穿就跟着我进当铺去了！在当铺门口少微徘徊了一下，想起出门时郎华要的价目——非两元不当。

包袱送到柜台上，我是仰着脸，伸着腰，用脚尖站起来送上去的，真不晓得当铺为什么摆起这么高的柜台！

那戴帽头的人翻着衣裳看，还不等他问，我就说了：

"两块钱。"

他一定觉得我太不合理，不然怎么连看我一眼也没有看就把东西卷起来，他把包袱仿佛要丢在我的头上，他十分不耐烦的样子。

"两块钱不行，那么，多少钱呢？"

"多少钱不要。"他摇摇相同长西瓜形的脑袋，小帽头顶尖的红帽球也跟着摇了摇。

我伸手去接包袱，我一点也不怕，我理直气壮，我明明知道他故意

---

① 该篇创作于一九三五年三至五月间，一九三六年八月，收入上海文化生活出版社初版散文集《商市街》，署名悄吟。

作难,正想把包袱接过来就走。猜得对对的,他并不把包袱真给我。

"五毛钱! 这件衣服袖子太瘦,卖不出钱来……"

"不当。"我说。

"那么一块钱……再可不能多了,就是这个数目。"他把腰微微向后弯一点,柜台太高,看不出他突出的肚囊……一只大手指就比在和他太阳穴一般高低的地方。

带着一元票子和一张当票,我快快的走,走起路来感到很爽快,默认自己是很有钱的人。菜市,米店我都去过,臂上抱了很多东西,感到非常愿意抱这些东西,手冻得很痛,觉得这是应该,对于手一点也不感到可惜,本来手就应该给我服务,好像冻掉了也不可惜。走在一家包子铺门前,又买了十个包子,看一看自己带着这些东西,很骄傲,心血时时激动,至于手冻得怎样痛一点也不可惜。路旁遇见一个老叫化子,又停下来给他一个大铜板,我想我有饭吃他也是应该吃啊! 然而没有多给,只给一个大铜板,那些我自己还要用呢! 又摸一摸当票也没有丢,这才重新走,手痛得什么心思也没有了,快到家吧! 快到家吧。但是,背上流了汗,腿觉得很软,眼睛有些刺痛,走到大门口才想起来,从搬家还没有出过一次街,走路腿也无力,太阳光也怕起来。

又摸一摸当票才走进院去。郎华仍躺在床上,和我出来的时候一样,他还不习惯于进当铺。他是在想什么,拿包子给他看,他跳起来了:

"我都饿啦,等你也不回来。"

十个包子吃去一大半他才细问:"当多少钱? 当铺没欺负你?"

把当票给他,他瞧着那样少的数目:

"才一元,太少。"

虽然说当得的钱少,可是又愿意吃包子,那么结果很满足。他在吃包子的嘴,看起来比包子还大,一个跟着一个,包子消失尽了。

借①

　　"女子中学"的门前,那是三年前在里边读书的学校。和三年前一样,楼窗,窗前的树,短板墙,墙外的马路,每块石砖我踏过它。墙里墙外的每棵树尚存着我温馨的记忆;附近的家屋唤着我往日的情绪。

　　我忘不了这一切啊!管它是温馨的是痛苦的!我忘不了。这一切啊!我在那楼上正是我有着青春的时候。

　　现在已经黄昏了,是冬的黄昏。我踏上水门汀的阶石,轻轻的迈着步子。三年前曾按过的门铃又按在我的手中。出来开门的那个校役,他还认识我。楼梯上下跑走的那一些同学却交着耳说:

　　"这是找谁的?"

　　一切全不生疏,事务牌,信箱,电话室,就是挂衣架子三年也没有搬动,仍是摆在传达室的门外。

　　我不能立刻上楼,这对于我是一种侮辱似的。旧同学虽有,怕是教室已经改换了,宿舍,我不知道在楼上还是在楼下。

　　"梁先生——国文梁先生在校吗?"我对校役说。

　　"在校是在校的,正开教务会议。"

---

① 该篇创作于一九三五年三至五月间,一九三六年八月,收入上海文化生活出版社初版散文集《商市街》,署名悄吟。

"什么时候开完?"

"那怕到七点钟吧!"

墙上的钟还不到五点,等也是无望,我走出校门来了!这一刻我完全没有来时的感觉,什么街石,什么树,这对我发生什么关系?

"吟——在这里。"郎华在很远的路灯下打着招呼。

"回去吧!走吧!"我走到他近边,再不说别的。

顺着那条斜坡的直道走得很远我才告诉他:

"梁先生开教务会议,开到七点,我们等得了吗?"

"那么你能走吗?肚子还疼不疼?"

"不疼,不疼。"

圆月从东边一小片林梢透过来,暗红色的圆月,很大很混浊的样子,好像老人昏花的眼睛垂到天边去。脚下的雪不住在滑着,响着,走了许多时候,一个行人没有遇见,来到火车站了!大时钟在暗色的空中发着光,火车的汽笛震鸣着冰寒的空气,电车,汽车,马车,人力车,车站前忙着这一切。

顺着电车道走,电车响着铃子从我们身旁一辆一辆的过去。没有借到钱,电车就上不去,走吧!挨着走,肚痛我也不能说。走在桥上,大概是东行的火车突着烟从桥下经过,震得人会耳鸣起来,索链一般的爬向市街去。

从岗上望下来,最远处,商店的红绿电灯不住的闪闭,在夜里的人家好像在烟里一般,若没有灯光从窗子流出来,那么所有的楼房就该变成幽寂的,没有钟声的大教堂了!站在岗上望下去,"许公路"的电灯好像扯在太阳下长串的黄色铜铃,越远那些铜铃越增加着密度,渐渐数不过来了!

挨着走,昏昏茫茫的走,什么夜,什么市街,全是阴沟,我们滚在沟中,携着手吧!相牵着走吧!天气那样冷,道路那样滑,我时时要滑倒的样子,脚下不稳起来,不自主起来,在一家电影院门前我终于跌倒了,坐在冰上,因为道上无处不是冰。膝盖的关节一定受了伤害,他虽拉着我,走起来也十分困难。

"肚子跌痛了没有?你实在不能走了吧?"

到家把剩下来的一点米煮成稀饭,没有盐,没有油,没有菜,暖一暖肚子算了。

吃饭,肚子仍不能暖,饼干盒子盛了热水,盒子漏了。郎华又拿一个空玻璃瓶要盛热水给我暖肚子,瓶底炸掉下来,满地流着水。他拿起没有底的瓶子当号筒来吹。在那呜呜的响声里边,我躺下冰冷的床去。

买皮帽[①]

　　"破烂市"上打起着阴棚,很大一块地盘全然被阴棚连络起来。不断的摆着摊子:鞋、袜、帽子、面巾,这都是应用的东西。摆出来最多的是男人的裤子和衬衫。我打量了郎华一下,这裤子他应该买一条。我正想问价钱的时候忽然又被那些大大小小的皮外套引住。仰起头看那些挂得很高的,一排一排的外套,宽大的领子,黑色毛皮的领子,虽是马车夫穿的外套,郎华穿不也很好吗? 又正想问价钱,郎华在那边叫我:

　　"你来,这个帽子怎么样?"他拳头上顶着一个四个耳朵的帽子正在转着弯看。我一见那和猫头一样的帽子就笑了,我还没有走到他近边,我就说:"不行。"

　　"我小的时候,在家乡尽戴这个样帽子。"他赶快顶在头上试一试。立刻他就变成个小猫样,"这真暖和。"他又把左右的两个耳朵放下来,立刻我又看他像个小狗——因为小时候爷爷给我买过这样"叭狗帽",爷爷叫它"叭狗帽"。

　　"这帽子暖和得很!"他又顶在拳头上转着弯摇了两下。

---

① 该篇创作于一九三五年三至五月间,一九三六年八月,收入上海文化生活出版社初版散文集《商市街》,署名悄吟。

脚在阴棚里冻得难忍,在小的行人道跑了几个弯子,许多"飞机帽",这个,那个,他都试过。黑色的比黄色的价钱便宜两角,他喜欢黄色的,同时又喜欢少花两角钱,于是走遍阴棚,在寻找。

"你的……什么的要?"出摊子的人这样问着。同是中国人却把中国人当做日本或是高丽人。

我们不能买他的东西,快快的跑过去。

郎华带上飞机帽了!两个大皮耳朵上面长两个小耳朵。

"快走啊,快走。"绕过不少路才走出阴棚。若不是他喊我,我真被那些衣裳和裤子恋住了,尤其是马车夫们穿的羊皮外套。

重见天日时,我忙慌着跟上郎华去!

"还剩多少钱?"

"五毛。"

走过菜市,从前吃饭那个小饭馆,我想提议进去吃包子,一想到五角钱,只好硬着心肠,背了自己的愿望走过饭馆。五角钱要吃三天,那能进饭馆子?

街旁许多卖花生,瓜子的。

"有铜板吗?"我拉了他一下。

"没有,一个没有。"

"没有就完事。"

"你要买什么?"

"不买什么!"

"要买什么这不是有票子吗?"他停下来不走了。

"我想买点瓜子,没有铜板就不买。"

大概他想:爱人要买几个铜板瓜子的欲望都不能满足!于是慷慨的摸着他的衣袋。

这不是给爱人买瓜子的时候,吃饭比瓜子更要紧;饿比爱人更要紧。

风雪吹着我们走回家来了,手疼,脚疼,我白白的跟着跑了一趟。

新　识①

　　太寂寞了，"北国"人人感到寂寞。一群人组织一个画会②，大概是我提议的吧！又组织一个剧团③，第一次参加讨论剧团事务的人有十几个，是借民众教育馆阅报室讨论的。其中有一个脸色很白，多少有一点像政客的人，下午就到他家去继续讨论。许久没有到过这样暖和的屋子，壁炉很热，阳光晒在我的头上；明亮而暖和的屋子使我感到热了！第二天是个假日，大家又到他家去。那是夜了，在窗子外边透过玻璃的白霜，幌幌荡荡的一些人在屋里闪动，同时阵阵起着高笑。我们打门的声音几乎没有人听到，后来把手放重一些，但是仍没有人听到，后来去敲玻璃窗片，这回立刻从纱窗帘现出一个灰色的影子，那影子用手指在窗上抹了一下，黑色的眼睛出现在小洞。于是声音同人一起来在过道了。

　　"郎华来了，郎华来了！"开了门，一面笑着一面握手。

---

①　该篇创作于一九三五年三至五月间，一九三六年八月，收入上海文化生活出版社初版散文集《商市街》，署名悄吟。

②　画会：指"维纳斯画会"，一九三二年冬成立，一九三三年夏解散。

③　剧团：指"星星剧团"，一九三三年夏成立，金剑啸担任导演、舞美设计，罗烽担任剧团组织工作。剧团先后排练辛克莱的《居住二楼的人》（又名《小偷》）、白薇的《娘姨》、张沫之的《一代不如一代》等，萧军、萧红、白朗、舒群等人担任演员。同年十月，因白色恐怖而解散。

虽然是新识,但非常熟识了! 我们在客厅门外除了外套,差不多挂衣服的钩子都将挂满。

"我们来得晚了吧!"

"不算晚,不算晚,还有没到的呢!"

客厅的台灯也开起来,几个人围在灯下读剧本。还有一个从前的同学也在读剧本,她的背靠着炉壁,淡黄色,有一点闪光的炉壁衬在背后,她黑的作着曲卷的头发就要散到肩上去。她演剧一般地在读剧本。她波状的头发和充分作着圆形的肩停在淡黄色的壁炉前是一幅完成的少妇美丽的剪影。

她一看到我就不读剧本了! 我们两个靠着墙,无秩序的谈了些话。研究着壁上嵌在大框子里的油画。我受冻的脚遇到了热在鞋里面作痒。这是我自己的事,努力忍着好了!

客厅中那么许多人都是生人。大家一起喝茶,吃瓜子。这家的主人来来往往的走,他很像一个主人的样子,他讲话的姿式很温和,面孔带着敬意,并且他时时整理他的上衣,挺一挺胸,直一直胳臂,他的领结不知整理多少次,这一切表示个主人的样子。

客厅每一个角落有一张门,可以通到三个另外的小屋去,其余的一张门是通过道的。就从一个门中走出一个穿皮外衣的女人,转了一个弯她走出客厅去了。

我正在台灯下读着一个剧本时,听到郎华和什么人静悄悄在讲话。看去是一个胖军官样的人和郎华对面立着。他们走到客厅中央圆桌的地方坐下来,他们的谈话我听不懂,什么"炮二队""第九期,第八期",又是什么人,我从未听见过的名字郎华说出来,那人也说,总之很稀奇。不但我感到稀奇,为着这样生疏的术语,所有客厅中的人都静肃了·下。

从右角的门扇走出一个小女人来,虽然穿的高跟鞋,但她像个小"蒙古",胖人站起来说:

"这是我的女人！"

郎华也把我叫过去，照样也说给他们，这样一来我就可以坐在旁边细听他们的讲话了！

走在回家的路上，郎华告诉我：

"那个是我的同学啊！"

电车不住的响着铃子，冒着绿火，半面月亮升起在西天，街角卖豆浆的灯火好像个小萤虫，卖浆人守着他渐渐冷却的浆锅寞寞打转，夜深了！夜深了。

牵牛房[①]

还不到三天,剧团就完结了! 很高的一堆剧本剩在桌子上面。感到这屋子广大了一些,冷了一些。

"他们也来过,我对他们说这个地方常常有一大群人出来进去是不行啊! 日本子这几天在'道外'捕去很多工人。像我们这剧团……不管我们是剧团是什么,日本子要知道那就不好办……"

结果是什么意思呢? 就说剧团是完了! 我们站起来要走,觉得剧团都完了,再没有什么停留的必要,很伤心似的。后来郎华的胖友人出去买瓜子,我们才坐下来吃着瓜子。

厨房有家具响,大概这是吃夜饭的时候。我们站起来快快的走了。他们说:

"也来吃饭吧! 不要走,不要客气。"

我们说:"不客气,不客气。"其实才是客气呢! 胖朋友的女人,就是那个我所说的小"蒙古",她几乎是来拉我。

"吃过了,吃过了!"欺骗着自己的肚子跑出来,感到非常空虚,剧团也没有了,走路也无力了。

"真没意思,白跑了这些次,我头疼了咧!"

---

① 该篇创作于一九三五年三至五月间,一九三六年八月,收入上海文化生活出版社初版散文集《商市街》,署名悄吟。

"你快点走,走得这样慢!"郎华说。

使我不耐烦的倒不十分是剧团的事情,因为是饿了! 我一定知道家里一点什么吃的东西也没有。

因为没有去处,以后常到那地方去闲坐,第四次到他家去闲坐正是新年的前夜,主人约我们到他家过年,其余新识的那一群也都欢迎我们在一起玩玩。有的说:

"'牵牛房'又牵来两条牛!"

有人无理由的大笑起来,"牵牛房"是什么意思,我不能解释。

"夏天窗前满种着牵牛花,种得太多啦! 爬满了窗门,因为这个叫牵牛房!"主人大声笑着给我们讲了一遍。

"那么把人为什么称做牛呢?"还太生疏,我没有说这话。

不管怎样玩怎样闹,总是各人有各人的立场。女仆出去买松子,拿着三角钱,这钱好像是我的一样,非常觉得可惜,我急得要颤栗了! 就像那女仆把钱去丢掉一样。"多余呀! 多余呀! 吃松子做什么! 不要吃吧! 不要吃那样没用的东西吧!"这话我都没有说,我知道说这话还不是地方。等一会虽然我也吃着,但我一定不同别人那样感到趣味,别人是吃着玩,我是吃着充饥! 所以一个跟着一个咽下它,毫没有留在舌头上尝一尝滋味的时间。

回到家来才把这可笑的话告诉郎华。他也说他不觉的吃了很多松子,他也说他像吃饭一样吃松子。

起先我很奇怪,两人的感觉怎么这样相同呢? 其实一点也不奇怪,因为饿,才把两个人的感觉弄得一致的。

十元钞票[①]

在绿色的灯下,人们跳着舞,狂欢着,有的抱着椅子跳。胖朋友他也丢开风琴,从角落扭转出来,他扭到混杂的一堆人去,但并不消灭在人中,因为他胖,同时也因为他跳舞做着怪样,他十分不协调的在跳的两腿扭颤得发着疯。他故意妨害别人,最终他把别人都弄散开去,地板中央只留下一个流汗的胖子。人们怎样大笑他不管。

"老牛跳得好!"人们向他招呼。

他不听这些,他不是跳舞,他是乱跳瞎跳,他完全胡闹,他蠢得和猪和蟹子那般。

红灯开起来,扭扭转转的那一些绿色的人变红起来。红灯带来另一种趣味,红灯带给人们更热心的胡闹。瘦高的老桐扮了一个女相和胖朋友跳舞。女人们笑得流泪了!直不起腰了!但是胖朋友仍是一拐一拐。他的女舞伴在他的手臂中也是谐和的把头一扭一拐,扭得太丑,太愚蠢,几乎要把头扭掉,要把腰扭断,但是他还扭,好像很不要脸似的,一点也不知羞似的,那满脸的红胭脂呵!那满脸丑恶得到妙处的笑容!

---

① 该篇创作于一九三五年三至五月间,一九三六年八月,收入上海文化生活出版社初版散文集《商市街》,署名悄吟。

第二次老桐又跑去化装,出来时,头上是包一张红布,脖子后拖着很硬的但有点颤动的棍状的东西,那是用红布扎起来的,扫帚把柄的样子生在他的脑后。又是跳舞,每跳一下脑后的小尾巴就随着颤动一下。

跳舞结束了,人们开始吃苹果,吃糖,吃茶。就是吃也没有个吃的样子!有人说:

"我能整吞一个苹果。"

"你不能,你若能整吞个苹果,我就能整吞一个活猪!"另一个说。

自然苹果也没有吞,猪也没有吞。

外面对门那家锁着的大狗,锁链子在动响,腊月开始严寒起来,狗冻得小声吼叫着。

带颜色的灯闭起来,因为没有颜色的刺激,人们暂时安定了一刻。为了过于兴奋的缘故,我感到疲乏,也许人人感到疲乏。大家都安定下来,都像复了人的本性。

小"电驴子"从马路秃秃的跑过,又是日本宪兵在巡逻吧!可是没有人害怕,人们对于日本宪兵的印象还浅。

"玩呀!乐呀!"第一个站起的人说。

"不乐白不乐,今朝有酒今朝醉……"大个子老桐也说。

胖朋友的女人拿一封信送到我的手里:

"这信你到家去看好啦!"

郎华来到我的旁边也不知道这是什么意思,我就把信放到衣袋中。

只要一走出屋门,寒风立刻刮到人们的脸,外衣的领子竖起来,显然郎华的夹外套是感到冷,但是他说:"不冷。"

一同出来的人都讲着过旧年时比这更有趣味,那一些趣味早从我们跳开去,我想我有点饿,回家可吃什么?于是别的人再讲什么,我听不到了!郎华也冷了吧,他拉着我走向前面,越走越快了,使我们和那些人远远的分开。

在蜡烛旁忍着脚痛看那封信，信里边十元钞票露出来。

夜是如此静了，小狗在房后吼叫。

第二天，一些朋友来约我们到"牵牛房"去吃夜饭。果然吃得很好，这样的饱餐非常觉得不多得，有鱼，有肉，有很好滋味的汤。又是玩到半夜才回来。这次我走路时很起劲，饿了也不怕，到家有十元票子在等我。我特别充实的迈着大步，寒风不能打击我。"新城大街"，"中央大街"，行人很稀少了！人走在行人道好像没有挂掌的马走在冰面，很小心的，然而时时要跌倒。店铺的铁门关得紧紧，里面无光了，街灯和警察还存在，警察和垃圾箱似的失去了威权，他背上的枪提醒着他的职务，若不然我看他会依着电线柱睡着的。再走就快到"商市街"了！然而今夜我还没有走够，马迭尔旅馆门前的大时钟孤独的挂着。向北望去松花江就是这条街的尽头。

我的勇气一直到"商市街"口还没消灭，脑中，心中，脊背上，腿上，似乎各处有一张十元票子，我被十元票子鼓励得浅浮得可笑了。

是叫化子吧！起着哼声在街的那面在移动。我想他没有十元票子吧！

铁门用钥匙打开，我们走进院去，但我仍听得到叫化子的哼声……

几个欢快的日子^①

人们跳着舞,"牵牛房"那一些人们每夜跳舞。过旧年那夜,他们就在茶桌上摆起大红蜡烛,他们模仿着供财神,拜祖宗。灵秋穿起紫红绸袍,黄马褂,腰中配着黄腰带,他第一个跪到神桌前。老桐又是他那一套,穿起灵秋太太瘦小的旗袍,长短到膝盖以上,大红的脸,脑后又是用红布包起扫帚把柄样的东西,他跑到灵秋旁边,他们俩是一致的,每磕一下头,口里就自己喊一声口号:一、二、三……不倒翁样不能自主的倒下又起来。后来就在地板上烘起火来,说是过年都是烧纸的……这套把戏玩得熟了,惯了!不是过年,也每天来这一套,人们看得厌了!对于这事冷淡下来,没有人去大笑,于是又变一套把戏:捉迷藏。

客厅是个捉迷藏的地盘,四下窜走,桌子底下蹲着人,椅子倒过来扣在头上顶着跑,电灯泡碎了一个。蒙住眼睛的人受着大家的玩戏,在那昏庸的头上摸一下,在那分张的两手上打一下。有各种各样的叫声,蛤蟆叫,狗叫,猪叫,还有人在装哭。要想捉住一个很不容易,从客厅的四个门,会跑到那些小屋去,有时瞎子就摸到小屋去,从门后扯出

① 该篇创作于一九三五年三至五月间,一九三六年八月,收入上海文化生活出版社初版散文集《商市街》,署名悄吟。

一个来,也有时误捉了灵秋的小孩。虽然说不准向小屋跑,但总是跑。后一次瞎子摸到王女士的门扇。

"那门不好进去。"有人要告诉他。

"看着,看着,不要吵嚷!"又有人说。

全屋静下来,人们觉得有什么奇迹要发生。瞎人的手接触到门扇,他触到门上的铜环响,眼看他就要进去把王女士捉出来,每人心里都想着这个:看他怎样捉啊!

"谁呀! 谁? 请进来!"跟着很脆的声音开门来迎接客人了! 以为她的朋友来访她。

小浪一般冲过去的笑声,使摸门的人脸上的罩布脱掉了,红了脸。王女士笑着关了门。

玩得厌了! 大家就坐下来喝茶,不知从什么瞎说上又拉到正经问题上去。于是"做人"这个问题使大家都兴奋起来。

——怎样是"人",怎样不是"人"?

"没有感情的人不是人。"

"没有勇气的人不是人。"

"冷血动物不是人。"

"残忍的人不是人。"

"有人性的人才是人。"

"…………"

每个人都会规定怎样做人。有的人他要说出两种不同做人的标准。起首是坐着说,后来站起来说,有的也要跳起来说。

"人是情感的动物,没有情感就不能生出同情,没有同情那就是自私,为己……结果是互相杀害,那就不是人。"那人的眼睛张得很圆,表示他的理由充足,表示他把人的定义下得准确。

"你说的不对,什么同情不同情,就没有同情,中国人就是冷血动物,中国人就不是人。"第一个又站了起来,这个人他不常说话,偶然说一句,使人很注意。

说完了,他自己先红了脸,他是山东人,老桐学着他的山东调:

"老猛(孟),你使(是)人不使人?"

许多人爱和老孟开玩笑,因为他老实,人们说他像个大姑娘。

"浪漫诗人",是老桐的绰号。他好喝酒,让他做诗不用笔就能一套连着一套,连想也不用想一下。他看到什么就给什么做个诗;朋友来了他也做诗:

"梆梆梆,敲门响,呀! 何人来了?"

总之,就是猫和狗打架,你若问他,他也有诗,他不喜欢谈论什么人啦! 社会啦! 他躲开正在为了"人"而吵叫的茶桌,摸到一本唐诗在读:

"——昨日之……日不可留……今日之日……多……烦……忧",读得有腔有调,他用意就在打搅吵叫的一群。郎华正在高叫着:

"不剥削人,不被人剥削的就是人。"

老桐读诗也感到无味。

"走! 走啊! 我们喝酒去。"

他看一看只有灵秋同意他,所以他又说:

"走,走,喝酒去。我请客……"

客也请完了! 差不多都是醉着回来。郎华反反复复的唱着半段歌,是维特别离绿蒂①的故事,人人喜欢听,也学着唱。

听到哭声了! 正像绿蒂一般年轻的姑娘被歌声引动着,那能不哭? 是谁哭? 就是王女士。单身的男人在客厅中也被引动了,倒不是被歌声引动,而是被少女的明脆而好听的哭声所引动,非在地心不住的打着转。尤其是老桐,他贪婪的耳朵几乎竖起来,脖子一定更长了一点,他到门边去听……他故意说:

---

① 绿蒂:德国作家歌德(1749—1832)的小说《少年维特之烦恼》中的女主人公。

"哭什么？真没意思！"

其实老桐感到很有意思，所以他听了又听，说了又说："没意思。"

不到几天老桐和那女士恋爱了！那女士也和大家熟识了！也到客厅来和大家一道跳舞。从那时起老桐的胡闹也是高等的胡闹了！

在王女士面前他耻于再把红布包在头上，当灵秋叫他去跳滑稽舞的时候，他说：

"我不跳啦！"一点兴致也不表示。

等王女士从箱子里把粉红色的面纱取出来：

"谁来当小姑娘，我给他化妆。"

"我来，我……我来……"老桐他怎能像个小姑娘？他像个长颈鹿似的跑过去。

他自己觉得很好的样子，虽然是胡闹，也总算是高等的胡闹。头上顶着面纱，规规矩矩地，平平静静的在地板上动着步。但给人的感觉无异于他脑后的颤动着红扫帚柄的感觉。

别的单身汉，就开始羡慕幸福的老桐。可是老桐的幸福还没十分摸到，那女士已经和别人恋爱了！

所以"浪漫诗人"就开始做诗。正是这时候他失一次盗，丢掉他的毛毯，所以他就做诗"哭毛毯"。哭毛毯的诗做得很多，过几天来一套，过几天来一套。朋友们看到他就问：

"你的毛毯哭得怎样了？"

女教师[①]

　　一个初中学生,拿着书本来到家里上课,郎华一大声开讲,我就躲到厨房里去。第二天那个学生又来就没拿书,他说他父亲不许他读白话文,打算让他做商人,说白话文没有用,读古文他父亲供给学费,读白话文他父亲就不管。

　　最后他从口袋摸出一张一元票子给郎华。

　　"很对不起先生,我读一天书,就给一元钱吧!"那学生很难过的样子,他说他不愿意学买卖。手拿着钱,他要哭似的。

　　郎华和我同时觉得很不好过,临走时强迫把他的钱给他装进衣袋。

　　郎华的两个读中学课本的学生也不读了!

　　他实在不善于这行业,到现在我们的生命线又断尽。胖朋友刚搬过家,我就拿了一张郎华写的条子到他家去,回来时我是带着米,面,木桦,还有几角钱。

　　我眼睛不住的盯住那马车,怕那车夫拉了木桦跑掉。所以我手下提着用纸盒盛着的米,为了我在快走而震摇着,又怕小面袋从车上翻

---

① 该篇创作于一九三五年三至五月间,一九三六年八月,收入上海文化生活出版社初版散文集《商市街》,署名悄吟。

下来,赶忙跑到车前去弄一弄。

听见马的铃铛响,郎华才出来! 这一些东西很使他欢乐,亲切的把小面袋先拿进屋去。他穿着很单的衣裳,就在窗前摆堆着木桦。

"进来暖一暖再出去⋯⋯冻着!"可是招呼不住他,始终摆完才进来。

"天真够冷。"他用手扯住很红的耳朵。

他又呵着气跑出去,他想把火炉点着,这是他第一次点火。

"桦子真不少,够烧五六天啦! 米面也够吃五六天,又不怕啦!"

他弄着火,我就洗米烧饭。他又说了一些看见米面时特有高兴的话,我简直没理他。

米面就这样早饭晚饭的又快不见了,这就到我做女教师的时候了!

我也把桌子上铺了一块报纸,开讲的时候也是很大的声,郎华一看,我就要笑,他也是常常躲到厨房去。我的女学生,她读小学课本,什么猪啦! 羊啦,狗啦! 这一类字都不用我教她,她抢着自己念:"我认识,我认识!"

不管在什么地方碰到她认识的字,她就先一个一个念出来,不让她念也不行,因为她比我的岁数还大,我总有点不好意思。

她先拿给我五元钱,并说:

"过几天我再交那五元。"

四五天她没有来,以为她不会再来了。那天我正在烧晚饭,她跑来。她说她这几天生病。我看她不像生病,那么她又来做什么呢? 过了好久,她站在我的身边:

"先生,我有点事求求你!"

"什么事? 说吧——"我把葱花加到油里去炸。

她的纸单在手心握得很热,交给我;这是药方吗? 信吗? 都不是。借着炉台上那个流着油的小蜡烛看,看不清,怕是再点两支蜡烛我也看不清，因为我不认识那样的字。

"这是《易经》上的字！"郎华看了好些时才说。

"我批了个八字，找了好些人也看不懂，我想先生是很有学问的人，我拿来给先生看看。"

这次她走去，再也没有来，大概她觉得这样的先生教不了她，连个"八字"也说不出所以然来！

小偷车夫和老头[①]

木桦车在石路上发着隆隆的重响。出了木桦场,这满车的木桦使老马拉得吃力了!但不能满足我,大木桦堆对于这一车木桦直像在牛背上拔了一颗毛,我好像嫌这样子太少。

"丢了两块木桦哩!小偷来抢的,没看见?要好好看着,小偷常偷桦子……十块八块也能丢。"

我被车夫提醒了!觉得一块木桦也不该丢,木桦对我才恢复了它的重要性。小偷眼睛发着光又来抢时,车夫在招呼我们:

"来了啊!又来啦!"

郎华招呼一声,那竖着头发的人跑了!

"这些东西顶没有脸,拉两块就得啦吧!贪多不厌,把这一车都送给你好不好?……"打着鞭子的车夫反复的在说那个小偷的坏话,说他贪多不厌。

在院心把木桦一块块推下车来,那还没有推完,车夫就不再动手了!把车钱给了他,他才说:"先生,这两块给我吧!拉家去好烘火,孩子小,屋子又冷。"

"好吧!你拉走吧!"我看一看那是五块顶大的他留在车上。

① 该篇创作于一九三五年三至五月间,一九三六年八月,收入上海文化生活出版社初版散文集《商市街》,署名悄吟。

这时候他又弯下腰去,弄一些碎的,把一些木皮扬上车去,而后拉起马来走了。但他对他自己并没说贪多不厌,别的坏话也没说,跑出大门道去了。

只要有木柈车进院,铁门栏外就有人向院里看着问:"柈子拉(锯)不拉?"

那些人带着锯,有两个老头也扒着门扇。

这些柈子就讲妥归两个老头来锯,老头有了工作在眼前,才对那个伙伴说:

"吃点么?"

我去买给他们面包吃。

柈子拉完又送到柈子房去。整个下午我不能安定下来,好像我从未见过木柈,木柈给我这样的大欢喜,使我坐也坐不定,一会跑出去看看。最末老头子把院子扫得干干净净的了!这时候我给他工钱。

我先用碎木皮来烘着火。夜晚在三月里也是冷一点,玻璃窗上挂着蒸气。没有燃灯,炉火颗颗星星的发着爆炸,炉门打开着,火光照红我的脸,我感到例外的安宁。

我又到窗外去拾木皮,我吃惊了!老头子的斧子和锯都背好在肩上,另一个背着架柈子的木架,可是他们还没有走,这许多的时候,为什么不走呢?

"太太,多给了钱吧?"

"怎么多给的!不多,七角五分不是吗?"

"太太,吃面包钱没有扣去!"那几角工钱,老头子并没放入衣袋,仍呈在他的手上,他借着离得很远的门灯在考察钱数。

我说:"吃面包不要钱,拿着走吧!"

"谢谢,太太。"感恩似的他们转过身去走了,觉得吃面包是我的恩情。

我愧得立刻心上烧起来,望着那两个背影停了好久,羞恨的眼泪就要流出来。已经是祖父的年纪了,吃块面包还要感恩吗?

家庭教师是强盗[①]

有个人影在窗子上闪了一下,接着敲了两下窗子,那是汪林的父亲。

什么事情?郎华去了好长时间没回来,半个钟头还没回来!

我拉开门,午觉还没睡醒的样子,一面揉着眼睛一面走出门去。汪林的二姐,面孔白得那样怕人,坐在门前的木台上,林禽(狗名)在院心乱跑,使那坐在木台的白面孔十分生气,她大声想叫住它。汪林也出来了!嘴上的纸烟冒着烟,但没有和我打招呼,也坐在木台上,使女小菊在院心走路也很规矩的样子。

我站在她家客厅窗下,听着郎华在里面不住的说话,看不到人。白纱窗帘罩得很周密,我站在那里不动,……日本人吧!有什么事要发生吧!可是里面没有日本人说话,我并不去问那很不好看的脸色的他们。

为着印册子而来的恐怖吧?没经过检查的小说册被日本人晓得了吧!

"接到一封黑信,说他老师要绑汪玉祥的票。"

① 该篇创作于一九三五年三至五月间,一九三六年八月,收入上海文化生活出版社初版散文集《商市街》,署名悄吟。

我点了点头。再到窗下去听时,里面的声音更听不清了。

"三小姐,开饭啦!"小菊叫她们吃饭。那孩子很留心看我一遍。

过了三四天,汪玉祥被姐姐们看管着不敢到大门口去。

家庭教师真有点像个强盗,谁能保准不是强盗?领子不打领结,没有更多的,只是一件外套,冬天,秋天,春天都穿夹外套。

不知有半月或更多的日子,汪玉祥连我们窗下都不敢来,他家的大人一定告诉他:

"你老师是个不详细的人……"

又是冬天①

　　窗前的大雪白绒一般,没有停的在落,整天没有停。我去年受冻的脚完全好起来,可是今年没有冻,壁炉着得呼呼发响,时时起着木柈的小炸音,玻璃窗简直就没被冰霜蔽住,样子不像去年摆在窗前,那是装满了柈子房的。

　　我们决定非回国②不可,每次到书店去,一本杂志也没有,至于别的书那还是三年前摆在玻璃窗里退了色的旧书。

　　非走不可,非走不可。

　　遇到朋友们,我们就问:

　　"海上几月里浪小?海船是怎样晕法?……"因为我们都没航过海,海船那样大,在图画上看见也是害怕,所以一经过"万国车票公司"的窗前必须要停住许多时候,要看窗子里立着的大图画,我们计算着这海船有多么高啊!都说海上无风三尺浪,我在玻璃上就用手去量,看海船有海浪的几倍高?结果那太差远了!海船的高度等于海浪的二十倍。我说海船六丈高。

　　"那有六丈?"郎华反对我,他又量量:"哼!可不是吗!差不

---

① 该篇创作于一九三五年三至五月间,一九三六年八月,收入上海文化生活出版社初版散文集《商市街》,署名悄吟。

② 回国:指离开伪满洲国去关内。

多……海浪三尺,船高是二十三尺。"

也有时因为我反复着说:"有那么高吗? 没有吧! 也许有!"

郎华听了就生起气了,因为海船的事差不多在街上就吵架……

可是朋友们不知道我们要走,有一天我们在胖朋友家里举起酒杯的时候,嘴里吃着烧鸡的时候,郎华要说,我不叫他说,可是到底说了。

"走了好! 我看你早就该走!"以前胖朋友常这样说:"郎华,你走吧! 我给你们对付点路费。我天天在××科里边听着问案子,皮鞭子打得那个响! 嗳,走吧! 我想要是我的朋友也弄去……那声音可怎么听? 我一看到那行人,我就想到你……"

老秦来了,他是穿一件崭新的外套,看起来帽子也是新的,不过没有问他,他自己先说:

"你们看我穿新外套了吧? 非去上海不可,忙着做了两件衣裳,好去进当铺,卖破烂新的也值几个钱……"

听了这话我们很高兴,想不说也不可能:"我们也走,非走不可,在这个地方等着活剥皮吗?"郎华说完了郎华就笑了:"你什么时候走?"

"那么你们呢?"

"我们没有一定。"

"走就五六月走,海上浪小……"

"那么我们一同走吧!"

老秦并不认为我们是真话,大家随便说了不少关于走的事情,怎样走法呢? 怕路上检查,怕路上盘问,到上海什么朋友也没有,又没有钱。说得高兴起来,逼真了! 带着幻想了! 老秦是到过上海的,他说四马路怎样怎样! 他说上海的穷是怎样的穷法……

他走了以后,雪还没有停,我把火炉又放进一块木桦去,又到烧晚饭的时间了! 我想一想去年,想一想今年,看一看自己的手骨节涨大了一点,个子还是这么高,还是这么瘦……

192

这房子我看得太熟了,至于墙上或是棚顶有几个多余的钉子我都知道。郎华呢？没有瘦胖,他是照旧,从我认识他那时候起,他就是那样,颧骨很高,眼睛小,嘴大,鼻子是一条柱。

"我们吃什么饭呢？吃面或是饭？"

居然我们有米有面了,这和去年不同,忽然那些回想牵住了我——借到两角钱或一角钱……空手他跑回来……抱着新棉袍去进当铺。

我想到我冻伤的脚,下意识的看了一下脚。于是又想到桦子。那样多的桦子,烧吧！我就又去搬了木桦进来。

"关上门啊！冷啊!"郎华嚷着。

他仍把两手插在裤袋在地上打转;一说到关于走,他就不住的打转,转起半点钟来也是常常的事。

秋天,我们已经装起电灯了。我在灯下抄自己的稿子,郎华又跑出去,他是跑出去玩,这可和去年不同,今年他不到外面当家庭教师了。

门前的黑影①

从昨夜，对于震响的铁门更怕起来，铁门扇一响就跑到过道去看，看过四五次都不是，但愿它不是。清早了，某个学校的学生，他是郎华的朋友，他戴着学生帽，进屋也没有脱，他连坐下也不坐下就说：

"风声很不好，关于你们，我们的同学弄去了一个。"

"什么时候？"

"昨天。学校已经放寒假了，他要回家还没有定。今天一早又来日本宪兵把全宿舍检查一遍，每个床铺都翻过，翻出一本《战争与和平》来……"

"《战争与和平》又怎么样？"

"你要小心一点，听说有人要给你放黑箭。"

"我又不反满，不抗日，怕什么？"

"别说这一套话，无缘无故就要拿人，你看，把《战争与和平》那本书就带了去，说是调查调查，也不知道调查什么？"

说完他就走了，问他想放黑箭的是什么人？他不说。过了一会又来一个人，同样是慌张，也许近些日子看人都是慌张的。

① 该篇创作于一九三五年三至五月间，一九三六年八月，收入上海文化生活出版社初版散文集《商市街》，署名悄吟。

"你们应该躲躲,不好吧! 外边都传说剧团不是个好剧团,那个团员出来了没有?"

我们送走了他就到公园走走。冰池上小孩们在上面滑着冰,日本孩子,俄国孩子……中国孩子……

我们绕着冰池走了一周,心上载着不愉快……所以彼此不讲话,走得很沉闷。

"晚饭吃面吧!"他看到路北那个切面铺才说,我进去买了面条。

回到家里书也不能看,俄语也不能读,开始慢慢预备晚饭吧! 虽然在预备吃的东西也不高兴,好像不高兴吃什么东西。

木格上的盐罐装着满满的白盐,盐罐旁边摆着一包大海米,酱油瓶,醋瓶,香油瓶,还有一罐炸好的肉酱。墙角有米袋,面袋,桦子房满堆着木料……这一些并不感到满足,用肉酱拌面吃倒不如去年米饭拌着盐吃舒服。

"商市街"口,我看到一个人影,那不是寻常的人影,那像日本宪兵,我继续前走,怕是郎华知道要害怕。

走了十步八步,可是不能再走了! 那穿高筒皮靴的人在铁门外盘旋,我停止下,想要细看一看。郎华和我同样,他也早就注意上这人。我们想逃。他是在门口等我们吧! 不用猜疑,路南就停着小"电驴子",并且那日本人又走到路南来,他的姿式表示着他的耳朵也在倾听。

不要家了,我们想逃,但是逃向那里呢?

那日本人连刀也没有佩,也没有别的武装,我们有点不相信他就会拿人。我们走进路南的洋酒面包店去,买了一块面包,我并不要买肠子,掌柜的就给切了肠子,因为我是聚精会神的在注意玻璃窗外的事情,那没有佩刀的日本人转着弯子慢慢走掉了。

这真是一场大笑话,我们就在铺子里消费了三角五分钱……从玻璃门出来带着三角五分钱的面包和肠子。假若是更多的钱在那当儿就丢在马路上也不觉得可惜……

"要这东西做什么呢？明天袜子又不能买了。"事件已经过去，我懊悔的说。

"我也不知道，谁叫你进去买的？你想怨谁？"

郎华在前面哐哐的开着门，屋中的热气扑到脸上来。

决　意[①]

非走不可,环境虽然和缓下来,不走是不行,几月走呢? 五月吧!

从现在起还有五个月,在灯下计算了又计算,某个朋友要拿他多少钱,某个朋友该向他拿路费的一半……

在心上一想到走,好像一件兴奋的事,也好像一件伤心的事,于是我的手一边在倒茶一边发抖。

"流浪去吧! 哈尔滨也并不是家,那么流浪去吧!"郎华端一端茶杯,没有喝又放下。

眼泪已经充满着我了。

"伤感什么,走去吧! 有我在身边走到那里你也不要怕。伤感什么,老悄,不要伤感。"

我垂下头说:"这些锅碗怎办呢?"

"真是小孩子,锅,碗又算得什么?"

我从心里笑了,我觉到自己好笑。在地上绕了个圈子,可是心中总有些悲哀,于是又垂下了头。

剧团的徐同志不是出来了吗? 不是被灌了凉水吗? 我想到这里,想到一个人,被弄了去,灌凉水,打象皮鞭子,那已经不成个人了。走吧,非走不可。

---

① 该篇创作于一九三五年三至五月间,一九三六年八月,收入上海文化生活出版社初版散文集《商市街》,署名悄吟。

197

一个南方的姑娘[①]

郎华告诉我一件新的事情,他去学开汽车回来第一句话说:

"新认识一个朋友,她从上海来,是中学生。过两天还要到家里来。"

第三天,外面打着门了!我先看到的是她头上扎着漂亮的红带,她说她来访我,老王在前面引着她。大家谈起来,差不多我没有说话,我听着别人说。

"我到此地四十天了!我的北方话还说不好,大概听得懂吧!老王是我到此地才认识的。那天巧得很,我看报上为着戏剧在开着笔战,署名郎华的我同情他……我同朋友们说:这位郎华先生是谁?论文作得很好。因为老王的介绍,上次见到郎华……"

我点着头,遇到生人我一向是不会说什么话。她又去拿桌上的报纸,她寻找笔战继续的论文。我慢慢的看着她,大概她也慢慢的看着我吧!她很漂亮,很素净,脸上不涂粉,头发没有卷起来,只是扎了一条红绸带,这更显得特别风味,又美又净,葡萄灰色的袍子上面有黄色的花,只是这件袍子我看不很美,但也无损于美。到晚上,这美人似的

---

① 该篇创作于一九三五年三至五月间,一九三六年八月,收入上海文化生活出版社初版散文集《商市街》,署名悄吟。

人就在我们家里吃晚饭,在吃饭以前汪林也来了! 汪林是来约郎华去滑冰,她从小孔窗看了一下:

"郎华不在家吗?"她接着"唔"了一声。

"你怎么到这里来?"汪林进来了。

"我怎么就不许到这里来!"

我看得她们这样很熟的样子更奇怪。我说:

"你们怎么也认识呢?"

"我们在舞场里认识的。"汪林走了以后她告诉我。

从这句话当然也知道程女士也是常常进舞场的人了! 汪林是漂亮的小姐,当然程女士也是,所以我就不再留意程女士了。

环境和我不同的人来和我做朋友,我感不到兴味。

郎华肩着冰鞋回来,汪林大概在院中也看到了他,所以也跟进来,这屋子就热闹了! 汪林的胡琴口琴都跑去拿过来。郎华唱:"杨延辉坐宫院。"

"哈呀呀,怎么唱这个? 这是'奴心未死'!"汪林嘲笑他。

在报纸上就是因为旧剧才开笔战,郎华自己明明写着,唱旧戏是奴心未死。

并且汪林耸起肩来笑得脊背靠住暖墙,她很红的脸,很红的嘴,卷发,绿绒衣,她和程女士是绝端两样,她带着西洋少妇的风情。程女士很黑,是个黑姑娘。

又过几天,郎华为我借一双滑冰鞋来,我也到冰场上去。程女士常到我们这里来,她是来借冰鞋。有时我们就一起去,同时新人当然一天比一天熟起来,她渐渐对郎华比对我更熟,她给郎华写信了,虽然常见,但是要写信的。

又过些日子,程女士要在我们这里吃面条,我到厨房去调面条。

"……喳……喳……"等我走进屋他们又在谈别的了! 程女士只吃一小碗面就说:"饱了。"

我看她近些日子更黑一点，好像她的"愁"更多了！她不仅仅是"愁"，因为愁并不兴奋，可是程女士有点兴奋。

我忙着收拾家具，她走时我没有送她，郎华送她出门。

我听得清楚楚的是在门口："有信吗？"

或者不是这么说，总之跟着一声"喳喳"之后，郎华很响的："没有。"

又过了些日子程女士就不常来了，大概是她怕见我。

程女士要回南方，她到我们这里来辞行，有我做障碍，她没有把要诉说出来的"愁"尽量诉说给郎华。她终于带着"愁"回南方去了。

生 人①

来了一个希奇的客人。我照样在厨房里煎着饼,因为正是预备晚饭时候。饼煎得糊烂了半块,有的竟烧着起来,冒着烟。一边煎着饼一边跑到屋里去听他们的谈话,我忘记我是在预备饭,所以在晚饭桌上那些饼很不好吃,我去买面包来吃。

他们的谈话还没有谈完,于是家具我也不能去洗,就呆站在门边不动。

"……

……

……"

这全是些很沉痛的谈话!有时也夹着笑声,那个人是从磐石人民革命军里来的……

我只记住他是很红的脸。

---

① 该篇创作于一九三五年三至五月间,一九三六年八月,收入上海文化生活出版社初版散文集《商市街》,署名悄吟。

又是春天①

　　太阳带来了暖意,松花江靠岸的江冰坍下去,溶成水了,江上用人支走的爬犁渐少起来。汽车更没有一只在江上行走了。松花江失去了它冬天的威严,江上的雪已经不是闪眼的白色,变成灰的了,又过几天江冰顺着水慢慢流动起来,那是很好看的,有意流动,也像无意流动,大块冰和小块冰轻轻的互相击撞发着响,嘟嘟着,这种响声像是瓷器相碰的响声似的,也像玻璃相碰的响声似的。立在江边,我起了许多幻想:这些冰块流到哪里去? 流到海去吧! 也怕是到不了海,阳光在半路上就会全数把它们消灭尽⋯⋯

　　然而它们是走的,幽游一般,也像有生命似的,看起来比人更快活。

　　那天在江边遇到一些朋友,于是大家同意去走江桥。我和郎华走得最快,松花江在脚下东流,铁轨在江空发啸,满江面的冰块,满天空的白云,走到尽头,那里并不是郊野,看不见绿绒绒的草地,看不见绿树,"塞外"的春来得这样迟啊! 我们想吃酒,于是沿着土堤走下去,然而寻不到酒馆,江北完全是破落人家,用泥土盖成的房子,用柴草织

---

① 该篇创作于一九三五年三至五月间,一九三六年八月,收入上海文化生活出版社初版散文集《商市街》,署名悄吟。

成的短墙。

"怎么听不到鸡鸣?"

"要听鸡鸣做什么?"人们坐在土堤上揩着面,走得热了。

后来我们去看一个战舰,那是一九二九年和苏俄作战①时被打沉在江底的,名字是"利捷"。每个人用自己所有的思想来研究这战舰,但那完全是瞎说,有的说汽锅被打碎了才沉江的,有的说把驾船人打死才沉江的。一个洞又一个洞,这样的军舰使人感到残忍,正相同在街上遇见了在战场上丢了腿的人一样。他残废了,别人称他是个废人。

这个破战舰停在船坞里完全发霉了。

---

① 和苏俄作战:指一九二九年七月至十二月爆发的中苏武装冲突。最终以张学良的东北军失败而告终,又称"中东路事变"。

患　病[①]

　　我在准备早饭,同时打开了窗子,春朝特有的气息充满了屋子。在大炉台上摆着已经去了皮的地豆,小洋刀在手中仍是不断的转着……浅黄色带着绵性似的,地豆个个在大炉台上摆好,稀饭在旁边冒着泡,我一面切着地豆,一面想着:江上连一块冰也融尽了吧! 公园的榆树怕是发了芽吧! 已经三天不到公园去,吃过饭非去看看不可。

　　"郎华呀! 你在外边尽作什么? 也来帮我提一桶水去……"

　　"我不管,你自己去提吧。"他在院子来回走,他又是在想什么文章。于是我跑着,为着高兴。把水桶翻得很响,斜着身子从汪家厨房出来,差不多是横走,水桶在腿边左摇荡一下,右摇荡一下……

　　菜烧好,饭也烧好。吃过饭就要去江边,去公园。春天就要在头上飞,在心上过,然而我不能吃早饭了,肚子偶然疼起来。

　　我喊郎华进来,他很惊讶! 但越痛越不可耐了。

　　他去请医生,请来一个治喉病的医生。

　　"你是患着盲肠炎吧?"医生问我。

　　我疼得那个样子,还晓得什么盲肠炎不盲肠炎的? 眼睛发黑了,

---

①　该篇创作于一九三五年三至五月间,一九三六年八月,收入上海文化生活出版社初版散文集《商市街》,署名悄吟。

喉医生在我的臂上打了止痛药针。

"张先生，车费先请自备吧！过几天和药费一起送去。"郎华对医生说。

一角钱也没有了，我又不能说再请医生，白打了止痛药针，一点痛也不能止。

郎华又跑出去，我不知他跑出去做什么，我说不出怀着怎样的心情在等他回来。

一个星期过去，我还不能从床上坐起来。第九天，郎华从外面举着鲜花回来，插在瓶子里，摆在桌上。

"花开了？"

"不但花开，树还绿了呢！"

我听说树绿了！我对于"春"不知怀着多少意义。我想立刻起来去看看，但是什么也不能做，腿软得好像没有腿了，我还站不住。

头痛减轻一些，夜里睡得很熟。有朋友告诉郎华：在什么地方有一个市立的公共医院，为贫民而设，不收药费。

当然我挣扎着也要去的，那天是晴天，换好干净衣服，一步一步走出大门，坐上了人力车，郎华在车旁走，起先他是扶着车走，后来他就走在行人道上去了。街树不是发着芽的时候，已长好绿叶了！

进了诊疗所，到挂号处挂了名，很长的堂屋，排着长椅子，那里已经开始诊断，穿白衣裳的俄国女人，跑来跑去唤着名字，六七个人一起闯进病室去，过一刻就放出来，第二批人再被呼进来。到这里来的病人，都是穷人，愁眉苦脸的一个，愁眉苦脸的一个。撑着木棍的跛子，脚上生疮缚着白布的肿脚人，肺痨病的女人，白布包住眼睛的盲人，包住眼睛的盲小孩，头上生疮的小孩。对面坐着老外国女人，闭着眼睛，把头靠住椅子，好似睡着，然而她的嘴不住的收缩，她的包头巾在下巴上慢慢的牵动……

小孩治疗室有孩子大大的哭叫，内科治疗室门口外国女人又闯出来，又叫着外国名字，一会又有中国人从外科治疗室闯出来，又喊着中国名字……拐脚子和肿脸人都一起走进去……

因为我来得最晚。大概最后才能够叫到我，等得背痛，头痛。

"我们回去吧！明天再来。"坐在人力车上，我已无心再看街树，这样去投医，病像不但没有减轻，好像更加重了些。

不能不去，因为不要钱。第二次去，也被唤着名字走进妇科治疗室，虽等了两点钟，到底进了妇科治疗室。既然进了治疗室，那该说怎样治疗法。

把我引到一个屏风后面，那里摆着一张很宽很高很短的台子，台子的两边还立了两支叉形的东西，叫我爬上这台子去，当时我可有些害怕了，爬上去做什么呢？莫非是要用刀割吗？

我坚决的不爬上去，于是那肥的外国女人先上去了，没有什么，并不动刀，换着次序我也被治疗了一回，经过这样的治疗并不用吃药，只在肚子上按了按，或是一面按着，一面问两句，我的俄文又不好，所以医生问的，我并不全懂，马马糊糊的就走出治疗室。医生告诉我，明天再来一次，好把药给我。

以后我就没有再去，因为那天我出了诊疗所的时候，我是问过一个重病人的，他哼着，他的家属哭着。我以为病人病到不可治的程度，"他们不给药吃，说药贵，让自己去买，那里有钱买？"是这样说向我的。

去了两天诊疗所，等了几个钟头。怕是再去两天，再去等几个钟头，病人就会自然而然的好起来！可惜我没有那样的忍耐性。

拍卖家具①

似乎带着伤心,我们到厨房验查一下,水壶,水桶,小锅这一些都要卖掉,但是并不是第一次验查,从想走那天起,我就跑到厨房来计算,三角二角,不知道这样计算多少回,总之一提起"走"字来便去计算,现在可真的要出卖了。

旧货商人就等在门外。

他估着价:水壶,面板,水桶,蓝瓷锅,三只饭碗,酱油瓶子,豆油瓶子。一共值五角钱。

我们没有答话,意思是不想卖了。

"五毛钱不少。你看这锅漏啦!水桶是旧水桶,买这东西也不过几毛钱,面板这块板子,我买它没有用,饭碗也不值钱……"他一只手向上摇着,另一只手翻着摆在地上的东西,他很看不起这东西:"这还值钱?这还值钱?"

"不值钱,我也不卖。你走吧!"

"这锅漏啦!漏锅……"他的手来复的推动锅底,嘭响一声,再嘭响一声。

---

① 该篇创作于一九三五年三至五月间,一九三六年八月,收入上海文化生活出版社初版散文集《商市街》,署名悄吟。

我怕他把锅底给弄掉下来，我很不愿意："不卖了，你走吧！"

"你看，这是废货，我买它卖不出钱来。"

我说："天天烧饭，哪里漏呢？"

"不漏，眼看就要漏，你摸摸这锅底有多么薄？"最后，他又在小锅底上很留恋的敲了两下。

小锅第二天早晨又用它烧了一次饭吃，这是最后的一次。我伤心，明天它就要离开我们到别人家去了！永远不会再遇见，我们的小锅。没有钱买米的时候，我们用它盛着开水来喝；有米太少的时候，就用它煮稀饭给我们吃，现在它要去了！

共患难的小锅呀！与我们别开伤心不伤心？

旧棉被旧鞋和袜子，卖空了！空了……

还有一只剑，我也想起拍卖它，郎华说：

"送给我的学生吧！因为剑上刻着我的名字，卖是不方便的。"

前天他的学生听说老师要走，哭了。

正是练武术的时候，那孩子手举着大刀，流着眼泪。

长白山的血迹[①]

　　雄壮的长白山蜿蜒在辽宁省的东北部,而其余脉则迤逦至吉林与黑龙江之领域;它那雄浑的姿势,真不愧称为北国天然的障屏。那儿有丰富的产物,肥沃的土地,繁茂的森林,还有人民因适应环境而特具有的强健的体魄,热烈奔放的情感。北地的风光虽不及南国的温柔,绮丽;然而它的伟大,雄浑,也足使它傲视一切的。

　　九一八早晨,敌人强暴的行为,轰动了全世界,群众的怒吼声也随着高潮的增长而潮漫了全国。有血性的勇敢的人民,不惜牺牲地用血与肉去渍染了敌人的炮弹,而那些无力抵抗的老懦的人民,也受了敌人铁蹄的蹂躏而填满了沟壑。长白山一集团的居民的安宁,无疑地也起了动摇,然而他们为了生存,为了自由,岂肯束手待毙,让那些凶恶的猛兽任意吞噬吗?不!他们怒吼着,他们不甘屈服,他们要奋斗,要挣扎,除非高耸的山峰陷为平野,头颅与血肉化为灰烬!他们同心合意的要给敌人以重大的致命伤,为被残害的同胞复仇,要敌人知道神明华胄的子孙不是他们所想像那样懦弱。

　　一股像瀑布大的仇恨在燃烧,使他们为争自由求生存的热情更为

<hr />

① 该篇创作时间不详,首刊于一九三六年九月十八日上海《大沪晚报》第三版,署名萧红。

腾沸;一集团不同的意志已熔冶成了一颗共同的不可磨灭复仇的心了!

他们为了避躲敌人的侦探及强烈武器的摧残而潜伏在山穴之中,也曾穿着草绿色的战衣出没于稻禾田中而时给以敌人不意的袭击;因此,残缺的山河,还留得这弹丸般的干净之土,灿烂的青天白日的国旗还能在太空中飘扬!

时光很快地逝去,变色的山河在敌人掌之下已是五年了,他们也在风雨飘摇四面楚歌的环境中渡过了这悠长的岁月。凶暴的敌人也渐渐感觉得这班青年的生存,是实现整个大陆政策美梦的掣肘,而且有无限的危机潜伏,于是下了一个残灭无余的决心。

敌人大量的兵力逼临了,然而经验过数年的战争经验陶冶的他们,是沉静着毫不惊惶,藉了天然的护障及沉着应战更使敌人一筹莫展,最后的方法,也只有取包围的形式将整个长白山包围起来。又相持了八个月,他们用掠夺方式得来的军火,及储藏的食粮物已告罄,而他们所具有的:还是一颗热烈的共同的复仇心,一腔慷慨激昂为民族求生存而奋斗的壮志!

在这个时候,敌人的总攻击令又下了,无疑地,是这一集团忠勇的战士们的末日到临,因为他们已失掉了战斗力了。敌人的大炮轰破了他们的根据地,坦克军冲溃了他们的阵线,漫天的飞机在投着巨量的炸弹,炮声弹影里,化石和头颅化成了灰烬在空中飞扬,嵯峨耸矗的长白山是陷落了,他们是坠灭了,永恒地安息了,他们的鲜血所渲染了的原野开遍了灿烂的鲜花,象征着他们为民族求生存而奋斗的精神彪炳尘寰!

女子装饰的心理[①]

　　装饰本来不仅限于女子一方面的,古代氏族的社会,男子的装饰不但极讲究,且更较女子而过之。古代一切狩猎氏族,他们的装饰较衣服更为华丽,他们甘愿裸体,但对于装饰不肯忽视。所以装饰之于原始人,正如现在衣服之于我们一样重要。现在我们先讲讲原始人的装饰,然后由此推知女子装饰之由来。

　　原始人的装饰有两种,一种是固定的为黥创文身,穿耳,穿鼻,穿唇等;一种是活动的,就是连系在身体上暂时应用的,如带缨,钮子这类,他们装饰的颜色主要的是红色,他们身上的涂彩多半以赤色条绘饰,因为血是红的,红色表示热烈,具有高度的兴奋力。就是很多的动物,对于赤色,也和人类一样容易感觉。原始人的生活大多是狩猎和战争,于猎事及战争极兴奋的时候,往往可见到血,这足以使红色有直接感觉,有强烈的情绪的联系。其次是黄色,也有相当的美感,也为原始人所采用,再是白色和黑色,但较少采用,他们装饰所选用的颜色,颇受他们的皮肤的颜色所影响,如白色和赤色对于黑色的澳洲人颇为采用,他们所采用的颜色是要与他们皮肤的颜色有截然分别的。

---

① 该篇创作时间不详,首刊于一九三六年十月二十九日、三十日上海《大沪晚报》第七版,署名萧红。

至于原始人对于装饰的观念怎样呢？他们究竟为什么要装饰？又为什么要这样装饰呢？这就谈到了他们装饰的心理问题了。

我们大概会惊异于他们这种重视装饰的心理罢，如黥身是他们身体装饰中最痛苦的，用刀或铁箭在身上刺成各种花纹，有的且刺满全身，他们竟于忍受痛苦而为其人的勇敢毅力的表示。而这种忍受，大都是为了装饰美观，极少含有其他作用。少年男女到了相当年龄，便执行着这种苦刑，而以为荣。以为假如身上没能刺刻着花纹，则将来很难找到爱侣。至于活动的装饰，如各种环缫之类的佩戴物，则一方表示他们勇敢善战，不懦怯，一方面是引起异性的爱悦，因为他们都以勇敢善斗为荣。身上所佩戴的许多珍贵的装饰物，表示他们的富有，是以勇敢夺得或猎取来的。总之，原始人装饰的用意，一方是引起异性爱悦，一方是引起他人的敬畏。事实上，各种装饰是兼具此两种意义的，这实在是生存竞争中不可少和有效的工具。由这些情形看来，在原始社会中男子的装饰较女子讲究，也是因为原始社会的人民，没有确定的婚姻制度，无恒久的配偶，而女子在任何情形中都有结婚的机会，男子要得到伴侣，比较困难，故必须用种种手段以满足其欲望。

但在文明社会中，男女关系与此完全相反，男子处处站在优越地位，社会上一切法律权利都握在男子手中，女子全居于被动地位。虽然近年来有男女平等的法律，但在父权制度之下，女子仍然是受动的。因此，男子可以行动自由，女子至少要受相当的约制。这样一来，女子为达到其获得伴侣的欲望，因此也要藉种种手段以取悦异性了。这种手段，便是装饰。

装饰主要的用意，大都是一方以取悦于男性，一方足以表示自己的高贵。脸上敷着白粉，红脂，口红，蔻丹等。刚才说过红色是原始人用作装饰的主要颜色，红白相称特别鲜明，不独引人注目，亦以表示其不亲劳动的身份。故牙齿既然是白的，口唇必须涂红。西洋妇女脸上涂桔黄色的粉，这是表示他们的富有，因为夏天海滨避暑为海风吹拂脸颊成黄色。白色最能显示脸部和身体的轮廓,原始人跳舞往往在夜间昏昏的灯光和月色之下,用白色把身体上涂成条纹,使身体轮廓显明,易为人注目。妇女用红白二色饰脸部,也是利用其颜色鲜明,且红色其热烈性,易使人感动。中国少女结婚时多穿红衣红裙,大概不外这个意义。

女子装饰亦随社会习惯而变迁。昔人的观念,以柔弱娇小为美,故女子束腰裹脚之风盛行,有"楚王好细腰,宫中多饿死"①者的惨事。近来体育发达,国人观念改变,重健康,好运动,女子以体格壮健肤色红黑为美。现在一班新进的女子,大都不饰脂粉,以太阳光下的红黑色肤色的天然风致为美了。黑色太阳镜之盛行,不外表示其常常外出的习惯而已。

---

① 楚王好细腰,宫中多饿死:语出《资治通鉴》卷四六《汉纪三十八》:"《传》曰:吴王好剑客,百姓多创瘢;楚王好细腰,宫中多饿死。"

破落之街①

天明了,白白的阳光空空的染了全室。

我们快穿衣服,折好被子,平结他自己的鞋带,我结我的鞋带。他到外面去打脸水,等他回来的时候,我气愤的坐在床沿。他手中的水盆被他忘记了,有水泼到地板。他问我,我气愤着不语,把鞋子给他看。

鞋带是断成三段了,现在又断了一段。他重新解开他的鞋子,我不知道他在做什么,我看他向桌间寻了寻,他是找剪刀,可是没买剪刀,他失望用手把鞋带做成两段。

一条鞋带也要分成两段,两个人束着一条鞋带。

他拾起桌上的铜板说:

"就是这些吗?"

"不,我的衣袋还有哩!"

那仅是半角钱,他皱眉,他不愿意拿这票子。终于下楼了,他说:

"我们吃什么呢?"

用我的耳朵听他的话,用我的眼睛看我的鞋,一只是白鞋带,另一

---

① 该篇创作于一九三三年十二月二十七日,首刊何处不详。一九三六年十一月,收入上海文化生活出版社初版散文、小说集《桥》,署名悄吟。

只是黄鞋带。

秋风是紧了,秋风的凄凉特别在破落之街道上。

苍蝇满集在饭馆的墙壁,一切人忙着吃喝,不闻苍蝇。

"伙计,我来一分钱的辣椒白菜。"

"我来二分钱的豆芽菜。"

别人又喊了,伙计满头是汗。

"我再来一斤饼。"

苍蝇在那里好像是哑静了,我们同别的一些人一样,不讲卫生和体面,我觉得女人必须不应该和一些下流人同桌吃饭,然而我是吃了。

走出饭馆门时,我很痛苦,好像快要哭出来,可是我什么人都不能抱怨。平他每次吃完饭都要问我:

"吃饱没有?"

我说:"饱了!"其实仍有些不饱。

今天他让我自己上楼:

"你进屋去吧!我到外面有点事情。"

好像他不是我的爱人似的,转身下楼离我而去了。

在房间里,阳光不落在墙壁上,那是灰色的四面墙,好像匣子,好像笼子,墙壁在逼着我,使我的思想没有用,使我的力量不能与人接触,不能用于世。

我不愿意我的脑浆翻绞,又睡下,拉我的被子,在床上辗转,仿佛是个病人一样,我的肚子叫响,太阳西沉下去,平没有回来。我只吃过一碗玉米粥,那还是清早。

他回来,只是自己回来,不带馒头或别的充饥的东西回来。

肚子越响了,怕给他听着这肚子的呼唤,我把肚子翻向床,压住这呼唤。

"你肚疼吗?"

我说不是,他又问我:

"你有病吗？"

我仍说不是。

"天快黑了，那么我们去吃饭吧！"

他是借到钱了吗？

"五角钱哩！"

泥泞的街道，沿路的屋顶和蜂巢样密挤着，平房屋顶，又生出一层平屋来。那是用板钉成的，看起来像是楼房，也闭着窗子，歇着门。可是生在楼房里的不像人，是些猪猡，是污浊的群。我们往来都看见这样的景致。现在街道是泥泞了，肚子是叫唤了！一心要奔到苍蝇堆里，要吃馒头。桌子的对边那个老头，他唠叨起来了，大概他是个油匠，胡子染着白色，不管衣襟或是袖口，都有斑点花色的颜料，他用有颜料的手吃东西。并没有发见他是不讲卫生，因为我们是一道生活。

他嚷了起来，他看一看没有人理他，他升上木凳，好像老旗杆样，人们举目看他。终归他不是造反的领袖，那是私事，他的粥碗里面睡着个苍蝇。

大家都笑了，笑他一定在发神经病。

"我是老头子了，你们拿苍蝇喂我！"他一面说，有点伤心。

一直到掌柜的呼唤伙计再给他换一碗粥来，他才从木凳降落下来。但，他寂寞着，他的头摇拽着。

这破落之街我们一年没有到过了，我们的生活技术比他们高，和他们不同，我们是从水泥中向外爬。可是他们永远留在那里，那里淹没着他们的一生，也淹没着他们的子子孙孙，但是这要淹没到什么时代呢？

我们也是一条狗，和别的狗一样没有心肝。我们从水泥中自己向外爬，忘记别人，忘记别人。

一九三三，十二，二七

216

海外的悲悼①

军：

关于周先生②的死，二十一日的报上，我就渺渺茫茫知道一点，但我不相信自己是对的，我跑去问了那唯一的熟人，她说："你是不懂日本文的，你看错了。"我很希望我是看错，所以很安心的回来了，虽然去的时候是流着眼泪。

昨夜，我是不能不哭了。我看到一张中国报上清清楚楚登着他的照片，而且是那么痛苦的一刻。可惜我的哭声不能和你们的哭声混在一道。

现在他已经是离开我们五天了，不知现在他睡到那里去了？虽然在三个月前向他告别的时候，他是坐在藤椅上，而且说："每到码头，就有验病的上来，不要怕，中国人就专会吓呼中国人，茶房就会说：验病的来啦，来啦……"

我等着你的信来。

可怕的是许女士③的悲痛，想个法子，好好的安慰着她，最好是使

---

① 该篇为萧红一九三六年十月二十四日致萧军的信，后以《海外的悲悼》为篇名首刊于一九三六年十一月五日上海《中流》第一卷第五期，署名萧红。

② 周先生：鲁迅。

③ 许女士：鲁迅的夫人许广平。

她不要静下来,多多的和她来往。过了这一个最难忍的痛苦的初期,以后总是比开头容易平伏下来。还有那孩子①,我真不能够想象了。我想一步踏了回来,这想象的时间,在一个完全孤独了的人是多么可怕!

最后你替我去送一个花圈或是什么。

告诉许女士:看在孩子的面上,不要太多哭。

红

十月二十四日

---

① 孩子:指鲁迅与许广平之子周海婴。

感情的碎片①

近来觉得眼泪常常充满着眼睛,热的,它们常常会使我的眼围发烧。然而它们一次也没有滚落下来,有时候它们站到了眼毛的尖端,闪耀着玻璃似的液体,每每在镜子里面看到。

一看到这样的眼睛,又好像回到了母亲死的时候。母亲并不十分爱我,但也总算是母亲。她病了三天了,是七月的末梢,许多医生来过了,他们骑着白马,坐着二轮车,但那最高的一个,他用银针在母亲的腿上刺了一下,他说:

"血流则生,不流则亡。"

我确确实实看到那针孔是没有流血,只是母亲的腿上凭空多了一个黑点。

医生和别人都退了出去,他们在堂屋里议论着。我背向了母亲,我不再看她腿上的黑点,我站着。

"母亲就要没有了吗?"我想。

大概就是她极短的清醒的时候:

"……你哭了吗? 不怕,妈死不了!"

---

① 该篇创作时间不详,首刊于一九三六年十一月二十九日天津、上海《大公报》副刊"文艺"第二五七期"散文特刊",署名萧红。一九三七年四月十日上海《好文章》第七期转载。

我垂下头去，扯住了衣襟，母亲也哭了，我也哭了。

而后我站到房后摆着花盆的木架旁边去。我从衣袋取出来母亲买给我的小洋刀。

"小洋刀丢了就从此没有了吧？"于是眼泪又来了。

花盆里的金百合映着我的眼睛，小洋刀的闪光映着我的眼睛。眼泪就再没有流落下来。然而那是热的，是发炎的。

但那是孩子的时候。

而今则不应该了。

永久的憧憬和追求[①]

　　一九一一年,在一个小县城里边,我生在一个小地主的家里。那县城差不多就是中国的最东最北部——黑龙江省——所以一年之中,倒有四个月飘着白雪。

　　父亲常常为着贪婪而失掉了人性。他对待仆人,对待自己的儿女,以及对待我的祖父都是同样的吝啬而疏远,甚至于无情。

　　有一次,为着房客租金的事情,父亲把房客的全套的马车赶了过来。房客的家属们哭着,诉说着,向我的祖父跪了下来,于是祖父把两匹棕色的马从车上解下来还了回去。

　　为着两匹马,父亲向祖父起着终夜的争吵。"两匹马,咱们是算不了什么的,穷人,这两匹马就是命根。"祖父这样说着,而父亲还是争吵。

　　九岁时,母亲死去。父亲也就更变了样,偶然打碎了一只杯子,他就要骂到使人发抖的程度。后来就连父亲的眼睛也转了弯,每从他的身边经过,我就像自己的身上生了针刺一样;他斜视着你,他那高傲的眼光从鼻梁经过嘴角而后往下流着。

---

① 　该篇创作于一九三六年十二月十二日,首刊于一九三七年一月十日上海《报告》第一卷第一期,署名萧红。

所以每每在大雪中的黄昏里,围着暖炉,围着祖父;听着祖父读着诗篇,看着祖父读着诗篇时微红的嘴唇。

父亲打了我的时候,我就在祖父的房里,一直面向着窗子,从黄昏到深夜——窗外的白雪,好像白棉一样飘着;而暖炉上水壶的盖子,则像伴奏的乐器似的振动着。

祖父时时把多纹的两手放在我的肩上,而后又放在我的头上,我的耳边便响着这样的声音:

"快快长吧!长大就好了。"

二十岁那年,我就逃出了父亲的家庭。直到现在还是过着流浪的生活。

"长大"是"长大"了,而没有"好"。

可是从祖父那里,知道了人生除掉了冰冷和憎恶而外,还有温暖和爱。

所以我就向这"温暖"和"爱"的方面,怀着永久的憧憬和追求。

一九三六,十二,十二日

来　信①

　　坐在上海的租界里,我们是看不到那真实的斗争,所知道的也就是报纸上或朋友们的信件上所说的。若来发些个不自由的议论,或是写些个有限度的感想,倒不如把这身所直受的人②的话语抄写在这里:

××:

　　这里的事件③直至现在仍是很混沌,在"人家"大军从四面八方包围来了的声中,当局还不断的放出和平有望的空气。前几天交通都断绝了,人们逃也无处逃,跑也跑不了,于是大家都觉得人们很能"镇静",自从平津恢复通车后,情形也不同了,搬家的车,络绎不断的向车站涌,我到站上去看过,行李堆积到屋梁了。

　　一般汉奸走狗们活动得非常有劲,和平解决的侧面折冲还在天津进行。双方所折冲的是什么,虽有种种传说,但都不能信实,不过前几天,当局发表的谈话和布告,说这次事件是局部的问题,拒绝慰劳,禁

---

① 该篇为作者摘编北京友人李洁吾一九三七年七月十九日的来信,首刊于一九三七年八月五日上海《中流》第二卷第十期,署名萧红。
② 身所直受的人:指萧红的友人李洁吾。
③ 事件:指一九三七年七月七日日军进攻卢沟桥和宛平城,史称"卢沟桥事变"。

止募捐,不许有爱国的组织与行动等看来,也很看出我们当局的意向了。可惜的是,我们虽具"和平"诚意,却不能遏止"人家"占领的决心! 等到大军配备好了的时候,"哀的美顿"书①会立刻提出来的。

那时日也不会再延到多久。

昨天又听到这样的谣言,是汉奸们向廿九军宣传的:

一、不受共产党的挑拨。

二、不为东北人利用。

三、不做十九路军第二。

他们的理由是中日邦交本不坏,只因共党从中捣鬼而弄坏了;东北人年来高喊"打回老家去",一旦打回去也只是东北人回到故乡,别人得不到好处;看到十九路军单独抗战的结果,只是单独牺牲。特别是第三项,好似很能打动当局的心。

不过他们所恐惧的,终将不能避免。

我这些天生活很沉闷,天天日间睡午觉,夜间听炮声,在思量着,一旦战事爆发了,应当取怎样的行动。……

吟②借给我的两部书,因为担心它们的命运,今天寄出给你们了,和土地比起来,书自然很微小,但我们能保卫的,总不要失去。好,再见!

××七月十九于北平

---

① "哀的美顿"书:拉丁语"最后通牒"的音译,现通常音译为"哀的美敦书"。

② 吟:萧红另一笔名"悄吟"的简称。

天空的点缀[①]

　　用了我有点苍白的手,卷起窗纱来,在那灰色的云的后面,我看不到我所要看的东西(这东西是常常见的,但它们真的载着炮弹飞起来的时候,这在我还是生疏的事情,也还是想像着的事情)。正在我踌躇的时候,我看见了:那飞机的翅子好像不是和平常的飞机的翅子一样——它们有大的也有小的——好像还带着轮子,飞得很慢,只在云彩的缝际出现了一下,好像云彩又赶上来把它遮没了。不,那不是一只,那是两只,以后又来了几只。它们都是银白色的,并且又都叫着呜呜的声音,它们每个都在叫着吗? 这个,我分不清楚。或者它们每个在叫着的节拍像唱歌似的是有一定的调子,也或者那在云幕当中撒下来的声音就是一片。好像在夜里听着海涛的声音似的,那就是一片了。

　　过去了! 过去了! 心也有点平静下来。午饭时用过的家具,我要去洗一洗。刚一经过游廊,又被我看见了,又是两只。这次是在南边,前面一个,后面一个,银白色的,远看有点发黑,于是我听到了我的邻家在说:

---

① 该篇创作于一九三七年八月十四日,首刊于一九三七年九月十一日上海《七月》(周刊)第一期,署名萧红。一九三七年十月十六日,武汉《七月》(半月刊)第一集第一期再刊此文。同日,上海《抗战半月刊》第一、二期合刊"杂文"专栏转载此文。

"这是去轰炸虹桥飞机场。"

我只知道这是下午两点钟，从昨夜就开始的这战争。至于飞机我就不能够分别了，日本的呢？还是中国的呢？大概是日本的吧！因为是从北边来的，到南边去的，战地是在北边，中国虹桥飞机场是在南边。

我想日本去轰炸虹桥飞机场是真的，于是我又起了很多想头：是日本打胜了吧！所以安闲的去炸中国的后方，是……一定是，那么这是很坏的事情，他们没有止境的屠杀，一定要像大风里的火焰似的那么没有止境……

很快我批驳了我自己的这念头，很快我就被我这没有把握的不正确的热望压倒了：是中国，一定是中国占着一点胜利，日本受了点挫伤。假若是日本占着优势，他一定冲过了中国的阵地而追上去，那里有工夫用飞机来这边扩大战线呢？

风很大，在游廊上，我拿在手里的家具，感到了点沉重而动摇，一个小白铅锅的盖子，拍啦拍啦的掉下来了，并且在游廊上拍啦拍啦的跑着，我追住了它，就带着它到厨房去了。

至于飞机上的炮弹，落了还是没落呢？我看不见，而且我也听不见，因为东北方面和西北方面炮弹都在开裂着。甚至那炮弹真正从那方面出发，因着回音的关系，我也说不定了。

但那飞机的奇怪的翅子，我是看见了的，我是含着眼泪而看着它们，不，我若真的含着眼泪而看着它们，那就相同遇到了魔鬼而想教导魔鬼那般没有道理。

但在我的窗口，飞着，飞着，飞去又来了的，飞得那么高，好像有一分钟那飞机也没离开我的窗口。因着灰色的云层的掠过，真切了，朦胧了，消失了，又出现了，一个来了，一个又来了。看着这些东西，实在的，我的胸口有些疼痛。

一个钟头看着这样我从来没有看过的天空，看得疲乏了。于是，我看着桌上的台灯,台灯的绿色的伞罩上还画着菊花,又看到了箱子上散乱的衣裳,平日弹着的六条弦的大琴,依旧是站在墙角上。一样,什么都是和平常一样,只有窗外的云,和平日有点不一样,还有桌上的短刀和平日有点不一样,紫檀色的刀柄上镶着两块黄铜,而且还装在红牛皮色的套子里。对于它,我看了又看,我相信我自己决不是拿着这短刀而赴前线。

一九三七,八月,十四日

失眠之夜①

为什么要这样失眠呢！烦躁，呕心，心跳，胆小，并且想要哭泣。

我想想，也许就是故乡的思虑罢。

窗子外面的天空高远了，和白棉一样绵软的云彩低近了，吹来的风好像带点草原的气味，这就是说已经是秋天了。

在家乡那边，秋天最可爱。

蓝天蓝得有点发黑，白云就像银子做成的一样，就像白色的大花朵似的缀在天上；就又像沉重得快要脱离开天空而坠了下来似的，而那天空就越显得高了，高得再没有那么高的。

昨天，我到朋友们的地方走了一遭，听来了好多的心愿——那许多心愿综合起来，又都是一个心愿——这回若真的打回满洲去。有的说，煮一锅高粱米粥喝；有的说，咱家那地豆多么大！说着就用手比量着，这么大，碗大；珍珠米，老的一煮就开了花的，一尺来长的；还有的说，高粱米粥，咸盐豆。还有的说，若真的打回满洲去，三天三夜不吃饭，打着大旗往家跑。跑到家去自然也免不了先吃高粱米粥或咸

---

① 该篇创作于一九三七年八月二十二日，首刊于一九三七年九月十八日上海《七月》（周刊）第二期，署名萧红。一九三七年十月十六日，武汉《七月》（半月刊）第一集第一期再刊此文。一九三七年十一月，上海《好文章·战时文摘》第三期转载此文。

盐豆。

比方高粱米那东西,平常我就不愿意吃,很硬,有点发涩(也许因为我有胃病的关系),可是经他们这一说,也觉得非吃不可了。

但什么时候吃呢?那我就不知道了。而况我到底是不怎样热烈的,所以关于这一方面,我终究是不怎样亲切。

但我想我们那门前的蒿草,我想我们那后园里开着的茄子的紫色的小花,黄瓜爬上了架。而那清早,朝阳带着露珠一齐来了!

我一说到蒿草或是黄瓜,三郎就向我摆手或摇头:"不,我们家,门前是两棵柳树,树荫交结着做成门形。再前面是菜园,过了菜园就是山。那金字塔形的山峰,正向着我们的门口,而两边像蝙蝠的翅膀似的向着村子的东方和西方伸展开去。而后园黄瓜,茄子也种着,最好看的是牵牛花在石头墙的缝际爬遍了,早晨带着露水牵牛花开了……"

"我们家就不这样,没有高山,也没有柳树……只有……"我常常就这样打断他。

有时候,他也不等我说完,他就接下去。我们讲的故事,彼此都好像是讲给自己听,而不是为着对方。

只有那么一天:买来了一张《东北富源图》①挂在墙上了,染着黄色的平原上站着小马,小羊,还有骆驼,还有牵着骆驼的小人;海上就是些小鱼,大鱼,黄色的鱼,红色的好像小瓶似的大肚的鱼,还有黑色的大鲸鱼;而兴安岭和辽宁一带画着许多和海涛似的绿色的山脉。

他的家就在离着渤海边不远的山脉中,他的指甲在山脉上爬着:"这是大凌河……这是小凌河……哼……没有,这地图是个不完全的,是个略图……"

---

① 《东北富源图》:东北自然资源地图,一九三一年东北舆地学社出版,张鸿编,赵云忠绘图。

"好哇！天天说凌河，那儿有凌河呢！"我不知为什么一提到家乡，常常愿意给他扫兴一点。

"你不相信！我给你看。"他去翻他的书橱去了，"这不是么！大凌河……小凌河……小孩的时候在凌河沿上捉小鱼，拿到山上去，在石头片上用火烤着吃……这边就是沈家台，离我们家二里路……"因为是把地图摊在地板上看的缘故，一面说着，他一面用手扫着他已经垂在前额的发梢。

《东北富源图》就挂在床头，所以第二天早晨，我一张开了眼睛，他就抓住了我的手：

"我想将来我回家的时候，先买两匹驴，一匹你骑着，一匹我骑着……先到我姑姑家，再到我姐姐家……顺便也许看看我舅舅去……我姐姐很爱我……她出嫁以后，每回来一次临走的时候就哭一次，姐姐也哭，我也哭……这有七八年不见了！也都老了。"

那地图上的小鱼，红的，黑的，都能够看清，我一边看着，一边听着，这一次我没有打断他，或给他扫一点兴。

"买黑色的驴，挂着铃子，走起来……铛啷啷铛啷啷……"他形容着声音的时候，就像他的嘴里边含着铃子似的在响。

"我带你到沈家台去赶集。那赶集的日子，热闹！驴身上挂着烧酒瓶……我们那边，羊肉非常便宜……羊肉炖片粉……真是味道！唉呀！这有多少年没吃那羊肉啦！"他的眉毛和额头上起着很多皱纹。

我在大镜子里边看到了他，他的手从我的手上抽回去，放在他自己的胸上，而后又反背着放在枕头下面去，但很快地又抽出来。只理一理他自己的发梢又放在枕头上去。

而我呢？我想：

"你们家对于外来的所谓'媳妇'也一样吗？"我想着就这样说了。

这失眠大概也许不是因为这个。但买驴子的买驴子，吃咸盐豆的吃咸盐豆，而我呢？坐在驴子上，所去的仍是生疏的地方，我停留着的仍然是别人的家乡。

家乡这个观念,在我本不甚切,但当别人说起来的时候,我也就心慌了!虽然那块土地在没有成为日本的之前,"家"在我就等于没有了。

这失眠一直继续到黎明,在黎明之前,在高射炮的声中,我也听到了一声声和家乡一样的震抖在原野上的鸡鸣。

八月,廿二

火线外（二章）①

窗　边

　　M 站在窗口，他的白色的裤带上的环子发着一点小亮，而他前额上的头发和脸就压在窗框上，就这样，很久很久地。同时那机关枪的声音似乎紧急了，一排一排的暴发，一阵一阵地裂散着，好像听到了在大火中坍下来的家屋。"这是那方面的机关枪呢？""这枪一开……在电影上我看见过，人就一排一排的倒下去……""这不是吗……炮也响了……"我在地上走着，就这样散散杂杂地问着 M，而他回答我的却很少：

　　"这大概是日本方面的机关枪，因为今夜他们的援军必要上岸，也许这是在抢岸……也许……"

　　他说第二个"也许"的时候，我明白了这"也许"一定他是又复现了他曾作过军人的经验。

　　于是那在街上我所看到的伤兵，又完全遮没了我的视线；他们在搬运货物的汽车上，汽车的四周是插着绿草，车在跑着的时候，那红十

---

① 该篇包括《窗边》《小生命和战士》两篇。《窗边》创作于一九三七年八月十七日，首刊于一九三七年九月二十五日上海《七月》（周刊）第三期，署名萧红。《小生命和战士》创作于一九三七年十月二十二日，该篇与《窗边》同刊于一九三七年十一月二日武汉《七月》（半月刊）第一集第二期，改篇名为《火线外（二章）》，署名萧红。

字旗在车厢上火苗似地跳动着。那车沿着金神父路向南去了。远处有一个白色的救急车厢上画着一个很大的红十字，就在那地方，那飘蓬着的伤兵车停下，行路的人是跟着拥了去。那车子只停了一下，又倒退着回来了。退到最接近的路口，向着一个与金神父路交叉着的街开去，这条街就是莫利哀路。这时候我也正来到了莫利哀路，在行人道上走着。那插着草的载重车，就停在我的前面，那是一个医院，门前挂着红十字的牌匾。

两个穿着黑色云纱大衫的女子跳下车来。她们一定是临时救护员，臂上包着红十字。这时候，我就走近了。

跟着那女救护员，就有一个手按着胸口的士兵站起来了，大概他是受的轻伤，全身没有血痕，只是脸色特别白。还有一个，他的腿部扎着白色的绷带，还有一个很直的躺在车板上，而他的手就和虫子的脚爪般攀住了树木那样紧抓着车厢的板条。

这部车子载着七八个伤兵，其中有一个，他绿色的军衣在肩头染着血的部分好像被水浸着那么湿，但他也站起来了，他用另一只健康的手去扶着别的一只受伤的手。

女救护员又爬上车来了，我想一定是这医院已经人满，不能再收的缘故。所以这载重车又动摇着，响着，倒退着，冲开着围观的人，又向金神父路退走。就是那肩头受伤的人，他也从原来的地方坐下去。

他们的脸色有的是黑的，有的是白的，有的是黄色的，除掉这个，从他们什么也得不到，呼叫，哼声，一点也没有，好像正在受着创痛的不是人类，不是动物……静静的；静得好像是一棵树木。

人们拥挤着招呼着，抱着孩子，拖着拖鞋，使我感到了人们就像在看"出大差"那种热闹的感觉。

停在我们脚尖前面的这飘蓬的人类，是应该受着无限深沉的致敬的呀！

于是第二部插着绿草的汽车也来到了，就在人们拥挤围观的当中,两部车子一起退去了。

　　M 的腰间仍旧是闪着那带子上的一点小亮,那困恼的头发仍旧是切在窗子的边上。宁静,这深夜的宁静,微风也不来摆动这桌子上的书篇……只在那北方枪炮的世界中,高冲起来的火光中,把 M 的头部烘托出来一个圆大沉重而安宁的黑影在窗子上。

　　我想他也和我一样,战争是要战争的,而枪声是并不爱的。

八月十七日

小生命和战士

　　"你看那兵士腰间的刀子,总有点凶残的意味,可是他也爱那么小的孩子。"我这样小声的把嘴唇接近着 L 的耳边。

　　其实渡轮正在进行中的声音,也绝对使那兵士不会听到我的话语的。

　　其中第一个被我注意的,不是那个抱着孩子的,而是另外的一个,他一走上来,就停在船栏的旁边。他那么小,使我立刻想到了小老鼠。两颊从颧骨以下是完全陷下来的,因此嘴唇有点突出。耳朵在帽子的边下,显得贫薄和孤独,和那过大的帽遮一样,对于他都起着一种不配称的感觉。从帽遮我一直望到他黑色的胶底鞋:左手上受了伤,被一条挂在颈间的白布带吊在胸前,他穿着特为伤兵们赶制的过大的棉背心,而这件棉背心就把他装饰成一只小甲虫似的站在那里。等另外两个兵士走近前来的时候,他就让开了。

　　这两个之中的一个,在我看来是个军官,他并不怎样瘦,有点高大,他受伤的也是左手,同样被一只带子吊在胸前。在他微微的踱着的时候,那黑色皮鞋的后半部不时的被那黄呢裤的边口埋没着。当他同另外的一个讲话的时候,那空着的,垂在左肩的军中黄呢上衣的袖子,显得过于多余的在摆荡——因为他隔一会就要抬一抬左肩的缘故。

我所说的挂着刀的兵士,始终没有给我看到他的正面,因为那受伤的军官和他谈话总是对立着,我所能看到的是他脚上的刺马针,腰间的短刀,他的腰和肩都宽而且圆。那在怀中的孩子时时想要哭,于是他很小心的摇着他,把那包着孩子的军外套隔一会儿拉一拉,或是包紧一点。

不知为什么,我看他好像无论怎样也不能完全忘掉他腰边的短刀,孩子一安静下来,他的左手总是反背过来压在手柄上。

渡轮走近一个停在江心的货船旁边的时候,因为那船完全熄了灯火,所以好像一座小城似的黑黑地睡在江心上,起重机上还有一个大皮囊似的东西在高悬着。

我是背着锅炉站着的,背后的温暖已经增加到不能忍耐的程度,所以我稍稍离开一点,可是我的背后仍接近着温暖,而我的胸前却向着寒凉的江水。

那军官的烟火照红了他过高的鼻子,而后轻轻的好像从指尖上把它一弹,那烟火就掠过了船栏而向着月下的江水奔去了。

我一转身就看到了那第一个被我注意的伤兵就站在我的旁边,似乎在这船上并没有他的同伴,他带着衰弱或疲乏的样子在望着江水。他好像在寻找什么,也好像他要细听一听什么,或者也都不是,或者他的心思完全系在那只吊在胸前的左手上。

前边就是黄鹤楼,在停船之前,人们有的从座位上站起来,有的在移动着,船身和码头所激起来的水声,很响的在击撞着。即使那士兵的短刀的环子碰击得再响亮一点,我也不能听到,只有想像着:那紧贴在兵士胸前的孩子的心跳和那兵士的心跳,是不是他们彼此能够听到?

十,廿二日

鲁迅先生记（一）[①]

鲁迅先生家里的花瓶，好像画上所见的西洋女子用以取水的瓶子，灰蓝色，有点从瓷油而自然堆起的纹痕，瓶口的两边，还有两个瓶耳，瓶里种的是几棵万年青。

我第一次看到这花的时候，我就问过：

"这叫什么名字？屋中既不生火炉，也不冻死？"

第一次，走进鲁迅家里去，那是快近黄昏的时节，而且是个冬天，所以那楼下室稍微有一点暗，同时鲁迅先生的纸烟，当它离开嘴边而停在桌角的地方，那烟纹的卷痕一直升腾到他有一些白丝的发梢那么高。而且再升腾就看不见了。

"这花，叫'万年青'，永久这样！"他在花瓶旁边的烟灰盒中，抖掉了纸烟上的灰烬，那红的烟火，就越红了，好像一朵小花似的，和他的袖口相距离着。

"这花不怕冻？"以后，我又问过，记不得是在什么时候了。

许先生说："不怕的，最耐久！"而且她还拿着瓶口给我摇着。

---

① 该篇创作于一九三七年，篇末标注的时间有误，首刊于一九三七年十月十八日武汉《战斗旬刊》第一卷第四期"鲁迅先生周年祭特辑"，篇名为《万年青》，署名萧红。一九四〇年六月，收入重庆大时代书局"文艺丛书"初版《萧红散文》，改篇名为《鲁迅先生记(一)》，署名萧红。

我还看到了那花瓶的底边是一些圆石子,以后,因为熟识了的缘故,我就自己动手看过一两次,又加上这花瓶是常常摆在客厅的黑色长桌上;又加上自己是来在寒带的北方,对于这在四季里都不凋零的植物,总带着一点惊奇。

而现在这"万年青"依旧活着,每次到许先生家去,看到那花,有时仍站在那黑色的长桌上,有时站在鲁迅先生照像的前面。

花瓶是换了,用一个玻璃瓶装着,看得到淡黄色的须根,站在瓶底。

有时候许先生一面和我们谈论着,一面检查着房中所有的花草。看一看叶子是不是黄了?该剪掉的剪掉,该洒水的洒水,因为不停地动作是她的习惯。有时候就检查着这"万年青",有时候就谈着鲁迅先生,就在他的照像前面谈着,但那感觉,却像谈着古人那么悠远了。

至于那花瓶呢?站在墓地的青草上面去了,而且瓶底已经丢失,虽然丢失了也就让它空空地站在墓边。我所看到的是从春天一直站在秋天;它一直站到邻旁墓头的石榴树开了花而后结成了石榴。

从开炮以后,只有许先生绕道去过一次,别人就没有去过。当然那墓草是长得很高了,而且荒了,还说什么花瓶,恐怕鲁迅先生的瓷半身像也要被荒了的草埋没到他的胸口。

我们在这边,只能写纪念鲁迅先生的文章,而谁去努力剪齐墓上的荒草?我们是越去越远了,但无论多么远,那荒草是总要记在心上的。

一九三八

鲁迅先生记（二）[①]

在我住所的北边，有一带小高坡，那上面种的或是松树，或是柏树。它们在雨天里，就相同在夜雾里一样，是那么朦胧而且又那么寂静！好像飞在枝间的鸟雀的羽翼的音响我都能够听到。

但我真的听得到的，却还是我自己脚步的声音，间或从人家墙头的树叶落到雨伞上的大水点特别地响着。

那天，我走在道边，我看着伞翅上不住的滴水。

"鲁迅是死了吗？"

于是心跳了起来，不能把"死"和鲁迅先生这样的字样相连接，所以左右反复着的是那饭馆里下女的金牙齿，那些吃早餐的人的眼镜，雨伞，他们的好像小型木凳似的雨鞋；最后我还想起了那张贴在厨房边的大画，一个女人，抱着一个举着小旗的很胖的孩子，小旗上面就写着"富国强兵"。所以以后，一想到鲁迅的死，就想到那个很胖的孩子。

我已经拉开了房东的格子门，可是我无论如何也走不进来，我气恼着：我怎么忽然变大了？

---

① 该篇创作于一九三七年八月，篇末标注的时间有误，首刊于一九三七年十月十六日武汉《七月》第一集第一期"鲁迅先生纪念专辑"，篇名为《在东京》，署名萧红。一九四〇年六月，收入重庆大时代书局"文艺丛书"初版《萧红散文》，改篇名为《鲁迅先生记(二)》，署名萧红。

女房东正在瓦斯炉旁边斩断着一根萝卜,她抓住了她白色的围裙开始好像鸽子似的在笑:"伞……伞……"

原来我好像要撑着伞走上楼去。

她的肥厚的脚掌和男人的一样,并且那金牙齿也和那饭馆里下女的金牙齿一样。日本女人多半镶了金牙齿。

我看到有一张报纸上的标题是鲁迅的"偲"。这个偲字,我翻了字典,在我们中国的字典上并没有这个字。而文章上的句子里,"逝世,逝世"这字样有过好几个,到底是谁逝世了呢?因为是日文报纸看不懂之故。

第二天早晨,我又在那个饭馆里在什么报的文艺篇幅上看到了"逝世,逝世",再看下去,就看到"损失"或"殒星"之类。这回,我难过了,我的饭吃了一半,我就回家了。一走上楼,那空虚的心脏相同铃子似的闹着,而前房里的老太婆在打扫着窗棂和席子的噼拍声,好像在拍打着我的衣裳那么使我感到沉重。在我看来,虽是早晨,窗外的太阳好像正午一样大了。

我赶快乘了电车,去看××。我在东京的时候,朋友和熟人,只有她。车子向着东中野市郊开去,车上本不拥挤,但我是站着。"逝世,逝世",逝世的就是鲁迅?路上看了不少的山、树和人家,它们却是那么平安,温暖和愉快!我的脸几乎是贴在玻璃上,为的是躲避车上的烦扰,但又谁知道,那从玻璃吸收来的车轮声和机械声,会疑心这车子是从山崖上滚下来了。

××在走廊边上,刷着一双鞋子,她的扁桃腺炎还没有全好,看见了我,颈子有些不会转弯地向我说:

"啊?你来得这样早!"

我把我来的事情告诉她,她说她不相信。因为这事情我也不愿意它是真的,于是找了一张报纸来读。

"这些日子病得连报也不订,也不看了。"她一边翻着那在长桌上的报纸,一边用手在摸抚着颈间的药布。

而后,她查了查日文字典,她说那个"偲"字是印象的意思,是面影的意思。她说一定有人到上海访问了鲁迅回来写的。

我问她:"那么为什么有逝世在文章中呢?"我又想起来了,好像那文章上又说:鲁迅的房子有枪弹穿进来,而安静的鲁迅,竟坐在摇椅上摇着。或者鲁迅是被枪打死的? 日本水兵被杀事件①,在电影上都看到了,北四川路又是戒严,又是搬家。鲁迅先生又正是住的北四川路。

但她给我的解释,在阿Q②心理上非常圆满,她说:"逝世"是从鲁迅的口中谈到别人的"逝世","枪弹"是鲁迅谈到一二八③时的枪弹,至于"坐在摇椅上",她说谈过去的事情,自然不用惊慌,安静的摇在摇椅上又有什么希奇。

出来送我走的时候,她还说:

"你这个人啊! 不要神经质了! 最近在《作家》④上《中流》⑤上他都写了文章,他的身体可见是在复元期中……"

她说我好像慌张得有点傻,但是我愿意听。于是在阿Q心理上我回来了。

我知道鲁迅先生是死了,那是二十二日,正是靖国神社⑥开庙会的时节。我还未起来的时候,那天空开裂的炮竹,发着白烟,一个跟着

---

① 日本水兵被杀事件:指一九三五年十一月九日晚,日本水兵中山秀雄在上海窦乐安路被杀事件。

② 阿Q:鲁迅小说《阿Q正传》中的人物。

③ 一二八:一九三二年一月二十八日晚,日军突然向上海闸北的国民党十九路军发起攻击,后又进攻江湾和吴淞,中国守军奋起反击,史称"一二八淞沪抗战"。

④ 《作家》:文学月刊,一九三六年四月在上海创刊,至同年十一月停刊,共出八期。孟十还任编辑,上海杂志公司发行。

⑤ 《中流》:文学半月刊,黎烈文(1904—1972)主编,上海杂志公司发行。一九三六年九月创刊,一九三七年八月出至第二卷第十期停刊。

⑥ 靖国神社:位于日本东京都千代田区九段坂的一座神社。后因供奉二战日本战犯,成为日本军国主义的象征。

一个在升起来。隔壁的老太婆呼喊了我几次,她阿拉阿拉的向着那炮竹升起来的天空呼喊,她的头发上开始束了一条红绳。楼下,房东的孩子上楼来送给我一块撒着米粒的糕点,我说谢谢他们,但我不知道在那孩子的脸上接受了我怎样的眼睛。因为才到五岁的孩子,他带小碟下楼时,那碟沿还不时的在楼梯上磕碰着。他大概是很害怕我。

靖国神社的庙会一直闹了三天,教员们讲些下女在庙会时节的故事,神的故事,和日本人拜神的故事,而学生们在满堂大笑,好像世界上并不知道鲁迅死了这回事。

有一天一个眼睛好像金鱼眼睛的人,在黑板上写着:鲁迅大骂徐懋庸①,引起了文坛一场风波……茅盾起来讲和……

这字样一直没有擦掉。那卷发的,小小的,和中国人差不多的教员,他下课以后常常被人围聚着,谈些个两国不同的习惯或风俗。他的北京话说得很好,中国底旧文章和诗也读过一些。他讲话常常把眼睛从下往上看着:

"鲁迅这人,你觉得怎么样?"我很奇怪,又像很害怕,为什么他向我说?结果晓得不是向我说。在我旁边那个位置上的人站起来了,有的教员点名的时候问过他:"你多大岁数?"他说他三十多岁。教员说:"我看你好像五十岁的样子……"因为他的头发白了一半。

他作旧诗作得很多,秋天,中秋游日光,游浅草,而且还加上谱调读着。有一天他还让我看看,我说我不懂,别的同学有的借他的诗本去抄录。我听过了几次,有人问他:"你没再作诗吗?"他答:"没有喝酒呢。"

他听到有人问他,他就站起来了:

"我说……先生……鲁迅,这个人没有什么,没有什么了不起的,他的文章就是一个骂,而且人格上也不好,尖酸刻薄。"

① 徐懋庸(1911—1977):中国左翼作家、翻译家。浙江上虞人,早年参加大革命运动,后到上海,与鲁迅相识。一九三六年,因左联解散等问题,写信给鲁迅,鲁迅为此发表了《答徐懋庸并关于抗日统一战线》一文。

他的黄色的小鼻子歪了一下。我想去用手替他扭正过来。

一个大个子,戴着四角帽子,他是"满洲国"的留学生,听说话的口音,还是我的同乡。

"听说鲁迅不是反对'满洲国'的吗?"那个日本教员,抬一抬肩膀,笑了一下:"嗯!"

过了几天,日华学会开鲁迅追悼会了。我们这一班中四十几个人,去追悼鲁迅先生的只有一位小姐。她回来的时候,全班的人嘲笑着她,她的脸红了,打开门,用脚尖向前走着,走得越轻越慢,而那鞋跟就越响。她穿的衣裳颜色一点也不调配,有时是一件红裙子绿上衣,有时是一件黄裙子红上衣。

这就是我在东京所看到的这些个不调配的人,以及鲁迅的死对他们激起怎样不调配的反应。

一九三八年

逝者已矣！ [①]

自从上海的战事发生以来，自己变成了焦燥和没有忍耐，而且这焦燥的脾气时时想要发作，明知道这不应该，但情感的界限，不知什么在鼓动着它，以致于使自己有些理解又不理解。

前天军到印刷局去，回来的时候，带回来一张《七月》的封面，用按钉就按在了墙上。"七月"的两个字，是鲁迅先生的字。(从鲁迅书简上移下来的)接着就想起了当年的海燕，"海燕"的两个字是鲁迅先生写的。第一期出版了的那天，正是鲁迅先生约几个人在一个有烤鸭的饭馆里吃晚饭的那天。(大概是年末的一餐饭的意思)海燕社的同人也都到了。最先到的是我和萧军，我们说：

"海燕的销路很好，四千已经销完。"

"是很不坏的！是……，"鲁迅先生很高的举着他的纸烟。

鲁迅先生高兴的时候，看他的外表上，也好像没有什么。

等一会又有人来了，告诉他海燕再版一千，又卖完了。并且他说他在杂志公司眼看着就有人十本八本的买。

鲁迅先生听了之后：

---

① 该篇创作于一九三七年十月十七日，首刊于一九三七年十月二十日汉口《大公报》副刊"战线"第二十九号，署名萧红。

"哼哼!"把下腭抬高了一点。

他主张先印两千,因为是自费,怕销不了,赔本。卖完再印。

那天我看出来他的喜悦似乎是超过我们这些年青人。都说鲁迅先生沉着,在那天我看出来鲁迅先生被喜悦鼓舞着的时候也和我们一样,甚至于我认为比我们更甚。(和孩子似的真诚。)

有一次,我带着焦燥的样子,我说:

"自己的文章写得不好,看看外国作家高尔基或是什么人……觉得存在在自己文章上的完全是缺点了。并且写了一篇,再写一篇也不感到进步……"于是说着,我不但对于自己,就是对于别人的作品,我也一同起着恶感。

鲁迅先生说:"忙!那不行。外国作家……他们接受的遗产多么多,他们的文学生长已经有了多少年代!我们中国,脱离了八股文,这才几年呢……慢慢作,不怕不好,要用心,性急不成。"

从这以后,对于创作方面,不再作如此想了。后来,又看一看鲁迅先生对于板画的介绍,对于刚学写作的人,看稿或是校稿。起初我想他为什么这样过于有耐性?而后来才知道,就是他所常说的:"能作什么,就作什么。能作一点,就作一点,总比不作强。"

现在又有点犯了这焦燥的毛病,虽然不是在文章方面,却跑到别一方面去了。

看着墙上的那张《七月》的封面上站着的鲁迅先生的半身照像:若是鲁迅先生还活着!他对于这刊物是不是喜悦呢?若是他还活着,他在我们流亡的人们的心上该起着多少温暖!

本来昨夜想起来的纪念鲁迅先生的文章并不这样写法,因为又犯了焦燥的毛病,很早的就睡了。因为睡得太多,今天早晨起来,头有点发昏,而把已经想好的,要写出来纪念鲁迅先生的基本观点忘记了。

一九三七,十,十七日

八月之日记一①

为了疲乏的原故,我点了一只纸烟。

绿色的星子,蓝色的天空,红色的屋顶,黑色的蝙蝠,灰色的小蛾。我的窗子就开在它们的中间,而我的床就靠在这窗子的旁边,我举着纸烟的手指的影子就印在窗子的下面。

我看一看表,我还是睡得这么样的早,才九点钟刚过了。

有点烦恼,但又说不出这烦恼,又像喝过酒之后的心情,但我又并没喝酒。

也许这又是想家了吧! 不,不能说是想家,应该说所思念的是乡土。

人们所思念着的那么广大的天地,而引起这思念来的,往往是几片树林,两三座家屋,或是一个人物,……也或者只凭着一点钟的记忆,记忆着那已经过去的,曾经活动过的事物的痕迹。

这几天来,好像更有了闲情逸致,每每平日所不大念及的,而现在也要念及,所以和军一谈便到深夜。

而每谈过之后,就总有些空寞之感,就好像喝过酒之后,那种空寞。

---

① 该篇创作于一九三七年八月一日,首刊于一九三七年十月二十八日、二十九日汉口《大公报》副刊"战线"第三十六、三十七号,署名萧红。

虽然有时仍就听着炮声，且或看到了战地的火光，但我们的闲谈，仍旧是闲谈。

"渥特克（很辣的酒）还有吧！喝一点！"他说，他在椅子上摇着。

为着闲情逸致，在走廊上我抄着一些几年来写下来的一些诗一类的短句。而且抄着，而且读着，觉得很可笑，不相信这就是自己写下来的了。

抄完了，我在旧册子上随便的翻着，这旧册是军所集成，除去他替我剪贴着我的一小部分之外，其余都是他的，间或有他的友人的。于是我就读着他的朋友用紫色墨水写成的诗句，因为是古诗，那文句，就有些不解之处，于是请教于军，他就和我一起读起来了。

他读旧诗，本来有个奇怪的韵调，起初，这是我所不喜欢的，可是这两年来，我就学着他，并且我自己听来已经和他一腔一调。我常常是这样，比方我最反对他正在唱着歌的时候，我真想把耳朵塞了起来，有时因为禁止而禁止不住他，竟要真的生气，但是又一想，自己从什么地方得来的这种权力呢？于是只好随他唱，这歌一经唱得久了！我也就和他一齐唱了，并且不知不觉之间自己也常常一方面烧着饭，一方面哼着。

这用紫色墨水写成的诗句，我就用着和他同一的怪调读在走廊上。

我们的身边飞来了小蛾的时候，他向我说，他要喝一点酒。

本来就在本身之内起着喝过了酒的感觉，我想一定不应该喝了：

"喝酒要人多喝，喝完了说说笑笑也就不醉，一个人喝不好，越喝越无聊。"

"我正相反，独饮独酌……。"

而后我说"渥特克"酒没有了。（其实是有的，就在我脚边的小箱子里。）

"朋友们，坐监牢的……留在满洲的，为了'剿匪'而死了的……作这诗的人，听说就在南京'反省院'里。"

"你为什么走的这一条路呢？照理说,不可能,"因为他是军官学生。"我想:就是因为你有这样的几个朋友……很难,一个人的成长,就差在一点点上……。"我常常把人生看得很可怕。

"嗯！是的……"他的眼睛顺着走廊一直平视过去,我知道,他的情感一定伸得很远了。

这思念朋友的心情,我也常有。

一做了女人,便没有朋友。但我还有三五个,在满洲的在满洲,嫁了丈夫的,娶了妻子的,为了生活而忙着的,比方前两天就有一个朋友经过上海而到北方战地去。

他说:"朋友们别开,生死莫测。"

我说:"尽说这些还行吗？那里有的事情?"

他站在行人道上高高地举着手臂。

我想,朋友们别开,我也不知道怎么样!

一些飞来的小蛾,它们每个都披着银粉,我一个个的细细地考查着那翅子上的纹痕。

这类似诗的东西,我就这样把它抄完了。

睡在了床上,看一看表,才九点钟刚过,于是一边看着这举着纸烟的落在墙上自己的手指,一边想着这战争,和这诗集出版的问题。

八月一日

八月之日记二①

军几次的招呼着我：

"看山啊！看山啊！"

正是将近黄昏的时候，楼廊前飞着蝙蝠。

宁静了，近几天来，差不多每个黄昏以后，都是这样宁静的，炮声，飞机声，就连左近的难民收容所，也没有声音了！那末吵叫着的只有我自己，和那右边草场上的虫子。

我不会唱，但我喜欢唱，我唱的一点也不合曲调，而且往往是跟着军混着唱，他唱："儿的父去投军无有音信。"我也就跟着："儿的父去投军无有音信。"他唱杨延辉思老母思得泪洒胸膛，我也就跟着溜了一趟，而且，我也无所不会溜的。溜得实在也惹人讨厌，而且，又是一唱就溜。他也常常给我上了一点小当，比方正唱到半路，他忽然停下了，于是那正在高叫着的我自己，使我感到非常受惊。常常这样做，也就惯了，只是当场两个人大笑一场，就算完事，下次还是照样的溜。

从打仗开始，这门前的走廊，就总是和前些日子有点两样，月亮照着走廊上那空着的椅子，而倒影就和栏杆的影子交合着被扫在廊下的

---

① 该篇创作于一九三七年八月二日，首刊于一九三七年十一月三日汉口《大公报》副刊"战线"第四十一号，署名萧红。

风里。

"看山啊！看山啊！"他停止了唱的时候，又在招呼着我。

天西真像山一样升起来的黑云的大障壁，一直到深夜还没消去，在云的后边，不住的打着小闪。

他把身子好像小蛇似的探出廊外去，并且摇着肩膀：

"我这身子发潮，就要下雨的……"

我知道，他又以为这是在家乡了。

家乡是北方，常常这样，大风，大雨，眼看着云彩升起来了，也耳听着雨点就来了。

"雨是不能下……南方……"我刚一说到"南方"，我想我还是不提到什么"南方""北方"的好。

于是他在走廊上来回的走着，他说了好几次他身上起着潮湿的感觉。这感觉在家乡那边，就一定是下雨的感觉了。但这是在"南方"。

我就想要说"南方"这两个字，当他在走廊上来回的跑着的时候。他用手做成望远镜，望着那西北部和山峰似的突起的在黄昏里曾镶过金边的黑云。

他说他要去洗澡了，他说他身上发潮，并且他总说是要下雨。

起初我也好像有那种感觉，下雨了，下雨了。等我相信这黑云是在南方的天空上，而不是在北方的天空上，我就总想说服他。

后来，我一想，虽然是来到了南方，但那感觉却总是北方养成的，而况这样的云，又是住在南方终年而不得见的。

自从这上海的炮声开始响，常常要提起家乡，而又常常避免着家乡。

于是，又乱唱起来了。到夜深的时候，雨点还没一粒来碰到我的鼻尖，至丁军的身子潮与不潮，我就不知道了。

八月二日

两种感想①

　　经过黄鹤楼的时候,每每要想到古人某某在黄鹤楼上饮过酒。接着又必想到"周郎赤壁",其实赤壁还离得远呢!至于远多少,我也不知道。不过此刻长江究竟是在我的脚边上。

　　读了古时的诗或文章之后,留给我的印象是:长江的波涛汹涌,滚滚东流。比方周瑜和曹操打仗竟有人留下这样的词被我读过了:"……惊涛拍岸,卷起千堆雪……"于是我最佩服长江。

　　等我真的来到了长江一看么!不对的,于是又给了我一个信念:长江也不过尔尔。这里所说的尔尔,就是说长江也不过就是一条平凡的河而已。

　　其实不对,长江那么长,就是"惊涛拍岸",周瑜和曹操打仗,还分那一段不呢!但这也难怪,自幼生于北方,没有见过梅花,没有见过竹林,对于南方的过于梦想,多少总带着点迷失味。

　　前天晚上在黄鹤楼下闲荡着的时候,左面的空中悬着满了一半的月亮,右面对着向我流来的江水,我的心上又要起着那已经习惯了的胡思乱想。这时候听到有人说:"壮丁,壮丁。"(而后知道是从外省开

---

　① 该篇创作于一九三七年十一月十六日,首刊于一九三七年十一月二十日汉口《妇女前哨》第二期,署名萧红。

乡间路

伏天雨

中秋供月

霜　天

残　雪

迎　春

初春三月

秋 光

来的军队。)但看上去，只是黑压压的一堆，细看，才知道那是在成着瘖哑的行列走向市轮渡的入口，那些赤着的脚好像树枝一样摊开在水门汀的码头上。担着锅的，背着稻草的，软体的虫类似的那么没有声音地向前蠕进。在这行列之中，也走着孩子兵，那脸孔，和一张新封起来的小圆鼓那么平滑，我偶然听到他们的喉音，使我想到了还没有成熟的鸟雏的呀叫。这就是我们中华受罪的民族！

我坐在市轮渡的尾上，回头而望着长江镇静的，没有波浪。若不是看见了江上摇摇不定的小划船的灯火，我会以为这船是走在大陆上。若不是适才我看见了这些近代的兵士，我会以为我是古代的人了。

下了市轮渡，换了马车，在马蹄的响声中，是去赴招待"第五路军政训处"人员的晚会。

在长桌的周围，招待者和被招待者互相的讲着话，是站起来讲的，是非常规矩的，虽然是茶会，但像个什么纪念日，时时有准备着向国旗的鞠躬的可能。不管这地方好不好，对不对，我是不大喜欢的。于是我开始要吃糖或吃点心，可是没有人动手，点心们被摆出花样来站在桌子中心的那条红绸子上，我想：点心们也庄严起来了！我没敢动它。

站在我对面讲话的人，讲得很激动，把一个字说了两次或三次，还没有说出来，也许说出来再重复一遍，我看他领上的四个金梅花有点碍事，并且他的眼镜好像已经不透明一样在妨害着他。我正在计划着那离得我较远的那盘点心中，有一块炮弹型的，是否我用叉子，伸出胳臂去，不站起来就可以拿到它。这时候，那站在对面的两手压着桌边的武装同志，他说到我的名字和萧军，他这样说之后，我就停下攫起那块点心的计划了。不是对于自己过于注意，因为我忽然想起上海北四川路的日本酒馆来了，也是在晚上，桌子上面也摆着杯盘，由于两位日本朋友的介绍，也认识了他们的朋友，也是日本人。这人的身长比普通的中国人还高，他的笑声非常开敞，能够听懂或是说些"东北"的方言。他是来自"满洲国",在"满洲国"做参事官。日本人也一样,他也坐过一年监狱。初一听来,我不懂得,而后才知道因为他接济义勇军。他很能喝酒,日本的酒壶和小花瓶似的,他喝了不知多少壶。他好几次的给我们斟满了杯子,并且让我们高举起来,大家一同喝下去,一直喝到他的嘴角上发着亮光,酒已经顺着嘴流了下来的时候,他仍然在喝,也许他看我们喝得没有他多,他忽然说:

"'满洲国'你们放心吧!"他手中的酒壶又向着我们这边来了。

因为完全是日本式的酒馆,我回过头去,看着檐上挂着的小红灯笼。我这受了感动的样子好像怕羞一样,使我躲避着别人的视线,正和前晚一样,当那位武装同志的手头压着桌边,我听他说到:

"……我们觉得很高兴的……我能够和××××——东北逃出来的同志一同作这为着中华民族解放的工作……"的那一刻一样,我是面颊发烧而低下了头去。

两个国家的人,有一个国家的人的亲切,一个国家的人,感到了两个国家的人的诚恳。

回来的时候,在轮渡上一同来的两个人都睡了。一个是萧军,还有另外一个朋友。他们竖起来的大氅的领子接近着帽沿,睡得像两个枭鸟似的。

只剩我一个人,怎么谈古论今?只好对着江水静静的坐着。

一九三七,十一月十六日,武昌

一条铁路底完成①

一九二八年的故事，这故事，我讲了好几次。而每当我读了一节关于学生运动记载的文章之后，我就想起那年在哈尔滨的学生运动，那时候我是一个女子中学②里的学生，是开始接近冬天的季节。我们是在二层楼上有着壁炉的课室里面读着英文课本。因为窗子是装着双重玻璃，起初使我们听到的声音是从那小小的通气窗传进来的。英文教员在写着一个英文字，他回一回头，他看一看我们，可是接着又写下去，一个字终于没有写完，外边的声音就大了，玻璃窗子好像在雨天里被雷声在抖着似的那么轰响。短板墙以外的石头道上在呼喝着的，有那许多人，我从来没有见过，使我想像到军队，又想到马群，又想像到波浪，……总之对于这个我有点害怕。校门前跑着拿长棒的童子军，而后他们冲进了教员室，冲进了校长室，等我们全体走下楼梯的时候，我听到校长室里在闹着。这件事情一点也不光荣，使我以后见到男学生们总带着对不住或软弱的心情。

"你不放你的学生出动吗？……我们就是钢铁，我们就是熔

① 该篇创作于一九三七年十一月二十七日，首刊于一九三七年十二月一日武汉《七月》(半月刊)第一集第四期，署名萧红。一九四〇年六月，收入重庆大时代书局"文艺丛书"初版《萧红散文》，署名萧红。
② 一个女子中学：指哈尔滨东省特别区区立第一女子中学，其前身为私立从德女子中学。萧红一九二七年至一九三〇年期间在该校读初中。

253

炉……"跟着就听到有木棒打在门扇上或是地板上,那乱糟糟的鞋底的响声。这一切好像有一场大事件就等待着发生,于是有一种庄严而宽宏的情绪高涨在我们的血管里。

"走!跟着走!"大概那是领袖,他的左边的袖子上围着一圈白布,没有戴帽子,从楼梯口向上望着,我看他们快要变成播音机了:"走!跟着走!"

而后又看到了女校长的发青的脸,她的眼和星子似的闪动在她的恐惧中。

"你们跟着去吧!要守秩序。"她好像被鹰类捉拿到的鸡似的软弱,她是被拖在两个戴大帽子的童子军的臂膀上。

我们四百多人在大操场上排着队的时候,那些男同学们还满院子跑着,搜索着,好像对于小偷那种形式,侮辱!侮辱!他们竟搜索到厕所。

女校长那昏蛋,刚一脱离了童子军的臂膀,她又恢复了那假装着女皇的架子。

"你们跟他们去,要守秩序,不能破格……不能和那些男学生们那么没有教养,那么野蛮……"而后她抬起一只袖子来:"你们知道你们是女学生吗?记得住吗?是女学生。"

在男学生们的面前,她又说了这样的话,可是一走出校门来不远,连对这侮辱的愤怒都忘记了。向着喇嘛台,向着火车站。小学校,中学校,大学校,几千人的行列……那时候我觉得我是在这几千人之中,我的脚步我觉得很有力。凡是我看到的东西,已经都变成了严肃的东西,无论马路上的石子,或是那已经落了叶子的街树。反正我是站在"打倒日本帝国主义"的喊声中了。

走向火车站必得经过日本领事馆。我们正向着那座红楼咆哮着的时候,一个穿和服的女人打开走廊的门扇而出现在闪烁的阳光里。于是那"打倒日本帝国主义"的大叫改为"就打倒你"!她立刻就把身子抽回去了。那么红楼完全停在寂静中,只是楼顶上的太阳旗被风在折合着。走在石头道街又碰到了一个日本女子,她背上背着一个小孩,腰间束了一条小白围裙,围裙上还带着花边,手中还提着一棵大白菜。我们又照样做了,不说"打倒日本帝国主义"而说"就打倒你!"因为她是走马路的旁边,我们就用手指着她而喊着。另一方面我们又用自己光荣的情绪去体会她狼狈的样子。

第一天叫做"游行","请愿",道里和南岗去了这两部分市区,这市区有点像租界,住民多是外国人。

长官公署,教育厅都去过了,只是"官们"出来拍手击掌的演了一篇说,结果还是:"回学校去上课罢!"

日本要完成吉敦路这回事情,究竟"官们"没有提到。

在黄昏里,大队分散在道尹公署的门前,在那个孤立着的灰色的建筑物前面,装置着一个大圆的类似喷水池的东西。有一些同学就坐在那边沿上,一直坐到星子们在那建筑物的顶上闪亮了,那个"道尹"究竟还没有出来,只看见卫兵们在台阶上,在我们的四围挂着短枪来回的在戒备着。而我们则流着鼻涕,全身打着抖在等候着。到底出来了一个姨太太,那声音我们一些些也听不见。男同学们跺着脚,并且叫着,在我听来已经有点野蛮了:

"不要她……去……去……只有官僚才要她……"

接着又换了个大太太(谁知道是什么,反正是个老一点的),不甚胖,有点短。至于说些什么,恐怕也只有她自己的圆肚子才能够听到。这还不算什么惨事,我一回头看见了有几个女同学尿了裤子的(因为一整天没有遇到厕所的原故)。

第二天没有男同学们来撵,是自动出发的,在南岗下许公路的大空场子上开的临时会议,这 天不是"游行",不是"请愿",而要"示威"了。脚踏车队在空场四周绕行着,学生联合会的主席是个很大的脑袋的人,他没有戴帽子,只戴了一架眼镜。那天是个落着清雪的天气,他的头发在雪花里边飞着,他说的话使我很佩服,因为我从来没有晓得日本还与我们有这样大的关系,他说日本若完成了吉敦路就可以向东三省进兵,他又说又经过高丽又经过什么……并且又听他说进兵进得那样快,也不是二十几小时?就可以把多少大兵向我们的东三省开来,就可以灭我们的东三省。我觉得他真有学问,由于崇敬的关系,我觉得这学联主席与我隔得好像大海那么远。

组织宣传队的时候,我站过去,我说我愿意宣传。别人都是被推举的,而我是自告奋勇的。于是我就站在雪花里开始读着我已经得到的传单。而后有人发给我一张小旗,过一会又有人来在我的胳臂上用扣针给我针上一条白布,那上面还卡着红色的印章,究竟那红印章是什么字,我也没有看出来。

大队开到差不多是许公路的最终极,一转弯到一个横街里去,那就是滨江县的管界。因为这界限内住的纯粹是中国人,和上海的华界差不多。宣传队走在大队的中间,我们前面的人已经站住了,并且那条横街口上站着不少的警察,学联代表们在大队的旁边跑来跑去。昨天晚上他们就说:"冲!冲!"我想这回就真的到了冲的时候了吧?

学联会的主席从我们的旁边经过,他手里提着一个银白色的大喇叭筒,他的嘴接到喇叭筒的口上,发出来的声音好像牛鸣似的:

"诸位同学!我们是不是有血的动物!我们愿不愿意我们的老百姓来给日本帝国主义做奴才……"而后他跳着,因为激动,他把喇叭筒像是在向着天空,"我们有决心没有?我们怕不怕死?"

"不怕!"虽然我和别人一样的嚷着不怕,但我对这新的一刻工夫就要来到的感觉好像一棵嫩芽似的握在我的手中。

那喇叭筒的声音到队尾去了,虽然已经遥远了,但还足够来震动我的心脏。我低下头去看着我自己的被踏污了的鞋尖,我看着我身旁的那条阴沟,我整理着我的帽子,我摹摹那帽顶的毛球。没有束围巾,也没有穿外套。对于这个给我生了一种侥幸的心情!

"冲的时候,这样轻便不是可以飞上去吗?"昨天计划今天是要"冲"的,但不知为什么,我总觉得我有点特别聪明。

大喇叭筒跑到前面去时,我就闪开了那冒着白色泡沫的阴沟,我知道"冲"的时候就到了。

我只感到我的心脏在受着拥挤,好像我的脚跟并没有离开地面而自然它就会移动似的。我的耳边闹着许多种声音,那声音并不大,也不远,也不响亮,可觉得沉重,带来了压力,好像皮球被穿了一个小洞丝丝的在透着气似的,我对我自己毫没有把握。

"有决心没有?"

"有决心!"

"怕死不怕死?"

"不怕死。"

这还没有反复完,我们就退下来了。因为是听到了枪声,起初是一两声,而后是接连着。大队已经完全溃乱下来,只一秒钟,我们旁边那阴沟里,好像猪似的浮游着一些人。女同学被拥进去的最多,男同学在往岸上提着她们,被提的她们满身带着泡沫和气味,她们那发疯的样子很可笑,用那挂着白沫和糟粕的戴着手套的手搔着头发,还有的和已经癫痫的人似的,她在人群中不停的跑着:那被她擦过的人们,他们的衣服上就印着各种不同的花印。

大队又重新收拾起来,又发着号令,可是枪声又响了,对于枪声,人们像是看到了火花似的那么热烈。至于"打倒日本帝国主义","反对日本完成吉敦路"这事情的本身已经被人们忘记了,唯一所要打倒的就是滨江县政府。到后来连县政府也忘记了,只"打倒警察,打倒警察……"这一场斗争到后来我觉得比一开头还有趣味,在那时,"日本帝国主义",我相信我绝对没有见过,但是警察我是见过的,于是我就嚷着:

"打倒警察,打倒警察!"

我手中的传单，我都顺着风让它们飘走了，只带着一张小白旗和自己的喉咙从那零散下来的人缝中穿过去。

那天受轻伤的共有二十几个。我所看到的只是从他们的身上流下来的血还凝结在石头道上。

满街开起电灯的夜晚，我在马车和货车的轮声里追着我们本校回去的队伍，但没有赶上，我就拿着那卷起来的小旗走在行人道上。我的影子混杂着别人的影子一起出现在商店的玻璃窗上，我每走一步，我看到了玻璃窗里我帽顶的毛球也在颠动一下。

男同学们偶尔从我的身边经过，我听到他们关于受伤的议论和救急车。

第二天的报纸上躺着那些受伤的同学们的照片，好像现在的报纸上躺的伤兵一样。

以后，那条铁路到底完成了。

一九三七年十一月，二十七日。汉口

一九二九年底愚昧^①

前一篇文章已经说过,一九二八年为着吉敦路的叫喊,我也叫喊过了。接着就是一九二九年。于是根据着那第一次的经验,我感觉到又是光荣的任务降落到我的头上来。

这是一次佩花大会,进行得很顺利,学校当局并没有加以阻止,而且那个白脸的女校长在我们用绒线剪作着小花朵的时候,她还跑过来站在旁边指导着我们。一大堆蓝色的盾牌完全整理好了的时候,是佩花大会的前一夜。楼窗下的石头道上落着那么厚的雪。一些外国人家的小房和房子旁边的枯树都膨涨圆了,那笨重而粗钝的轮廓就和穿得饱满的孩子一样臃肿。我背着远近的从各种颜色的窗帘透出来的灯光,而看着这些盾牌,盾牌上插着那些蓝色的小花,因着密度的关系,它们一个压着一个几乎是连成了排。那小小的黄色的花心蹲在蓝色花的中央,好像小金点,又像小铜钉……

这不用说,对于我,我只盼想着明天,但是这一夜把我和明天隔离着,我是跳不过去的,还只得回到宿舍去睡觉。

这一次的佩花,我还对中国人起着不少的悲哀,他们差不多是绝

---

① 该篇创作于一九三七年十二月十三日,首刊于一九三七年十二月十六日武汉《七月》(半月刊)第一集第五期,署名萧红。

对不肯佩上。有的已经为他们插在衣襟上了,他们又动手自己把它拔下来,他们一点礼节也不讲究,简直是蛮人!把花差不多是捏扁,弄得花心几乎是看不见。结果不独整元的,竟连一枚铜板也看不见贴在他们的手心上。这一天,我是带着愤怒的,但也跑得最快,我们一小队的其余的三个人,常常是和我脱离开。

我的手套跑丢了一只,围巾上结着冰花,因为眼泪和鼻涕随时地流,想用手帕来揩擦,在这样的时候,在我是绝对顾不到的。等我的头顶在冒着气的时候,我们的那一小队的人说:

"你太热心啦,你看你的帽子已经被汗湿透啦!"

自己也觉得,我大概像是厨房里烤在火炉旁的一张抹布那么冒气了吧?但还觉得不够。什么不够呢?那时候是不能够分析的。现在我想,一定是一九二八年"游行"和"示威"的时候,喊着"打倒日本帝国主义",而这回只是给别人插了一朵小花而没有喊"帝国主义"的缘故。

我们这一小队是两个男同学和两个女同学。男同学是第三中学的,一个大个,一个小个。那个小个的,咳嗽着,像个小老头;那个大个的,在我看来,他的鼻子有点发歪。另一个女同学是我的同班,她胖,她笨,穿了一件闪亮的黑皮大衣,走起路来和鸭子似的,只是鸭子没有全黑的。等到紧急的时候,我又看她像一只猪。

"来呀!快点呀,好多,好多……"我几乎要说:好多买卖让你们给耽误了。

等他们跑上来,我把已经打成绉折,卷成一团的一元一元的钞票舒展开,放进用铁做的小箱子里去。那小箱子是挂在那个大个的男同学的胸前。小箱子一边接受这钞票,一边不安的在滚动。

"这是外国人的钱……这些完全是……是俄国人的……"往下我没有说,"外国人,外国人多么好哇!他们捐了钱去打他们本国,为着'正义'。"

我走在行人道上，我的鞋底起着很高的冰锥，为着去追赶那个胖得好像行走的驼鸟似的俄国老太婆。我几乎有几次要滑倒，等我把钱接过来，她已经走得很远，我还站在那里看着她帽子上插着的那棵颤抖着的大鸟毛，说不出是多么感激和多么佩服那黑色皮夹子因为开关而起的响声，那脸上因着微笑而起的皱折。那蓝色带着黄心的小花恰恰是插在她外衣的左领边上，而且还是我插的。不由得把自己也就高傲了起来。对于我们那小队的其余三个人，于是我就带着绝顶侮蔑的眼光回头看着他们。他们是离得我那么远，他们向我走来的时候，并不跑，而还是慢慢地走，他们对于国家这样缺乏热情，使我实在没有理由把他们看成我的"同志"。他们称赞着我，说我热情，说我勇敢，说我最爱国。但我并不能够因为这个，使我的心对他们宽容一点。

"打苏联，打苏联……"这话就是这么简单，在我觉得十分不够，想要给添上一个"帝国主义"吧！但是从学联会发下来的就没有这一个口号。

那么，苏联为什么就应该打呢？"又不是帝国主义。"

这个我没有思索过，虽然这中苏事件的一开端我就亲眼看过。

苏联大使馆被检查，这事情的发生是六月或者是七月。夜晚并不热，我只记住天空是很黑的，对面跑来的马车，因为感觉上凉爽的关系，车夫台两边挂着的灯火就像发现在秋天树林子里的灯火一样。我们这女子中学每晚在九点钟的时候，有一百人以上的脚步必须经过大直街的东段跑到吉林街去。我们的宿舍就在和大直街交叉着的那条吉林街上。

苏联大使馆也在吉林街上，隔着一条马路和我们的宿舍斜对着。

这天晚上，我们走到吉林街口就被停住了。手电灯晃在这条街上，双轮的小卡车靠着街口停着好几个，行人必得经过检查才能够通过。我们是经过了交涉才通过的。

苏联大使馆门前的卫兵没有了，从门口穿来穿往的人们，手中都拿着手电灯,他们行走得非常机械,忙乱的,不留心的用手电灯四处照着,以致行人道上的短杨树的叶子的闪光和玻璃似的一阵一阵的出现。大使馆楼顶那个圆圈形的里边闪着几个外国字母的电灯盘不见了,黑沉沉的楼顶上连红星旗子也看不见了,也许是被拔掉了。并且所有的楼窗好像埋下地窖去那么昏黑。

关于苏联,或者就叫俄国吧,虽然我的生地和它那么接近,但我怎么能够知道呢?我不知道。那还是在我小的时候,"买羌贴①","买羌贴","羌贴"是旧俄的纸币(纸鲁布②)。邻居们买它,亲戚们也买它,而我的母亲好像买得最多。夜里她有时候不睡觉,一听门响,她就跑出去开门,而后就是那个老厨子咳嗽着,也许是提着用纱布作的,过年的时候挂在门前的红灯笼,在厨房里他用什么东西打着他鞋底上结着的冰锥。他和母亲说的是什么呢?微小得像是什么也没有说。厨房里好像并没有人,只是那些冰锥从鞋底打落下的声音我能够听得到,有时候他就把红灯笼也提进内房来,站在炕沿旁边的小箱子上,母亲赶快就去装一袋烟,母亲从来对于老厨子没有这样做过。还不止装烟,我还看见了给他烫酒,给他切了几片腊肉放在小碟心里。老厨子一边吃着腊肉,一边上唇的胡子流着水珠,母亲赶快在旁边拿了一块方手巾给他。我认识那手巾就是我的。而后母亲说:

"天冷啊!'三九'天有胡子的年纪出门就是这手不容易。"

这一句话高于方才他们所说的那一大些话。什么"行市"啦!"涨"啦!"落"啦!应该卖啦吧!这些话我不知为什么他们说得那么严重而低小。

家里这些日子在我觉得好像闹鬼一样,灶王爷③的香炉里整夜的

---

① 羌帖:即"羌帖",指华俄道胜银行、帝俄国家银行、中东铁路局所发行的金卢布、银卢布纸币,流行于中东铁路沿线一带。

② 纸鲁布:即纸卢布。卢布,俄国货币单位。

③ 灶王爷:中国古代神话传说中的司饮食之神,全称"东厨司命九灵元王定福神君",简称"灶神"。

烧着香。母亲夜里起来,洗手洗脸,半夜她还去再烧一次。有的时候,她还小声一个人在说着话。我问她的时候,她就说吟她的是《金刚经》①。而那香火的气味满屋子都是。并且她和父亲吵架,父亲骂她"受穷等不到天亮",母亲骂他"愚顽不灵"。因为买"羌贴"这件事情父亲始终是不赞成的。父亲说:

"皇党和穷党是俄国的事情,谁胜谁败我们怎能够知道!"

而祖父就不那么说,他和老厨子一样:

"那穷党啊! 那是个胡子头,马粪蛋不进粪缸,走到那儿不也还是个臭?"

有一夜,那老厨子回来了,并没有敲打鞋底的冰锥,也没有说话。母亲和他在厨房里都像被消灭了一样,而后我以为我是听到哭声,赶快跑起来去看,并没有谁在哭,是老厨子的鼻头流着清水的缘故。他的灯笼并不放下,拖得很低,几乎灯笼底就落在地上,好像随时他都要走。母亲和逃跑似的跑到内房来,她就把脸伏在我的小枕头上,我的小枕头就被母亲占据了一夜。

第二天他们都说"穷党"上台了。

所以这次佩花大会,我无论做得怎样吃力,也觉得我是没有中心思想。"苏联"就是"苏联",它怎么就不是"帝国主义"呢? 同时在我宣传的时候,就感到种种的困难。困难也照样做了。比方我向着一个"苦力"狂追过去,我拦断了他的行路,我把花给他,他不要,只是把几个铜板托在手心上,说:

"先生,这花像我们做'苦力'的戴不得,我们这穿着就是戴上也不好看,还是给别人去戴吧!"

虽然只那么几个铜板,我也收过来。

<hr>

① 《金刚经》:佛教经典,约公元前九九四年间成书于古印度,是释迦牟尼弟子阿傩记录释迦牟尼与众弟子的对话。有鸠摩罗什译本(《金刚般若波罗蜜经》)、唐玄奘译本(《能断金刚般若波罗蜜经》)等多个译本。

还有比这个现在想起来使我脸皮更发烧的事情：我募捐竟募到了一分邮票和一盒火柴。那小烟纸店的老板无论如何摆脱不了我的缠绕之后，竟把一盒火柴摔在柜台上。火柴在柜台上花喇喇的滚到我的旁边，我立刻替国家感到一种侮辱。并不把火柴收起来，照旧向他讲演，接着又捐给我一分邮票。我虽然像一个叫花子似的被人接待着，但在精神上我相信是绝对高傲的。火柴没有要，邮票到底收下了。

我们的女校，到后来竟公开的领导我们，把一个苏联的也不知道是什么"子弟学校"给占过来做我们的宿舍。那真阔气，和席子纹一样的拼花地板，玻璃窗子好像商店的窗子那么明朗。

在那时节我读着辛克来①的《屠场》，本来非常苦闷，于是对于这本小说用了一百二十分的热情读下去的。在那么明朗的玻璃窗下读。因为起早到学校去读，路上时常遇到戒严期的兵士们的审问和刺刀的闪光。结果恰恰相反，这本小说和中苏战争同时启发着我，是越启发越坏的。

正在那时候，就是佩花大会上我们同组那个大个的，鼻子有点发歪的男同学还给我来一封信，说我勇敢，说我可钦佩，这样的女子他从前没有见过。而后是要和我交朋友。那时候我想不出什么理由来，现在想：他和我原来是一样混蛋。

一九三七，十二，十三日

---

① 辛克来：即辛克莱。

《大地的女儿》与《动乱时代》[①]

对于流血这件事我是憎恶的。断腿、断臂，还有因为流血过多而患着贫血症的蜡黄的脸孔们。我一看到，我必要想：丑恶，丑恶，丑恶的人类！

史沫特烈[②]的《大地的女儿》和丽洛琳克的《动乱时代》，当我读完第一本的时候，我就想把这本书作一个介绍。可总是没有作，怕是自己心里所想的意思，因为说不好，就说错了。这种念头当我读着《动乱时代》的时候又来了。但也未能作，因为正是上海抗战的开始。我虽住在租界上，但高射炮的红绿灯在空中游着，就像在我的房顶上那么接近，并且每天夜里我总见过几次，有时候推开窗子，有时也就躺在床上看。那个时候就只能够看高射炮和读读书了，要想谈论，是不可能的，一切刊物都停刊了。单就说读书这一层，也是糊里糊涂的读，《西洋文学史话》，荷马的《奥德赛》[③]也是在那个时候读的。《西洋文

---

① 该篇创作于一九三八年一月三日，首刊于一九三八年一月十六日武汉《七月》(半月刊)第七期(实为第二集第一期)，署名萧红。《大地的女儿》是史沫特莱的自传体小说。《动乱时代》，德国女作家丽洛琳克(生卒不详)著，一九三六年上海生活书店出版于熙侃的译本。

② 史沫特烈：即艾格尼丝·史沫特莱(1892—1950)，美国著名记者、作家、社会活动家。

③ 《奥德赛》：《荷马史诗》之一，又译为《奥德修记》，由古希腊盲诗人荷马(公元前873—?)整理。

学史话》上说，什么人发明了造纸，这"纸"对人类文化，有着多大的好处，后来又经过某人发明了印刷机，这印刷机又对人类有多大的好处。于是也很用心读，感到人类生活的足迹是多么广泛啊！于是看着书中的插图和发明家们的画像，并且很吃力的想要记住那画像下面的人名。结果是越想求学问，学问越不得。也许就是现在学生们所要求的战时教育罢！不过在那时，我可没想到当游击队员。只是刚一开火，飞机、大炮、伤兵、流血，因为从前实在没有见过，无论如何我是吃不消的。

《动乱时代》的一开头就是：行李、箱子、盆子、罐子、老头、小孩、妇女和别的应该随身的家具。恶劣的空气，必要的哭闹外加打骂。买三等票的能坐到头等二等的车厢，买头等二等票的在三等车厢里得到一个位置就觉得满足。未满八岁的女孩——丽洛琳克——依着她母亲的膝头站在车厢的走廊上，从东普鲁士逃到柏林去。因为那时候，我也正想要离开上海，所以合上了书本想了一想，火车上是不是也就这个样子呢？这书的一开头与我的生活就这样接近。她写的是，一九一四年欧战一开始的情形，从逃难起，一直写下去，写到她二十几岁。这位作者在书中常常提到她自己长得不漂亮。对这不漂亮，她随时感到一种怨恨自己的情绪。她有点蛮强，有点不讲理，她小的时候常常欺侮她的弟弟。弟弟的小糖人放在高处，大概是放在挂衣箱的后面，并且弟弟每天登着板凳向后面看他的小糖人。可是丽洛琳克也到底偷着给他吃了一半，剩下那小糖人的上身仍旧好好的站在那里。对于她这种行为我总觉得有点不当。因为我的哲学是："不受人家欺侮就得啦，为什么还去欺侮人呢？"仔细想一想，有道理。一个人要想站在边沿上，要想站得牢是不可能的。一定这边倒倒，那边倒倒，若不倒到别人那边去，就得常常倒到自己这边来——也就是常常要受人家欺侮的意思。所以"不受人家欺侮就得啦"这哲学是行不通的（将来的社会不在此例）。丽洛琳克的力量就绝不是从我的那哲学培养出来的，所以她张开了手臂接受一九一四年开始的战争,她勇敢的呼吸着那么痛苦的空气。她的父亲,她的母亲都很爱她,但都一点也不了解她。她差不多经过了十年政党斗争的生活,可是终归离开了把她当作唯一安慰的母亲,并且离开了德国。

书的最末页我翻完了的时候,我把它放在膝盖上,用手压着,静静地听着窗外树上的蝉叫。"很可以","很可以"——我反复着这样的字句,感到了一种酸鼻的滋味。

史沫特烈我是见过的,是前年,在上海。她穿一件小皮上衣,有点胖,其实不是胖,只是很大的一个人,笑声很响亮,笑得过分的时候是会流着眼泪的。她是美国人。

男权中心社会下的女子,她从她父亲那里就见到了,那就是她的母亲。我恍恍忽忽的记得,她父亲赶着马车来了,带回一张花绸子了。这张绸子指明是给她母亲做衣裳的,母亲接过来,因为没有说一声感谢的话,她父亲就指问着:"你永远不会说一声好听的话吗?"男权社会中的女子就是这样的。她哭了,眼泪就落在那张花绸子上。女子连一点点东西都不能白得,那管就不是自己所要的也得牺牲好话或眼泪。男子们要这眼泪一点用处也没有,但他们是要的。而流泪是痛苦的,因为泪腺的刺激,眼珠发涨,眼睑发酸发辣,可是非牺牲不可。

《大地的女儿》的全书是晴朗的,健康的,艺术的,有的地方会使人发抖,那么真切。

前天是个愉快的早晨,我起得很早,生起了火炉,室内的温度是摄氏表十五度,杯子是温暖的,桌面也是温暖的,凡是我的手所接触到的都是温暖的,虽然外边落着雨,间或落着雪花。昨天为着介绍这两本书而起的嘲笑的故事,我都要一笔一笔的记下来。当我借来了这两本书(要想重新翻一翻),被他们看见了。用那么苗细的手指彼此传过去,而后又怎样把它放在地板上:

"这就是你们女人的书吗?看一看! 它在什么地方!"话也许不

是这样说的,但就是这个意思。因为他们一边说着一边笑着,并且还唱着古乐谱:

"工车工车上……六工尺①……"这唱古乐谱的手中还拿着中国毛笔杆,他脸用一本书遮上了上半段。他越反复越快,简直连成串了。

嗯!等他听到说这《大地的女儿》写得好,转了风头了。

他立刻停止了唱"工尺",立刻笑着,叫着,并且用脚跺着地板,好像这样的喜事从前没有被他遇见过:"是呵!不好,不好……"

另一个也发狂啦!他的很细的指尖在指点着书封面:"这就是吗?《动乱时代》……这位女作家就是两匹马吗?"当然是笑得不亦乐乎:"《大地的女儿》就这样?不穿衣裳,看唉!看唉!"

这样新的刺激我也受不住了,我的胸骨笑得发痛。《大地的女儿》的封面画一个裸体的女子。她的周围:一条红,一条黄,一条黑,大概那表现的是地面的气圈。她就在这气圈里边像是飞着。

这故事虽然想一想,但并没有记一笔,我就出去了,打算到菜市去买一点菜回来。回来的时候,在一家门楼下面,我看见了一堆草在动着。因为是小巷,行人非常稀少,我忽然有一种害怕的感觉。这是人吗?人会在这个地方吗?坐起来了,是个老头,一件棉袄是披着,赤裸的胸口跳动在草堆外面。

我把菜放在家里,拿了钱又转回来的时候,他的胸膛还跳动在草堆的外面。

"你接着啊!我给你东西。"

稀疏的落着雪花的小巷里,我的雨伞上同时也有雨点在拍拍的跳着。

"给你,给你东西呀!"

这时我听到他说了:

---

① 工尺:即"工尺谱",中国民间传统记谱法之一,用工、尺等字记写唱名而得名。

"我是瞎子。"

"你伸出手来!"

他周遭的碎草苏嘎的响着,是一只黄色的好像生了锈的黄铜的手和小爪子似的向前翻着。我跑上台阶去,于是那老头的手心上印着一个圆圆的闪亮的和银片似的小东西。

我憎恶打仗,我憎恶断腿、断臂。等我看到了人和猪似的睡在墙根上,我就什么都不憎恶了,打吧!流血吧!不然,这样猪似的,不是活遭罪吗?

有几位女同学到我家里过,在这抗战时期她们都感苦闷。到前方去工作呢?而又那里收留她们工作呢?这种苦闷会引起一时的觉醒来。不是这觉醒不好,一时的也是好的。但我觉得应该更长一点。比方那老头明明是人不是猪,而睡在墙根上,这该作何讲解呢?比方女人明明也是人,为什么当她得到一块衣料的时候,也要哭泣一场呢?理解是应该理解的,作不到不要紧,准备是必须的。所以我对她们说:"应该多读书。"尤其是这两本书,非读不可。我也体验得到她们那种心情,急于要找实际的工作,她们的心已经悬了起来,不然是落不下来的,就像小麻雀已经长好了翅子,脚是不会沾地的。

这种苦闷是热烈的,应该同情。但长久了是不行的,抗战没有到来的时候,脑子里头是个白丸。抗战到来了,脑子里是个苦闷。抗战过去了,脑子里又是个白丸。这是不行的。抗战是要建设新中国,而不是中国塌台。

又想起来了:我敢相信,那天晚上的嘲笑决不是真的,因为他们是智识分子,并且是维新的而不是复古的。那么说,这些话也只不过是玩玩,根据年轻好动的心理,大家说说笑笑,但为什么常常要取着女子做题材呢?

读读这两本书就知道一点了。

不是我把女子看得过于了不起,不是我把女子看得过于卑下;只是在现社会中,以女子出现,造成这种斗争的记录,在我觉得她们是勇敢的,是最强的,把一切都变成了痛苦出卖而后得来的。

一九三八,一,三日,武昌

记鹿地夫妇^①

池田在开仗的前夜，带着一匹小猫仔来到我家的门口，因为是夜静的时候，那鞋底拍着楼廊的声音非常响亮。

"谁呀!"

这声音并没有回答，我就看到是日本朋友池田，她的眼睛好像被水洗过的玻璃似的那么闪耀。

"她怎么这时候来的呢？她从北四川路来的……"这话在我的思想里边回绕了一周。

"请进来呀!"

一时看不到她的全身，因为她只把门开了一个小缝。

"日本和中国要打仗。"

"什么时候？"

"今天夜里四点钟。"

"真的吗？"

"一定的。"

我看一看表，现在是十一点钟。

---

① 该篇创作于一九三八年二月二十日，首刊于一九三八年五月一日广州《文艺阵地》第一卷第二期，署名萧红。鹿地夫妇，指日本作家鹿地亘（1903—1982）与其妻池田幸子（1912—1973）。

"一——二——三——四——五——"我说还有五个钟头。

那夜我们又讲了些别的就睡了。军睡在外室的小床上,我和池田就睡在内室的大床上。这一夜没有睡好,好像很热,小猫仔又那么叫,从床上跳到地上,从地上又跳到椅子上,而后再去撕着窗帘。快到四点钟的时候,我好像听到了两下枪声。

"池田,是枪声吧!"

"大概是!"

"你想鹿地怎么样,若真的今夜开仗,明天他能跑出来不能?"

"大概能,那就不知道啦!"

夜里开枪并不是事实,第二天我们吃完午饭,三个人坐在地板的凉席子上乘凉。这时候鹿地来了,穿一条黄色的短裤,白衬衫,黑色的卷卷头发,日本式的走法。走到席子旁边,很习惯的就脱掉鞋子坐在席子上。看起来他很快活,日本话也说,中国字也有。他赶快的吸纸烟,池田给他作翻译。他一着急就又加几个中国字在里面,转过脸来向我们说:

"是的,拍! 拍,拍! 开枪啦……"

"在什么地方开的?"我问他。

"在陆战队……边上。"

"你看见了吗?"

"看见的……"

他说话十分喜欢用手势:

"我,我,我看见啦。北四川路没有人,北四川路死啦……完全死啦!"而后他用手巾揩着汗。但是他非常快活,笑着,全身在轻松里边打着转。我看他像洗过羽毛的雀子似的振奋,因为他的眼光和嘴唇都像讲着与他不相干的同时非常感到兴味的人的一样。

夜晚快要到来了,第一发的炮声过去了。而我们四个人——池田,鹿地,萧军和我——正在吃晚饭,池田的大眼睛对着我,萧军的耳朵向旁边歪着，我则感到心脏似乎在移动。但是我们合起声音来：

"哼!"彼此点了点头。

鹿地有点像西洋人的嘴唇，扣得很紧。

第二发炮弹发过去了。

池田仍旧用日本女人的跪法跪在席子上，我们大概是用一种假象把自己平定下来，所以仍旧吃着饭。鹿地的脸色自然变得很不好看了。若是我，我一定想到这炮声就使我脱离了祖国。但是他的感情一会就恢复了。他说：

"日本这回坏啦，一定坏啦……"这话的意思是日本要打败的，日本的老百姓要倒楣的，他把这战争并不看得怎样可怕，他说日本军阀早一天破坏早一天好。

第二天他们搬到 S. 家去住的。我们这里不大方便，邻居都知道他们是日本人，还有一个白俄在法国捕房当巡捕。街上打间谍，日本警察到他们从前住过的地方找过他们。在两国夹攻之下，他们开始被陷进去。

第二天我们到 S. 家去看他们的时候，他们住在三层楼上，尤其是鹿地很开心，俨俨乎和主人一样。两张大写字台，靠着窗子，写字台这边坐着一个，那边坐着一个，嘴上都叼着香烟，白金龙香烟四五罐，堆成个小塔型在桌子头上。他请我吃烟的时候，我看到他已经开始工作了。很讲究的黑封面的大本子摊开在他的面前，他说他写日记了。当然他写的是日文，我看了一下也看不懂。一抬头看到池田在那边也张开了一个大本子。我想这真不得了，这种克制自己的力量，中国人很少能够做到。无论怎样说，这战争对于他们比对于我们，总是更痛苦的。又过了两天，大概他们已经写了一些日记了。他们开始劝我们，为什么不参加团体工作呢？鹿地说；

"你们不认识救亡团体吗？我给介绍!"这样好的中国话是池田给修改的。

"应该工作了,要快工作,快工作,日本军阀快完啦……"

他们说现在写文章,以后翻成别国文字,有机会他们要到各国去宣传。

我看他们好像变成了中国人一样。

三二日之后去看他们,他们没有了。S. 说他们昨天下午一起出去就没有回来,临走时说吃饭不要等他们,至于那里去了呢? S. 说她也不知道。又过了几天,又问了好几次,仍旧不知道他们在那里。

或者被日本警察捉去啦,送回国去啦! 或者住在更安全的地方,大概不能有危险吧!

一个月以后的事:我拿刀子在桌子上切葱花,准备午饭,这时候,有人打门,走进来的人是认识的,可是他一向没有来过,这次的来不知有什么事。但很快就得到结果了:鹿地昨夜又来到 S. 家,听到他们并没有出危险,很高兴。但他接着再说下去就是痛苦的了。他们躲在别人家里躲了一个月,那家非赶他们离开不可,因为住居日本人,怕当汉奸看待。S. 家也很不便,当时 S. 做救亡工作,怕是日本探子注意到。

"那么住到那里去呢?"我问。

"就是这个问题呀! 他们要求你去送一封信,我来就是找你去送信,你立刻到 S. 家去。"

我送信的地方是个德国医生,池田一个月前在那里治过病,当上海战事开始的时候,医生太太向池田说过:假若在别的地方住不方便,可以搬到她家去暂住。有一次我陪池田去看医生,池田问他:

"你喜欢希特拉吗?"

医生说:"唔……不喜欢。"并且说他不能够回德国。

根据这点,池田以为医生是很好的人,同时又受希特拉的压迫。

我送完了信,又回到 S. 家去,我上楼说:

"可以啦,大概是可以。"

回信,我并没拆开读,因为我的英文不好。他们两个从地板上坐起来。打开这信：

"随时可来,我等候着……"池田说信上写着这样的话。

"我说对么! 那医生当我临走的时候还说,把手伸给他,我知道他就了解了。"

这回鹿地并不怎样神气了,说话不敢大声,不敢站起来走动。晚饭就坐在地板的席子上吃的,台灯放在地上,灯头被蒙了一块黑纱布,就在这微黑的带着神秘的三层楼上,我也和他们一起吃的饭。我端起碗来,再三的不能把饭咽下去,我看一看池田发亮的眼睛,好像她对她自己未知的命运还不如我对他们那样关心。

"吃鱼呀!"我记不得是他们谁把一段鱼尾摆在我的碗上来。

当着一个人,在他去试验他出险的道路前一刻,或者就正在出险之中,为什么还能够这样安宁呢! 我实在对这晚餐不能够多吃。我为着我自己,我几次说着多余的闲话：

"我们好像山寨们在树林里吃饭一样……"按着我还是说："不是吗? 看像不像?"

回答这话的没人,我抬头看一看四壁,这是一间藏书房,四壁黑沉沉的站着书箱或书柜。

八点钟刚过,我就想去叫汽车,他们说,等一等,稍微晚一点更好。

鹿地开始穿西装,白裤子,黑上衣,这是一个西洋朋友给他的旧衣裳(他自己的衣裳从北四路逃出来时丢掉了)。多么可笑啊! 又像贾伯林又像日本人。

"这个不要紧!"指着他已经蔓延起来的胡子对我说："像日本人不像?"

"不像。"但明明是像。

等汽车来了时,我告诉他：

"你绝对不能说话,中国话也不要说,不开口最好,若忘记了说出日本字来那是危险的。"

报纸上登载过法租界和英租界交界的地方,常常有小汽车被验查。假若没有人陪着他们,他们两个差不多就和哑子一样了。鹿地干脆就不能开口。至于池田一听就知道说的是日本的中国话。

那天晚上下着一点小雨,记得大概我是坐在他们两个人之间,有两只小箱笼颠动在我们膝盖的前边。爱多亚路被指路灯所照,好像一条虹彩似的展开在我们的面前,柏油路被车轮所擦过的纹痕,在路警指管着的红绿灯下,变成一条红的,而后又变成一条绿的,我们都把眼睛看着这动乱交错的前方。同时司机人前面那块玻璃上有一根小棍来回的扫着那块扇形的地盘。

车子到了同孚路口了,我告诉车子左转,而后靠到马路的右边。

这座大楼,本来是有电梯的,因为司机人不在,等不及了,就从扶梯跑上去。我们三个人都提着东西,而又都跑得快,好像这一路没有出险,多半是因为这最末的一跑才做到的。

医生的小客厅里接待着鹿地夫妇:

“弄错了啦!嗯!”

我所听到的,这是什么话呢?我看看鹿地,我看看池田,再看看胖医生。

“医生弄错啦,他以为是要来看病的人,所以随时可来。”

“那么房子呢?”

“房子他没有。”池田摆一摆手。

我想这回可成问题了,我知道 S. 家绝对不能再回去。找房子立刻是可能的吗?而后我说到我家里去可以吗?

池田说:“你们家那‘白俄’呀!”

医生还不错,穿了雨衣去替他们找房子去了。在这中间,非常使人恐怖。他说房子就在旁边,可是他去了好多时候没有回来。

“箱子里边有写的文章啊!老医生不是去通知捕房?”池田的眼睛好像枭鸟的眼睛那么大。

过了半点钟的样子,医生回来了,医生又把我们送到那新房子。

走进去一看,就像个旅馆,茶房非常多,说中国话的,说法国话的,说俄国话的,说英国话的。

刚一开战,鹿地就说过要到国际上去宣传,我看那时候他可差不多去到国际上了。

这地方危险是危险的,怎么办呢?只得住下了。

中国茶房问:

"先生住几天呢?"

我说住一天两天。但是鹿地说:"不!不!"只说了半段就回去了,大概是日本话又来到嘴边上。

池田有时说中国话,有时说英国话,茶房来一个,去了,又来了一个。

鹿地静静地站在一边。

大床,大桌子,大沙发,棚顶垂着沉重的带着锁链的大灯头。并且还有一个外室,好像阳台一样。

茶房都去了,鹿地仍旧站着,地心有一块花地毯,他就站在地毯的边上。

我告诉他不要说日本话,因为隔壁的房子说不定住的是中国人。

"好好地休息吧!把被子摊在床上,衣箱就不要动了,三两天就要搬的。我把这情形通知别的朋友……"往下我还有话要说,中国茶房进来了,手里端着一个大白铜盘子,上面站着两个汽水瓶。我想这个五块钱一天的旅馆还给汽水喝!问那茶房,那茶房说是白开水,这开水怎样卫生,怎样经过过滤,怎样多喝了不会生病。正在这时候,他来讲卫生了。

向中国政府办理证明书的人说,再有三五天大概就替他们领到,可是到第七天还没有消息。他们在那房子里边,简直和小鼠似的,地板或什么东西有时格格地作响,至于讲话的声音,外边绝对听不到。

每次我去的时候,鹿地好像还是照旧的样子,不然就是变了点,也究竟没变了多少,喜欢讲笑话。不知怎么想起来的,他又说他怕女人:

"女人!我害怕。别的我不怕……女人我最怕。"

"帝国主义你不怕?"我说。

"我不怕,我打死他。"

"日本警察捉你也不怕?"我和池田是站在一面的。

池田听了也笑,我也笑,池田在这几天的不安中也破例了。

"那么你就不用这里逃到那里,让日本警察捉去好啦!其实不对的,你还是最怕日本警察。我看女人并不绝顶的厉害,还是日本警察绝顶的厉害。"

我们都笑了,但是都没有高声。

最显现在我面前的是他们两个有点憔悴的颜面。

有一天下午,我陪着他们谈了两个多钟头,对于这一点点时间,他们是怎样的感激呀!我临走时说:

"明天有工夫,我早点来看你们,或者是上午。"

尤其是池田立刻说谢谢,并且立刻和我握握手。

第二天我又来迟了,池田不在房里。鹿地一看到我,就从桌上摸到一块白纸条。他摇一摇手,而后他在纸条上写着:

今天下午有巡捕在门外偷听了,一下午英国巡捕(即印度巡捕),中国巡捕,从一点钟起停到五点钟才走。

但最感动我的是他在纸条上出现着这样的字:——今天我决心被捕。

"这被捕不被捕,怎能是你决心不决心的呢?"这话我不能对他说,因为我知道他用的是日本文法。

我又问他打算怎样呢?他说没有办法,池田去到 S. 家里。

那个时候经济也没有了,证明书还没有消息,租界上日本有追捕日本或韩国人的自由。想要脱离租界,而又一步不能脱离。到中国地去,要被中国人误认作间谍。

他们的生命,就像系在一根线上那么脆弱。

那天晚上,我把他们的日记、文章和诗,包集起来带着离开他们。我说:

"假使日本人把你们捉回去,说你们帮助中国,总是没有证据的呀!"

我想我还是赶快走的好,把这些致命的东西快些带开。

临走时我和他握握手,我说不怕。至于怕不怕,下一秒钟谁都没有把握。但我是说了,就像说给站在狼洞里边的孩子一样。

以后再去看他们,他们就搬了,我们也就离开上海。

一九三八,二,廿日,临汾

无　题①

　　早晨一起来我就晓得我是住在湖边上了。

　　我对于这在雨天里的湖的感觉，虽然生疏，但并不像南方的朋友们到了北方，对于北方的风沙的迷漫，空气的干燥，大地的旷荡所起的那么不可动摇的厌恶和恐惧。由之于厌恶和恐惧，他们对于北方反而讴歌起来了。

　　沙土迷了他们的眼睛的时候，他们说："伟大的风沙啊!"黄河地带的土层遮漫了他们的视野的时候，他们说那是无边的使他们不能相信那也是大地。迎着风走去，大风塞住他们的呼吸的时候，他们说："这……这……这……"他们说不出来了，北方对于他们的讴歌也伟大到不能够容许了。

　　但，风一停住，他们的眼睛能够睁开的时候，他们仍旧是看，而嘴也就仍旧是说。

　　有一次我忽然感到是被侮辱着了，那位一路上对大风讴歌的朋友，一边擦着被风沙伤痛了的眼睛一边问着我：

　　"你们家乡那边就终年这样?"

---

①　该篇创作于一九三八年五月十五日，首刊于一九三八年五月十六日武汉《七月》（半月刊）第三集第二期，署名萧红。

"那里！那里！我们那边冬天是白雪，夏天是云，雨，蓝天和绿树……只是春天有几次大风，因为大风是季节的征候，所以人们也爱它。"是往山西去的路上，我就指着火车外边所有的黄土层："这在我们家乡那边都是平原，夏天是青的，冬天是白的，春天大地被太阳蒸发着，好像冒着烟一样从冬天活过来了，而秋天收割。"

而我看他似乎不很注意听的样子。

"东北还有不被采伐的煤矿，还有大森林……所以日本人……"

"唔！唔！"他完全没有注意听，他的拜佩完全是对着风沙和黄土。

我想这对于北方的讴歌就像对于原始的大兽的讴歌一样。

在西安和八路军残废兵是同院住着，所以朝夕所看到的都是他们。有一天我看到一个残废的女兵，我就向别人问：

"也是战斗员吗？"

那回答我的人也非常含混，他说也许是战斗员，也许是女救护员，也说不定。

等我再看那腋下支着两根木棍，同时摆荡着一只空裤管的女人的时候，但是看不见了，她被一堵墙遮没住，留给我的只是那两根使她每走一步，那两肩不得安宁的新从木匠手里制作出来的白白的木棍。

我面向着日本帝国主义，我要讴歌了！就像南方的朋友们去到了北方，对于那终年走在风沙里的瘦驴子，由于同情而要讴歌她了。

但这只是一刻的心情，对于蛮的东西所遗留下来的痕迹，憎恶在我是会破坏了我的艺术的心意的。

那女兵将来也要作母亲的，孩子若问她："妈妈为什么你少了一条腿呢？"

妈妈回答是日本帝国主义给切断的。

成为一个母亲，当孩子指问到她的残缺点的时候，无管这残缺是光荣过，还是耻辱过，对于作母亲的都一齐会成为灼伤的。

被合理所影响的事物,人们认为是没有力量的——弱的——或者也就被说成生命力已经被损害了的——所谓生命力不强的——比方屠介涅夫①在作家里面,人们一提到他:好是好的,但,但……但怎么样呢?我就看到过很多对屠介涅夫摇头的人。这摇头是为什么呢?不能无所因。久了,同时也因为我对摇头的人过于琢摸的缘故,默默中也感到了,并且在我的灵感达到最高潮的时候,也就无恐惧起来,我就替摇头者们嚷着说:

"他的生命力不强!"

屠介涅夫是合理的,幽美的,宁静的,正路的,他是从灵魂而后走到本能的作家。和他走同一道路的,还有法国的罗曼罗兰。

别的作家们他们则不同,他们暴乱,邪狂,破碎,他们是先从本能出发——或者一切从本能出发——而后走到灵魂。有慢慢走到灵魂的,也有永久走不到灵魂的,那永久走不到灵魂的,他就永久站在他的本能上喊着:

"我的生命力强啊!我的生命力强啊!"

但不要听错了,这可并不是他自己对自己的惋惜,一方面是在骄傲着生命力弱的,另一面是在招呼那些尚在向灵魂出发的在半途上感到吃力正停在树下冒汗的朋友们。

听他这一招呼,可见生命强的也是孤独的。于是我这佩服之感也就不完整了。

偏偏给我看到的生命力顶强的是日本帝国主义。人家都说日本帝国主义野蛮,是兽类,是爬虫类,是没有血液的东西。完全荒毛的呀!

所以这南方湖上的风景,看起来是比北方的风沙愉快的。

同时那位南方的朋友对于北方的讴歌,我也并不是讽刺他。去把

---

① 屠介涅夫:即屠格涅夫(1818—1883)。

捉完全隔离的东西,不管谁,大概都要被吓住的。我对于南方的鉴赏,因为我已经住了几年的缘故,初来到南方也是不可能。

一九三八,五,十五

寄东北流亡者①

沦落在异地的东北同胞们：

当每个秋天的月亮快圆的时候，你们的心总被悲哀装满。想起高粱油绿的叶子，想起白发的母亲或幼年的亲眷。

你们的希望曾随着秋天的满月，在幻想中赊取了七次，而每次都是月亮如期的圆了，而你们的希望却随着高粱叶子萎落。但是自从"八一三"之后，上海的炮火响了，中国政府积极抗战揭开，九一八的成了习惯的暗淡与愁惨却在炮火的交响里换成了激动、兴奋和感激。这时，你们一定也流泪了。这是感激的泪，兴奋的泪，激动的泪。

记得抗战以后，第一个九一八是怎样纪念的呢？

中国飞行员在这天做了突击的工作。他们对于出云舰的袭击作了出色的功绩。

那夜里，日本神经质的高射炮手，浪费的用红色的绿色的淡蓝色的炮弹把天空染红了。但是我们的飞行员仍然以精确的技巧和沉毅的态度来攻击这摧毁文化摧毁和平的法西②魔手。几百万的市民都仰起头来寻觅，其实他们是什么也看不见的，但是他们一定要看。在

---

① 该篇创作日期不详，首刊于一九三八年九月十八日汉口《大公报》副刊"战线"第一九一号，署名萧红。

② 法西：即法西斯。

那黑魆魆的天空里仿佛什么都找不到,而这里就隐藏着我们抗战的活动的每个角度。

第一个煽惑起东北同胞的思想的是:"我们就要回家去了!"

是的,家是可以回去的,而且家也是好的,土地是宽阔的,米粮是富足的。

是的,人类是何等的对着故乡寄注了强烈的怀念呵!黑人对着迪斯的痛苦的响往,爱尔兰的诗人夏芝①想回到那有"蜂房一窠,菜畦九畤"的茵尼斯,作过水手的约翰·曼殊斐儿②狂热的愿意回到海上。

但是等待了七年的同胞们,单纯的心急是没用的,感情的焦躁不但无价值,而常常是理智的降低。要把急切的心情放在工作的表现上才对。我们的位置就是永远站在别人的前边的那个位置。我们是应该第一个打开了门而是最末走进去的人。

抗战到现在已经遭遇到最坚苦的阶段,而且也就是最后胜利接近的阶段。在美国贾克伦敦③所写的一篇短篇小说上,描写两个拳师在冲击的斗争里,只系于最后的一拳。而那个可怜的"老拳师"所以失败的原因,也只在少吃了一块"牛扒"。假若事先他能在肚里装进一块"牛扒",胜利一定属于他的。

东北流亡同胞,我们的地大物博,决定我们的沉着毅勇,正与敌人的急功切进相反,所以最后的一拳一定是谁最沉着的就是谁打得最有力。我们应该献身给祖国作前卫的工作,就如我们应该把失地收复一样。这是无可怀疑的。

东北流亡的同胞,为了失去的土地上的高粱,谷子,努力吧!为了失去的土地上年老的母亲,努力吧!为了失去的地面上的痛心的一切的记忆,努力吧!

---

① 夏芝:即威廉·巴特勒·叶芝(1865—1939),又译叶慈。
② 约翰·曼殊斐儿:英国女作家,现译为曼斯菲德(1888—1923)。
③ 贾克伦敦:即杰克·伦敦(1876—1916)。

而且我们要竭力克服残存的那种"小地主"意识和官僚主义的余毒,赶快的加入到生产的机构里,因为九一八以后的社会变更,已经使你们失去了大片土地的依存,要还是固守从前的生活方式,坐吃山空,那样你们的资产将只剩了哀愁和苦闷。作个商人去,作个工人去,作一个能生产的人比作一个在幻想上满足自己的流浪人,要对国家有利得多。

幻想不能泛滥,现实在残酷的抨击你的时候,逃避只会得到更坏的暗袭。

时值流亡在异乡的故友们,敬希珍重。拥护这个抗战和加强这个抗战,向前走去!

我之读世界语①

　　我一见到懂世界语的朋友们,我总向他们发出几个难题,而这几个难题又总是同样的。

　　当我第一次走进上海世界语协会②的时候,我的希望很高,我打算在一年之内,我要翻译关于文学的书籍,在半年之内我能够读报纸。偏偏第一课没有上,只是教世界语的那位先生把世界语讲解了一番。听他这一讲我更胆壮了,他说每一个名词的尾音是"o",每一个形容词的尾音是"a"……还有动词的尾音是什么,还有每一个单字的重音在最末的第二个母音上。而后读一读字母就下课了。

　　我想照他这样说还用得着半年吗?三个月我就要看短篇小说的。

　　那天我就在世界语协会买了一本《小彼得》③出来,而别人还有用世界语说着"再见,再见",我一听也就会了,真是没有什么难。第二

<hr/>

① 该篇创作日期不详,首刊于一九三八年十二月二十九日重庆《新华日报》第四版"纪念柴门霍夫专刊",署名萧红。
② 上海世界语协会:一九三三年一月成立,中国普罗世界语译者联盟对外公开活动组织,出版《世界》机关刊物,从事左翼文化运动。
③ 《小彼得》:匈牙利女作家海尔密尼亚·至尔·妙伦(生卒年不详)的童话。原名《小彼得的朋友们讲的故事》,一九二九年上海春潮出版社出版许霞(许广平)翻译、鲁迅校改的中译本。

天我也就用世界语说着"再见"。

现在算起,这"再见"已经说了三四年了,奇怪的是并没有比再见更会说一句完整的话。这次在青年会开纪念柴门霍夫①诞辰八十周年纪念的时候,钟宪民②先生给每个人带来一本《东方呼声》③,若不是旁边注着中国字,我那里看得懂这刊物叫什么名字呢?但是按照着世界语的名字读出来我竟不能够,可见我连字母都忘了。

我为什么没有接着学呢?说起来可笑得很,就因为每一个名词的字尾都是"o",形容词的字尾都是"a",一句话里总有几个"o"和"a"的,若连着说起来,就只听得"oo""aa"的。因为一"ooaa"就不好听,一不好听,我就不学了。

起初这理由我还不敢公开提出来,怕人家笑。但凡是下雨天我就不去世界语协会,后来连刮风我也不去,再后来就根本不去。那本《小彼得》总算勉勉强强读完了,一读完它就安安然然的不知睡到什么地方去了。

我一见到懂世界语的朋友们所提出来的难题,就是关于这"ooaa"这理由怎么能够成立呢?完全是一种怕困难的假词。

世界语虽然容易,但也不能够容易得一读就可以会的呀!大家都说:为什么学世界语的人不少而能够读书或讲话的却不多呢?就是把它看得太容易的缘故。

初学的世界语译者们!要把它看得稍微难一点。

---

① 柴门霍夫(1859—1914):波兰眼科医生,世界语创立者。
② 钟宪民(1910—?):浙江崇德人,世界语译者。一九三〇年将鲁迅的《阿 Q 正传》翻译成世界语出版。
③ 《东方呼声》:抗战时期,由世界语学者方善境(1907—1983)创办的世界语杂志。

牙粉医病法[①]

池田[②]的袍子非常可笑,那么厚,那么圆,那么胖,而后又穿了一件单的短外套,那外套是工作服的样式,而且比袍子更宽。她说:

"这多么奇怪!"

我说:"这还不算奇怪,最奇怪的是你再穿了那件灰布的棉外套,街上的人看了不知要说你是做什么的,看袍子像太太小姐,看外套像军人。"因为那棉外套是她借来的,是军用的衣服。她又穿了中国的长棉裤,又穿了中国的软底鞋。因为她是日本人,穿了道地的中国衣裳,是有点可笑。

"那就说你是从前线上退下来的好啦!并且说受了点伤。现在还没有完全好,所以穿了这样宽的衣裳。"

她笑了:"是的,是……就说日本兵在这边用刺刀刺了一个洞……"

她假装用刺刀在手腕上刺了一个洞的样子。

"刺了一个洞,又怎样呢?"我问。

---

① 该篇创作于一九三九年一月九日,首刊于一九三九年一月十五日重庆《全民抗战》第四十八号,署名萧红。一九四〇年六月,收入重庆大时代书局"文艺丛书"初版《萧红散文》,署名萧红。
② 池田:即日本左翼作家鹿地亘的夫人池田幸子。

"刺了一个洞而后一吹,就把人吹胖啦。"她又说:"中国老百姓,一定相信。因为一切坏事,一切奇怪的事日本人都做得出来。"

就像小孩子说的怪话一样,她自己也笑,我也笑。她笑得连杯子都举不起来的样子,我和她是在吃茶。

"你觉得奇怪吗?这是没有的事吗?我的弟弟就被吹过……"

她一听我这话,笑得用了手巾揩着眼睛:

"怎么!怎么!"

"真的,真被吹过……"我这故事不能开展下去,她在不住的笑,笑得咳嗽起来。

"你听我告诉你,那是在肚子上,可不是像你说的在手上……用一个一手指长,一分粗的玻璃管,这玻璃管就从肚脐下边一寸的地方刺进去。玻璃管连着一条好几尺长的胶皮管,胶皮管的另一头有一个茶杯一般大的漏斗,从那个漏斗吹进一壶冷水去,后来死啦。"

"被吹死啦……"很不容易抑止的大笑,她又开始了。

其实是从漏斗把冷水灌进去的,因为肚子渐渐的大起来,看去好像是被气吹起来的一样。

我费了很大工夫给她解说:"我的弟弟患的是黑死病①,并且全个县城都在死亡的恐怖中。那是一种特别的治法,在医学上这种灌水法并不存在。"我又告诉她,我写《生死场》的时候把这段写上时,鲁迅先生看了都莫名其妙,鲁迅先生是研究过医学的。他说:

"在医学上可没有这样治疗法。"

既然这样说,我就更奇怪了,鲁迅先生研究过医学是真的,我的弟弟被冷水灌死了也是真的。

我又告诉池田,说那医生是天主教堂的医生,是英国人。

"你觉得外国人可靠的,那不对,中国真是殖民地,他们跑到中国

————————

① 黑死病:鼠疫。十四世纪,鼠疫在欧洲等地流行,当时称该病为黑死病。

来试验来啦，你想肚子灌冷水，那怎么可以？帝国主义除了枪刀之外，他们还作老百姓所看不见的……他们把中国人就看成他们试验室里的动物一样。三百个人通通用一样方法治疗，其中死了一百五，活了一百五，或是活了一百死了二百，也或者通通死掉啦！这个他们不管，他们把中国人看成动物一样，……在他们自己的国家里，随便试验是不成的呀！"

我想，这也许吧！我的弟弟或者就是被试验死的。她的话，相信是相信了，因为她不懂得医学，所以我相信得并不十分确切。

"我告诉过你，我的父亲是军医，他到满洲去的时候，关于他在中国治病，写了很多日记，上边有德文，我在学德文时，我就拿他的日记看，上面写着关于黑死病，到满洲去试试看，用各种的药，用各种的方法试试看。"

"你想！这不是真的吗？还有啊！我父亲的朋友，每天到我们家来打麻将，他说：到中国去治病很不费事，因为中国人有很多的他们还没有吃过药，所以吃一点药无论什么病都治，给他们一点牙粉吃，头痛也好啦，肚子痛也好啦……"

这真是奇事，我从未听说过，怎么我们中国人是常常吃牙粉的吗？

又从吃牙粉谈到吃人肉，日本兵杀死老百姓或士兵，用火烤着吃了的故事，报纸上常常看见。这个我也相信。池田说："日本兵吃女人的肉是可能，他们把中国女人破坏之后，用刺刀杀死，一看女人的肉很白，很漂亮，用刺刀切下一块来，一定是几个人开玩笑，用火烤着吃一吃，因为他们今天活着，明天活不活着他们不知道，将来什么时候回家也不知道，是一种变态心理……老百姓大概是他们不吃，那很脏的，皮肤也是黑的……而且每天要杀死很多……"

关于日本兵吃人肉的事情，我也相信了。就像中国人相信外国医生比中国医生好一样。

池田是生在帝国主义的家庭里，所以她懂得他们比我们懂得的更多。我们一走出那个吃茶店,玻璃窗子前面坐着的两个小孩,正在唱着:"杀掉鬼子们的头……"其实鬼子真正厉害的地方他们还不知道呢!

一九三九,一,九日。重庆

滑　竿①

　　黄河边上的驴子,垂着头的,细腿的,穿着自己的破乱的毛皮的,它们划着无边苍老的旷野,如同枯树根又在人间活动了起来。

　　它们的眼睛永远为了遮天的沙土而垂着泪,鼻子的响声永远搅在黄色的大风里,那沙沙的足音,只有在黄昏以后,一切都停息了的时候才能听到。

　　而四川的轿夫,同样会发出那沙沙的足音。下坡路,他们的腿,轻捷得连他们自己也不能够止住,蹒跚地他们控制了这狭小的山路。他们的血液骄傲的跳动着,好像他们停止了呼吸,只听到草鞋触着石级的声音。在山涧中,在流泉中,在烟雾中,在凄惨的飞着细雨的斜坡上,他们喊着:左手!

　　迎面走来的,担着草鞋的担子,背着青菜的孩子,牵着一条黄牛的老头,赶着三个小猪的女人,他们也都为着这下山的轿子让开路。因为他们走得快,就像流泉一样的,一刻也不能够止息。

　　一到拔坡的时候,他们的脚步声便不响了。迎面遇到来人的时候,他们喊着左手或右手的声音只有粗嘎,而一点也不强烈。因为他

① 该篇创作于一九三九年春,首刊于一九三九年三月五日重庆《全民抗战》第五十七号,署名萧红。一九四〇年六月,收入重庆大时代书局"文艺丛书"初版《萧红散文》,署名萧红。

们开始喘息,他们的肺叶开始扩张,发出来好像风扇在他们的胸膛里煽起来的声音,那破片做的衣裳在吱吱响的轿子下面,有秩序的向左或向右的摆动。汗珠在头发梢上静静的站着,他们走得当心而出奇的慢,而轿子仍旧像要破碎了似的叫。像是迎着大风向前走,像是海船临靠岸时遇到了潮头一样困难。

他们并不是巨象,却发出来巨象呼喘似的声音。

早晨他们吃了一碗四个大铜板一碗的面,晚上再吃一碗,一天八个大铜板。甚或有一天不吃什么的,只要抽一点鸦片就可以。所以瘦弱苍白,有的像化石人似的,还有点透明。若让他们自己支持着自己都有点奇怪,他们随时要倒下来的样子。

可是来往上下山的人,却担在他们的肩上。

有一次我偶尔和他们谈做爆竹的方法来,其中的一个轿夫,不但晓得做爆竹的方法,还晓得做枪药的方法。他说用破军衣,破棉花,破军帽,再加上火硝、硫磺就可以做枪药。他还怕我不明白枪药。他又说:

"那就是做子弹。"

我就问他:

"你怎么晓得做子弹?"

他说他打过贺龙,在湖南。

"你那时候是当官吗?当兵吗?"

他说他当兵,还当过班长。打了两年。后来他问我:

"你晓得共匪吗?打贺龙就是打共匪。"

"我听说。"接着我问他:"你知道现在的共匪已经编了八路军吗?"

"呵!这我还不知道。"

"也是打日本。"

"对呀!国家到了危难的时候,还自己打什么呢?一齐枪口对外。"他想了一下的样子："也是归蒋委员长领导吗?"

"是的。"

这时候，前边的那个轿夫一声不响。轿杆在肩上，一会儿换换左手，一会儿又换换右手。

后边的就接连着发了议论:

"小日本不可怕，就怕心不齐。中国人心齐，他就治不了。前几天飞机来炸，炸在朝天门。那好做啥子呀! 飞机炸就占了中国? 我们可不能讲和，讲和就白亡了国。日本人坏呀! 日本人狠哪! 报纸上去年没少画他们杀中国人的图。我们中国人抓住他们的俘虏，一律优待。可是说日本人也不都坏，说是不当兵不行，抓上船去就载到中国来……"

"是的……老百姓也和中国老百姓一样好。就是日本军阀坏……"我回答他。

就快走上高坡了，一过了前边的石板桥，隔着这一个山头又看到另外的一个山头。云烟从那个山头慢慢的沉落下来，沉落到山腰了，仍旧往下沉落，一道深灰色的，一道浅灰色的，大捆的游丝似的缚着山腰。我的轿子要绕过那个有云烟的尖顶的山。两个轿夫都开始吃力了。我能够听得见的，是后边的这一个，喘息的声音又开始了。我一听到他的声音，就想起海上在呼喘着的活着的蛤蟆。因为他的声音就带着起伏，扩张，呼煽的感觉。他们脚下刷刷的声音，这时候没有了。伴着呼喘的是轿杆的竹子的鸣叫。坐在轿子上的人，随着他们沉重的脚步的起伏在一升一落的。在那么多的石级上，若有一个石级不留心踏滑了，连人带轿子要一齐滚下山涧去。

因为山上的路只有二尺多宽，遇到迎面而来的轿子，往往是彼此摩擦着走讨。假若摩擦得利害一点，谁若靠着山涧的一面，谁就要滚下山涧去。山峰在前边那么高，高得插进云霄去似的。山壁有的地方挂着一条小小的流泉，这流泉从山顶上一直挂到深涧中。再从涧底流到另一面天地去,就是说,从山的这面又流到山的那面去了。同时流泉们发着唧铃铃的声音。山风阴森的浸蚀着人的皮肤。这时候,真有点害怕,可是转头一看,在山洞的边上都挂着人,在乱草中,耙子的声音刷刷地响着。原来是女人和小孩子们在收集着野柴。

后边的轿夫说:

"共匪编成了八路军,这我还不知道。整天忙生活……连报纸也不常看(他说过他在军队常看报纸)……整天忙生活对于国家就疏忽了……"

正是拔坡的时候,他的话和轿杆的声响搅在了一起。

对于滑竿,我想他俩的肩膀,本来是肩不起的,但也肩起了。本来不应该担在他们的肩上的,但他们也担起了。而在担不起时,他们就抽起大烟来担。所以我总以为抬着我的不是两个人,而像轻飘飘的两盏烟灯。在重庆的交通运转却是掌握在他们的肩膀上的,就如黄河北的驴子,垂着头的,细腿的,使马看不起的驴子,也转运着国家的军粮。

一九三九春　歌乐山

林小二①

在一个有太阳的日子,我的窗前有一个小孩在弯着腰大声的喘着气。

我是在房后站着,随便看着地上的野草,在晒太阳。山上的晴天是难得的,为着使屋子也得到干燥的空气,所以门是开着。接着就听到或者是草把,或者是刷子,或者是一支有弹性的尾巴,沙沙的在地上拍着,越听那拍的声音越真切,就像已经在我的房间的地板上拍着一样。我从后窗子再经过开着的门隔着屋子看过去,看到了一个小孩手里拿着扫帚在弯着腰大声的喘着气。

而他正用扫帚尖扫在我的门前土坪上,那不像是扫,而是用扫帚尖在拍打。

我心里想,这是什么事情呢?保育院的小朋友们从来不到这边做这样的事情。我想去问一问,我心里起着一种亲切的情感对那孩子。刚要开口又感到特别生疏了,因为我们住的根本并不挨近,而且仿佛很远,他们很少时候走来的。我和他们的生疏是一向生疏下来的,虽然每天听着他们升旗降旗的歌声,或是看着他们放在空中的风筝。

---

① 该篇创作于一九三九年春,首刊于一九三九年四月五日重庆《全民抗战》第六十三号,署名萧红。一九四〇年六月,收入重庆大时代书局"文艺丛书"初版《萧红散文》,署名萧红。

那孩子在小房的长廊上扫了很久很久。我站在离他远一点的地方看着他。他比那扫地的扫帚高不了多少,所以是用两只手抱着扫帚,他的扫帚尖所触过的地方,想要有一个黑点留下也不可能。他是一边扫一边玩,我看他把一小块粘在水门汀走廊上的泥土,用鞋底擦着,没有擦起来,又用手指甲掀着,等掀掉了那块泥土,又抢起扫帚来好像抢着鞭子一样的把那块掉的泥土抽了一顿,同时嘴里边还念叨了些什么。走廊上靠着一张竹床,他把竹床的后边扫了。完了他又去移动那只水桶,把小脸孔都累红了。

这时,院里的一位先生到这边来,当她一走下那高坡,她就用一种响而愉快的声音呼唤着他:

"林小二! ……林小二! 在这里做什么?……"

这孩子的名字叫林小二。

"呵! 就是那个……林小二吗?"

那位衣襟上挂着圆牌子的先生说:

"是的……他是我们院里的小名人,外宾来访也访问他。他是流浪儿,在汉口流浪了几年的。是退却之前才从汉口带出来的。他从前是个小叫化,到院里来就都改了,比别的小朋友更好。"

接着她就问他:"谁叫你来扫的呀? 那个叫你扫地?"

那孩子没有回答,摇摇头。我也随着走到他旁边去。

"你几岁,小朋友?"

他也不回答我,他笑了,一排小牙齿露了出来。那位先生代说他是十一岁了。

关于林小二,是在不久之前我才听说的。他是汉口的街头的小叫化,已经两三年,就是小叫化了,他不知道父亲母亲是谁,他不知道他姓什么,他不知道他自己的名字是从那里来的。他没有名,没有姓,没有父亲母亲。林小二,就是林小二。人家问:"你姓什么?"他摇摇头。人家问:"你就是林小二吗?"他点点头。

从汉口刚来到重庆时,这些小朋友们住在重庆,林小二在夜里把所有的自来水龙头都放开了,楼上楼下都湿了……又有一次,自来水龙头不知谁偷着打开的,林小二走到楼上,看见了,便安安静静的,一个一个关起来。而后,到先生那儿去报告,说这次不是他开的了。

现在林小二在房头上站着,高高的土丘在他的旁边,他弯下腰去,一颗一颗的拾着地上的黄土块。那些土块是院里的别的一些小朋友玩着抛下来的,而他一块一块的从房子的临近拾开去。一边拾着,他的嘴里一边念叨着什么似的自在说着话,他带着非常安闲而寂寞的样子。

我站在很远的地方看着他,他拾完了之后就停在我的后窗子的外边,像一个大人似的在看风景。那山上隔着很远很远的偶尔长着一棵树,那山上的房屋,要努力去寻找才能够看见一个,因为绿色的菜田过于不整齐的缘故,大块小块割据着山坡,所以山坡上的人家像大块的石头似不容易被人注意而混扰在石头之间了。山下则是一片水田,水田明亮得和镜子似的,假若有人掉在田里,就像不会游泳的人沉在游泳池里一样,在感觉上那水田简直和小湖一样了。田上看不见收拾苗草的农人,落雨的黄昏和起雾的早晨,水田通通是自己睡在山边上,一切是寂静的,晴天和阴天都是一样的寂静。只有山下那条发白的公路,每隔几分钟,就要有大汽车从那上面跑过。车子从看得见的地方一跑来,就带着轰轰的响声,有时竟以为是飞机从头上飞过。山中和平原不同,震动的响声特别大,车子就跑在山的夹缝中。若遇着成串的运着军用品的大汽车,就把左近的所有的山都震鸣了,而保育院里的小朋友们常常听着他们的欢呼,他们叫着,而数着车子的数目,十辆二十辆常常经过,都是黄昏以后的时候。林小二仿佛也可以完全辨认出这些感觉似的在那儿努力的辨认着。林小二若伸出两手来,他的左手将指出这条公路重庆的终点,而右手就要指出到成都去的方向罢。但是林小二只把眼睛看到墙根上,或是小土坡上,他很寂寞的自己在玩着，嘴里仍旧念叨着什么似的自己在说话。他的小天地，就是他周遭一丈远，仿佛他向来不想走上那公路的样子。

他发现了有人在远处看着他，他就跑了，很害羞的样子跑掉的。

我又看见他，就是第二次看见他，是一个雨天，一个比他高的小朋友，从石阶上一蹬一蹬的把他抱下来。这小叫化子有了朋友了，接受了爱护了。他是怎样一定会长得健壮而明朗的呀……他一定的，我想起班台来夫①的《表》。

一九三九年春　歌乐山

---

① 班台来夫：即班台莱耶夫（1908—1987），苏联儿童文学家。

离乱中的作家书简①

×先生②：

　　还是在十二月里，我听说霞飞坊着火，而被烧的是先生的家。这谣传很久了，不过我是十二月听到的。看到你的信，我才知道晓得那件事已经很晚了，那还是十月里的事情。但这次来的信很好，因为关心这件事情的人太多，延安和成都，都有人来信问过。再说二周年祭，重庆也开了会，可是那时我不能去参加，那理由你是晓得的。你说叫我收集一些当时的报纸，现在算起，过了两个月了，但怕你的贴报簿仍没有重庆的篇幅，所以我还是在收集，以后挂号寄上，因为过时之故，所以不能收集得快，而且也怕不全。这都是我这样的年青人做事不留心的缘故，不然何必现在收集呢？不是本来应该留起的吗？

　　名叫《鲁迅》③的刊物，至今尚未出。替转的那几张信，谢谢你。你交了白卷，我不生气，（因为我不敢）所以我也不小气，打算给你写文章的。不知现在时间已过你要不要？

　　《鲁迅》那刊物不该打算出得那样急，为的是赶二周年。因为周

①　该篇为萧红一九三九年三月十四日致许广平信的一部分，后以《离乱中的作家书简》为篇名首刊于一九三九年四月五日上海《鲁迅风》第十二期，署名萧红。
②　×先生：指许广平。许广平将该信公开发表时，隐去了自己的姓。
③　《鲁迅》：萧红与朋友计划出版的一本刊物，未果。

先生去世之后,算算自己做的事情太少,就心急起来。心急是不行的,周先生说过,这心急要拉得长,所以这刊物我始终计算着,有机会就要出的。年底看,在这一年中,各种方法我都想,想法收集稿子,想法弄出版关系,即最后还想自己弄钱。这三条都是要紧的,尤其是关于稿子,这刊物要名实合一,要外表也漂亮,因为导师喜欢好的装修(漂亮书),因为导师的名字不敢侮辱,要选极好极好的作品,做编辑的要铁面无私,要宁缺勿乱;所以不出月刊,不出定期刊,有钱有稿就出一本,不管春夏秋冬,不管三月五月,整理好就出一本,本头要厚,出一本就是一本。载一长篇,三两篇短篇,散文一篇,诗有好的要一篇,没有好的不要。关于周先生,要每期都有关于他的文章。研究,传记,……所以先想请你作传记的工作(就是写回忆文),这很对不起,我不应该就这样指定,我的意思不是指定,就是请你具体的赞同。还请求茅盾先生,台静农①先生……若赞同就是写稿。但这稿也并不收在我手里(登出一期,再写信讨来一段),因为内地警报多,怕烧毁。文章越长越好,研究我们的导师非长文不够用。在这一年之中,大概你总可写出几万字的,就这刊物不管怎样努力也不能出的话,那时就请你出单行本吧,我们都是要读的。导师的长处,我们知道的太少了,想做好人是难的。其实导师的文章就够了,绞了那么多心血给我们还不够吗?但是我们这一群年青人非常笨,笨的就像一块石头,假若看了导师怎样对朋友,怎样谈闲天,怎样看电影,怎样包一本书,怎样用剪子连包书的麻绳都剪的整整齐齐。那或者帮助我们做成一个人更快一点,因为我们连吃饭走路都得根本学习的,我代表青年们向你呼求,向你索要。

我们在这里一谈起话来就是导师导师,不称周先生也不称鲁迅先

---

① 台静农(1903—1990):中国现代作家,字伯简,笔名青曲、孔嘉等,安徽霍丘人。早年曾与鲁迅、韦素园、李霁野等组织未名社,后在辅仁大学、山东大学、台湾大学等大学任教。

生,你或者还没有机会听到,这声音是到处响着的,好像街上的车轮,好像檐前的滴水。(下略)

萧红上
三月十四日

放火者①

　　从五月一号那天起，重庆就动了，在这个月份里，我们要纪念好几个日子，所以街上有多少人在游行，他们还准备着在夜里火炬游行。街上的人带着民族的信心，成行的大队沉静的走着。

　　五三的中午日本飞机二十六架飞到重庆的上空，在人口最稠密的街道上投下燃烧弹和炸弹，那一天就有三条街起了带着硫磺气的火焰。

　　五四的那天，日本飞机又带了多量的炸弹，投到他们上次没完全毁掉的街上和上次没可能毁掉的街道上。

　　大火的十天以后，那些断墙之下，瓦砾堆中仍冒着烟。人们走在街上用手帕掩着鼻子或者挂着口罩。因为有一种奇怪的气味满街散布着。那怪味并不十分浓厚，但随时都觉得是吸得到。似乎每人都用过于细微的嗅觉存心嗅到那说不出的气味似的，就在十天以后发掘的人们，还在深厚的灰烬里寻出尸体来。

　　断墙笔直的站着，在一群瓦砾当中，只有它那么高而又那么完整。

① 该篇创作于一九三九年六月九日，首刊于一九三九年七月十一日重庆《文摘战时旬刊》第五十一至五十三期合刊，署名萧红。一九三九年八月二十日，该篇以《轰炸前后》为篇名，刊于上海《鲁迅风》第十八期，署名萧红。一九四〇年六月，收入重庆大时代书局"文艺丛书"初版《萧红散文》，署名萧红。

设法拆掉它,拉倒它,但它站得非常坚强。段牌坊就站着这断墙,很远就可以听到几十人在喊着,好像拉着帆船的牵绳,又像抬着重物。

"唉呀……喔呵……唉呀……喔呵……"

走近了看到那里站着一队兵士,穿着绿色的衣裳,腰间挂着他们喝水的瓷杯,他们相同出发到前线上去差不多。但他们手里挽着绳子的另一端系在离他们很远的单独的五六丈高站着一动也不动的那断墙上。他们喊着口号一起拉它不倒,连歪斜也不歪斜,它坚强的站着。步行的人停下了,车子走慢了,走过去的人回头了,用一种坚强的眼光,人们看住了它。

被那声音招引着,我也回过头去看它,可是它不倒,连动也不动。我就看到了这大瓦场的近边,那高坡上仍旧站着被烤干了的小树。有谁能够认得出那是什么树,完全脱掉了叶子,并且变了颜色,好像是用赭色的石雕成的。靠着小树那一排房子窗上的玻璃掉了,只有三五块碎片,在夕阳中闪着金光。走廊的门开着,一切可以看得到,门帘扯掉了,墙上的镜框在斜垂着。显然的在不久之前,他们是在这儿好好地生活着,那墙壁日历上还露着四号的"四"字。

街道是哑默的,一切店铺关了门,在黑大的门扇上贴着白帖或红帖,上面写着退房或搬家。路的两旁偶尔张着席棚或布棚,里面坐着苍白着脸色的恐吓的人,用水盆子,当时在洗刷着弄脏了的胶皮鞋,汗背心……毛巾之类,这东西是从火中抢救出来的。

被炸过了的街道,飞尘卷着白沫扫着稀少的行人,行人挂着口罩,或用帕子掩着鼻子。街是哑然的,许多人生存的街毁掉了,生活秩序被破坏了,饭馆关起了门。

大瓦砾场一个接着一个,前边又是一群人在拉着断墙,这使人一看上去就要低了头。无论你心胸怎样宽大,但你的心不能不跳,因为那摆在你面前的是荒凉的,是横遭不测的,千百个母亲和小孩子是吼叫着的,哭号着的,他们嫩弱的生命在火里边挣扎着,生命和火在斗争。但最后生命给谋杀了。那曾经狂喊过的母亲的嘴,曾经乱舞过的父亲的胳臂,曾经发疯对着火的祖母的眼睛,曾经依然偎在妈妈怀里吃乳的婴儿,这些最后都被火给杀死了。孩子和母亲,祖父和孙儿,猫和狗,都同他们凉台上的花盆一道倒在火里了。这倒下来的全家,他们没有一个是战斗员。

白洋铁壶成串的仍在那烧了一半的房子里挂着,显然是一家洋铁制器店被毁了。洋铁店的后边,单独的三楼三底的房子站着,它两边都倒下去了,只有它还歪歪裂裂的支持着,楼梯分做好几段自己躺下去了,横睡在楼脚上。窗子整张的没有了,门扇也看不见了,墙壁穿着大洞,相同被打破了腹部的人那样可怕的奇怪的站着。但那摆在二楼的木床,仍旧摆着,白色的床单还随着风飘着那只巾角,就在这二十个方丈大的火场上同时也有绳子在拉着一道断墙。

就在这火场的气味还没有停息,瓦砾还会烫手的时候,坐着飞机放火的日本人又要来了,这一天是五月十二号。

警报的笛子到处叫起,不论大街或深巷,不论听得到的听不到的,不论加以防备的或是没有知觉的都卷在这声浪里了。

那拉不倒的断墙也放手了,前一刻在街上走着的那一些行人,现在狂乱了,发疯了,开始跑了,开始喘着,还有拉着孩子的,还有拉着女人的,还有脸色变白的。街上像来了狂风一样,尘土都被这惊慌的群带着声响卷起来了,沿街响着关窗和锁门的声音,街上什么也看不到,只看到跑。我想疯狂的日本法西斯刽子手们若看见这一刻的时候,他们一定会满足的吧,他们是何等可以骄傲呵,他们可以看见……

十几分钟之后,都安定下来了,该进防空洞的进了,躲在墙根下的躲稳了。第二次警报(紧急警报)发了。

听得到一点声音,而越听越大。我就坐在公园石阶铁狮子附近,这铁狮子旁边坐着好几个老头,大概他们没有气力挤进防空洞去,而又跑也跑不远的缘故。

飞机的响声大起来,就有一个老头招呼着我:

"这边……到铁狮子下边来……"这话他并没有说,我想他是这个意思,因为他向我招手。

为了呼应他的亲切我去了,蹲在他的旁边。后边高坡上的树,那树叶遮着头顶的天空,致使想看飞机不大方便,但在树叶的空间看到飞机了,六架,六架。飞来飞去的总是六架,不知道为什么高射炮也未发,也不投弹。

穿蓝布衣裳的老头问我:"看见了吗?几架?"

我说:"六架。"

"向我们这边飞……"

"不,离我们很远。"

我说瞎话,我知道他很害怕,因为他刚说过了:"我们坐在这儿的都是善人,看面色没有做过恶事,我们良心都是正的……死不了的。"

大批的飞机在头上过了,那里三架三架的集着小堆,这些小堆在空中横排着,飞得不算顶高,一共四十几架。高射炮一串一串的发着,红色和黄色的火球像一条长绳似的扯在公园的上空。

那老头向着另外的人而又向我说:

"看面色,我们都是没有做过恶的人,不带恶像,我们不会死……"

说着他就伏在地上了,他看不见飞机,他说他老了。大概他只能看见高射炮的连串的火球。

飞机像是低飞了似的,那声音沉重了,压下来了。守卫的宪兵喊了一声口令:"卧倒。"他自己也就挂着枪伏在水池子旁边了。四边火光起来,有沉重的爆击声,人们看见半天是红光。

公园在这一天并没有落弹。在两个钟头之后,我们离开公园的铁狮子,那个老头悲惨的向我点头,而且和我说了很多话。

下一次,五月二十五号那天,中央公园便被炸了。水池子旁边连铁狮子都被炸碎了。在弹花飞溅时,那是混合着人的肢体,人的血,人的脑浆。这小小的公园,死了多少人? 我不愿说出它的数目来,但我必须说出它的数目来:死伤×××人,而重庆在这一天,有多少人从此不会听见解除警报的声音了……

长安寺①

接引殿里的佛前灯,一排一排的每个顶着一颗小灯花燃在案子上。敲钟的声音一到接近黄昏的时候就稀少下来,并且渐渐地简直一声不响了。因为烧香拜佛的人都回家去吃着晚饭。

大雄宝殿里,也同样哑默默地,每个塑像都站在自己的地盘上忧郁起来,因为黑暗开始挂在他们的脸上。长眉大仙,伏虎大仙,赤脚大仙,达摩,他们分不出那个是牵着虎的,那个是赤着脚的。他们通通安安静静地同叫着别的名字的许多塑像分站在大雄宝殿的两壁。

只有大肚弥勒佛还在笑迷迷的看着打扫殿堂的人,打扫殿堂的人把小灯放在弥勒佛脚前的缘故。

厚沉沉的圆圆的蒲团,被打扫殿堂的人一个一个的拾起来,高高的把它们靠着墙堆了起来。香火着在释迦摩尼的脚前,就要熄灭的样子,昏昏暗暗地,若不去寻找,简直看不见了似的,只不过香火的气息缭绕在灰暗的微光里。

接引殿前,石桥下的池里的小龟不再像日里那样把头探在水面上。用胡芝麻磨着香油的小石磨也停止了动转。磨香油的人也在收

① 该篇创作于一九三九年四月,首刊于一九三九年九月五日上海《鲁迅风》第十九期,署名萧红。一九四〇年六月,收入重庆大时代书局"文艺丛书"初版《萧红散文》,署名萧红。一九四〇年八月一日,再刊上海《天地间》第二期,署名萧红。

拾着家具。庙前喝茶的都戴起了帽子,打算回家去。冲茶的红脸的那个老头,在小桌上自己吃着一碗素面,大概那就是他的晚餐了。

过年的时候,这庙就更温暖而热气腾和的了,烧香拜佛的人东看看,西望望。用着他们特有的幽闲,摸一摸石桥的栏杆的花纹,而后研究着而想多发现几个桥下的乌龟。有一个老太婆背着一个黄口袋,在右边的跨骨上,那口袋上写着"进香"两个黑字,她已经跨出了当门的殿堂的后门,她又急急忙忙的从那后门转回去。我很奇怪的看着她,以为她掉了东西。大家想想看吧!她一翻身就跪下,迎着殿堂的后门向前磕了一个头。看她的年岁,有六十多岁,但那磕头的动作,来得非常灵活,我看她走在石桥上也照样的精神而庄严。为着过年才做起来的新缎子帽,闪亮的向着接引殿去朝拜了。佛前钟在一个老和尚手里拿着的钟锤下当当的响了三声,那老太婆就跪在蒲团上安祥的磕了三个头。这次磕头却并不像方才在前面殿堂的后门磕得那样热情而慌张。我想了半天才明白,方才,就是前一刻,一定是她觉得自己太疏忽了,怕是那尊面向着后门口的佛见她怪,而急急忙忙的请他恕罪的意思。

卖花生糖的肩上挂着一个小箱子,里边装了三四样糖,花生糖,炒米糖,还有胡桃糖。卖瓜子的提着一个长条的小竹篮,篮子的一头是白瓜籽,一头是盐花生。而这里不大流行难民卖的一包一包的"瓜子大王"。青茶,素面,不加装饰的,一个铜板随手抓过一撮来就放在嘴上磕的白瓜籽,就已经十足了。所以在这庙里吃茶的人,都觉别有风味。

耳朵听的是梵钟和诵经的声音,眼睛看的是些悠闲而且自得的游庙或烧香的人;鼻子所闻到的,不用说是檀香和别的香料的气息。所以这种吃茶的地方确实使人喜欢。又可以吃茶,又可以观风景看游人。比起重庆的所有的吃茶店来都好。尤其是那冲茶的红脸的老头,他总是高高兴兴的,走路时喜欢把身子向两边摆着,好像他故意把重心一会放在左腿上,一会放在右腿上。每当他掀起茶盅的盖子时,他的话就来了,一串一串的,他说:我们这四川没有啥好的,若不是打日本,先生们请也请不到这地方。他再说下去,就不懂了,他谈的和诗句一样。这时候他要冲在茶盅的开水,从壶嘴如同一条冰落进茶盅来。他拿起盖子来把茶盅扣住了,那里边上下游着的小鱼似的茶叶也被盖子扣住了,反正这地方是安静得可喜的,一切都是太平无事。

××坊的水龙就在石桥的旁边和佛堂斜对着面。里边放置着什么,我没有机会去看,但有一次重庆的防空演习我是看过的,用人推着瓦瓦的山响的水龙,一个水龙大概可装两桶水的样子,可是非常沉重,四五个人连推带挽。若着起火来我看那水龙到不了火已经着落了。那仿佛就写着什么××坊一类的字样。惟有这些东西,在庙里算是一个不调和的设备,而且也破坏了安静和统一。庙的墙壁上,不是大大的写着观自在菩萨吗?庄严静妙,这是一块没有受到外面侵扰的重庆的唯一的地方。佛说,一花一世界,这是一个小世界,应作如是观。

但我突然的神经过敏起来——可能的有一天这上面会落下了敌人的一颗炸弹。而可能的那两条小水龙也救不了这一场大火。那时,那些喝茶的将没有着落了,假如他们不愿意茶摆在瓦砾场上。

我顿然的感到悲哀。

一九三九,四月歌乐山

鲁迅先生生活散记①

——为纪念鲁迅先生三周祭而作

　　鲁迅先生住在大陆新村九号,一进弄堂口,满地铺着大方块的水门汀,院子里不怎样嘈杂,出入的有时候是外国人,也能够看到外国小孩在院子里零星的玩着。鲁迅先生隔壁挂着一张很大的牌子,上面写着一个"茶"字。

　　一九三四年十月一日的夜晚。

　　鲁迅先生的客厅摆着一张长桌,长桌是黑色的,油漆不十分新鲜,但也并不破旧,桌上没有铺什么桌布,只在长桌的当心摆着一个绿豆青色的花瓶,花瓶里长着几,大叶子的万年青,围着长桌有七八张木椅子。尤其是在夜里,全弄堂一点什么声音都听不到。

① 该篇创作完成于一九三九年九月二十二日,首刊于一九三九年十月一日重庆《中苏文化》第四卷第三期"鲁迅逝世三周年纪念特辑",署名萧红。一九三九年十月十四日、十六至二十日,新加坡《星洲日报》副刊"晨星"分六期连载该文,改篇名为《鲁迅先生生活散记》,署名萧红。编辑郁达夫为该文写了《编者附誌》:"本篇系编者向重庆特约萧先生为纪念鲁迅逝世三周年纪念所作之稿件;本拟于十九日专号上发表,但因全文过长,一二次登载不了,故先期披露。萧先生所记者,系鲁迅晚年的生活,颇足以补我《回忆鲁迅》之不足,请读者细细玩味,或能引起其他更多关于鲁迅的记述,那就是我的本望了。"两篇不同之处,是《星洲日报》副刊"晨星"比《中苏文化》多载了以下的文字:"史沫特烈,鲁迅先生也讲到,她是美国女子,帮助印度独立运动,现在又在援助中国。"

那夜，就和鲁迅先生和许先生一道坐在长桌旁边喝茶的。当夜谈了许多关于伪满洲国的事情，从饭后谈起，一直谈到九点钟十点钟而后到十一点，时时想退出来，让鲁迅先生好早点休息，因为我看出来鲁迅先生身体不大好，又加上听许先生说过，鲁迅先生是伤风一个多月，刚好了的。

但是鲁迅先生并没有疲倦的样子。虽然客厅里也摆着一张可以卧倒的藤椅，我们劝他几次想让他坐在藤椅上休息一下，但是他并没有去，仍旧坐在椅子上。并且还上楼一次，去加穿了一件皮袍子。

那夜鲁迅先生到底讲了些什么，现在想不起来了。也许想起来的不是那夜讲的而是以后讲的也说不定。过了十一点，天就落雨了，雨点着霹沥霹沥的打着玻璃窗上，窗子并没有窗帘，所以偶一回头，就看到玻璃窗上有小水流往下流。夜已深了，并且落了雨，心里十分着急，几次站起来想要走，但是鲁迅先生和许先生都说再坐一下："十二点以前终归有车子可搭的。"

所以一直坐到将近十二点，才穿起雨衣来，打开客厅外面的吱吱响着的铁门，鲁迅先生非要送到铁门外不可。我想为什么他一定要送呢？对于这样年青的客人，这样的送是应该的么？雨不会打湿了头发么？受了寒伤风不又要继续下去么？站在铁门外边鲁迅先生说，并且指着隔壁那家写着"茶"字的大牌子："下次来记住这个'茶'字，就是这个'茶'的隔壁。"

而后伸出手去，几乎是触到了钉在铁门旁边的那个九号的"九"字："下次来记住'茶'的旁边九号。"

于是脚踏着方块的水门汀，走出弄堂来，回过身去往院子里边看了一看，鲁迅先生那一排房子通通是黑洞洞的，若不是告诉得那样清楚，下次来恐怕要记不住的。

鲁迅先生不大注意人的衣裳，他说："谁穿什么衣裳我看不见的……"窗子开着,鲁迅先生坐在躺椅上,抽着烟,那天我穿着新奇的火红的上衣,很宽的袖子。

鲁迅先生说:"这天气闷热起来,这就是梅雨天。"

他把他装在象牙烟嘴上的香烟,又用手装得紧一点,往下又说了别的。

许先生忙着家务跑来跑去,也没有对我的衣裳加以鉴赏。

于是我说:"周先生,我的衣裳漂亮不漂亮?"

鲁迅先生从上往下看一眼:"不大漂亮。"

过了一会又加着说:"你的裙子配得颜色不对,并不是红上衣不好看,各种颜色都是好看的,红上衣要配红裙子,不然,就是黑裙子,咖啡色的就不行了;这两种颜色放在一起很混浊……你没看到外国女人在街上走的吗?绝没有下边穿一件绿裙子,上边穿一件紫上衣,也没有穿一件红裙子而后穿一件白上衣的……"

鲁迅先生就在躺椅上看着我:"你这裙子是咖啡(色)的,还带格子,颜色混浊得很,所以把红衣裳也弄得不漂亮了。"

"……人瘦不要穿黑衣裳,人胖不要穿白衣裳;脚长的女人一定要穿黑鞋子,脚短就一定要穿白鞋子;方格子的衣裳胖人不能穿,但比横格子的还好;横格子的,胖人穿上,就把胖子更往两边裂着,更横宽了,胖子要穿竖条子的,竖的把人显得长,横的把人显的宽……"

那天鲁迅先生很有兴致,把我一双短筒鞋子也略略批评一下,说我的短靴是军人穿的,因为靴的前后都有一条线织的拉手,这拉手据鲁迅先生说是放在裤子下边的……

我说:"周先生,为什么那靴子我穿了多久了而不告诉我,怎么现在才想起来呢?现在我不是不穿了吗?我穿的这不是高跟鞋吗?"

"你不穿我才说的,你穿的时候,一说你该不穿了。"

那天下午要赴一个宴会去,我要许先生给我找一点布条或绸条束一束头发。许先生拿了来米色的。绿色的还有桃红色的。经我许先

生共同选定的是米色的。为着取笑,把那桃红色的许先生举起来放在我的头发上,并且许先生很用心的说着:

"好看吧! 多漂亮!"

我也非常得意,很规矩又玩皮的在等着鲁迅先生往这边看我。

鲁迅先生这一看,他就生气了,他的眼皮往下一放,向我们这边看着:

"不要那样装吧……"

许先生有点窘了。

我也安静下来。

鲁迅先生在北平教书时,从不发脾气,但常常好用这样眼光看人,许先生常跟我讲,她在女师大读书时,周先生在课堂上一生气就用眼睛往下一略看着她们,这种眼光鲁迅先生在记范爱农先生的文字曾自己述说过,而谁曾接触过这种眼光的人就会感到一个旷代的全智者的催逼。

我开始问:"周先生怎么也晓得女人穿衣裳的这些事情呢?"

"看过书的,关于美学的。"

"什么时候看的……"

"大概是在日本读书的时候……"

"买的书吗?"

"不一定是买的,也许是从什么地方抓到就看的……"

"看了有趣味吗?!"

"随便看看……"

"周先生看这书做什么?"

"……"没有回答。好像很难以答。

许先生在旁说:"周先生什么书都看的。"

在鲁迅先生家里做客人,刚开始是从法租界来到虹口,搭电车也要差不多一个钟头的功夫，所以那时候来的次数比较少，还记得有一次谈到半夜了，一过十二点电车就要没有的，但那天不知讲了些什么，讲到一个段落就看着旁边小桌上的圆表，十一点半了，十一点四十五分了，电车没有了。

"反正已十二点，电车已没有，那么再坐一会。"许先生如此劝着。

鲁迅先生好像听了所讲的什么而引起了幻想，安顿的举着象牙烟嘴在沉思着。

一点钟以后，送我们（还有别的朋友）出来的是许先生，外面下着濛濛的小雨，弄堂里的灯光全然灭掉了，鲁迅先生嘱许先生一定让我们坐小汽车回去，并且一定嘱咐许先生付钱的。

以后也住到北四川路来，就每夜饭后必到大陆新村来了，刮风的天，下雨的天，几乎没有间断的时候。

鲁迅先生很喜欢北方饭，还喜欢吃油炸的东西，喜欢吃硬的东西，就是后来生病的时候，也不大吃牛奶。鸡汤端到旁边用调匙触了一二下就算了事。

有一天约好我去包饺子吃，那还是住在法租界，所以带了外国酸菜和用绞肉机绞成的牛肉，就和许先生站在客厅后边的方桌边包起。海婴公子围着闹得起劲，一会把按成圆饼的面拿去了，他说做了一只船来，送在我们的眼前，我们不看它，转身他又去做着一只小鸡。许先生和我都不去看它，对他竭力避免加以赞美，若一赞美起来，怕他更做得起劲。

客厅后没到黄昏就先黑了，背上感到些微的寒凉，知道衣裳不够了，但为了忙，没有加衣裳去。等把饺子包完了看一看数目并不多，这才知道许先生（和）我们谈话谈得太多，误了工作。许先生怎样离开家的，怎样到天津读书的，在女师大读书时怎样做了家庭教师，她去考家庭教师的那一段描写，非常有趣，只取一名可是考了好几十名，她之能够当选算是难的了。指望对于学费有一点补足，冬天来了，北平又冷,那家离学校又远,每月除了车子钱之外,若伤风感冒还得自己拿出买阿司匹林的钱来,每月薪金十元要从西城跑到东城……

饺子煮好,一上楼梯,就听楼上明朗的鲁迅先生的笑声冲下楼梯来,原来有几个朋友在楼上也正谈得热闹。那一天吃得是很好的。

以后我们又做过韭菜合子,又做过合叶饼,我一提议,鲁迅先生必然赞成,而我做得又不好,可是鲁迅先生在饭桌上举着筷子问许先生:

"我再吃几个吗?"

因为鲁迅先生的胃不大好,每饭后必吃"脾自美胃药丸"一二粒。

有一天下午鲁迅先生正在校对着瞿秋白的《海上述林》,我一走到卧室去,从那圆转椅上鲁迅先生转过来了,向着我,还微微站起来一点。

"好久不见,好久不见。"一边说着一边向我点头。刚刚我不是来过了吗?怎么会好久不见?就是上午我来的那次周先生忘记了,可是我也每天来呀……怎么都忘记了吗?

周先生转身坐在躺椅边才自己笑起来,他是在开着玩笑。

梅雨季,很少有晴天,一天的上午刚一放晴,我高兴极了,就到鲁迅先生家去了,跑得上楼还喘着,鲁迅先生说:

"来啦!"

我说:"来啦!"

我喘着连茶也喝不下。

鲁迅先生就问我:

"有什么事吗?"

我说:"天晴啦,太阳出来啦。"

许先生和鲁迅先生都笑着,一种对于冲破忧郁心境的展然的会心的笑。

海婴一看到我非拉我到院子里和他一道玩不可，拉我的头发，或拉我的衣裳。

为什么他不拉别人呢？据周先生说："他看你梳着辫子，和他差不多，别人在他眼里都是大人，就看你小。"

许先生问着海婴："你为什么喜欢她呢？不喜欢别人？"

"她有小辫子。"说着就来拉我的头发。

鲁迅先生家里，生客人很少，几乎没有，尤其是住在他家里的人更没有。一个礼拜六的晚上，在二楼上鲁迅先生的卧室里摆好了晚饭，围着桌子坐满了人。每逢礼拜六晚上都是这样的，周建人先生带着全家来拜访的。在桌子边坐着一个很瘦的很高的穿着中国小背心的人，鲁迅先生介绍说："这是一位同乡，是商人。"

初看似乎对的，穿着中国裤子，头发剃得很短。当吃饭时，他还让别人酒，也给我倒一盅，态度很活泼，不大像个商人；等吃完了饭，饭后又谈到《伪自由书》《二心集》。这个商人，倒开明得很，在中国不常见。没有见过的，就总不大放心。

下一次是在楼下客厅后的方桌上吃晚饭，那天天很晴，一阵阵的刮着热风，虽然黄昏了，客厅后还不昏黑。鲁迅先生是新剪的头发，还能记得桌上有一碗黄花鱼，大概是顺着鲁迅先生的口味，是用油煎的。鲁迅先生前面摆着一碗酒，那酒碗是扁扁的，好像小孩用做吃饭的饭碗，那位商人先生也能喝酒，酒瓶子就站在他的旁边。他说：蒙古人什么样，苗人什么样，从西藏经过时，那西藏女人见了男人追她，他就如何如何。

这商人可真怪，怎么专门走地方，而不做买卖？并且鲁迅先生的书他也全读过，一开口这个，一开口那个，并且海婴叫他×先生，我一听那×字就明白他是谁了。×先生常常回来得很迟，从鲁迅先生家里出来在弄堂里遇到好几次。

有一天晚上×先生从三楼下来，手里提着小箱子，身上穿着长袍子，站在鲁迅先生的面前，他说他要搬了。他告了辞，许先生送他下楼去了。这时候周先生在地板上绕了两个圈子，问我说：

"你看他到底是商人吗？"

"是的。"我说。

鲁迅先生很有意思的在地板上走几步，而后向我说："他是贩卖私货的商人，是贩卖精神上的……"

他就是走过二万五千里回来的×先生。

青年人写信，写得太草率，鲁迅先生是深恶痛绝之的。

"字不一定要写得好，但必须使人一看了就认识，年青人现在都太忙了……他自己赶快胡乱写完全了事，别人看了三遍五遍看不明白，这费了多少功夫，他不管。反正这费了功夫不是他的。这存心是不太好的。"

但他还是展读着每封不同角落里投来的青年的信，眼睛不济时，便戴起眼镜来看，常常看到夜里很深的时光。

鲁迅先生坐在××电影院楼上的第一排，那片子忘记了，新闻片是苏联纪念五一节热烈的红场。

"这个我怕看不到的……你们将来可以看得到。"

鲁迅先生向我周围的人说。

珂勒惠支的画，鲁迅先生最佩服，同时（还有）她的做人，珂勒惠支受希特拉的压迫不准她做教授，不准她画画，鲁迅先生常讲到她。

鲁迅先生介绍给别人的电影:《夏伯阳》①,《卜式金复仇艳遇》②……其余的如《人猿泰山》③……或者非洲的怪兽这一类的影片,也常介绍给人的。鲁迅先生说:"电影没有什么好看的,看看鸟兽之类倒可以增加些对于动物的知识。"

鲁迅先生不游公园,住在上海十年,兆丰公园没有进过。虹口公园这么近也没有进过。春天一到了,我常告诉周先生,我说公园里的土松软了,公园里的风多么柔和。

周先生答应选个晴好的天气,选个礼拜日,海婴休假日,好一道去,坐一乘小汽车一直开到兆丰公园,也算是短途旅行,但,这只是想着而未有做到。并且把公园给下了定义。鲁迅先生说:"公园的样子我知道的……一进门分做两条路,一条通左边,一条通右边,沿着路种着点柳树什么树的,树下摆着几张椅子,再远一点有个水池子。"

我是去过兆丰公园,也去过虹口公园的或是法国公园的,仿佛这个定义适用在任何国度的公园设计者。

鲁迅先生的卧室,一张铁架大床,床顶上遮着许先生亲手做的白布刺花的围子,顺着床的一边折两张被子,都是很厚的,是花洋布的被面。挨着门口的床头的方向站着抽屉柜,一进门的左手摆着八仙桌,桌子的两旁藤椅各一,立柜站在和方桌一排的墙角,立柜本是挂衣裳的,衣裳却很少,都让糖盒子,饼干筒子,瓜子罐给塞满了,有一次××老板的太太来拿版权证的图章花,鲁迅先生就是从立柜下边大抽屉里取出的。沿着墙角往窗子那边走,有一张装饰台,台子上有一个方形

---

① 《夏伯阳》:一九三四年根据苏联作家富尔曼诺夫同名小说改编的电影,由瓦西里耶夫兄弟导演,被称为苏联社会主义现实主义电影里程碑之作。
② 《卜式金复仇艳遇》:苏联影片,根据普希金小说《杜波罗夫斯基》改编。
③ 《人猿泰山》:由韦斯穆勒主演的美国动作影片。

的满浮着绿草的玻璃养鱼池,里边游着的不是金鱼是灰色扁肚子的小鱼。除了鱼池之外另有一只圆的表,其余,那上边满堆着书。铁架床靠窗子的那头的书柜里书柜外都是书,最后是鲁迅先生的写字台,那上边也都是书。

鲁迅先生的家里,从楼上到楼下,没有一个沙发。鲁迅先生工作坐的椅子是硬的,到楼下陪客人时坐的椅子又是硬的。

鲁迅先生的写字台面向着窗子,上海弄堂房子的窗子差不多满一面墙那么大,鲁迅先生把它关起来,因为鲁迅先生工作起来有一个习惯,怕风吹,他说,风一吹,纸就动,时时防备着纸跑,文章就写不好。所以屋子热得和蒸笼似的。请鲁迅先生下楼去,他又不肯,鲁迅先生的习惯是不换地方。有时太阳照进来,许先生劝他把书桌移开一点都不肯。只有满身流汗。

鲁迅先生的写字桌,铺了一张蓝格子的油漆布,四角都用图钉按着。桌子上有小砚台一方,墨一块,毛笔站在笔架上,笔架是烧瓷的,在我看来不很细致,是一个龟,龟背上着带好几个洞,笔就插在那洞里。鲁迅先生多半是用毛笔的,钢笔也不是没有,是放在抽屉里。桌上一个方大的白瓷的烟灰盒,还有一个茶杯,杯子上带着盖。

鲁迅先生的习惯与别人不同,写文章用的材料和来信都压在桌上,而不放在抽屉里,把桌子都压得满满的,几乎只有写字的地方可以伸开手,其余桌子的一半被书或纸张占有着。

左手边的桌角上有一个带绿灯伞的台灯,那灯泡是横着装的,在上海那是极普通大概很便宜的台灯。

冬天在楼上吃饭,鲁迅先生自己拉着电线把台灯的机关从棚顶的灯头上拔下,而后装上灯泡子,等饭吃过了许先生再把电线装起来。

鲁迅先生的台灯就是这样做成的,拖着一根长的电线在棚顶上。

鲁迅先生的文章,多半是从这台灯下写的。因为鲁迅先生工作的时间,多半是下半夜一两点起,天将明了休息。

卧室就是如此,墙上挂着海婴公子一个月婴孩的油画像。

挨着卧室的后楼里边,完全是书了,不十分整齐,报纸或杂志或洋装的书,都混在这间屋子里,一走进去多少还有些纸张气味,地板被书遮盖得太小了,几乎没有了,大网篮也蹲在书中。墙上拉着一条绳子也或是铁丝,就在那上边缀了小提盒,铁丝笼之类,风干荸荠就盛在铁丝笼里,扯着的那铁丝几乎被压断了,在弯弯着。一推开藏书室的窗子,窗子外边还挂着一筐风干荸荠。

"吃罢,多得很,风干的,格外甜。"许先生说。

楼下厨房传来了煎菜的锅铲的响声,并且两个年老的娘姨慢重重的在讲些什么。

厨房是家里最热闹的一部分,整个这一幢房子都是静静的,喊娘姨的声音没有,在楼梯上跑来跑去的声音没有。鲁迅先生家里五六间房子只住着五个人,三位是先生的全家,余下的二位是年老的女用人。

来了客人都是许先生亲自倒茶,即或是麻烦到娘姨时,也是许先生下楼去吩咐,绝没有站到楼梯口就大声在呼唤的时候。所以整个房子都在静悄悄之中。

只有厨房比较热闹了一点,自来水花花的流着,洋瓷盆在水门汀的水池子上发着搽搽的响,洗米的声音也是搽搽的。鲁迅先生很喜欢吃竹笋的,在菜板上切着笋片笋丝时,刀刃每划下去都是很响的。其实,比起别人家的厨房来却冷清极了,所以洗米声和切笋声都分开来听得样样清清晰晰。

客厅的一边摆着并排的两个书架,书架是带玻璃橱的,里边有朵也托夫斯基的全集和别的外国作家的全集,大半多是日文译本。地板上没有地毯,但擦得非常干净。

海婴公子的玩具橱也站在客厅的,里边是些毛猴子,橡皮人,火车,汽车之类,里边装得满满的,别人是数不清,只有海婴自己伸手到里边找什么就有什么。过新年时在街上买的兔子灯,纸毛上已经落了灰尘了,仍摆在玩具橱顶上。

客厅只有一个灯头,大概五十烛光,客厅的后门对着上楼的楼梯,前门一打开有一个二方丈大小的花园,花园里没有什么花看,只有一棵很高的七八尺高的小树,大概那树是柳桃,一到了春天喜欢生长蚜虫,忙得许先生拿着喷蚊虫的机器,一边陪着客人谈话,一边喷着杀虫药水。

沿着墙根,种了一排玉米,许先生说:"这玉米长不大的,海婴一定要种。"

春天,海婴在花园里掘着泥沙,培植着各种玩艺。

三楼则特别静了,向着太阳开着两扇玻璃门,门外有一个水门汀的突出的小廊子,春风温暖的抚摸着门口长垂着的帘子,有时候帘子被风吹得很高,飘扬着饱满得和大鱼泡似的,那时候隔院的绿树照进玻璃门扇里来了。

海婴坐在地板上装着小工程师在修造一座楼房,他那楼房是用椅子横倒了架起来修的,而后遮起一张被单来算做屋瓦,全个房子在他自己拍着手的赞誉声中完成了。

这房间感到些空旷和寂寞,既不像女工住的屋子,又不像儿童室。海婴的睡床靠着屋子的一边放着,那大圆顶帐子日里也不打起来,长拖拖的好像从棚顶一直垂到地板上。那床是非常讲究的属于刻花的木器一类的。许先生讲过租这房子时,从前一个房客转留下来的。海婴和他的保姆,就睡在这五六尺宽的大床上。

冬天烧过的火炉,三月里还冷冰冰的在地板上站着。

海婴不大在三楼上玩的,除了到学校去,就是在院子里捺脚踏车,他非常喜欢跑跳,所以厨房,客厅,二楼,他是无处不跑的。

三楼整天在高处空着,三楼的后楼住着老女工,一天很少上楼来,所以楼梯擦过之后,一天到晚干净得溜明。

鲁迅先生不带手套,不围围巾,冬天穿着黑石蓝的棉布袍子,头上带着灰色毡帽,脚穿黑帆布胶皮底鞋。

胶皮底鞋夏天特别热,冬天又凉又湿,鲁迅先生的身体不算好,他说胶皮鞋子走路方便。

"周先生一天走多少路呢?也不就一转弯到××书店走一趟吗?"

鲁迅先生笑而不答。

"周先生不是很好伤风吗?不围巾子,风一吹不就伤风了吗?"

鲁迅先生这些个都不习惯,他说:

"从小就没带过手套围巾,带不惯。"

鲁迅先生一推开门从家里出来时,两只手露在外边,很宽的袖口冲着风就向前走,腋下夹着个黑绸子印花的包袱,里边包着书或者是信,到老靶子路书店去了。

那包袱每天出去必带出去,回来必带回来。出去时带着回给青年们的信,回来又从书店带来了新的信和青年请鲁迅先生看的稿子。

鲁迅先生走路很轻捷,尤其使人记得清楚的是,他刚抓起帽子来往头上一扣,同时左腿就伸出去了,仿佛不顾一切的走去。

鲁迅先生抱着印花包袱从外边回来,还提着一把伞,一进门客厅里早坐着客人,把伞挂在衣架上就陪客人谈起话来。谈了很久了,伞上的水滴顺着杆在地板上已经聚了一堆水。

鲁迅先生上楼去拿香烟,抱着印花包袱,而那把伞也没有忘记,顺手也带到楼上去。

鲁迅先生的记忆力非常之强,他的东西从不随便放置在任何地方。

鲁迅先生很喜欢北方口味。许先生想请一个北方厨子,鲁迅先生以为开销太大，请不得的，男用人，至少要十五元钱的工钱。

所以买米买炭都是许先生下手，我问许先生为什么用两个女用人都是年老的，都是六七十岁的？许先生说他们做惯了，海婴的保姆海婴几个月时就在这里。

正说着那矮胖胖的保姆走下楼梯来了，和我们打了个迎面。

"先生，没吃茶吗？"她赶快拿了杯子去倒茶，那刚刚下楼时气喘的声音还在喉管里响，她确是年老了。

来了客人，许先生没有不下厨房的，菜食很丰富，鱼，肉……都是用大碗装着，起码四五碗，多则七八碗。可是平常就只三碗菜，一碗素炒豌豆苗，一碗笋炒咸菜，再一碗黄花鱼。

这菜简单到极点。

鲁迅先生的原稿，在拉都路一家炸油条的那里用着包油条，我得到了一张，是译《死魂灵》的原稿，写信告诉了鲁迅先生，鲁迅先生不以为稀奇。许先生倒很生气。

鲁迅先生出书的校样，都用来揩着桌，或做什么的。请客人在家里吃饭，鲁迅先生常常拿来校样给大家分看，客人接到手里一看，这怎么可以？鲁迅先生说：

"擦一擦，拿着鸡吃，手是腻的。"

到洗澡间去，那边也摆着校样纸。

许先生从早晨忙到晚上，在楼下陪客人，一边还手里打着毛线。不然，就是一边谈着话一边站起来用手摘掉花盆里花上已干枯了的叶子。许先生每送一个客人，都要送到楼下的门口，替客人把门开开，客人走出去而后轻轻的关了门再上楼来。

来了客人还要到街上去买鱼或鸡，买回来还要到厨房里去工作。

鲁迅先生临时要寄一封信，就得许先生换起皮鞋子来到邮局或者大陆新村旁边的信筒那里去。落着雨天,许先生就打起伞来。

许先生是忙的,许先生的笑是愉快的,但是头发有一些是白了的。

夜里去看电影,施高塔路的汽车房只有一辆车,鲁迅先生一定不坐,一定让我们坐。许先生,周建人夫人……海婴,周建人先生的三位女公子。我们上车了。

鲁迅先生和周建人先生,还有别的一二位朋友在后边走。

看完了电影,一出来,又只叫到一部汽车,鲁迅先生又一定不肯坐,周建人先生的全家坐着先走了。

鲁迅先生旁边走着海婴,过了苏州河的大桥铁栏杆,坐在桥边的石围上了,并且拿出香烟来,装上烟嘴,悠然的吸着烟。

海婴不安的来回的乱跑,鲁迅先生招呼他和自己并排的坐下。

鲁迅先生坐在那儿和一个乡下的安静老人一样。

这时鲁迅先生住在大陆新村,这一切生活碎片还鲜明的刻画在眼前,这时先生还未生病呢。

九月,二十二日。

茶食店①

　　黄桷树镇上开了两家茶食店,一家先开的,另一家稍稍晚了两天。第一家的买卖不怎样好,因为那吃饭用的刀叉虽然还是闪光闪亮的外来品,但是别的玩艺不怎样全,就是说比方装胡椒粉那种小瓷狗之类都没有,酱油瓶是到临用的时候,从这张桌又拿到那张桌的乱拿。墙上什么画也没有,只有一张好似从糖盒子上掀下来的花纸似的那么一张外国美人图,有一尺长不到半尺宽那么大,就用一个图钉钉在墙上的,其余这屋里的装饰还有一棵大芭蕉。

　　这芭蕉第一天是绿的,第二天是黄的,第三天就腐烂了。

　　吃饭的人,第一天彼此说"还不错",第二天就说苍蝇太多了一点,又过了一两天,人们就对着那白盘子里炸着的两块茄子,翻来覆去的看,用刀尖割一下,用叉子叉一下。

　　"这是什么东西呢?两块茄子,两块洋山芋,这也算是一个菜吗?就这玩艺也要四角五分钱?真是天晓得。"

　　这西餐馆只开了三五日,镇上的人都感到大不满意了。

　　第二家一开门,那些镇上的从城里躲轰炸而来住在此的人和一些

① 该篇创作于一九三九年八月二十八日,首刊于一九三九年十月二日香港《星岛日报》副刊"星座"第四一九号,署名萧红。一九四〇年六月,收入重庆大时代书局"文艺丛书"初版《萧红散文》,署名萧红。

设在这镇上学校或别的办公厅的一些职员，当天的晚饭就在这里吃的。

盘子，碗，桌布，茶杯，糖罐，酱醋瓶，连装烟灰的瓷碟，都聚了三四个人在那里抢着看，……这家与那家的确不同，是里外两间屋，厨房在什么地方，使人看不见，煎菜的油烟也闻不到，墙上挂着两张画像是老板自己画的，看起来老板颇懂艺术，……并且刚一开业来，就开了留声机，这留声机已经好几个月没有听过了。从"五四"轰炸①起，人们来到这镇上，过的就是乡下人的生活。这回一听好像这留声机非常好，唱片也好像全新的，声音特别清楚。

一个汤上来了，"不错，真是味道……"

第二个是猪排，这猪排和木片似的，有的人就你看看我，我看看你，想要对这猪排讲一点坏话。可是那唱着的是一个外国歌，很愉快，那调子带了不少高低的转弯，好像从来也未听过似的那样好听，所以这一点味道也没有的猪排，大家也就吃下去了。

奶油和冰淇淋似的，又甜又凉，涂在面包上，很有一种清凉的气味，好像涂的是果子露；那面包拿在手里不用动手去撕就往下掉着碎末，和用锯末子做的似的。大概是和利华药皂放在一起运来的，但也还好吃，因为它终究是面包呵，终究不是别的什么馒头之类呀！

坐在这茶食店的里间里，那张长桌一端上的主人，从小白盘子里拿起帐单看了一看。

共统请了八位客人，才八块多钱。

"这不多。"他说，从口袋取出十元票子来。

别人把眼睛转过去，也说：

"这不多……不算贵。"

---

① "五四"轰炸：指一九三九年五月三日、四日，日军飞机对重庆市区的大轰炸，轰炸造成两千多人死亡的惨剧。

临出来时,推开门,还有一个顶愿意对什么东西都估价的还回头看了看那摆在门口的痰盂。他说:"这家到底不错,就这一只痰盂罢,也要十几块。"(其实就是上海卖八角钱一个的。)

　　这一次晚餐,一个主人和他的七八个客人都没吃饱,但彼此都不发表,都说:

　　"明天见,明天见。"

　　他们大家各自走散开了,一边走着一边有人从喉管往上冲着利华药肥皂的气味,但是他们想:"这不贵的,这到底不是西餐吗!"而且那屋子多么像个西餐的样子,墙上有两张外国画,还有瓷痰盂,还有玻璃杯,那先开的那家还成吗?还像样子吗?那买卖还成吗?"

　　他的脑筋闹得很忙乱回家去了。

八月廿八日

记忆中的鲁迅先生[①]

鲁迅先生的笑声是明朗的,是从心里的欢喜。若有人说了什么可笑的话,鲁迅先生笑得连烟卷都拿不住了,常常是笑得咳嗽起来。

鲁迅先生走路很轻捷,尤其使人记得清楚的,是他刚抓起帽子来往头上一扣,同时左腿就伸出去了,仿佛不顾一切的走去。

鲁迅先生的身体不大好,容易伤风,伤风之后,照常要陪客人,回信,校稿子。所以伤风之后总要拖下去一个月或半个月的。

瞿秋白的《海上述林》校样,一九三五年冬和一九三六年的春天,鲁迅先生不断的校着,几十万字的校样,要看三遍,而印刷所送校样来总是十页八页的,并不是通通一道送来,所以鲁迅先生不断的被这校样催索着,鲁迅先生竟说:

"看吧,一边陪着你们谈话,一边看校样,眼睛可以看,耳朵可以听……"

有时客人来了,一边说着笑话,一边鲁迅先生放下了笔。有的时

---

① 该篇创作完成于一九三九年十月,首刊于一九三九年十月十八日、二十日、二十二日、二十四日、二十六日、二十八日香港《星岛日报》副刊"星座"第四二七至四三二号"鲁迅先生三周年纪念特辑",署名萧红。

候竟说:"就剩几个字了,几个字……请坐一坐……"

鲁迅先生不戴手套,不围围巾,冬天穿着黑石的蓝棉袍子,头上戴着灰色毡帽,脚穿黑帆布胶皮底鞋。

胶皮底鞋夏天特别热,冬天又凉又湿,鲁迅先生的身体不算好,大家都提议把这鞋子换掉。鲁迅先生不肯,他说胶皮鞋子走路方便。

"周先生一天走多少路呢? 也不就一转弯到某某书店走一趟吗?"

鲁迅先生笑而不答。

"周先生不是很好伤风吗? 不围巾子,风一吹不就伤风了吗?"

鲁迅先生对于这些个都不习惯,他说:

"从小就没戴过手套围巾,戴不惯。"

鲁迅先生一推开门从家里出来时,两只手露在外边,很宽的袖口冲着风就向前走,腋下夹着个黑绸子印花的包袱,里边包着书或者是信,到老靶子路书店去了。

那包袱每天出去必带出去,回来必带回来。出去时带着回给青年们的信,回来又从书店带来了新的信和青年请鲁迅先生看的稿子。

鬼到底是有的是没有的? 传说上有人见过,还跟鬼说过话,还有人被鬼在后边追赶过,有的稍微软弱一点的鬼一见了人就贴在墙上,但没有一个人捉住一个鬼给大家看看。

鲁迅先生讲了他看见过鬼的故事给大家听:

"是在绍兴……"鲁迅先生说:"三十年前……"

那时鲁迅先生从日本读书回来,在一个师范学堂里也不知是什么学堂里教书,晚上没有事时鲁迅先生总是到朋友家去谈天,这朋友住得离学堂几里路,几里路不算远,但必得经过一片坟地,谈天有的时候就谈得晚了,十一二点钟才回学堂的事也常有。有一天鲁迅先生就回去得很晚,天空有很大的月亮。

鲁迅先生向着归路走得很起劲时,往远处一看,远处有一个白影。

　　鲁迅先生是不相信鬼的,在日本留学时是学的医,常常把死人抬来解剖的,鲁迅先生解剖过二十几个,不但不怕鬼,对死人也不怕,所以对于坟地也就根本不怕,仍旧是向前走的。

　　走了不几步,那远处的白东西没有了,再看,突然又有了。并且时小时大,时高时低,正和鬼一样,鬼不就是变换无常的吗?

　　鲁迅先生有点踌躇了,到底向前走呢? 还是回过头来走? 本来回学堂不止这一条路,这不过是最近的一条就是了。

　　鲁迅先生仍是向前走的,到底要看一看鬼是什么样,虽然那时候也怕了。

　　鲁迅先生那时从日本回来不久,所以还穿着硬底皮鞋,鲁迅先生决心要给那鬼一个致命的打击。等走到那白影旁边时,那白影缩小了,蹲下了,一声不响的靠住了一个坟堆。

　　鲁迅先生就用了他的硬底皮鞋踢出去。

　　那白影噢的一声叫出来,随着就站起来。鲁迅先生定睛看去,他却是个人。

　　鲁迅先生说在他踢的时候,他是很害怕,好像若一下不把那东西踢死,自己反而会遭殃的,所以用了全力踢出去。

　　原来是一个盗墓子的人在坟场上半夜作着工作。

　　鲁迅先生说到这里就笑了起来。

　　"鬼也是怕踢的,踢他一脚立刻就变成人了。"

　　我想,倘若是鬼常常让鲁迅先生踢踢,倒是好的,因为给了他一个作人的机会。

　　鲁迅先生从下午两三点钟起就陪客人,陪到五点钟,陪到六点钟,客人若在家吃饭,吃过饭又必要一起喝茶,或者刚刚喝完茶走了,或者还没走就又来了客人,于是又陪下去,陪到八点钟,十点钟,常常陪到十二点钟。从下午两三点钟起,陪到夜里十二点钟这么长的时间,鲁迅先生都是坐在藤躺椅上,不断的吸着烟。

客人一走,已经是下半夜了,本来已经是睡觉的时候了,可是鲁迅先生正要开始工作。在工作之前,他稍微阖一阖眼睛,燃起一枝烟来,躺在床边上,这一枝烟还没有吸完,许先生差不多就在床里边睡着了。(许先生为什么睡得这样快呢?因为第二天早晨六七点钟就要起来管理家务。)海婴这时也在三楼和保姆一道睡着了。

全楼都寂静下去,窗外也是一点声音没有了,鲁迅先生站起来,坐到书桌边,在那绿色的台灯下开始写文章了。

许先生说鸡鸣的时候,鲁迅先生还是坐着,街上的汽车嘟嘟的叫起来了,鲁迅先生还是坐着。

有时许先生醒了,看着玻璃窗白萨萨的了,灯光也不显得怎样亮了,鲁迅先生的背影不像夜里那样黑大。

鲁迅先生的背影是灰黑色的,仍旧坐在那里。

人家都起来了,鲁迅先生才睡下。

海婴从三楼下来了,背着书包,保姆送他到学校去,经过鲁迅先生的门前,保姆总是吩咐他说:

"轻一点走,轻一点走。"

鲁迅先生刚一睡下,太阳就高起来了。太阳照着隔院子的人家,明亮亮的,照着鲁迅先生花园里的夹竹桃明亮亮的。

鲁迅先生的书桌整整齐齐的,写好的文章压在书下边,毛笔在烧瓷的小龟背上站着。

一双拖鞋停在床下,鲁迅先生在枕头上边睡着了。

鲁迅先生包一个纸包也要包得整整齐齐,常常把要寄出去的书,鲁迅先生从许先生手里取过来自己包,见许先生包的不好,许先生本来包得多么好,而鲁迅先生还要亲自动手。

鲁迅先生把书包好了，用细绳捆上，那包方方正正的，连一个角也不准歪一点或扁一点，而后拿着剪刀，把捆书的那小绳头都剪得整整齐齐。

就是包这书的纸都不是新的，都是从街上买东西回来留下来的。许先生上街回来把买来的东西一打开随手就把包东西的牛皮纸折起来，随手把小细绳圈了一个圈，若小细绳上有一个疙瘩，也会随手把它解开的，准备着随时用随时方便。

一九三五年冬天许先生说：

"周先生的身体是不如从前了。"

有一次鲁迅先生到饭馆里请一次客人，来的时候兴致很好，还记得那次吃了一只烤鸭子，整个的鸭子用大钢叉子叉上来时，大家看着这鸭子烤的又油又亮的，鲁迅先生又笑了。

菜刚上满了，鲁迅先生就到竹躺椅上去吸一支烟，并且合一合眼睛。一吃完饭，有的喝多了酒的，大家都乱闹了起来，彼此抢着苹果，彼此讽刺着玩，说着一些刺人可笑的话。而鲁迅先生这时候，坐在躺椅上，阖着眼睛，很庄严的在沉默着，让拿在手上纸烟的烟丝，慢慢的上升着。

别人以为鲁迅先生也是喝多了酒吧！

许先生说并不的。

"周先生身体是不如从前了，吃过了饭总要阖一阖眼稍微休息一下，从前一向没有这习惯。"

周先生从椅子上站起来了，大概说他喝多了酒的话让他听到了。

"我不多喝酒的。小的时候，母亲常常提到父亲喝了酒，脾气怎样坏，母亲说，长大了不要喝酒，不要像父亲那样子……所以我不多喝的……从来没喝醉过……"

鲁迅先生休息好了，换了一支烟，站起来也去拿苹果吃，可是苹果

334

没有了。鲁迅先生说：

"我争不过你们了，苹果让你们抢没了。"

有人抢到手的还在保存着的苹果，奉献出来，鲁迅先生没有吃，只在吸烟。

鲁迅先生睡在二楼的床上已经一个多月了，气喘虽然停止，但每天发热，尤其是下午热度总在三十八度三十九度之间，有时也到三十九度多，那时鲁迅先生的脸色是微红的，目力是疲弱的，不吃东西，不大多睡，没有一些些呻吟，似乎全身都没有什么痛楚的地方。躺在床上有的时候张开眼睛看着，有的时候似睡非睡的安静的躺着，茶吃得很少。差不多一刻也不停的纸烟，而今几乎完全放弃了，纸烟听子不放在床边，而仍很远的蹲在书桌上，若想吸一支，是请许先生付给的。

许先生从鲁迅先生病起，更过度的忙了。按着时间给鲁迅先生吃药，按着时间给鲁迅先生试温度表，试过了之后还要把一张医生发给的表格填好，那表格是一张硬纸，上面画了无数根线，许先生就在这张特别的纸上拿着米度尺画着度数，那表画得和尖尖的小山丘似的，又像尖尖的水晶高的低的一排连的站着。许先生虽然每天画，但那像是一条接连不断的线，不过从低处到高处，从高处到低处，这高峰越高越不好，也就是鲁迅先生的热度越高了。

来看鲁迅先生的人，多半都不到楼上来了，为的是请鲁迅先生好好的静养，所以把陪客人这些事也推到许先生身上来了。还有书、报、信，都要许先生看过，必要的就告诉鲁迅先生，不十分必要的，就先把它放在一处放一放，等鲁迅先生好了些再取出来交给他。然而这家庭里边还有许多琐事，比方年老的娘姨病了，要请两天假，海婴的牙齿脱掉一个要到牙医那里去看过，但是带他去的人没有，又得许先生。海婴在幼稚园里读书，又是买铅笔，买皮球，还有时临时出些个花头，跑上楼来了，说要吃什么花生糖什么牛奶糖，他上楼来是一边跑着一边喊着，许先生连忙拉住了他，拉他下了楼才跟他讲：

"爸爸病啦。"而后拿出钱来，嘱咐好了娘姨，只买几块糖而不准他格外的多买。

收电灯费的来了，在楼下一打门，许先生就得赶快往楼下跑，怕的是再多打几下，就要惊醒了鲁迅先生。

海婴最喜欢听讲故事，这也是无限的麻烦，许先生除了陪海婴讲故事之外，还要在长桌上偷一点工夫来看鲁迅先生为着病耽搁下来的尚未校完的校样。

在这期间，许先生比鲁迅先生更要担当一切了。

鲁迅先生吃饭，是在楼上单开一桌，那仅仅是一个方木盘，许先生每餐亲手端到楼上去，那黑油漆的方木盘中摆着三四样小菜，每样都用小吃碟盛着，那小吃碟照直径算也不过二寸，一碟豌豆苗或菠菜或苋菜，把黄花鱼或者鸡之类也放在小碟里端上楼去。若是鸡，那鸡也是全鸡身

上最好的一块地方检下来的肉；若是鱼，也是鱼身上最好一部分，许先生才把它检下放在小碟里。

许先生用筷子来回的翻着楼下饭桌上菜碗里的东西，菜检嫩的，不要茎，只要叶，鱼肉之类，检烧得软的，没有骨头没有刺的。

心里存着无限的期望，无限的要求，用了比祈祷更虔诚的目光，许先生看着她自己手里选得精精致致的菜盘子，而后脚板触着楼梯上了楼。

希望鲁迅先生多吃一口，多动一动筷，多喝一口鸡汤。鸡汤和牛奶是医生所嘱的，一定要多吃一些的。

把饭送上去，有时许先生陪在旁边，有时走下楼来又做些别的事，半个钟头之后，到楼上去取这盘子。这盘子装得满满的，有时竟照原样一动也没有动又端下来了，这时候许先生的眉头微微的皱了一点。

旁边若有什么朋友许先生就说："周先生的热度高,什么也吃不落,连茶也不愿意吃,人很苦,人很吃力。"

有一天许先生用着波浪式的专门切面包的刀切着一个从外国馆子买来的面包,是在客厅后边方桌上切的,许先生一边切着一边对我说:

"劝周先生多吃些东西,周先生说,人好了再保养,现在勉强吃也是没有用的。"

许先生接着似乎问着我:

"这也是对的?"

而后把牛奶面包送上楼去了。一碗烧好了的鸡汤,从方盘里许先生把它端出来了,就摆在客厅后的方桌上。许先生上楼去了,那碗热的鸡汤在桌子上自己悠然的冒着气。

许先生由楼上回来还说呢:

"周先生平常就不喜欢吃汤之类,在病里,更勉强不下了。"

那已经送上去的一碗牛奶又带下来了。

许先生似乎安慰着自己似的:

"周先生人强,喜欢吃硬的,油炸的,就是吃饭也欢喜吃硬饭……"

许先生楼上楼下的跑,呼吸有些不平静,坐在她旁边,似乎可以听到她心脏的跳动。

鲁迅先生开始独桌吃饭以后,客人多半不上楼来了,经许先生婉言把鲁迅先生健康的经过报告了之后就走了。

鲁迅先生楼上一天一天的睡下去,睡了许多日子就有些寂寞了,有时大概热度低了点就问许先生:

"有什么人来过吗?"

看鲁迅先生精神好些,就一一的报告过。

有时也问到有什么刊物来吗？

鲁迅先生病了一个多月了。

证明了鲁迅先生是肺病，并且是肋膜炎，须藤老医生每天来了，为鲁迅先生先把肋膜化腐的东西用打针的方法抽净，每天抽一次，共抽了一两个礼拜。

这样的病，为什么鲁迅先生自己一点也不晓得呢？许先生说周先生有时觉得肋痛就自己忍着不说，所以连许先生也不知道。

鲁迅怕别人晓得了又要不放心，又要看医生，医生一定又要说休息。休息鲁迅自己知道怕做不到的。

福民医院，美国医生的检查，说鲁迅先生肺病已经二十年了。这次发了怕是很严重。

医生规定个日子，请鲁迅先生到福民医院去详细检查，要照 X 光的。

但鲁迅先生当时就下楼是下不得的，又过了许多天，鲁迅先生到福民医院去检查病去了。照 X 光后给鲁迅先生照了一个全部的肺部的照片。

这照片取来的那天许先生在楼下给大家看了，右肺的上尖角是黑的，中部也黑了一块，左肺的下半部都不大好，而沿着左肺的边边黑了一大圈。

这之后，鲁迅先生的热度仍高，若再这样热度不退，就很难抵抗了。

那查病的美国医生，只查病，而不给药吃，他相信药是没有用的。

须藤老医生，一半是鲁迅先生的朋友，所以每天来，他给鲁迅先生吃了些退热的药，还吃停止肺部细菌活动的药。他说若肺不再坏下去，就停止在这里，热自然就退了，人是不危险的。

在楼下的客厅里许先生哭了。许先生手里拿着一团毛线,那是海婴的毛线衣拆了洗过之后又团起来的。

鲁迅先生在无欲望状态中,什么也不吃,什么也不想,睡觉是似睡非睡的。

天气热起来了,客厅的门窗都打开着,阳光跳跃在门外的花园里。麻雀来了停在夹竹桃上叫了三两声就又飞去,院子里的小孩子们唧唧喳喳的玩耍着,风吹进来好像带着热气,扑到人的身上,天气从刚刚发芽的春天,变为夏天了。

楼上老医生和鲁迅先生谈话的声音隐约可以听到。

楼下又来了客人。但凡来的总要问问:

"周先生好一点吗?"

许先生照常说:"还是那样子。"

但今天说了眼泪就又流了满脸。一边拿起杯子来给客人倒茶,一边用左手拿着手帕按着鼻子。

客人问:

"周先生又不大好吗?"

许先生说:

"没有的,是我心窄。"

过了一会不知鲁迅先生要找什么东西,喊许先生上楼去,许先生连忙擦着眼睛,想说她不上楼的,但左右的看了一看,没有人能替代了她,于是带着她那团还没有缠完的毛线球上楼去了。

楼上坐着老医生,还有两位探望鲁迅先生的客人,许先生一看了他们就自己低了头笑了,笑纹展开在一瞬之前还是哭的红肿的泪眼,许先生不敢到鲁迅先生的面前去,背转着身问鲁迅先生要什么呢,而后又是慌忙的把毛线缕挂在手上缠了起来。

一直到送老医生下楼,许先生都是把背向鲁迅先生而站着的。

每次老医生走，许先生都是替老医生提着皮提包送到前门外的。许先生愉快的、沉静的带着笑容打开铁门闩，很恭敬的把皮包交给老医生，眼看着老医生走了才进来关了门。

这老医生出入在鲁迅先生家里，连老娘姨对他都是尊敬的，医生一从楼上下来时，娘姨若在楼梯的半道，赶快下来躲开，站到楼梯的旁边。有一天老娘姨端着一个杯子上楼，楼上医生和许先生一道下来了，那老娘姨躲闪不灵，急得把杯里的茶都颠出来了。等医生走过去，已经走出了前门，老娘姨还在那里呆呆的望着。

"周先生好了点吧？"

有一天许先生不在家，我问着老娘姨。她说：

"谁晓得，医生天天看过了不声不响的就走了。"

老娘姨对医生每天是怀着期望的眼光看着他的。

许先生很镇静，没有紊乱的神色，虽然说那天当着人哭过一次，但该做什么，仍是做什么，毛线该洗的已经洗了，晒的已经晒起，晒干了的随手就把它缠成团子。

"海婴的毛线衣，每年拆一次，洗过之后再打起，人一年一年的长，衣裳一年穿过，一年就小了。"

在楼下陪着熟的客人，一边谈着，一边开始手里动着竹针。

这种事情许先生是偷空就做的，夏天就开始预备着冬天的，冬天就做夏天的。

许先生自己常常说：

"我是无事忙。"

这话很客气，但忙是真的，每一餐饭，都好像没有安静的吃过。海婴一会要这个要那个；若一有客人，上街临时买菜，下厨房煎炒还不说，就是摆到桌子上来，还要从菜碗里为着客人选好的夹过去。饭后又是吃水果，若吃苹果还要把皮削掉，若吃荸荠看客人削得慢而不好也要削了送给客人吃，那时鲁迅先生还没有生病。

许先生除了打毛线衣之外，还用机器缝衣裳，剪裁了许多件海婴的内衫裤，在窗下缝。

因此许先生对自己忽略了，每天上下楼跑着，所穿的衣裳都是旧的，次数洗得太多，纽扣都洗脱了，也磨破了，都是几年前的旧衣裳，春天时许先生穿了一个紫红宁绸袍子，那料子是海婴在婴孩时候别人送给海婴做被子的礼物。做被子，许先生说很可惜，就检起来做一件袍子。正说着，海婴来了，许先生使眼神，且不要提到，若一提到海婴又要麻烦起来了，一定要说是他的，他就要要。

许先生冬天穿一双大棉鞋，是她自己做的。一直到二三月早晚冷时还穿着。有一次我和许先生在小花园里一道拍一张照片，许先生说她的纽扣掉了，还拉着我站在她前边遮着她。

许先生买东西也总是到便宜的店铺去买，再不然，到减价的地方去买。

处处俭省，把俭省下来的钱，都印了书和印了画。

现在许先生在窗下缝着衣裳，机器声格答格答的，震着玻璃门有些颤抖。

窗外的黄昏，窗内许先生低着的头，楼上鲁迅先生的咳嗽声，都搅混在一起了，重续着、埋藏着力量。在痛苦中，在悲哀中，一种对于生的强烈的愿望，站得和强烈的火焰那样坚定。

许先生的手指把捉了在缝的那张布片，头有时随着机器的力量低沉了一两下。

许先生的面容是宁静的、庄严的、没有恐惧的坦荡的在使用着机器。

海婴在玩着一大堆黄色的小药瓶，用一个纸盒子盛着，端起来楼上楼下的跑。向着阳光照是金色的，平放着是咖啡色的，他招聚了小

朋友来,他向他们展览,向他们夸耀,这种玩艺只有他有而别人不能有。他说:

"这是爸爸打药针的药瓶,你们有吗?"

别人不能有,于是他拍着手骄傲的呼叫起来。

许先生一边招呼着他,不叫他喊,一边下楼来了。

"周先生好了些?"

见了许先生大家都是这样问的。

"还是那样子,"许先生说,随手抓起一个海婴的药瓶来:"这不是么,每天打一针,药瓶子也积了这一大堆。"

许先生一拿起那药瓶,海婴上来就要过去,很宝贵的赶快把那小瓶摆到纸盒里。

在长桌上摆着许先生自己亲手做的蒙着茶壶的棉罩子,从那蓝缎子的花罩子下拿着茶壶倒着茶。

楼上楼下都是静的了,只有海婴快活的和小朋友们的吵嚷躲在太阳里跳荡。

海婴每晚临睡时必向爸爸妈妈说:"明朝会!"

有一天,他站在走上三楼的楼梯口上喊着:

"爸爸,明朝会!"

鲁迅先生那时正病得沉重,喉咙里边似乎有痰,那回答的声音很小,海婴没有听到,于是他又喊:

"爸爸,明朝会!"他等一等,听不到回答的声音,他就大声的连串喊起来。

"爸爸,明朝会,爸爸,明朝会,……爸爸,明朝会……"

他的保姆在前边往楼上拖他,说是爸爸睡了,不要喊了。可是他怎么能够听呢,仍旧喊。

这时鲁迅先生说"明朝会",还没有说出来,喉咙里边就像有东西

在那里堵塞着,声音无论如何放不大。到后来,鲁迅先生挣扎着把头抬起来才很大声的说出:

"明朝会,明朝会。"

说完了就咳嗽起来。

许先生被惊动得从楼下跑来了,不住的申斥着海婴。

海婴一边笑着一边上楼去了,嘴里唠叨着:

"爸爸是个聋人哪!"

鲁迅先生没有听到这笑他的话,还在那里咳嗽着。

鲁迅先生在四月里,曾经好了一点,有一天下楼来去赴一个约会,把衣裳穿得整整齐齐的,手下夹着黑花包袱,戴起帽子来,出门就走。

许先生在楼下正陪客人,看鲁迅先生下来了,赶快说:

"走不得吧! 还是坐车子去吧。"

鲁迅先生说:"不要紧,走得动的。"

许先生再加以劝说,又去拿零钱给鲁迅先生带着。

鲁迅先生说不要不要,坚决的就走了。

"鲁迅先生的脾气很刚强。"

许先生无可奈何的只说了这一句。

鲁迅先生晚上回来,热度增高了。

鲁迅先生说:

"坐车子实在麻烦,没有几步路,一走就到。还有好久不出去,愿意走走……动一动就出毛病……还是动不得……"

病压服着鲁迅先生又躺下了。

七月里,鲁迅先生又好些。

药每天吃,记温度的表格照例每天好几次在那里画,老医生还是照常的来,说鲁迅先生就要好起来了,说肺部的菌已经停止了一大半,肋膜也好了。

客人来差不多都要到楼上来拜望拜望，鲁迅先生带着久病初愈的心情，又谈起话来，披了一张毛巾子坐在躺椅上，纸烟又拿在手里了，又谈翻译，又谈些刊物的事。

一个月没有上楼去，忽然上楼去还有些心不安，我一进卧室的门，觉得站也没地方站，坐也不知坐在那里。

许先生让我吃茶，我就倚着桌子边站着，好像没有看见那茶杯似的。

鲁迅先生大概看出我的不安来了，便说：

"人瘦了，这样瘦是不成的，要多吃点。"

鲁迅先生又在说玩笑话了。

"多吃就胖了，那么周先生为什么不多吃点？"

鲁迅先生听了这话就笑了，笑声是明朗的。

从七月以后鲁迅先生一天天的好起来了，牛奶，鸡汤之类，为了医生所嘱，也隔三差五的吃着，人虽是瘦了，但精神是好的。

鲁迅先生说自己体质的本质是好的，若差一点的，就让病打倒了。

这一次鲁迅先生保养了很长的时间，没有下楼，外边就更没有去过了。

在病中，鲁迅先生不看报，不看书，只是安静的躺着。但有一张小画是鲁迅先生放在床边上不断看着的。

那张画，鲁迅先生未生病时和许多画一道拿给大家看过的，小得和纸烟包里抽出来的那画片差不多。那上边画着一个穿大长裙子飞散着头发的女人在大风里边跑，在她旁边的地面上还有小小的红玫瑰花的花朵。记得是一张苏联某画家着色的木刻。

鲁迅先生有很多画，为什么只选了这张放在枕边。

许先生告诉我的,她也不知道鲁迅先生为什么常常看这小画。

这一次鲁迅先生好了,有人来问他这样那样的,他说:
"你们自己学着做,若没有我呢!"

还有一样不同的,觉得做事要多做,要快做……

鲁迅先生以为自己好了,别人也以为鲁迅先生好了。
准备冬天要庆祝鲁迅先生工作三十年。

又过了三个月。
一九三六年十月十七日,鲁迅先生病又发了,又是气喘。
十七日,一夜未眠。
十八日,终日喘着。
十八日夜的下半夜,人衰弱到极点了。天将发白时,鲁迅先生就像他平日一样,工作完了,他休息了。

一九三九年,十月完

忆鲁迅先生[①]

鲁迅先生的笑声是明朗的,是从心里的欢喜。若有人说了什么可笑的话,鲁迅先生笑得连烟卷都拿不住了,常常是笑得咳嗽起来。

鲁迅先生喜欢喝清茶,其余不吃别的饮料,咖啡,可可,牛奶,汽水之类,家里都不预备。

鲁迅先生陪客人到夜深,必同客人一道吃一些点心,那饼干就是从铺子里买来的,装在饼干盒子里,到夜深许先生拿着碟子取出来,摆在鲁迅先生的书桌上,吃完了,许先生打开立柜再取一碟,还有向日葵子差不多每来客必不可少。鲁迅先生一边抽着烟,一边剥着瓜子吃,吃完了一碟,鲁迅先生必请许先生再拿一碟来。

鲁迅先生备有两种纸烟,一种价钱贵的,一种便宜的,便宜的是绿

---

① 该篇创作日期不详,首刊于一九三九年十月十九日、二十一日、二十四日、二十六日重庆《国民公报》副刊"文群"第七十四至七十七期,署名萧红。一九三九年十二月,上海《文学集林》第二辑《望——》转载该文,转载时改篇名为《鲁迅先生生活忆略》。一九四〇年六月十日,上海《艺风》第二期转载《文学集林》第二辑《望——》中该篇文字。

听子的,我不认识那是什么牌子,只记得烟头上带着黄纸的嘴,每五十棵的价钱大概是四角到五角,是鲁迅先生自己平日用的。另一种是白听子的,是前门牌,用来招待客人的,白烟听放在鲁迅先生书桌的抽屉里。来客人鲁迅先生下楼,把它带到楼下去,客人走了,又带回楼上来,照样放在抽屉里。而绿听子的永远放在书桌上,是鲁迅先生随时吸着的。

鲁迅先生的休息,不听留声机,不出去散步,也不倒在床上睡觉,鲁迅先生自己说:

"坐在椅子上翻翻书就是休息了。"

鲁迅先生从下午两三点钟起就陪客人,陪到五点钟,陪到六点钟,客人若在家吃饭,吃过饭又必要一起喝茶,或者刚刚喝完茶走了,或者还没走就又来了客人,于是又陪下去,陪到八点钟,十点钟,常常陪到十二点钟,从下午两三点钟起,陪到夜里十二点这么长的时间,鲁迅先生都是坐在藤躺椅上,不断的吸着烟。

客人一走,已经是下半夜了。本来已经是睡觉的时候了,可是鲁迅先生,正要开始工作,在工作之前,他稍微合一合眼睛,燃起一枝烟来,躺在床边上,这一枝烟来,躺在床边上。这一枝烟还没有吸完,许先生差不多就在床里边睡着了。(许先生为什么睡得这样快呢?因为第二天早晨六七点钟,就要起来管理家务。)海婴这时也在三楼和保姆一道睡着了。

全楼都寂静下去,窗外也是一点声音没有了,鲁迅先生站起来,坐到书桌边,在那绿色的台灯下开始写文章了。

许先生说鸡鸣的时候,鲁迅先生还坐着,街上的汽车嘟嘟的叫起了,鲁迅先生还是坐着。

有时许先生醒了,看着玻璃窗白萨萨的了,灯光也不显得怎样亮了,鲁迅先生的背影不像夜里那样黑大。

鲁迅先生的背影是灰黑色的,仍旧坐在那里。

人家都起来了,鲁迅先生才睡下。

海婴从三楼下来了,背着书包,保姆送他到学校去,经过鲁迅先生的门前,保姆总是吩咐着:

"轻一点走,轻一点走。"

鲁迅先生刚睡下,太阳就高起来了。太阳照着隔院子的人家,明亮亮的,照着鲁迅先生花园里的夹竹桃明亮亮的。

鲁迅先生的书桌整整齐齐的,写好的文章压在书下边,毛笔在烧瓷的小龟背上站着。

一双拖鞋停在床下,鲁迅先生在枕头上边睡着了。

鲁迅先生喜欢吃一点酒,但是不多吃,吃半小圆碗或一碗底。鲁迅先生吃的是中国酒,多半是花雕。

老靶子路有一家小吃茶店,只有门面一间,在门面里边设座,座少,安静,光线不充足,有些冷落。鲁迅先生常到这吃茶店来。有约会多半是在这里边,老板是白俄,胖胖的,中国话大概他听不懂。

鲁迅先生这一位老人,穿着布袍子,有时到这里来,泡一壶红茶,和青年人坐在一道谈了一两个钟头。

有一天鲁迅先生的背后那茶座里边坐着一位摩登女子,身穿紫裙子黄衣裳,头戴花帽子……那女子临走时,鲁迅先生一看她,就用眼瞪着她,很生气的看了她半天。而后说:

"是做什么的呢?……"

鲁迅先生对于穿着紫裙子,黄衣裳,花帽子的人就是这样看法的。

鬼到底是有的是没有的?传说上有人见过,还跟鬼说过话,还有人被鬼在后面追赶过,有的稍微软弱一点的鬼一见了人就贴在墙上,但没有一个人捉住一个鬼给大家看看。

鲁迅先生讲了他看见过鬼的故事给大家听:

"是在绍兴……"鲁迅先生说:"三十年前……"

那时鲁迅先生从日本读书回来,在一个师范学堂里呢也不是什么学堂里教书,晚上没有事时,鲁迅先生总是到朋友家去谈天,这朋友住得离学堂几里路,几里路不算远,但必得经过一片坟地,谈天的时候就谈得晚了,十一二点钟才回学堂的事也常有。有一天鲁迅先生,就回去得很晚,天空有很大的月亮。

鲁迅先生向着归路走得很起劲时,往远处一看,远处有一个白影。

鲁迅先生是不相信鬼的,在日本留学时是学的医,常常把死人抬来解剖的,解剖过二十几个,不但不怕鬼,对死人也不怕,所以对于坟地也就根本不怕。仍旧是向前走的。

走了不几步,那远处的白东西没有了,再看,突然又有了。且时小时大,时高时低,正和鬼一样,鬼不就是变换无常的吗?

鲁迅先生有点踌躇了,到底是向前走呢? 还是回过头来走? 本来回学堂不止这一条路,这不过是最近的一条就是了。

鲁迅先生仍是向前走的,到底要看一看鬼是什么样,虽然那时候也怕了。

鲁迅先生那时从日本回来不久,所以还穿着硬底皮鞋,鲁迅先生决心要给那鬼一个致命的打击,等走到那白影旁边时,那白影缩小了,蹲下了,一声不响的靠住了一个坟堆。

鲁迅先生就用了他的硬皮鞋踢出去。

那白影噢的一声叫出来,随着就站起来。鲁迅先生定眼看去,他却是个人。

鲁迅先生说在他踢的时候,他是很害怕的,好像若一下不把那东西踢死,自己反而会遭殃的,所以用了全力踢出去。

原来是一个盗墓子的人在坟场上半夜作着工作。

鲁迅先生说到这里就笑了起来。

"鬼也是怕踢的，踢他一脚立刻就变成人了。"

我想，倘若是鬼常常让鲁迅先生踢踢倒是好的，因为给了他一个作人的机会。

从福建菜馆叫的菜，有一碗鱼做的丸子。

海婴一吃就说不新鲜，许先生不信，别的人也都不信。因为那丸子有的新鲜，有的不新鲜。别人吃到嘴里的恰好都是没有改味的。

许先生又给海婴一个，海婴一吃，又是不好的，他又嚷着。别人都不注意，鲁迅先生把海婴碟里的拿来尝尝，果然是不新鲜的。鲁迅先生说：

"他说不新鲜，一定也有他的道理，不加以查看就抹杀是不对的。"

……

以后我想起这件事来，私下和许先生谈过，许先生说："周先生的做人，真是我们学不了的，那怕一点点小事。"

鲁迅先生包一个纸包也要包得整整齐齐，常常把要寄出去的书，从许先生手里取过来自己包，说许先生包的不好，许先生本来包得多么好，而鲁迅先生还要亲自动手。

鲁迅先生把书包好了，用细绳捆上，那包方方正正的，连一个角也不准歪一点，或偏一点，而后拿着剪刀，把捆书的那小绳头都剪得整整齐齐。

只是包书的纸都不是新的，都是从街上买东西回来留下来的。许先生上街回来把买来的东西一打开随手就把包东西的牛皮纸折起来，随手把小绳圈了一个圈，若小绳上有一个疙瘩，也会随手把它解开的，准备着随时用随时方便。

鲁迅先生的卧室，一张铁架大床，床顶上遮着许先生亲手做的白布刺花的围子，顺着床的一边折着两张被子，都是很厚的，是花洋布的被面。挨着门口的床头的方向站着抽屉柜，一进门的左手摆着八仙桌，桌子的两旁藤椅各一，立柜站在和方桌一排的墙角，立柜本是挂衣裳的，衣裳却很少，都让糖盒子，饼干筒子，瓜子罐给塞满了，有一次××老板的太太来拿版权证的图章花，鲁迅先生就是从立柜下边大抽屉里取出的。沿着墙角往窗子那边走，有一张装饰台，桌子上有一个方形的满浮着绿草的玻璃养鱼池，里边游着的不是金鱼，是灰色的扁肚子小鱼。除了鱼池之外另有一只圆的表，其余，那上边满堆着书。铁架床靠窗子的那头的书柜里书柜外都是书，最后是鲁迅先生的写字台，那上边也都是书。

鲁迅先生的家里，从楼上到楼下，没有一个沙发。鲁迅先生工作时坐的椅子是硬的，休息时的藤椅是硬的，到楼下陪客人时坐的椅子又是硬的。

鲁迅先生的写字台面向着窗子，上海弄堂房子的窗子差不多满一面墙那么大，鲁迅先生把它关起来，因为鲁迅先生工作起来有一个习惯，怕风吹，他说，风一吹，纸就动，时时防备着纸跑，文章就写不好。所以屋子热得和蒸笼似的，请鲁迅先生到楼下去，他又不肯，鲁迅先生的习惯是不换地方。有时太阳照进来，许先生劝他把书桌移开一点都不肯。只有满身流汗。

鲁迅先生的写字桌，铺了一张蓝格子的油漆布，四角都用图钉按着。桌子上有小砚台一方，墨一块，毛笔站在笔架上，笔架是烧瓷的，在我看来不很细致，是一个龟，龟背上带着好几个洞，笔就插在那洞里。鲁迅先生多半是用毛笔的，钢笔也不是没有，是放在抽屉里。桌上还有一个方大的白瓷的烟灰盒，还有一个茶杯，杯子上戴着盖。

鲁迅先生的习惯和别人不同，写文章用的材料和来信都压在桌子上，把桌子都压得满满的，几乎只有写字的地方可以伸开手，其余桌子的一半被书或纸张占有着。

左手边的桌角上有一个带绿灯罩的台灯，那灯泡是横着装的，在上海那是极普通大概很便宜的台灯。

冬天在楼上吃饭，鲁迅先生自己拉着电线把台灯的机关从棚顶的灯头上拔下，而后装上灯泡子，等饭吃过了许先生再把电线装起来，鲁迅先生的台灯就是这样做成的，拖着一根长的电线在棚顶上。

鲁迅先生的文章，多半是从这台灯下写的。因为鲁迅先生工作的时间，多半是下半夜一两点起，天将明了休息。

卧室就是如此，墙上挂着海婴公子一个月婴孩的油画像。

挨着卧室的后楼里边，完全是书了，不十分整齐，报纸或杂志或洋装的书，都混在这间屋子里，一走进去多少还有些纸张气味，地板被书遮盖得太小了，几乎没有了，大网篮也蹲在书中。墙上拉着一条绳子或是铁丝，就在那上边缀了小提盒，铁丝笼之类，风干荸荠就盛在铁丝笼里，扯着的那铁丝几乎被压断了，在弯弯着。一推开藏书室的窗子，窗子外边还挂着一筐风干荸荠。

"吃罢，多得很，风干的，格外甜。"许先生说。

楼下厨房里传来了煎菜的锅铲的响声，并且两个年老的娘姨唠唠叨叨的在讲些什么。

厨房是家里最热闹的一部分，整个三层楼都是静静的，喊娘姨的声音没有，在楼梯上跑来跑去的声音没有。鲁迅先生家里五六间房子只住着五个人，三位是先生的全家，余下的二位是年老的女用人。

来了客人都是许先生亲自倒茶，即或是麻烦到娘姨时，也是许先生下楼去吩咐，绝没有站到楼梯口就大声在呼唤的时候，所以整个的房子都在静悄悄之中。

只有厨房比较热闹了一点,自来水花花的流着,洋瓷盆在水门汀的水池子上每拖一下发着搽搽的响,洗米的声音,也是搽搽的。鲁迅先生很喜欢吃竹笋的,在菜板上切着笋片笋丝时,刀锋每划下去都是很响的。

其实,比起别人家的厨房来却冷清极了,所以洗米声和切笋声都分开来听得清清晰晰。

客厅的一边摆着并排的两个书架,书架是带玻璃厨的,里边有朵司托夫斯基的全集和别的外国作家的全集,大半多是日文译本。地板上没有地毯,但擦得非常干净。

海婴公子的玩具厨也站在客厅里,里边是些毛猴子,橡皮人,火车,汽车之类,里边装得满满的,别人是数不清的,只有海婴自己伸手到里边找什么就有什么。过新年时在街上买的兔子灯,纸毛上已经落了灰尘了,仍摆在玩具厨顶上。

客厅只有一个灯头,大概五十烛光。客厅的后门对着上楼的楼梯,前门一打开有一个二方丈大小的花园,花园里没有什么花看,只有一棵很高的七八尺高的小树,大概那树是夹竹桃,一到了春天,容易生长蚜虫,忙得许先生拿着喷蚊虫的机器,一边陪着客人谈话,一边喷着杀虫药水。沿着墙根,种了一排玉米,许先生说:"这玉米长不大的,海婴一定要种。"

春天,海婴在花园里掘着泥沙,培植着各种玩艺。

三楼则特别静了,向着太阳开着两扇玻璃门,门外有一个水门汀的突出的小廊子,春风很温暖的抚摸着门口长垂着帘子,有时候帘子被风打得很高,飘扬的饱满得和大鱼泡似的,那时候隔院的绿树照进玻璃门扇里来了。

海婴坐在地板上装着小工程师,在修造一座楼房,他那楼房是用椅子横倒了架起来修的,而后遮起一张被单来算做屋瓦,全个房子在他自己拍着手的赞誉声中完成了。

这房间感到些空旷和寂寞，既不像女工住的屋子，又不像儿童室。海婴的眠床靠着屋子的一边放着，那大圆顶帐子日里也不打起来，长拖拖的好像从棚顶一直垂到地板上，那床是非常讲究的属于刻花的木器一类的。许先生讲过，租这房子时，从前一个房客转留下来的。海婴和他的保姆，就睡在这五六尺宽的大床上。

冬天烧过的火炉，三月里已冷冰冰的在地板上站着。

海婴不大在三楼上玩的，除了到学校去，就是到院子里踏脚踏车，他非常喜欢跑，跳，所以厨房，客厅，二楼，他是无处不跑的。

三楼整天在高处空着，三楼的后楼住着老女工，一天很少上楼来，所以楼梯擦过之后，一天到晚干净得溜明。

鲁迅先生的身体不大好，容易伤风，伤风之后，照常要陪客人，回信，校稿子。所以伤风之后总要拖下去一个月或半个月的。

瞿秋白的《海上述林》校样，一九三五年冬和一九三六年的春天，鲁迅先生不断的校着，几十万字的校样，要看三遍，而印刷所送校样来总是十页八页的，并不是通通一道送来，所以鲁迅先生不断的被这校样催索着，鲁迅先生竟说：

"看吧，一边陪着你们谈话，一边看校样，眼睛可以看，耳朵可以听……"

有时客人来了，一边说着笑话，一边鲁迅先生放下了笔。有的时候竟说：

"就剩几个字了，几个字……请坐一坐……"

一九三五年冬天许先生说：

"周先生的身体是不如从前了。"

有一天，鲁迅先生到饭馆里请一次客人，来的时候，兴致很好，还记得那次吃了一只烤鸭子，整个的鸭子用大钢叉子叉上来时，大家看着这鸭子烤的又油又亮的，鲁迅先生也笑了。

菜刚上满了，鲁迅先生就到竹躺椅上去吸一枝烟，并且合一合眼睛。一吃完饭，有的喝多了酒的，大家都乱闹了起来，彼此抢着苹果，彼此讽刺着玩，说着一些刺人可笑的话。而鲁迅先生这时候坐在躺椅上，合着眼睛，很庄严的在沉默着，让拿在手上纸烟的烟丝，慢慢的上升着。

别人以为鲁迅先生也是喝多了酒吧！

许先生说，并不的。

"周先生身体是不如从前了，吃过了饭总要合一合眼稍微休息一下，从前一向没有这习惯。"

周先生从椅子上站起来了，大概说他喝多了酒的话让他听到了。

"我不多喝酒的，小的时候，母亲常常提到父亲喝了酒，脾气怎样坏，母亲说，长大了不要喝酒。不要像父亲那样子……所以我不多喝的……从来没喝醉过……"

鲁迅先生休息好了，换了一枝烟，站起来也去拿苹果吃，可是苹果没有了。鲁迅先生说：

"我争不过你们了，苹果让你们抢光了。"

有人把抢到手还保存着的苹果，奉献出来，鲁迅先生没有吃，只在吸烟。

民国廿五年春，鲁迅先生的身体不大好，但没有什么病，吃过了夜饭，坐在躺椅上，总要闭一闭眼睛，沉静一会。

许先生对我说，周先生在北平时，有时开着玩笑，手按着桌子一跃就能够跃过去，而近年来没有这么做过，大概没有以前那么灵便了。

这话许先生和我是私下讲的，鲁迅先生没有听见，仍靠在躺椅上沉默着呢。

许先生开了火炉的门，装着煤炭花花的响，把鲁迅先生震醒了，一讲起话来鲁迅先生的精神又照常一样。

民国二十五年三月里鲁迅先生病了，靠在二楼的躺椅上，心脏跳动得比平日厉害，脸色略微灰了一点。

许先生正相反的，脸色是红的，眼睛显得大了，讲话的声音是平静的，态度并没有比平日慌张，在楼下，一走进客厅来许先生就说：

"周先生病了，气喘……喘得厉害，在楼上靠在躺椅上。"

鲁迅先生呼喘的声音，不用走到他的旁边，一进了卧室就听得到的。鼻子和胡须在煽着，胸部一起一落。眼睛闭着，差不多永久不离开手的纸烟，也放弃了。藤躺椅后边靠着枕头，鲁迅先生的头有些向后，两只手空闲的垂着。眉头仍和平日一样没有聚皱，脸上是平静的舒展的，似乎并没有任何痛苦加在身上。

"来了吗？"鲁迅先生睁一睁眼睛，"一不小心，着了凉……呼吸困难……到藏书的房子去翻一翻书……那房子因为没有人住，特别凉……回来就……"

许先生看周先生说话吃力，赶快接着说周先生是怎样气喘的。

医生看过了，吃了药，但喘并未停，下午医生又来过，刚刚走。

卧室在黄昏里边一点一点的暗下去，外边起了一点小风，隔院的树被风摇着发响。别人家的窗子有的被风打着发出自动的关开的响声。家家的流水道都花拉花拉响着水声，一定是晚餐之后洗杯盘的剩水。晚餐后该散步的去散步了，该会朋友的会朋友去了，弄堂里来去的稀疏不断的走着人，而娘姨们还没有解掉围裙呢，就依着后门彼此搭讪起来。小孩子们三五一伙前门后门的跑着，弄堂外汽车穿来穿去。

鲁迅先生坐在躺椅上，沉静的，不动的合着眼睛，略微灰了一点的脸色被炉里的火光染红了一点。纸烟听子蹲在书桌上，茶杯也蹲在桌子上。

许先生轻轻的在楼梯上走着，许先生一到楼下去，二楼就只剩了鲁迅先生一个人坐在椅子上，呼喘把鲁迅先生的胸部有规律性的抬得高高的。

鲁迅先生必得休息的,须藤老医生是这样说的。

可是鲁迅先生从此不但没有休息,并且脑子里所想的更多了,要作的事情都像非立刻就作不可,校《海上述林》的校样,印珂尔惠支的画,翻译《死魂灵》下部,刚好了,这些就都一起开始了,还计算着出三十年集(亦即《鲁迅全集》)。

鲁迅先生感到自己的身体不行,就更没有时间注意身体,所以要多作,赶快作。当时大家不解其中的意思,多以为鲁迅先生不加以休息不以为然,后来读了鲁迅先生《死》那篇文章才了然了。

鲁迅先生知道自己的健康不成了,工作的时间没有几年了,死了是不要紧的,只要留给人类更多。

所以不久书桌上德文字典日文字典又摆起来了。

果戈里的《死魂灵》,又开始翻译了。

记我们的导师①

——鲁迅先生生活的片段

青年人写信写得太草率,鲁迅先生是深恶痛绝之的。

"字不一定写得好,但必须得使人一看了就认识,年轻人现在都太忙了……他自己赶快胡乱写完了事,别人看了三遍五遍看不明白,这费了多少工夫,他不管。反正这费的工夫不是他的。这存心是不太好的。"

但他还是展读着每封由不同角落里投来的青年的信,眼睛不济时,便带起眼镜来看,常常看到夜里很深的时光。

珂勒惠支的画,鲁迅先生最佩服,同时也很佩服她的做人。珂勒惠支受希特拉的压迫,不准她做教授,不准她画画,鲁迅先生常讲到她。

史沫特烈,鲁迅先生也讲到,她是美国女子,帮助印度独立运动,现在又在援助中国。

他对这两个女子都起着由衷的敬重。

---

① 该篇创作完成于一九三九年十月十九日,首刊于一九三九年十月二十日桂林《中学生》(战时半月刊)第十期,署名萧红。一九三九年十一月一日,该文前半部分,刊于广州《文艺阵地》第四卷第一期"鲁迅先生逝世三周年纪念特辑",篇名为《鲁迅先生生活散记(回忆)》,署名萧红。文中与《中学生》所载前部分只有一句略有不同。

鲁迅先生的笑声是爽朗的,是从心里的欢喜。若有人说了什么可笑的话,鲁迅先生笑得连烟卷都拿不住了,常常是笑得咳嗽起来。

鲁迅先生喜欢吃清茶,其余不吃别的饮料。咖啡,可可,牛奶,汽水之类,家里都不预备。

鲁迅先生的休息,不听留声机,不出去散步,也不倒在床上睡觉,鲁迅先生自己说:
"坐在椅子上翻一翻书就是休息了。"

老靶子路有一家小吃茶店,只有一间门面,座少,安静,光线不充足,有些冷落。鲁迅先生常到这吃茶店来。有约会多半是在这里边的。老板是白俄,胖胖的。中国话大概他听不懂。

鲁迅先生这一位老人,穿着布袍子,有时到这里来,泡一壶红茶,和青年人坐在一道谈了一两个钟头。

有一天,鲁迅先生的背后坐着一位摩登女子,身穿紫裙子,黄衣裳,头戴花帽子……那女子临走时,鲁迅先生一看她,就用眼瞪着她,很生气的看了她半天。而后说:
"是做什么的呢……"

鲁迅先生对于穿着紫裙子,黄衣裳,花帽子的人,就是这样看法的。

鬼到底是有的是没有的? 传说上有人见过,还跟鬼说过话,还有人被鬼在后面追赶过,有的稍微软弱一点的鬼,一见了人就贴在墙上,但没有一个人捉住一个鬼给大家看。

鲁迅先生讲了他看见鬼的故事给大家听:

"是在绍兴……"鲁迅先生说:"三十年前……"

那时鲁迅先生从日本读书回来,在一个师范学堂里(也不知是什么学堂里)教书,晚上没有事时,鲁迅先生总是到朋友家去谈天,这朋友的住所离学堂有几里路,几里路不算远,但必得经过一片墓地,有的时候谈得晚了,十一二点钟方回学堂的事也常有。有一天鲁迅先生就回去得很晚,天空有很大的月亮。

鲁迅先生向着归路走得很起劲时,往远处一看,远处有一个白影。

鲁迅先生是不相信鬼的,在日本留学时学的是医,常常把死人抬来解剖的,解剖过二十几个,不但不怕鬼,对死人也不怕,所以对于坟也就根本不怕,仍旧向前走。

走了几步,那远处的白东西没有了,再看,突然又有了。并且时大时小,时高时低,正和鬼一样,鬼不就是变换无常的吗?

鲁迅先生有点踌躇了:到底是向前走呢? 还是回过头来走? 本来回学堂不只这一条路,这不过是最近的一条路就是了。

鲁迅先生仍是向前走的,到底要看一看鬼是什么样,虽然那时候也有点怕了。

鲁迅先生那时从日本回来不久,所以还穿着硬底皮鞋,鲁迅先生决心要给那鬼一个致命的打击,等走到那白影旁边时,那白影缩小了,蹲下了,一声不响的靠住了一个坟堆。

鲁迅先生就用了他的硬皮鞋踢出去。

那白影噢的一声叫出来,随着就站起来。鲁迅先生定睛看去,却是一个人。

鲁迅先生说,他在踢的时候,是很害怕的,好像不把那东西一下子踢死,自己反而会遭殃似的,所以用了全力踢出去。

"原来是一个盗墓子的人在坟场上半夜作着工作。"

鲁迅先生说到这里,就笑了起来。

"鬼也是怕踢的,踢他一脚立刻就变成人了。"

我想,鬼若是常常让鲁迅先生踢踢倒是好的,因为给了一个作人的机会。

鲁迅先生包一个纸包也要包得整整齐齐,常常把要寄出去的书,从许先生手里取过来自己包,说许先生包的不好。许先生本来包得多么好,而鲁迅先生还要亲自动手。

鲁迅先生把书包好了,用细绳捆上,那包方方正正,连一个角也不准歪一点或扁一点,而后拿着剪刀,把捆书的那小绳头都剪得整整齐齐。

就是包这书的纸都不是新的,都是从街上买东西回来留下来的。许先生上街回来把买来的东西,一打开随手就把包东西的牛皮纸折起来,随手把小细绳圈了一个圈,若小细绳上有一个疙疸,也要随手把它解开的。备着随时用随时方便。

鲁迅先生的身体不大好,容易伤风,伤风之后,照常要陪客人,回信,校稿子。所以伤风之后总要拖下去一个月或半个月的。

瞿秋白的《海上述林》校样,一九三五年冬和一九三六年的春天,鲁迅先生不断的校着,几十万字的校样,要看三遍,而印刷所送校样来总是十页八页的,并不是通通一道送来,所以鲁迅先生不断的被这校样催索着,鲁迅先生竟说:

"看吧,一边陪着你们谈话,一边看校样的,眼睛可以看,耳朵可以听……"

有时客人来了,鲁迅先生一边说着笑话,一边放下了笔。有的时候竟说:

"就剩几个字了,几个字……请坐一坐……"

一九三五年冬天,许先生说:
"周先生的身体是不如从前了。"

有一次,鲁迅先生到饭馆里请一次客人,来的时候兴致很好,还记得那次吃了一只烤鸭子,整个的鸭子用大钢叉子叉上来时,大家看着这鸭子烤的又油又亮的,鲁迅先生也笑了。

菜刚上满了,鲁迅先生就到竹躺椅上去吸一支烟,并且合一合眼睛。一吃完饭,有的喝多了酒的,大家都乱闹了起来,彼此抢着苹果,彼此讽刺着玩,说着一些刺人可笑的话。而鲁迅先生这时候,坐在躺椅上,合着眼睛很庄严的沉默着,让拿在手上纸烟的烟丝,慢慢的上升着。

别人以为鲁迅先生也是喝多了酒吧!

许先生说并不的。

"周先生身体是不如从前了,吃过了饭总要合一合眼,稍微休息一下,从前一向没有这习惯。"

周先生从椅子上站起来了,大概说他喝多了酒的话让他听到了。

"我不多喝酒的,小的时候,母亲常常提到父亲喝了酒,脾气怎样坏,母亲说,长大了不要喝酒,不要像父亲那样子……所以我喝不多的……而且从来没有醉过……"

鲁迅先生休息好了,换了一只烟,站起来也去拿苹果吃,可是苹果没有了。鲁迅先生说:

"我争不过你们了,苹果让你们抢没了。"

有人抢到手的还在保存着的苹果,奉献出来,鲁迅先生没有吃,只在吸烟。

从那之后,先生的健康便显出来不如从前了,这以后一直到鲁迅先生病。

那留待以后有机会再续记吧。

鲁迅先生逝世三周年纪念日

《大地的女儿》[①]

——史沫特烈作

这本书是史沫特烈作的,作得很好。并不是赞美她那本书里有什么幽美的情节。那本书所记载的多半是粗躁的声音,狂暴的吵闹,哭泣,饥饿,贫穷,但是她写得可怕的样子一点也没有。她是把他们很柔顺的摆在那里,而后慢慢的平平静静的把他们那为着打架而撕乱了的头发,用笔一笔一笔的给他们舒展开来。书里的人物痛苦了,哭泣了,但是在作者的笔下看到了他们在哭泣的背后是什么,也就是他们为什么而哭。

在那种不幸的环境之中,可以看见一个女孩子坚强的离开了不幸,坚强的把自己的命运改变了。

乔治桑[②]说为了过大的同情,把痛苦扩大一点也是对的。

但是这个作者却并没有把痛苦扩大,而且是缩小了。因为她却开了个方法根治了它。我曾问过她,她书中所写的那个印度人到底怎样?她告诉我实际上那人比她写的更坏一点。但是印度人是弱小民族,所以她在笔下把他放松了。这可以看见作者的对于不幸者的帮忙。她对不幸者永远寄托着不可遏止的同情。

六月二十八日

---

① 该篇创作于一九四〇年六月二十八日,首刊于一九四〇年六月三十日香港《大公报》副刊"文艺"第八七一期"综合书汇"专版,署名萧红。

② 乔治桑(1804—1876):法国女作家,主要作品有《我的一生》《安蒂亚娜》《木工小史》《康素爱萝》《安吉堡的磨工》等。

回忆鲁迅先生①

　　鲁迅先生的笑声是明朗的,是从心里的欢喜。若有人说了什么可笑的话,鲁迅先生笑得连烟卷都拿不住了,常常是笑得咳嗽起来。

　　鲁迅先生走路很轻捷,尤其使人记得清楚的,是他刚抓起帽子来往头上一扣,同时左腿就伸出去了,仿佛不顾一切的走去。

　　鲁迅先生不大注意人的衣裳,他说:

　　"谁穿什么衣裳我看不见的……"

　　鲁迅先生生病,刚好了一点,窗子开着,他坐在躺椅上,抽着烟,那天我穿着新奇的火红的上衣,很宽的袖子。

　　鲁迅先生说:"这天气闷热起来,这就是梅雨天。"他把他装在象牙烟嘴上的香烟,又用手装得紧一点,往下又说了别的。

　　许先生忙着家务跑来跑去,也没有对我的衣裳加以鉴赏。

　　于是我说:"周先生,我的衣裳漂亮不漂亮?"

　　鲁迅先生从上往下看了一眼:"不大漂亮。"

---

① 该篇创作完成于一九三九年十月二十六日,一九四〇年七月,收入重庆大时代书局"文艺丛书"初版《萧红散文》,署名萧红。该篇是在作者多篇回忆鲁迅的文字基础上增删、整合而成。附录收入许寿裳的《鲁迅的生活》和景宋(许广平)的《鲁迅和青年们》。

364

过了一会又加着说:"你的裙子配得颜色不对,并不是红上衣不好看,各种颜色都是好看的,红上衣要配红裙子,不然就是黑裙子,咖啡色的就不行了;这两种颜色放在一起很混浊……你没看到外国人在街上走的吗?绝没有下边穿一件绿裙子,上边穿一件紫上衣,也没有穿一件红裙子而后穿一件白上衣的……"

鲁迅先生就在躺椅上看着我:"你这裙子是咖啡色的,还带格子,颜色混浊得很,所以把红衣裳也弄得不漂亮了。"

"……人瘦不要穿黑衣裳,人胖不要穿白衣裳;脚长的女人一定要穿黑鞋子,脚短就一定要穿白鞋子;方格子的衣裳胖人不能穿,但比横格子的还好;横格子的,胖人穿上,就把胖子更往两边裂着,更横宽了,胖子要穿竖条子的,竖的把人显得长,横的把人显的宽……"

那天鲁迅先生很有兴致,把我一双短统靴子也略略批评一下,说我的短靴是军人穿的,因为靴子的前后都有一条线织的拉手,这拉手据鲁迅先生说是放在裤子下边的……

我说:"周先生,为什么那靴子我穿了多久了而不告诉我,怎么现在才想起来呢?现在我不是不穿了吗?我穿的这不是另外的鞋吗?"

"你不穿我才说的,你穿的时候,我一说你该不穿了。"

那天下午要赴一个宴会去,我要许先生给我找一点布条或绸条束一束头发。许先生拿了来米色的绿色的还有桃红色的。经我和许先生共同选定的是米色的。为着取笑,把那桃红色的,许先生举起来放在我的头发上,并且许先生很开心的说着:

"好看吧!多漂亮!"

我也非常得意,很规矩又顽皮的在等着鲁迅先生往这边看我们。

鲁迅先生这一看,他就生气了,他的眼皮往下一放向我们这边看着:

"不要那样装她……"

许先生有点窘了。

我也安静下来。

鲁迅先生在北平教书时，从不发脾气，但常常好用这种眼光看人，许先生常跟我讲，她在女师大读书时，周先生在课堂上，一生气就用眼睛往下一掠，看着她们，这种眼光鲁迅先生在记范爱农先生的文字曾自己述说过，而谁曾接触过这种眼光的人就会感到一个旷代的全智者的催逼。

我开始问："周先生怎么也晓得女人穿衣裳的这些事情呢?"

"看过书的，关于美学的。"

"什么时候看的……"

"大概是在日本读书的时候……"

"买的书吗?"

"不一定是买的，也许是从什么地方抓到就看的……"

"看了有趣味吗?!"

"随便看看……"

"周先生看这书做什么?"

"……"没有回答。好像很难以答。

许先生在旁说："周先生什么书都看的。"

在鲁迅先生家里做客人，刚开始是从法租界来到虹口，搭电车也要差不多一个钟头的工夫，所以那时候来的次数比较少，还记得有一次谈到半夜了，一过十二点电车就没有的，但那天不知讲了些什么，讲到一个段落就看看旁边小长桌上的圆钟，十一点半了，十一点四十五分了，电车没有了。

"反正已十二点，电车已没有，那么再坐一会。"许先生如此劝着。

鲁迅先生好像听了所讲的什么引起了幻想，安顿的举着象牙烟嘴在沉思着。

一点钟以后，送我(还有别的朋友)出来的是许先生，外边下着濛濛的小雨,弄堂里灯光全然灭掉了,鲁迅先生嘱许先生一定让坐小汽车回去,并且一定嘱咐许先生付钱。

以后也住到北四川路来,就每夜饭后必到大陆新村来了,刮风的天,下雨的天,几乎没有间断的时候。

鲁迅先生很喜欢北方饭。还喜欢吃油炸的东西,喜欢吃硬的东西,就是后来生病的时候,也不大吃牛奶。鸡汤端到旁边用调羹舀了一二下就算了事。

有一天约好我去包饺子吃,那还是住在法租界,所以带了外国酸菜和用绞肉机绞成的牛肉,就和许先生站在客厅后边的方桌边包起来。海婴公子围着闹得起劲,一会把按成圆饼的面拿去了,他说做了一只船来,送在我们的眼前,我们不看他,转身他又做了一只小鸡。许先生和我都不去看他,对他竭力避免加以赞美,若一赞美起来,怕他更做得起劲。

客厅后没到黄昏就先黑了,背上感到些微的寒凉,知道衣裳不够了,但为着忙,没有加衣裳去。等把饺子包完了看看那数目并不多,这才知道许先生和我们谈话谈得太多,误了工作。许先生怎样离开家的,怎样到天津读书的,在女师大读书时怎样做了家庭教师,她去考家庭教师的那一段描写,非常有趣,只取一名,可是考了好几十名,她之能够当选算是难的了。指望对于学费有点补足,冬天来了,北平又冷,那家离学校又远,每月除了车子钱之外,若伤风感冒还得自己拿出买阿司匹林的钱来,每月薪金十元要从西城跑到东城……

饺子煮好,一上楼梯,就听到楼上明朗的鲁迅先生的笑声冲下楼梯来,原来有几个朋友在楼上也正谈得热闹。那一天吃得是很好的。

以后我们又做过韭菜合子,又做过荷叶饼,我一提议,鲁迅先生必然赞成,而我做的又不好,可是鲁迅先生还是在饭桌上举着筷子问许先生:"我再吃几个吗?"

因为鲁迅先生的胃不大好,每饭后必吃"脾自美"胃药丸一二粒。

有一天下午鲁迅先生正在校对着瞿秋白的《海上述林》，我一走进卧室去，从那圆转椅上鲁迅先生转过来了，向着我，还微微站起了一点。

"好久不见，好久不见。"一边说着一边向我点头。

刚刚我不是来过了吗？怎么会好久不见？就是上午我来的那次周先生忘记了，可是我也每天来呀……怎么都忘记了吗？

周先生转身坐在躺椅上才自己笑起来，他是在开着玩笑。

梅雨季，很少有晴天，一天的上午刚一放晴，我高兴极了，就到鲁迅先生家去了，跑得上楼还喘着，鲁迅先生说："来啦！"我说："来啦！"

我喘着连茶也喝不下。

鲁迅先生就问我：

"有什么事吗？"

我说："天晴啦，太阳出来啦。"

许先生和鲁迅先生都笑着，一种对于冲破忧郁心境的展然的会心的笑。

海婴一看到我非拉我到院子里和他一道玩不可，拉我的头发或拉我的衣裳。

为什么他不拉别人呢？据周先生说："他看你梳着辫子，和他差不多，别人在他眼里都是大人，就看你小。"

许先生问着海婴："你为什么喜欢她呢？不喜欢别人？"

"她有小辫子。"说着就来拉我的头发。

鲁迅先生家里生客人很少，几乎没有，尤其是住在他家里的人更没有。一个礼拜六的晚上，在二楼上鲁迅先生的卧室里摆好了晚饭，围着桌子坐满了人。每逢礼拜六晚上都是这样的，周建人先生带着全家来拜访的。在桌子边坐着一个很瘦的很高的穿着中国小背心的人，鲁迅先生介绍说："这是一位同乡，是商人。"

初看似乎对的，穿着中国裤子，头发剃得很短。当吃饭时，他还让别人酒，也给我倒一盅，态度很活泼，不大像个商人；等吃完了饭，又谈到《伪自由书》及《二心集》。这个商人，开明得很，在中国不常见。没有见过的，就总不大放心。

下一次是在楼下客厅后的方桌上吃晚饭，那天很晴，一阵阵的刮着热风，虽然黄昏了，客厅后还不昏黑。鲁迅先生是新剪的头发，还能记得桌上有一碗黄花鱼，大概是顺着鲁迅先生的口味，是用油煎的。鲁迅先生前面摆着一碗酒，酒碗是扁扁的，好像用做吃饭的饭碗。那位商人先生也能喝酒，酒瓶手就站在他的旁边。他说蒙古人什么样，苗人什么样，从西藏经过时，那西藏女人见了男人追她，她就如何如何。

这商人可真怪，怎么专门走地方，而不做买卖？并且鲁迅先生的书他也全读过，一开口这个，一开口那个。并且海婴叫他×先生，我一听那×字就明白他是谁了。×先生常常回来得很迟，从鲁迅先生家里出来，在弄堂里遇到了几次。

有一天晚上×先生从三楼下来，手里提着小箱子，身上穿着长袍子，站在鲁迅先生的面前，他说他要搬了。他告了辞，许先生送他下楼去了。这时候周先生在地板上绕了两个圈子，问我说：

"你看他到底是商人吗？"

"是的。"我说。

鲁迅先生很有意思的在地板上走几步，而后向我说："他是贩卖私货的商人，是贩卖精神上的……"

×先生走过二万五千里回来的。

青年人写信，写得太草率，鲁迅先生是深恶痛绝之的。

"字不一定要写得好，但必须得使人一看了就认识，年青人现在都太忙了……他自己赶快胡乱写完了事，别人看了三遍五遍看不明白，这费了多少工夫，他不管。反正这费了功夫不是他的。这存心是不太好的。"

但他还是展读着每封由不同角落里投来的青年的信，眼睛不济时，便戴起眼镜来看，常常看到夜里很深的时光。

鲁迅先生坐在××电影院楼上的第一排，那片名忘记了，新闻片是苏联纪念五一节的红场。

"这个我怕看不到的……你们将来可以看得到。"鲁迅先生向我们周围的人说。

珂勒惠支的画，鲁迅先生最佩服，同时也很佩服她的做人，珂勒惠支受希特拉的压迫，不准她做教授，不准她画画，鲁迅先生常讲到她。

史沫特烈，鲁迅先生也讲到，她是美国女子，帮助印度独立运动，现在又在援助中国。

鲁迅先生介绍人去看的电影：《夏伯阳》，《复仇艳遇》……其余的如《人猿泰山》……或者非洲的怪兽这一类的影片，也常介绍给人的。鲁迅先生说："电影没有什么好看的，看看鸟兽之类倒可以增加些对于动物的知识。"

鲁迅先生不游公园，住在上海十年，兆丰公园没有进过。虹口公园这么近也没有进过。春天一到了，我常告诉周先生，我说公园里的土松软了，公园里的风多么柔和，周先生答应选个晴好的天气，选个礼拜日，海婴休假日，好一道去，坐一乘小汽车一直开到兆丰公园，也算是短途旅行，但这只是想着而未有做到，并且把公园给下了定义。鲁迅先生说:"公园的样子我知道的……一进门分做两条路,一条通左边,一条通右边,沿着路种着点柳树什么树的,树下摆着几张长椅子,再远一点有个水池子。"

我是去过兆丰公园的,也去过虹口公园或是法国公园的,仿佛这个定义适用在任何国度的公园设计者。

鲁迅先生不戴手套,不围围巾,冬天穿着黑石蓝的棉布袍子,头上戴着灰色毡帽,脚穿黑帆布胶皮底鞋。

胶皮底鞋夏天特别热,冬天又凉又湿,鲁迅先生的身体不算好,大家都提议把这鞋子换掉。鲁迅先生不肯,他说胶皮底鞋子走路方便。

"周先生一天走多少路呢?也不就一转弯到××书店走一趟吗?"

鲁迅先生笑而不答。

"周先生不是很好伤风吗?不围巾子,风一吹不就伤风了吗?"

鲁迅先生这些个都不习惯,他说:

"从小就没戴过手套围巾,戴不惯。"

鲁迅先生一推开门从家里出来时,两只手露在外边,很宽的袖口冲着风就向前走,腋下夹着个黑绸子印花的包袱,里边包着书或者是信,到老靶子路书店去了。

那包袱每天出去必带出去,回来必带回来。出去时带着给青年们的信,回来又从书店带来新的信和青年请鲁迅先生看的稿子。

鲁迅先生抱着印花包袱从外边回来,还提着一把伞,一进门客厅里早坐着客人,把伞挂在衣架上就陪客人谈起话来。谈了很久了,伞上的水滴顺着伞杆在地板上已经聚了一堆水。

鲁迅先生上楼去拿香烟,抱着印花包袱,而那把伞也没有忘记,顺手也带到楼上去。

鲁迅先生的记忆力非常之强,他的东西从不随便散置在任何地方。

鲁迅先生很喜欢北方口味。许先生想请一个北方厨子,鲁迅先生以为开销太大,请不得的,男佣人,至少要十五元钱的工钱。

所以买米买炭都是许先生下手,我问许先生为什么用两个女佣人都是年老的,都是六七十岁的?许先生说她们做惯了,海婴的保姆,海婴几个月时就在这里。

正说着那矮胖胖的保姆走下楼梯来了,和我们打了个迎面。

"先生,没吃茶吗?"她赶快拿了杯子去倒茶,那刚刚下楼时气喘的声音还在喉管里咕噜咕噜的,她确实年老了。

来了客人,许先生没有不下厨房的,菜食很丰富,鱼,肉……都是用大碗装着,起码四五碗,多则七八碗。可是平常就只三碗菜:一碗素炒豌豆苗,一碗笋炒咸菜,再一碗黄花鱼。

这菜简单到极点。

鲁迅先生的原稿,在拉都路一家炸油条的那里用着包油条,我得到了一张,是译《死魂灵》的原稿,写信告诉了鲁迅先生,鲁迅先生不以为希奇。许先生倒很生气。

鲁迅先生出书的校样,都用来揩着桌,或做什么的。请客人在家里吃饭,吃到半道,鲁迅先生回身去拿来校样给大家分着,客人接到手里一看,这怎么可以?鲁迅先生说:

"擦一擦,拿着鸡吃,手是腻的。"

到洗澡间去,那边也摆着校样纸。

许先生从早晨忙到晚上,在楼下陪客人,一边还手里打着毛线。不然就是一边谈着话一边站起来用手摘掉花盆里花上已干枯了的叶子。许先生每送一个客人,都要送到楼下的门口,替客人把门开开,客人走出去而后轻轻的关了门再上楼来。

来了客人还要到街上去买鱼或买鸡,买回来还要到厨房里去工作。

鲁迅先生临时要寄一封信,就得许先生换起皮鞋子来到邮局或者大陆新村旁边信筒那里去。落着雨天,许先生就打起伞来。

许先生是忙的,许先生的笑是愉快的,但是头发有一些是白了的。

夜里去看电影,施高塔路的汽车房只有一辆车,鲁迅先生一定不坐,一定让我们坐。许先生,周建人夫人……海婴,周建人先生的三位女公子。我们上车了。

鲁迅先生和周建人先生,还有别的一二位朋友在后边。

看完了电影出来,又只叫到一部汽车,鲁迅先生又一定不肯坐,让周建人先生的全家坐着先走了。

鲁迅先生旁边走着海婴,过了苏州河的大桥去等电车去了。等了二三十分钟电车还没有来,鲁迅先生依着沿苏州河的铁栏杆坐在桥边的石围上了,并且拿出香烟来,装上烟嘴,悠然的吸着烟。

海婴不安的来回的乱跑,鲁迅先生还招呼他和自己并排的坐下。

鲁迅先生坐在那儿和一个乡下的安静老人一样。

鲁迅先生吃的是清茶,其余不吃别的饮料。咖啡、可可、牛奶、汽水之类,家里都不预备。

鲁迅先生陪客人到夜深,必同客人一道吃些点心,那饼干就是从铺子里买来的,装在饼干盒子里,到夜深许先生拿着碟子取出来,摆在鲁迅先生的书桌上,吃完了,许先生打开立柜再取一碟。还有向日葵子差不多每来客人必不可少。鲁迅先生一边抽着烟,一边剥着瓜子吃,吃完了一碟鲁迅先生必请许先生再拿一碟来。

鲁迅先生备有两种纸烟,一种价钱贵的,一种便宜的。便宜的是绿听子的,我不认识那是什么牌子,只记得烟头上带着黄纸的嘴,每五十支的价钱大概是四角到五角,是鲁迅先生自己平日用的。另一种是白听子的,是前门烟,用来招待客人的,白听烟放在鲁迅先生书桌的抽屉里。来客人鲁迅先生下楼,把它带到楼下去,客人走了,又带回楼上来照样放在抽屉里。而绿听子的永远放在书桌上,是鲁迅先生随时吸着的。

鲁迅先生的休息,不听留声机,不出去散步,也不倒在床上睡觉,鲁迅先生自己说:

"坐在椅子上翻一翻书就是休息了。"

鲁迅先生从下午两三点钟起就陪客人,陪到五点钟,陪到六点钟,客人若在家吃饭,吃完饭又必要在一起喝茶,或者刚刚喝完茶走了,或者还没走又来了客人,于是又陪下去,陪到八点钟,十点钟,常常陪到十二点钟。从下午两三点钟起,陪到夜里十二点,这么长的时间,鲁迅先生都是坐在藤躺椅上,不断的吸着烟。

客人一走,已经是下半夜了,本来已经是睡觉的时候了,可是鲁迅先生正要开始工作。在工作之前,他稍微阖一阖眼睛,燃起一支烟来,躺在床边上,这一支烟还没有吸完,许先生差不多就在床里边睡着了。(许先生为什么睡得这样快?因为第二天早晨六七点钟就要起来管理家务。)海婴这时也在三楼和保姆一道睡着了。

全楼都寂静下去,窗外也是一点声音没有了,鲁迅先生站起来,坐到书桌边,在那绿色的台灯下开始写文章了。

许先生说鸡鸣的时候,鲁迅先生还是坐着,街上的汽车嘟嘟的叫起来了,鲁迅先生还是坐着。

有时许先生醒了，看着玻璃窗白萨萨的了，灯光也不显得怎样亮了，鲁迅先生的背影不像夜里那样黑大。

鲁迅先生的背影是灰黑色的，仍旧坐在那里。

人家都起来了，鲁迅先生才睡下。

海婴从三楼下来了，背着书包，保姆送他到学校去，经过鲁迅先生的门前，保姆总是吩咐他说：

"轻一点走，轻一点走。"

鲁迅先生刚一睡下，太阳就高起来了。太阳照着隔院子的人家，明亮亮的，照着鲁迅先生花园的夹竹桃，明亮亮的。

鲁迅先生的书桌整整齐齐的，写好的文章压在书下边，毛笔在烧瓷的小龟背上站着。

一双拖鞋停在床下，鲁迅先生在枕头上边睡着了。

鲁迅先生喜欢吃一点酒，但是不多吃，吃半小碗或一碗。鲁迅先生吃的是中国酒，多半是花雕。

老靶子路有一家小吃茶店，只有门面一间，在门面里边设座，座少，安静，光线不充足，有些冷落。鲁迅先生常到这吃茶店来，有约会多半是在这里边，老板是犹太人也许是白俄，胖胖的，中国话大概他听不懂。

鲁迅先生这一位老人，穿着布袍子，有时到这里来，泡一壶红茶，和青年人坐在一道谈了一两个钟头。

有一天鲁迅先生的背后那茶座里边坐着一位摩登女子，身穿紫裙子黄衣裳，头戴花帽子……那女子临走时，鲁迅先生一看她，就用眼瞪着她，很生气的看了她半天。而后说：

"是做什么的呢？"

鲁迅先生对于穿着紫裙子黄衣裳，花帽子的人就是这样看法的。

鬼到底是有的是没有的？传说上有人见过，还跟鬼说过话，还有人被鬼在后边追赶过，吊死鬼一见了人就贴在墙上。但没有一个人捉住一个鬼给大家看看。

鲁迅先生讲了他看见过鬼的故事给大家听：

"是在绍兴……"鲁迅先生说，"三十年前……"

那时鲁迅先生从日本读书回来，在一个师范学堂里也不知是什么学堂里教书，晚上没有事时，鲁迅先生总是到朋友家去谈天。这朋友住的离学堂几里路，几里路不算远，但必得经过一片坟地。谈天有的时候就谈得晚了，十一二点钟才回学堂的事也常有，有一天鲁迅先生就回去得很晚，天空有很大的月亮。

鲁迅先生向着归路走得很起劲时，往远处一看，远远有一个白影。

鲁迅先生不相信鬼的，在日本留学时是学的医，常常把死人抬来解剖的，鲁迅先生解剖过二十几个，不但不怕鬼，对死人也不怕，所以对于坟地也就根本不怕。仍旧是向前走的。

走了不几步，那远处的白影没有了，再看突然又有了。并且时小时大，时高时低，正和鬼一样。鬼不就是变换无常的吗？

鲁迅先生有点踌躇了，到底向前走呢？还是回过头来走？本来回学堂不止这一条路，这不过是最近的一条就是了。

鲁迅先生仍是向前走，到底要看一看鬼是什么样，虽然那时候也怕了。

鲁迅先生那时从日本回来不久，所以还穿着硬底皮鞋。鲁迅先生决心要给那鬼一个致命的打击，等走到那白影的旁边时，那白影缩小了，蹲下了，一声不响的靠住了一个坟堆。

鲁迅先生就用了他的硬皮鞋踢出去。

那白影噢的一声叫起来，随着就站起来，鲁迅先生定眼看去，他却是个人。

鲁迅先生说在他踢的时候，他是很害怕的，好像若一下不把那东西踢死，自己反而会遭殃的，所以用了全力踢出去。

原来是个盗墓子的人在坟场上半夜作着工作。

鲁迅先生说到这里就笑了起来。

"鬼也是怕踢的，踢他一脚就立刻变成人了。"

我想，倘若是鬼常常让鲁迅先生踢踢倒是好的，因为给了他一个做人的机会。

从福建菜馆叫的菜，有一碗鱼做的丸子。

海婴一吃就说不新鲜，许先生不信，别的人也都不信。因为那丸子有的新鲜，有的不新鲜，别人吃到嘴里的恰好都是没有改味的。

许先生又给海婴一个，海婴一吃，又是不好的，他又嚷嚷着。别人都不注意，鲁迅先生把海婴碟里的拿来尝尝，果然是不新鲜的。鲁迅先生说：

"他说不新鲜，一定也有他的道理，不加以查看就抹杀是不对的。"

………

以后我想起这件事来，私下和许先生谈过，许先生说："周先生的做人，真是我们学不了的。那怕一点点小事。"

鲁迅先生包一个纸包也要包得整整齐齐，常常把要寄出的书，鲁迅先生从许先生手里拿过来自己包，许先生本来包得多么好，而鲁迅先生还要亲自动手。

鲁迅先生把书包好了，用细绳捆上，那包方方正正的，连一个角也不准歪一点或扁一点，而后拿着剪刀，把捆书的那绳头都剪得整整齐齐。

就是包这书的纸都不是新的，都是从街上买东西回来留下来的。

许先生上街回来把买来的东西一打开随手就把包东西的牛皮纸折起来,随手把小细绳圈了一个圈。若小细绳上有一个疙瘩,也要随手把它解开的。准备着随时用随时方便。

鲁迅先生住的是大陆新村九号。

一进弄堂口,满地铺着大方块的水门汀,院子里不怎样嘈杂,从这院子出入的有时候是外国人,也能够看到外国小孩在院子里零星的玩着。

鲁迅先生隔壁挂着一块大的牌子,上面写着一个"茶"字。

在一九三五年十月一日。

鲁迅先生的客厅摆着长桌,长桌是黑色的,油漆不十分新鲜,但也并不破旧,桌上没有铺什么桌布,只在长桌的当心摆着一个绿豆青色的花瓶,花瓶里长着几株大叶子的万年青,围着长桌有七八张木椅子。尤其是在夜里,全弄堂一点什么声音也听不到。

那夜,就和鲁迅先生和许先生一道坐在长桌旁边喝茶的。当夜谈了许多关于伪满洲国的事情,从饭后谈起,一直谈到九点钟十点钟而后到十一点,时时想退出来,让鲁迅先生好早点休息,因为我看出来鲁迅先生身体不大好,又加上听许先生说过,鲁迅先生伤风了一个多月,刚好了的。

但是鲁迅先生并没有疲倦的样子。虽然客厅里也摆着一张可以卧倒的藤椅,我们劝他几次想让他坐在藤椅上休息一下,但是他没有去,仍旧坐在椅子上。并且还上楼一次,去加穿了一件皮袍子。

那夜鲁迅先生到底讲了些什么,现在记不起来了。也许想起来的不是那夜讲的而是以后讲的也说不定。过了十一点,天就落雨了,雨点淅沥淅沥的打在玻璃窗上,窗子没有窗帘,所以偶一回头,就看到玻璃窗上有小水流往下流。夜已深了,并且落了雨,心里十分着急,几次站起来想要走,但是鲁迅先生和许先生一再说再坐一下:"十二点钟以前终归有车子可搭的。"所以一直坐到将近十二点，才穿起雨衣来，打开客厅外面的响着的铁门，鲁迅先生非要送到铁门外不可。我想为什么他一定要送呢？对于这样年轻的客人，这样的送是应该的吗？雨不会打湿了头发，受了寒伤风不又要继续下去吗？站在铁门外边，鲁迅先生说，并且指着隔壁那家写着"茶"字的大牌子："下次来记住这个'茶'字，就是这个'茶'的隔壁。"而且伸出手去，几乎是触到了钉在锁门旁边的那个九号的"九"字，"下次来记住'茶'的旁边九号。"

于是脚踏着方块的水门汀，走出弄堂来，回过身去往院子里边看了一看，鲁迅先生那一排房子统统是黑洞洞的，若不是告诉得那样清楚，下次来恐怕要记不住的。

鲁迅先生的卧室，一张铁架大床，床顶上遮着许先生亲手做的白布刺花的围子，顺着床的一边折着两床被子，都是很厚的，是花洋布的被面。挨着门口的床头的方面站着抽屉柜。一进门的左手摆着八仙桌，桌子的两旁藤椅各一，立柜站在和方桌一排的墙角，立柜本是挂衣裳的，衣裳却很少，都让糖盒子，饼干筒子，瓜子罐给塞满了。有一次××老板的太太来拿版权的图章花，鲁迅先生就从立柜下边大抽屉里取出的。沿着墙角望窗子那边走，有一张装饰台，桌子上有一个方形的满浮着绿草的玻璃养鱼池，里边游着的不是金鱼而是灰色的扁肚子的小鱼。除了鱼池之外另有一只圆的表，其余那上边满装着书。铁架床靠窗子的那头的书柜里书柜外都是书。最后是鲁迅先生的写字台，那上边也都是书。

鲁迅先生家里，从楼上到楼下，没有一个沙发，鲁迅先生工作时坐的椅子是硬的，休息时的藤椅是硬的，到楼下陪客人时坐的椅子又是硬的。

鲁迅先生的写字台面向着窗子，上海弄堂房子的窗子差不多满一面墙那么大，鲁迅先生把它关起来，因为鲁迅先生工作起来有一个习惯,怕吹风,他说,风一吹,纸就动,时时防备着纸跑,文章就写不好。所以屋子热得和蒸笼似的,请鲁迅先生到楼下去,他又不肯,鲁迅先生的习惯是不换地方。有时太阳照进来,许先生劝他把书桌移开一点都不肯。只有满身流汗。

鲁迅先生的写字桌,铺了一张蓝格子的油漆布,四角都用图钉按着。桌子上有小砚台一方,墨一块,毛笔站在笔架上,笔架是烧瓷的,在我看来不很细致,是一个龟,龟背上带着好几个洞,笔就插在那洞里。鲁迅先生多半是用毛笔的,钢笔也不是没有,是放在抽屉里。桌上有一个方大的白瓷的烟灰盒,还有一个茶杯,杯子上戴着盖。

鲁迅先生的习惯与别人不同,写文章用的材料和来信都压在桌子上,把桌子都压得满满的,几乎只有写字的地方可以伸开手,其余桌子的一半被书或纸张占有着。

左手边的桌角上有一个带绿灯罩的台灯,那灯泡是横着装的,在上海那是极普通的台灯。

冬天在楼上吃饭,鲁迅先生自己拉着电线把台灯的机关从棚顶的灯头上拔下,而后装上灯泡子。等饭吃过了,许先生再把电线装起来,鲁迅先生的台灯就是这样做成的,拖着一根长的电线在棚顶上。

鲁迅先生的文章,多半是从这台灯下写的。因为鲁迅先生的工作时间,多半是下半夜一两点起,天将明了休息。

卧室就是如此,墙上挂着海婴公子一个月婴孩的油画像。

挨着卧室的后楼里边,完全是书了,不十分整齐,报纸和杂志或洋装的书,都混在这间屋子里,一走进去多少还有些纸张气味。地板被书遮盖得太小了,几乎没有了,大网篮也堆在书中。墙上拉着一条绳子或者是铁丝,就在那上边系了小提盒,铁丝笼之类。风干荸荠就盛在铁丝笼里,扯着的那铁丝几乎被压断了在弯弯着。一推开藏书室的窗子,窗子外边还挂着一筐风干荸荠。

"吃吧,多得很,风干的,格外甜。"许先生说。

楼下厨房传来了煎菜的锅铲的响声,并且两个年老的娘姨慢重重的在讲一些什么。

厨房是家里最热闹的一部分。整个三层楼都是静静的,喊娘姨的声音没有,在楼梯上跑来跑去的声音没有。鲁迅先生家里五六间房子只住着五个人,三位是先生的全家,余下的二位是年老的女佣人。

来了客人都是许先生亲自倒茶,即或是麻烦到娘姨时,也是许先生下楼去吩咐,绝没有站到楼梯口就大声呼唤的时候。所以整个的房子都在静悄悄之中。

只有厨房比较热闹了一点,自来水花花的流着,洋瓷盆在水门汀的水池子上每拖一下磨着嚓嚓的响,洗米的声音也是嚓嚓。鲁迅先生很喜欢吃竹笋的,在菜板上切着笋片笋丝时,刀刃每划下去都是很响的。其他比起别人家的厨房来却冷清极了,所以洗米声和切笋声都分开来听得样样清清晰晰。

客厅的一边摆着并排的两个书架,书架是带玻璃橱的,里面有朵斯托益夫斯基的全集和别的外国作家的全集,大半多是日文译本。地板上没有地毯,但擦得非常干净。

海婴公子的玩具橱也站在客厅里,里边是些毛猴子,橡皮人,火车汽车之类,里边装得满满的,别人是数不清的,只有海婴自己伸手到里边找些什么就有什么。过新年时在街上买的兔子灯,纸毛上已经落了灰尘了,仍摆在玩具橱顶上。

客厅只有一个灯头,大概五十烛光。客厅的后门对着上楼的楼梯,前门一打开有一个一方丈人小的花园,花园里没有什么花看,只有一株很高的七八尺高的小树,大概那树是柳桃,一到了春天,喜欢生长蚜虫,忙得许先生拿着喷蚊虫的机器,一边陪着谈话,一边喷着杀虫药水。沿了墙根,种了一排玉米,许先生说:"这玉米长不大的,这土是没有养料的,海婴一定要种。"

春天,海婴在花园里掘着泥沙,培植着各种玩艺。

三楼则特别静了,向着太阳开着两扇玻璃门,门外有一个水门汀的突出的小廊子,春天很温暖的抚摸着门口长垂着的帘子,有时候帘子被风打得很高,飘扬的饱满得和大鱼泡似的。那时候隔院的绿树照进玻璃门扇里来了。

海婴坐在地板上装着小工程师在修着一座楼房,他那楼房是用椅子横倒了架起来修的,而后遮起一张被单来算做屋瓦,全个房子在他自己拍着手的赞誉声中完成了。

这屋间感到些空旷和寂寞,既不像女工住的屋子,又不像儿童室。海婴的眠床靠着屋子的一边放着,那大圆顶帐子日里也不打起来,长拖拖的好像从棚顶一直垂到地板上,那床是非常讲究的,属于刻花的木器一类的。许先生讲过,租这房子时,从前一个房客转留下来的。海婴和他的保姆,就睡在五六尺宽的大床上。

冬天烧过的火炉,三月里还冷冰冰的在地板上站着。

海婴不大在三楼上玩的,除了到学校去,就是在院子里踏脚踏车,他非常喜欢跑跳,所以厨房,客厅,二楼,他是无处不跑的。

三楼整天在高处空着,三楼的后楼住着另一个老女工,一天很少上楼来,所以楼梯擦过之后,一天到晚干净得溜明。

一九三六年三月里鲁迅先生病了,靠在二楼的躺椅上,心脏跳动得比平日厉害,脸色略微灰了一点。

许先生正相反的,脸色是红的,眼睛显得大了,讲话的声音是平静的,态度并没有比平日慌张。在楼下,一走进客厅来许先生就告诉说:

"周先生病了,气喘……喘得厉害,在楼上靠在躺椅上。"

鲁迅先生呼喘的声音,不用走到他的旁边,一进了卧室就听得到的。鼻子和胡须在扇着，胸部一起一落。眼睛闭着，差不多永久不离开手的纸烟，也放弃了。躺藤椅后边靠着枕头，鲁迅先生的头有些向后，两只手空闲的垂着。眉头仍和平日一样没有聚皱，脸上是平静的，舒展的，似乎并没有任何痛苦加在身上。

"来了吗？"鲁迅先生睁一睁眼睛，"不小心，着了凉……呼吸困难……到藏书的房子去翻一翻书……那房子因为没有人住，特别凉……回来就……"

许先生看周先生说话吃力，赶快接着说周先生是怎样气喘的。

医生看过了，吃了药，但喘并未停。下午医生又来过，刚刚走。

卧室在黄昏里边一点一点的暗下去，外边起了一点小风，隔院的树被风摇着发响。别人家的窗子有的被风打着发出自动关开的响声，家家的流水道都是花拉花拉的响着水声，一定是晚餐之后洗着杯盘的剩水。晚餐后该散步的散步去了，该会朋友的会朋友去了，弄堂里来去的稀疏不断的走着人，而娘姨们还没有解掉围裙呢，就依着后门彼此搭讪起来。小孩子们三五一伙前门后门的跑着，弄堂外汽车穿来穿去。

鲁迅先生坐在躺椅上，沉静的，不动的阖着眼睛，略微灰了的脸色被炉里的火光染红了一点。纸烟听子蹲在书桌上，盖着盖子，茶杯也蹲在桌子上。

许先生轻轻的在楼梯上走着，许先生一到楼下去，二楼就只剩了鲁迅先生一个人坐在椅子上，呼喘把鲁迅先生的胸部有规律性的抬得高高的。

"鲁迅先生必得休息的，"须藤老医生是这样说的。可是鲁迅先生从此不但没有休息，并且脑子里所想的更多了，要做的事情都像非立刻就做不可，校《海上述林》的校样，印珂尔惠支的画，翻译《死魂灵》下部；刚好了，这些就都一起开始了，还计算着出三十年集（即《鲁迅全集》）。

鲁迅先生感到自己的身体不好，就更没有时间注意身体，所以要多作，赶快做。当时大家不解其中的意思，都以为鲁迅先生不加以休息不以为然，后来读了鲁迅先生《死》的那篇文章才了然了。

鲁迅先生知道自己的健康不成了，工作的时间没有几年了，死了是不要紧的，只要留给人类更多，鲁迅先生就是这样。

不久书桌上德文字典和日文字典都摆起来了，果戈里的《死魂灵》，又开始翻译了。

鲁迅先生的身体不大好，容易伤风，伤风之后，照常要陪客人，回信，校稿子。所以伤风之后总要拖下去一个月或半个月的。

瞿秋白的《海上述林》校样，一九三五年冬，一九三六年的春天，鲁迅先生不断的校着，几十万字的校样，要看三遍，而印刷所送校样来总是十页八页的，并不是统统一道的送来，所以鲁迅先生不断的被这校样催索着，鲁迅先生竟说：

"看吧，一边陪着你们谈话，一边看校样的，眼睛可以看，耳朵可以听……"

有时客人来了，一边说着笑话，一边鲁迅先生放下了笔。有的时候也说："就剩几个字了……请坐一坐……"

一九三五年冬天许先生说：

"周先生的身体是不如从前了。"

有一次鲁迅先生到饭馆里去请客，来的时候兴致很好，还记得那次吃了一只烤鸭子，整个的鸭子用大钢叉子叉上来时，大家看着这鸭子烤的又油又亮的，鲁迅先生也笑了。

菜刚上满了，鲁迅先生就到竹躺椅上吸一支烟，并且阖一阖眼睛。一吃完了饭，有的喝多了酒的，大家都乱闹了起来，彼此抢着苹果，彼此讽刺着玩，说着一些刺人可笑的话。而鲁迅先生这时候，坐在躺椅上,阖着眼睛,很庄严的在沉默着,让拿在手上纸烟的烟丝,慢慢的上升着。

别人以为鲁迅先生也是喝多了酒吧!

许先生说,并不的。

"周先生的身体是不如从前了,吃过了饭总要阖一阖眼稍微休息一下,从前一向没有这习惯。"

周先生从椅子上站起来了,大概说他喝多了酒的话让他听到了。

"我不多喝酒的。小的时候,母亲常提到父亲喝了酒,脾气怎样坏,母亲说,长大了不要喝酒,不要像父亲那样子……所以我不多喝的……从来没喝醉过……"

鲁迅先生休息好了,换了一支烟,站起来也去拿苹果吃,可是苹果没有了。鲁迅先生说:

"我争不过你们了,苹果让你们抢没了。"

有人抢到手的还在保存着的苹果,奉献出来,鲁迅先生没有吃,只在吸烟。

一九三六年春,鲁迅先生的身体不大好,但没有什么病,吃过了夜饭,坐在躺椅上,总要闭一闭眼睛沉静一会。

许先生对我说,周先生在北平时,有时开着玩笑,手按着桌子一跃就能够跃过去,而近年来没有这么做过,大概没有以前那么灵便了。

这话许先生和我是私下讲的,鲁迅先生没有听见,仍靠在躺椅上沉默着呢。

许先生开了火炉的门,装着煤炭花花的响,把鲁迅先生震醒了。一讲起话来鲁迅先生的精神又照常一样。

鲁迅先生睡在二楼的床上已经一个多月了,气喘虽然停止,但每天发热,尤其是下午热度总在三十八度三十九度之间,有时也到三十九度多,那时鲁迅先生的脸色是微红的,目力是疲弱的,不吃东西,不大多睡,没有一些呻吟,似乎全身都没有什么痛楚的地方。躺在床上有的时候张开眼睛看着,有的时候似睡非睡的安静的躺着,茶吃得很少。差不多一刻也不停的吸纸烟,而今几乎完全放弃了,纸烟听子不放在床边,而仍很远的蹲在书桌上,若想吸一支,是请许先生付给的。

许先生从鲁迅先生病起,更过度的忙了。按着时间给鲁迅先生吃药,按着时间给鲁迅先生试温度表,试过了之后还要把一张医生发给的表格填好,那表格是一张硬纸,上面画了无数根线,许先生就在这张纸上拿着米度尺画着度数,那表画得和尖尖的小山丘似的,又像尖尖的水晶石,高的低的一排连的站着。许先生虽然每天画,但那像是一条接连不断的线,不过从低处到高处,从高处到低处,这高峰越高越不好,也就是鲁迅先生的热度越高了。

来看鲁迅先生的人,多半都不到楼上来了,为的是请鲁迅先生好好的静养,所以把陪客人这些事也推到许先生身上来了。还有书、报、信,都要许先生看过,必要的就告诉鲁迅先生,不十分必要的,就先把它放在一处放一放,等鲁迅先生好了些再取出来交给他。然而这家庭里边还有许多琐事,比方年老的娘姨病了,要请两天假;海婴的牙齿脱掉一个要到牙医那里去看过,但是带他去的人没有,又得许先生。海婴在幼稚园里读书,又是买铅笔,买皮球,还有临时出些个花头,跑上楼来了,说要吃什么花生糖什么牛奶糖,他上楼来是一边跑着一边喊着,许先生连忙拉住了他,拉他下了楼才跟他讲:

"爸爸病啦。"而后拿出钱来,嘱咐好了娘姨,只买几块糖而不准让他格外的多买。

收电灯费的来了,在楼下一打门,许先生就得赶快往楼下跑,怕的是再多打几下,就要惊醒了鲁迅先生。

海婴最喜欢听讲故事,这也是无限的麻烦,许先生除了陪海婴讲故事之外,还要在长桌上偷一点工夫来看鲁迅先生为着病耽搁下来的尚未校完的校样。

在这期间,许先生比鲁迅先生更要担当一切了。

鲁迅先生吃饭,是在楼上单开一桌,那仅仅是一个方木盘,许先生每餐亲手端到楼上去,那黑油漆的方木盘中摆着三、四样小菜,每样都用小吃碟盛着,那小吃碟直径不过二寸,一碟豌豆苗或菠菜或苋菜,把黄花鱼或者鸡之类也放在小碟里端上楼去。若是鸡,那鸡也是全鸡身上最好的一块地方拣下来的肉;若是鱼,也是鱼身上最好一部分,许先生才把它拣下放在小碟里。

许先生用筷子来回的翻着楼下的饭桌上菜碗里的东西,菜捡嫩的,不要茎,只要叶,鱼肉之类,捡烧得软的,没有骨头没有刺的。

心里存着无限的期望,无限的要求,用了比祈祷更虔诚的目光,许先生看着她自己手里选得精精致致的菜盘子,而后脚板触着楼梯上了楼。

希望鲁迅先生多吃一口,多动一动筷,多喝一口鸡汤。鸡汤和牛奶是医生所嘱的,一定要多吃一些的。

把饭送上去,有时许先生陪在旁边,有时走下楼来又做些别的事,半个钟头之后,到楼上去取这盘子。这盘子装得满满的,有时竟照原样一动也没有动又端下来了,这时候许先生的眉头微微的皱了一点。旁边若有什么朋友,许先生就说:"周先生的热度高,什么也吃不落,连茶也不愿意吃,人很苦,人很吃力。"

有一天许先生用着波浪式的专门切面包的刀切着一个面包,是在客厅后边方桌上切的,许先生一边切着一边对我说:

"劝周先生多吃些东西,周先生说,人好了再保养,现在勉强吃也是没有用的。"

许先生接着似乎问着我:

"这也是对的?"

而后把牛奶面包送上楼去了。一碗烧好的鸡汤，从方盘里许先生把它端出来了，就摆在客厅后的方桌上。许先生上楼去了，那碗热的鸡汤在桌子上自己悠然的冒着热气。

许先生由楼上回来还说呢：

"周先生平常就不喜欢吃汤之类，在病里，更勉强不下了。"

那已经送上去的一碗牛奶又带下来了。

许先生似乎安慰着自己似的。

"周先生人强，欢喜吃硬的，油炸的，就是吃饭也欢喜吃硬饭……"

许先生楼上楼下的跑，呼吸有些不平静，坐在她旁边，似乎可以听到她心脏的跳动。

鲁迅先生开始独桌吃饭以后，客人多半不上楼来了，经许先生婉言把鲁迅先生健康的经过报告了之后就走了。

鲁迅先生在楼上一天一天的睡下去，睡了许多日子就有些寂寞了，有时大概热度低了点就问许先生：

"有什么人来过吗？"

看鲁迅先生精神好些，就一一的报告过。

有时也问到有什么刊物来吗？

鲁迅先生病了一个多月了。

证明了鲁迅先生是肺病，并且是肋膜炎，须藤老医生每天来了，为鲁迅先生先把肋膜化腐的东西用打针的方法抽净，每天抽一次，共抽了一两个礼拜。

这样的病，为什么鲁迅先生一点也不晓得呢？许先生说，周先生有时觉得肋痛了就自己忍着不说，所以连许先生也不知道，鲁迅先生怕别人晓得了又要不放心，又要看医生，医生一定又要说休息。鲁迅先生自己知道做不到的。

福民医院美国医生的检查，说鲁迅先生肺病已经二十年了。这次发了怕是很严重。

医生规定个日子,请鲁迅先生到福民医院去详细检查,要照 X 光的。

但鲁迅先生当时就下楼是下不得的,又过了许多天,鲁迅先生到福民医院去查病去了。照 X 光后给鲁迅先生照了一个全部的肺部的照片。

这照片取来的那天许先生在楼下给大家看了,右肺的上尖角是黑的,中部也黑了一块,左肺的下半部都不大好,而沿着左肺的边边黑了一大圈。

这之后,鲁迅先生的热度仍高,若再这样热度不退,就很难抵抗了。

那查病的美国医生,只查病,而不给药吃,他相信药是没有用的。

须藤老医生,鲁迅先生早就认识,所以每天来,他给鲁迅先生吃了些退热的药,还吃停止肺部菌活动的药。他说若肺不再坏下去,就停止在这里,热自然就退了,人是不危险的。

在楼下的客厅里许先生哭了。许先生手里拿着一团毛线,那是海婴的毛线衣拆了洗过之后又团起来的。

鲁迅先生在无欲望状态中,什么也不吃,什么也不想,睡觉是似睡非睡的。

天气热起来了,客厅的门窗都打开着,阳光跳跃在门外的花园里。麻雀来了停在夹竹桃上叫了三两声就又飞去,院子里的小孩子们唧唧喳喳的玩耍着,风吹进来好像带着热气,扑到人的身上,天气刚刚发芽的春天,变为夏天了。

楼上老医生和鲁迅先生谈话的声音隐约可以听到。

楼下又来客人。来的人总要问:

"周先生好一点吗?"

许先生照常说:"还是那样子。"

但今天说了眼泪就又流了满脸。一边拿起杯子来给客人倒茶,一边用左手拿着手帕按着鼻子。

客人问:

"周先生又不大好吗?"

许先生说:

"没有的,是我心窄。"

过了一会鲁迅先生要找什么东西,喊许先生上楼去,许先生连忙擦着眼睛,想说她不上楼的,但左右的看了一看,没有人能替代了她,于是带着她那团还没有缠完的毛线球上楼去了。

楼上坐着老医生,还有两位探望鲁迅先生的客人,许先生一看了他们就自己低了头不好意思地笑了,她不敢到鲁迅先生的面前去,背转着身问鲁迅先生要什么呢,而后又是慌忙的把毛线缕挂在手上缠了起来。

一直到送老医生下楼,许先生都是把背向鲁迅先生而站着的。

每次老医生走,许先生都是替老医生提着皮提包送到前门外的。许先生愉快的、沉静的带着笑容打开铁门闩,很恭敬的把皮包交给老医生,眼看着老医生走了才进来关了门。

这老医生出入在鲁迅先生的家里,连老娘姨对他都是尊敬的,医生从楼上下来时,娘姨若在楼梯的半道,赶快下来躲开,站到楼梯的旁边。有一天老娘姨端着一个杯子上楼,楼上医生和许先生一道下来了,那老娘姨躲闪不灵,急得把杯里的茶都颠出来了。等医生走过去,已经走出了前门,老娘姨还在那里呆呆的望着。

"周先生好了点吧?"

有一天许先生不在家,我问着老娘姨。她说:

"谁晓得,医生天天看过了不声不响的就走了。"

可见老娘姨对医生每天是怀着期望的眼光看着他的。

许先生很镇静,没有紊乱的神色,虽然说那天当着人哭过一次,但该做什么,仍是做什么,毛线该洗的已经洗了,晒的已经晒起,晒干了的随手就把它缠成团子。

"海婴的毛线衣,每年拆一次,洗过之后再重打起,人一年一年的长,衣裳一年穿过,一年就小了。"

在楼下陪着熟的客人,一边谈着,一边开始手里动着竹针。

这种事情许先生是偷工就做的,夏天就开始预备着冬天的,冬天就做夏天的。

许先生自己常常说:

"我是无事忙。"

这话很客气,但忙是真的,每一餐饭,都好像没有安静的吃过。海婴一会要这个,要那个;若一有客人,上街临时买菜,下厨房煎炒还不说,就是摆到桌子上来,还要从菜碗里为着客人选好的夹过去。饭后又是吃水果,若吃苹果还要把皮削掉,若吃荸荠看客人削得慢而不好也要削了送给客人吃,那时鲁迅先生还没有生病。

许先生除了打毛线衣之外,还用机器缝衣裳,剪裁了许多件海婴的内衫裤在窗下缝。

因此许先生对自己忽略了,每天上下楼跑着,所穿的衣裳都是旧的,次数洗得太多,纽扣都洗脱了,也磨破了,都是几年前的旧衣裳,春天时许先生穿了一个紫红宁绸袍子,那料子是海婴在婴孩时候别人送给海婴做被子的礼物。做被子,许先生说很可惜,就检起来做一件袍子。正说着,海婴来了,许先生使眼神,且不要提到,若提到海婴又要麻烦起来了,一定要说是他的,他就要。

许先生冬天穿一双大棉鞋,是她自己做的。一直到二三月早晚冷时还穿着。

有一次我和许先生在小花园里一道拍一张照片,许先生说她的纽扣掉了,还拉着我站在她前边遮着她。

许先生买东西也总是到便宜的店铺去买，再不然，到减价的地方去买。

处处俭省，把俭省下来的钱，都印了书和印了画。

现在许先生在窗下缝着衣裳，机器声格答格答的，震着玻璃门有些颤抖。

窗外的黄昏，窗内许先生低着的头，楼上鲁迅先生的咳嗽声，都搅混在一起了，重续着、埋藏着力量。在痛苦中，在悲哀中，一种对于生的强烈的愿望站得和强烈的火焰那样坚定。

许先生的手指把捉了在缝的那张布片，头有时随着机器的力量低沉了一两下。

许先生的面容是宁静的、庄严的、没有恐惧的、坦荡的在使用着机器。

海婴在玩着一大堆黄色的小药瓶，用一个纸盒子盛着，端起来楼上楼下的跑。向着阳光照是金色的，平放着是咖啡色的，他招聚了小朋友来，他向他们展览，向他们夸耀，这种玩艺只有他有而别人不能有。他说：

"这是爸爸打药针的药瓶，你们有吗？"

别人不能有，于是他拍着手骄傲的呼叫起来。

许先生一边招呼着他，不叫他喊，一边下楼来了。

"周先生好了些？"

见了许先生大家都是这样问的。

"还是那样子，"许先生说，随手抓起一个海婴的药瓶来："这不是么，这许多瓶子，每天打一针，药瓶子也积了一大堆。"

许先生一拿起那药瓶，海婴上来就要过去，很宝贵的赶快把那小瓶摆到纸盒里。

在长桌上摆着许先生自己亲手做的蒙着茶壶的棉罩子，从那蓝缎子的花罩子下拿着茶壶倒着茶。

楼上楼下都是静的了,只有海婴快活的和小朋友们的吵嚷躲在太阳里跳荡。

海婴每晚临睡时必向爸爸妈妈说:"明朝会!"

有一天他站在走上三楼去的楼梯口上喊着:

"爸爸,明朝会!"

鲁迅先生那时正病得沉重,喉咙里边似乎有痰,那回答的声音很小,海婴没有听到,于是他又喊:

"爸爸,明朝会!"他等一等,听不到回答的声音,他就大声的连串的喊起来:

"爸爸,明朝会,爸爸,明朝会,……爸爸,明朝会……"

他的保姆在前边往楼上拖他,说是爸爸睡了,不要喊了。可是他怎么能够听呢,仍旧喊。

这时鲁迅先生说"明朝会",还没有说出来喉咙里边就像有东西在那里堵塞着,声音无论如何放不大。到后来,鲁迅先生挣扎着把头抬起来才很大声的说出:

"明朝会,明朝会。"

说完了就咳嗽起来。

许先生被惊动得从楼下跑来了,不住的训斥着海婴。

海婴一边笑着一边上楼去了,嘴里唠叨着:

"爸爸是个聋人哪!"

鲁迅先生没有听到海婴的话,还在那里咳嗽着。

鲁迅先生在四月里,曾经好了一点,有一天下楼去赴一个约会,把衣裳穿得整整齐齐,手下夹着黑花包袱,戴起帽子来,出门就走。

许先生在楼下正陪客人,看鲁迅先生下来了,赶快说:

"走不得吧,还是坐车子去吧。"

鲁迅先生说："不要紧,走得动的。"

许先生再加以劝说,又去拿零钱给鲁迅先生带着。

鲁迅先生说不要不要,坚决的就走了。

"鲁迅先生的脾气很刚强。"

许先生无可奈何的,只说了这一句。

鲁迅先生晚上回来,热度增高了。

鲁迅先生说:

"坐车子实在麻烦,没有几步路,一走就到。还有,好久不出去,愿意走走……动一动就出毛病……还是动不得……"

病压服着鲁迅先生又躺下了。

七月里,鲁迅先生又好些。

药每天吃,记温度的表格照例每天好几次在那里画,老医生还是照常的来,说鲁迅先生就要好起来了,说肺部的菌已经停止了一大半,肋膜也好了。

客人来差不多都要到楼上来拜望拜望,鲁迅先生带着久病初愈的心情,又谈起话来,披了一张毛巾子坐在躺椅上,纸烟又拿在手里了,又谈翻译,又谈某刊物。

一个月没有上楼去,忽然上楼还有些心不安,我一进卧室的门,觉得站也没地方站,坐也不知坐在那里。

许先生让我吃茶,我就倚着桌子边站着。好像没有看见那茶杯似的。

鲁迅先生大概看出我的不安来了,便说:

"人瘦了,这样瘦是不成的,要多吃点。"

鲁迅先生又在说玩笑话了。

"多吃就胖了,那么周先生为什么不多吃点?"

鲁迅先生听了这话就笑了,笑声是明朗的。

从七月以后鲁迅先生一天天的好起来了,牛奶,鸡汤之类,为了医生所嘱也隔三差五的吃着,人虽是瘦了,但精神是好的。

鲁迅先生说自己体质的本质是好的,若差一点的,就让病打倒了。

这一次鲁迅先生保着了很长的时间,没有下楼更没有到外边去过。

在病中,鲁迅先生不看报,不看书,只是安静的躺着。但有一张小画是鲁迅先生放在床边上不断看着的。

那张画,鲁迅先生未生病时,和许多画一道拿给大家看过的,小得和纸烟包里抽出来的那画片差不多。那上边画着一个穿大长裙子飞散着头发的女人在大风里边跑,在她旁边的地面上还有小小的红玫瑰花的花朵。

记得是一张苏联某画家着色的木刻。

鲁迅先生有很多画,为什么只选了这张放在枕边。

许先生告诉我的,她也不知道鲁迅先生为什么常常看这小画。

有人来问他这样那样的,他说:

"你们自己学着做,若没有我呢!"

这一次鲁迅先生好了。

还有一样不同的,觉得做事要多做……

鲁迅先生以为自己好了,别人也以为鲁迅先生好了。

准备冬天要庆祝鲁迅先生工作三十年。

又过了三个月。

一九三六年十月十七日,鲁迅先生病又发了,又是气喘。

十七日,一夜未眠。

十八日,终日喘着。

十九日,夜的下半夜,人衰弱到极点了。天将发白时,鲁迅先生就像他平日一样,工作完了,他休息了。

后　记①

右一章系记先师鲁迅先生日常生活的一面,其间关于治学之经略,接世之方法,或未涉及。将来如有机会,当能有所续记。

附录二则,一为先生昔年海外窗友许寿裳先生为文,备详年谱,可为资考,系当面征得同意者。一为鲁迅夫人景宋②先生之文,间以稍长,勉加省略,则系函中征得同意者。今仅一并附录如上,特此敬布谢忱。

一九三九年十月廿六日记于重庆

---

① 据《端木蕻良文集》(北京出版社,二〇〇九年六月),该部分为端木蕻良代写。
② 景宋:许广平的笔名。

骨架与灵魂①

"五四"②时代又来了。

在我们这块国土上,过了多么悲苦的日子。一切在绕着圈子,好像鬼打墙,东走走,西走走,而究竟是一步没有向前进。

我们离开了"五四",已经二十多年了。凡是到了这日子,做文章的做文章,行仪式的行仪式,就好像一个人拜他那英勇的祖先那样。

可是到了今天,已经拜了二十多年,可没有想到,自己还要拿起刀枪来,照样地来演一遍。

这是始终不能想到的,而死的偶像又拜活了,把那在墓地里睡了多年的骨架,又装起灵魂来。

谁是那旧的骨架?是"五四"。谁是那骨架的灵魂?是我们,是新"五四"!

---

① 该篇创作日期不详,首刊于一九四一年五月五日香港《大公报》副刊"灯塔"第二十一号,署名萧红。

② "五四":"五四运动"的简称。

给流亡异地的东北同胞书[①]

沦落在异地的东北同胞们：

当每个秋天的月亮快圆的时候，我们的心总被悲哀装满。想起高粱油绿的叶子，想起白发的母亲或幼年的亲眷。

他们的希望曾随着秋天的满月，在幻想中赊取了十次。而每次都是月亮如期的圆了，而你们的希望却随着高粱叶子萎落。但是，自从"八一三"之后，上海的炮火响了，中国政府的积极抗战揭开，成了习惯的愁惨的日子，却在炮火的交响里，焕成了鼓动、兴奋和感激。这时，你们一定也流泪了，这是鼓舞的泪，兴奋的泪，感激的泪。

记得抗战以后，第一个可欢笑的九一八是怎样纪念的呢？

中国飞行员在这天作了突击的工作。他们对于出云舰的袭击作了出色的成绩。

那夜里，江面上的日本神经质的高射炮手，浪费的惊恐的射着炮弹，用红色的绿色的淡蓝色的炮弹把天空染红了。但是我们的飞行员，仍然以精确的技巧和沉毅的态度（他们有好多是东北的飞行员）来攻击这摧毁文化摧残和平的法西魔手。几百万的市民都仰起头来寻觅——其实他们什么也看不见的，但他们一定要看，在黑魆魆的天空里，他们看见了我们民族的自信和人类应有的光辉。

---

① 该篇在《寄东北流亡者》（一九三八年九月十八日刊于汉口《大公报》副刊"战线"第一九一期）基础上改写，首刊于一九四一年九月一日香港《时代文学》第四期，署名萧红。

第一个煽惑起东北同胞的思想是：

"我们就要回老家了！"

家乡多么好呀，土地是宽阔的，粮食是充足的，有顶黄的金子，有顶亮的煤，鸽子在门楼上飞，鸡在柳树下啼着，马群越着原野而来，黄豆像潮水似的在铁道上翻涌。

人类对着家乡是何等的怀恋呀，黑人对着"迪斯"痛苦的响往；爱尔兰的诗人夏芝一定要回到那"蜂房一窠，菜畦九畦"的"茵尼斯"去不可；水手约翰·曼殊斐尔（英国桂冠诗人）狂热的要回到海上去。

但是等待了十年的东北同胞，十年如一日，我们心的火越着越亮，而且路子显现得越来越清楚。我们知道我们的路，我们知道我们的作战位置——我们的位置，就是站在别人的前边的那个位置。我们应该是第一个打开了门而是最末走进去的人。

抗战到现在已经遭遇到最坚苦的阶段，而且也就是最后胜利接触的阶段。在贾克伦敦所写的一篇短篇小说上，描写两个拳师在冲击的斗争里，只系于最后的一拳。而那个可怜的老拳师，所以失败了的原因，也只在少吃了一块"牛扒"。假如事先他能吃得饱一点，胜利一定是他。中国的胜利是经过了这个最后的阶段，而东北人民在这里是决定的一环。

东北流亡同胞们，我们的地大物博，决定了我们的沉着毅勇，正如敌人的家当使他们急功切进一样。在最后的斗争里，谁打得最沉着，谁就会得胜。

我们应该献身给祖国作前卫工作，就如我们应该把失地收复一样，这是我们的命运。

东北流亡同胞们，为了失去的土地上的大豆，高粱，努力吧！为了失去了土地的年老的母亲，努力吧！为了失去的地面上的痛心的一切的记忆，努力吧！

谨此即颂

健康

九一八致弟弟书①

　　可弟②:小战士,你也做了战士了,这是我想不到的。

　　世事恍恍忽忽的就过了,记得这十年中只有那么一个短促的时间是与你相处的,那时间短到如何程度,现在想起就像连你的面孔还没有来得及记住,而你就去了。

　　记得当我们都是小孩子的时候,当我离开家的时候,那一天的早晨你还在大门外和一群孩子们玩着,那时你才是十三四岁的孩子,你什么也不懂,你看着我离开家向南大道上奔去,向着那白银似的满铺着雪的无边的大地奔去。你连招呼都不招呼,你恋着玩,对于我的出走,你连看我也不看。

　　而事隔六七年,你也就长大了,有时写信给我,因为我的飘流不定,信有时收到,有时收不到。但在收到的信中我读了之后,竟看不见你,不是因为那信不是你写的,而是在那信里边你所说的话,都不像是你说的。这个不怪你,都只怪我的记忆力顽强,我就总记着,那顽皮的孩子是你,会写了这样的信的,会说了这样的话的,那能够是你。比方

　　① 该篇创作日期不详,首刊于一九四一年九月二十日香港《大公报》副刊"文艺"第一一八六期,署名萧红。一九四一年九月二十六日,再刊于桂林《大公报》副刊"文艺"专栏。

　　② 可弟:萧红的弟弟张秀珂(1916—1956)。

说，——生活在这边，前途是没有希望，等等……

这是什么人给我的信，我看了非常的生疏，又非常的新鲜，但心里边都不表示什么同情，因为我总有一个印象，你晓得什么，你小孩子，所以我回你的信的时候，总是愿意说一些空话，问一问家里的樱桃树这几年结樱桃多少？红玫瑰依旧开花否？或者是看门的大白狗怎样了？关于你的回信，说祖父的坟头上长了一棵小树。在这样的话里，我才体味到这信是弟弟写给我的。

但是没有读过你几封这样的信，我又走了。越走越离得你远了，从前是离着你千百里远，那以后就是几千里了。

而后你追到我最先住的那地方，去找我，看门的人说，我已不在了。

而后婉转的你又来了信，说为着我在那地方，才转学也到那地方来念书。可是你捕空了。我已经从海上走了。

可弟，我们都是自幼没有见过海的孩子，可是要沿着海往南下去了，海是生疏的，我们怕，但是也就上了海船，飘飘荡荡的，前边没有什么一定的目的，也就往前走了。

那时到海上来的，还没有你们，而我是最初的。我想起来一个笑话，我们小的时候，祖父常讲给我们听，我们本是山东人，我们的曾祖，担着担子逃荒到关东的。而我又将是那个未来的曾祖了，我们的后代也许会在那里说着，从前他们也有一个曾祖，坐着海船，逃荒到南方的。

我来到南方，你就不再有信来。一年多又不知道你那方面的情形了。

不知多久，忽然又有信来，是来自东京的，说你是在那边念书了。恰巧那年我也要到东京去看看。立刻我写了一封信给你，你说暑假要回家的，我写信问你，是不是想看看我，我大概七月下旬可到。

我想这一次可以看到你了。这是多么出奇的一个奇遇。因为想也想不到，会在这样一个地方相遇的。

我一到东京就写信给你，你住的是神田町，多少多少番。本来你那地方是很近的，我可以请朋友带了我去找你。但是因为我们已经不是一个国度的人了，姐姐是另一国的人，弟弟又是另一国的人。直接的找你，怕与你有什么不便。信写去了，约的是第三天的下午六点在某某饭馆等我。

那天，我特别穿了一件红衣裳，使你很容易的可以看见我。我五点钟就等在那里，因为在我猜想，你如果来，你一定要早来的。我想你看到了我，你多么欢喜。而我却也想到了，假如到了六点钟不来，那大概就是已经不在了。

一直到了六点钟，没有人来，我又多等了一刻钟，我又多等了一刻钟，我又多等了半点钟，我想或者你有事情会来晚了的。到最后的几分钟，竟想到，大概你来过了，或者已经不认识我了，因为始终看不见你。第二天，我想还是到你住的地方去看一趟，你那小房是很小的。有一个老婆婆，穿着灰色大袖子衣裳，她说你已经在月初走了，离开了东京了。但你那房子还下着竹帘子呢。帘子里头静悄悄的，好像你在里边睡午觉的。

半年之后，我还没有回上海，不知怎么的，你又来了信，这信是来自上海的，说你已经到了上海了，是到上海找我的。

我想这可糟了，又来了一个小吉卜西。

这流浪的生活，怕你过不惯，也怕你受不住。

但你说，"你可以过得惯，为什么我过不惯。"

于是你就在上海住下了。

等我一回到上海，你每天到我的住处来，有时我不在家，你就在楼廊等着，你就睡在楼廊的椅子上，我看见了你的黑黑的人影，我的心里充满了慌乱。我想这些流浪的年青人，都将流浪到那里去，常常在街上碰到你们的一伙，你们都是年青的，都是北方的粗直的青年。内心充满了力量，你们都是被逼着来到这人地生疏的地方，你们都怀着万分的勇敢，只有向前，没有回头。但是你们都充满了饥饿，所以每天到处找工作。你们是可怕的一群，在街上落叶似的被秋风卷着，寒冷来的时候，只有弯着腰，抱着膀，打着寒颤。肚里饿的时候，我猜得到，你们彼此的乱跑，到处看看，谁有可吃的东西。

在这种情形之下，从家跑来的人，还是一天一天的增加，后来听说有不少已经入了监狱，听说这帮不远千里而投向祖国来的青年，一到了祖国，不知怎样，就犯了爱国罪了。

这自然都说是以往，而并非是现在。现在我们已经抗战四年了。在世界上还有谁不知我们中国的英勇，自然而今你们都是战士了。

不过在那时候，因此我就有许多不安。我想将来你到什么地方去，并且做什么？

那时你不知我心里的忧郁，你总是早上来笑着，晚上来笑着。似乎不知道为什么你已经得到了无限的安慰了。似乎是你所存在的地方，已经绝对的安然了，进到我屋子来，看到可吃的就吃，看到书就翻，累了，躺在床上就休息。

你那种傻里傻气的样子，我看了，有的时候，觉得讨厌，有的时候也觉得喜欢，虽是欢喜了，但还是心口不一的说："快起来吧，看这么懒。"

不多时就"七七"事变，很快你就决定了，到西北去，做抗日军去。

你走的那天晚上，满天都是星，就像幼年我们在黄瓜架下捉着虫子的那样的夜，那样黑黑的夜，那样飞着萤虫的夜。

你走了，你的眼睛不大看我，我也没有同你讲什么话。我送你到了台阶上，到了院里，你就走。那时我心里不知道想什么，不知道愿意让你走，还是不愿意。只觉得恍恍忽忽的，把过去的许多年的生活都翻了一个新，事事都显得特别真切，又都显得特别的模糊，真所谓有如梦寐了。

可弟,你从小就苍白,不健康,而今虽然长得很高了,仍旧是苍白不健康,看你的读书,行路,一切都是勉强支持。精神是好的,体力是坏的,我很怕你走到别的地方去,支持不住,可是我又不能劝你回家,因为你的心里充满了诱惑,你的眼里充满了禁果。

恰巧在抗战不久,我也到山西去,有人告诉我你在洪洞的前线,离着我很近,我转给你一封信,我想没有两天就看到你了。那时我心里可开心极了,因为我看到不少和你那样年青的孩子们,他们快乐而活泼,他们跑着跑着,当工作的时候还嘴里唱着歌。这一群快乐的小战士,胜利一定属于你们的,你们也拿枪,你们也担水,中国有你们,中国是不会亡的。因此我的心里充满了微笑。虽然我给你的信,你没有收到,我也没能看见你,但我不知为什么竟很放心,就像见到了你的一样。因为你也必是他们之中的一个,于是我就把你忘了。

但是从那以后,你的音信一点也没有的。而至今已经四年了,你也到底没有信来。

又偏偏在这时候,我们的国家不幸设了不少的网罗,就像在林里捕捉那会唱歌的夜莺那样捕捉你们。把你们捕捉在洞里,把你们捕捉在营里。(不知道是防空洞还是什么洞。至于营,听说是训练营。)

我本不常想你,不过现在想起你来了,你为什么不来信,或者入了洞,入了营吗?

于是我想,这都是我的不好,我在前边引诱了你。

今天又快到九一八了,写了以上这些,以遣胸中的忧闷。

愿你在远方快乐和健康。

附 录

《跋涉》书后①

萧　军

仅是印行一册小集子，本不必在这里再罗索些废话，起始我们是这般想着的，不过从有了印这册子的动机始，迄现在止，使我们对于现人生，是又有了更深一层的体验和认识：

　　1 一切以经济作基底的现社会，仅凭感情上结合的友谊是不可靠的。

　　2 惟有你同一阶段的人们，才能真的援助和同情你。

　　3 艺术是救不了现实的苦痛。

每当我同我的友人黑人②君由印书局归家和去印书局的途中，就要看到那些不成人形的乞丐，摊睡在水门汀的侧路上，——更是那个

---

① 该篇为文集《跋涉》的跋。《跋涉》，三郎（萧军）、悄吟（萧红）合著小说、散文集，哈尔滨五画印刷社一九三三年十月初版，收入作品十二篇，分别为三郎（萧军）：《桃色的线》《烛心》《孤雏》《这是常有的事》《疯人》《下等人》；悄吟（萧红）：《春曲》《王阿嫂的死》《广告副手》《小黑狗》《看风筝》《夜风》。

② 黑人：舒群（1913—1989），中国现代小说家，东北作家群代表作家之一。满族，黑龙江省阿城人。原名李书堂，笔名黑人、舒群等，著有短篇小说集《没有祖国的孩子》、中篇小说《秘密的故事》、长篇小说《这一代人》等。

烂穿了足心的,辗转在积水洼里的老瞎乞——我便要烧掉了所有的积稿,永久丢开笔杆子,爽利的去走路吧。可是终于还是没能这样作,并且这册集子居然是成型了,——我知道这全不是他们所需的——而那个老乞丐,依然还是自己烂溃着他的脚心。

这个集子能印出,我只有默记黑人弟和幼宾兄的助力——这全是用不着在这里感谢的。

至于这个小集子本身怎样,能给与读众们一些什么……虽然我们自己早有了最高格的评价——微薄的意识划分——但我们是要更努力的进前,进前……同时也切盼有志于文学的朋友们,给与我们一些助力的批评吧。

偶尔跑到这哈尔滨,又偶尔的印了这个小的集子,将来我们也许再偶尔印些什么,也许一偶尔就离开这里。

我们谨在这里感谢排字朋友刘克泌君,和他的伙伴们。

1933,10,1,——三郎——

《跋涉》第三版序言^①

萧　军

这本小说集，是我和萧红在哈尔滨开始从事文学写作时的初集。当时写作的文章当然还不止此数，这只是从若干篇中自己选出的一部分，认为它们还比较完整些。

由于经费所限，初版时只印了一千册。即使这点点钱，也还是来路不容易的，多承热心的朋友们三元、五元……相助，最后不足的部分，"五日画报社"负责人王歧山君索性慷慨地不要了，这全是我应该感念的事！接着时日不久，它就被当时由日本帝国主义所扶植的"满洲国"下令禁止发卖了，原因它是"非法"出版的。

时隔了几十年，在去年由于客观上需要，才经由黑龙江出版社非正式地印刷了五千本，提供给某些研究机构和个人作为研究资料来使用。只收成本费。为了存真，一切印刷、装订式样全照旧——毛边平装——我个人也没做过任何文字上的修改，就一切以"纯真"的形式出现了。——我是不羞耻于自己的"童年之作"的。

如今香港方面既然要再版它，就再版罢，我也不打算修改它，一切还是以存"真"为好。是为序。

---

① 该篇为《跋涉》香港版序言。

《跋涉》第五版前记①

萧　军

这小说和散文集,是我和萧红开始从事文学工作后的第一部结集。它初版于一九三三年十月间。

也还记得,这书的出版费是承一些热心的朋友们每人"认股"五元集资的。最后是舒群给了三十元(后来据说这是党给他的生活费),陈幼宾兄给了十元,剩下的尾数承哈尔滨"五日画报"社社长王歧山君慷慨地不要了——才算凑足了一百五十元。卖书的一批钱,我们就全做了生活费"吃掉"了,一文钱也没还给任何人,这就是我们当时的生活情况。对于以上的一些朋友们我永远怀念他们的深情厚谊!

也还记得,这书的封面原请金剑啸代为设计,是图案式的,有山也有水。山是灰黑色金字塔形,水是几条银色的曲线条纹,它们全画在一条约一寸五分宽的窄带之上,横拦在封面三分之二的地方。下边写"跋涉"两个字和二人的署名。书的原名叫《青杏》,最后才改为《跋涉》这名字。

由于这封面制作起来太复杂,放弃了,最后找到一块木板,由我在排字房里用校对用的红色蘸水钢笔,简单地写成了上述几个字,就算

---

① 该文为《跋涉》一九八三年花城版序。

为它的封面了。

也还记得，这本集子快要开始装订成册时，正赶上当年中秋节，工人们放假三天，因为我们好不容易盼到成书的日子，因此只好请教了排字师傅，自己动手来装订成册。也还记得，整个印刷所那阴沉沉，空荡荡的大房子里，只有我和萧红两个人，一面锤铁丝钉，一面数页子，一面抹浆糊……居然一百本被我们装订起来。雇了一辆"斗儿车"，载着我们这两颗火热的、胜利的、青春的心转回了家。当夜就尽可能地分送给了一些朋友们……

这是当时的情景，当时的心境！它们是近乎五十年过去了。萧红在她所著的《商市街》里曾经有过这样一段段描写：

> 第二天我也跟着跑到印刷局去，使我特别高兴，折得很整齐的一帖一帖的都是要完成的册子，比儿时母亲为我制一件新衣裳更觉欢喜。……我又到排铅字的工人旁边，他手下按住的正是一个题目，很大的铅字，方的，带来无限的感情，那正是我的那篇《夜风》。

> 那天预先吃了一顿外国包子，郎华说他为着册子来敬祝我，所以到柜台前叫那人倒了两小杯"哦特克"酒，我说这是为着册子敬祝他。

> ……

> 我跑到家去拿了衣裳回来，满头流着汗，可是他在江沿和码头夫们在一起喝茶了。在那个伞样的布棚下吹着江风。他第一句和我说的话想来是："你热吧？"

> 但他不是问我，他先问鱼："你把鱼放在那里啦？用凉水泡上没有？"

> "五分钱给我！"我要买醋，煎鱼要用醋的。

> "一个铜板也没剩，我喝了茶，你不知道？"

被大欢喜追逐着的两个人把所有的钱用掉，把衬衣丢到大江，换得一条死鱼。

等到吃鱼的时候郎华又说："为着册子我请你吃鱼。"

这是我们创作的一个阶段，最前的一个阶段，册子就是划分这个阶段的东西。

八月十四日，家家准备着过节的那天。我们到印刷局去，自己开始装订，装订了一整天。郎华用拳头打着背，我也感到背痛。

于是郎华跑出去叫来一部斗车，一百本册子提上车去，就在夕阳中马脖子上颠动着很响的铃子走在回家的道上。

家里，地板上摆着册子，朋友们手里拿着册子，谈论也是册子。同时关于册子出了谣言：没收啦！日本宪兵队要逮捕啦！

逮捕可没有逮捕，没收是真的。送到书店去的书，没有几天就被禁止发卖。

……

这就是这本册子当时给与我们的激动和快乐！接着也就是它所遭受的命运！

关于鱼和衬衫的故事，是一次我和萧红租了一只小船到江心一处浅洲边去洗澡，竟忘了把洗好的晾在船边的衬衣不知什么时候被风吹到江水里漂走了。我在寻找衬衫时，忽然发现从上流飘来一件白色的东西，我以为那是衬衫，忙着迎头跑过去，却原来是一条有两斤多重的大鱼，于是我把衬衫的事情也忘记了！……

一九四六年秋季间，我又回到了哈尔滨，从一九三四年算起，已经是十二个年头过去，当时我曾写下一首诗：

金风急故垒,游子赋还乡;
景物依稀是;亲朋半死亡!
白云红叶暮;秋水远山苍,
十二年如昨,杯酒热衷肠。

　　在这十二年中,中国抗战胜利了,日本帝国主义者和他们所扶植的"满洲国"灭亡了,千千万万为国而伤残、而战死的烈士们牺牲了! 我的朋友们也一个一个地离我而逝了! 萧红、金剑啸、北杨、侯小古、黄田……诸人就是。

　　一次在旧书摊上竟发现了《跋涉》这本书,我买下了它。后来还在扉页上写下了如下几句话:

　　此书于一九四六年我再返哈尔滨时,偶于故书市中购得。珠分钗折,人间地下,一帧苑在,伤何如之?

萧军　记

一九六六年,三月廿七日于京都

"银锭桥西海北楼"

　　一九七九年黑龙江省文学艺术研究所为了需要,他们翻印了五千本,一切格式依旧。后来日本有位佐野里花女士,她是萧红的作品喜爱者,来信要这书,我寄了她一册翻印本。后来她说要翻几百本问我有什么"条件"? 我回信说,什么条件也没有,只是我在日本的朋友或对萧红作品有兴趣的人,他们如需要,就请她"无偿"的送一本吧。后来又得知"咿哑书店"也印了它,详细情况我不知道了。不过佐野里花翻印的书式,也是和原样本一模一样的,毛装淡黄色加红字的封皮……,几乎可以"乱真"。

后来又经过美国葛浩文先生介绍给"香港文学研究社",他说："你还是让这家出版社出版吧,他们还可以给你一些稿费,否则即使你不允许他们也要印出的,……。"我认为他这话是对的,因为《八月的乡村》和其他的书在香港出版而且再版了,他们并没得到我的"允许"。不独无一角钱的稿费,甚至连一本书也没寄来,虽然也曾去过信,结果是"石沉大海",这可能是香港某些出版社或书店的"经营方法"吧!……

我考量一下,就决心和这家出版社建立了一个出版手续,他们还给了我三百元人民币算为稿费。

昨天"香港文学研究社"竟把十本样书寄来了,装潢得很鲜艳,这使我感到很愉快。虽然按照他们原来计划的出版期晚了半年,但总算印出来了。

这是这本书初版、再版……的过程以及它所遭受的曲折命运。

如今,花城出版社还愿意承印它。为了对读者负责,我本应该再从头把它稍事修整一下,把错、讹的字改正过来,也把当时避讳的字眼改正过来,但不知为什么我竟失掉这"勇气",只好请我的老伴王德芬同志代校改一下。她这人是很负责认真的,也有耐性……同时又根据了香港本核对一番,发觉香港本也替我校正了很多明显的错误,应该感谢!

最后,我希望花城出版社编辑同志们,也再校订一下吧,俾使这书的错误少些,再少些。

一九八一,十二,三。于北京团结湖居民区

《商市街》读后记①

萧　军

　　因为这书里有我，于是就觉得自己也应该有权利写两句话似的？读者如认为多余，那么我觉得这部书的印出，根本就是多余。

　　怎么说呢？这仅仅是一点不折不扣的生活纪录。但我爱它，正因为它不折不扣，有我们自己一些什么在里面……所以我们爱它。也许读者从这里面会寻出点别的，这又是我们愿望以外的事了。

　　"爱自己比别人总要亲切些；爱自己每个生活的脚印，也更甚些!"我是这样感觉着的。

一九三五，五，十日，上午二时十分

在上海一个暗屋子里

---

① 该文为《商市街》初版《后记》。《商市街》，萧红系列散文集，创作于一九三五年春夏间，一九三五年五月十五日完稿，一九三六年八月，由上海文化生活出版社初版。

萧红的"女性身份"

陈洁仪 ①

《商市街》大部分篇章写于一九三五年的上海,在书里的追忆有将"昔"比"今"之意,不过如果把此书与萧红发表于哈尔滨的作品比较,可见《商市街》所表现的"自我迷茫",与哈尔滨时期的作品一脉相承,同样充满无所依傍的情绪。

萧红作品中与哈尔滨时期有关的,可分为两个层面来讨论:第一是发表于哈尔滨或之前的作品,另一类是日后追忆哈尔滨时期的生活片段,其中包括已分析过的《商市街》及部分散文,两类作品合计二十四篇。这些作品,虽然在内容、风格、气氛情调上或有别,但从"身份"追寻的角度来说,都有共通之处。尤其对于个人命运或自我定位的不确定感、对于未来表现无可依恃的悲观看法,都弥漫在哈尔滨时期的作品里。

除《商市街》外,一共有八篇作品记述哈尔滨的生活。这些作品

① 陈洁仪:笔名邱心,香港中文大学哲学博士,先后在香港中文大学中国语言及文学系、香港科技大学人文学部任教,现为香港大学教师。著有《现实与象征——萧红自我、女性、作家的身份探寻》《阅读肥土镇》等。

无论是写于哈尔滨的《广告的副手》《破落之街》《烦扰的一日》等，还是像《商市街》一样于一九三六年追述当年生活如《索非亚的愁苦》和《初冬》等，其内容、情调及人物的自我定位（低下层的穷苦人），都跟《商市街》很相似。其中最不同的是，这些作品与"三郎"的关系较疏，或记载"我"认识"三郎"前在哈尔滨的流浪生活，或与亲人、朋友的见面情景。或许这也是作者没将这类作品收录在《商市街》的原因。八篇作品中的人物，与《商市街》中所表现的自我迷茫和失落，皆有不谋而合的地方，包括"我"的声音很突出，方便直接呈现自我的内心世界。"我"通常处于低下层的位置，前景未明，无可凭依，老人、乞丐以及相类似的穷人，反复出现（八篇中至少有五篇），有时候还要加上各类残疾人的描写，例如乞丐中的"聋哑人"、"多腿人"等，读之深感作者把人物位置推向社会上的最底层，并把自我投射的悲苦心情推向极致。在《商市街》里，萧红面对中央大街的都市繁华，只能做个站于街外的局外人。在另一篇作品中，萧红同样站在一条不属自己的"破落之街"上，住在这条街上的贫民，"猪猡"，如"污浊的群"，活得毫无尊严。面对低下层人物的悲苦命运，萧红或身处其中，或感到无能为力，作品所表现的，只是失落和孤独，认为完全没有可供凭依的出路，剩下的只有不确定、不可知、听天由命的此刻和未来："然而让我怎样做呢？他向天跪着，他向天祈祷。……"

在"我"与哈尔滨的社会关系上，以《访问》和《索非亚的愁苦》两篇为代表，同样表现了"我"与社会（尤其是"俄化社会"）的隔阂，其中与《商市街》不同的是，人物并非通过如欧罗巴旅馆等象征事物，被动地受到"俄化社会"的排斥和欺压，而是通过与俄国人的接触，直接表达自己对"俄化社会"的观感。在《访问》中，"我"从女房东的谈话里，带出旧俄末落贵族种种自以为是的骄傲。由俄国女房东所象征的文化和态度，"我"显然无法接受。跟对女房东的反感不同，在《索非亚的愁苦》里，"我"对于俄文教师索非亚充满同情，原因是"我"与索非亚都有共同的伤痛——离乡背井的漂泊之苦——在索非亚身上正投射了"我"的乡愁。然而，即使愿意理解、沟通，即使同阶级、同感受，但两种国族之间的文化差异，犹如隔山，"我"始终无法融入其中："她的母亲说的完全是俄语，那些俄文的街名无论怎样是我所不懂的。"最后，八篇作品中的人物总得不到的安稳、确定的结局，反而无所着落、不知何去何从，其中以《烦扰的一日》《过夜》和《初冬》，最能表示人物无家可归的失落处境。作品虽然流露出无家可归的迷茫，然而哈尔滨时期的萧红，仍不认为另建幸福家庭就是取得新认同归属的捷径。换言之，作为妻子的女性身份，仍未算是萧红在哈尔滨时期所确认的归属，在《烦扰的一日》里，她甚至认为家庭是女性的包袱和负累。

以上将萧红描述哈尔滨时期的生活与《商市街》对读，不难看到人物在"自我身份"追寻上的一致性。一九三六年她在《初冬》里，追忆哈尔滨的生活，事隔虽久，但回溯起来仍然回归原处，无法忘记当初女浪人的漂泊心情。《初冬》反复在"回家"与"漂泊"的答问中坚持自己不回家的信念，反而突显"家族认同"对她的诱惑。弟弟的逼问既是真实的情景，亦可视为萧红内心另一声音的召唤，在"出走"和"复归"之间出现的内心挣扎。无家可归的身份迷茫的确令人疲惫。然而，萧红最后还是选择继续流浪，这个结局——不约而同地与《商市街》的结尾互相呼应——当然，同样也预示了萧红日后"永远在他方"的现实人生道路：

> 太阳在我的脸面上闪闪耀耀，仍和未遇见弟弟以前一样，我穿着街头，我无目的的走。寒风，刺着喉头，时时要发作小小的咳嗽。

除了描述哈尔滨生活的作品外，萧红写于哈尔滨时期(一九三三年至一九三四年六月）的作品，其内容虽或与哈尔滨无关，人物命运却可折射萧红当时无所依傍的心境。从内容而言，这些作品大约可分为两类：其一是有关农村生活与革命者的故事，例如《王阿嫂的死》《看风筝》《夜风》和《清晨的马路上》等；其二是追忆少年或童年的往事，例如《蹲在洋车上》和《夏夜》等。

比起萧红的代表作，第一类的故事在艺术上无疑逊色得多，然而却能折射萧红当时特殊的心境。这类小说虽然不少都表现了鲜明的阶级意识，但是最特别的是，萧红笔下的无产阶级或革命者故事，却没有光明的结局。尤其在革命者的故事中，焦点通常不是在革命者的英勇抗争或无私牺牲上，反而回落他身边受苦的亲人。例如《看风筝》描述老人因为有一个不肯归家的革命儿子，只能孤独终老；《清晨的马路上》革命者没有死去，他的父母却因而失踪，剩下一对孤儿。在阶级压迫的故事里，《哑老人》略去女工受管工虐打至死的挑衅场面，却笔致感人地集中笔力描写老人茫无所依的悲惨。在农村故事中，众多作品里只有《夜风》一篇，佃农得到最后醒觉，起来反抗，其余人物不是以死亡、失踪、出走告终，就是孤独告老。有些甚至不理情节推展过快，总之要在匆匆收笔之前，刻意"处死"或"处掉"所有人物才肯罢休，当中以《王阿嫂的死》最具代表性。王阿嫂不但死去三个孩子，自己也死了，连新生下来的小孩子不到五分钟也死了，只剩下一个领养的孤儿小环。除了悲惨结局外，在这些篇章中也出现不少小孩或儿孙角色，象征"未来"或"前景"。这类角色，若不是死去（例如《哑老人》的儿子和孙女、《看风筝》中的女儿等），就是成为无所依归的孤儿（例如《清晨的马路上》中的小林等），暗示"未来"的绝望与"前景"的茫然不可知。灰色、阴暗的调子，弥漫在阶级斗争的作品里。《王阿嫂的死》一篇，哭声更成为故事的背景音乐，其中以王阿嫂近乎失控的歇斯底里的哭声和全体女性的"哭祭"，最具震撼力。

在这类具有阶级意识、立意鲜明而且发表在进步刊物的作品中不但没有一显斗争的力量,反而突出死亡的威力,间或不惜罔顾情节发展的合理性,也要营造悲惨的气氛。这是种违反故事类型愿望的干预和操纵。萧红在《王阿嫂的死》等作品中对于"女性人物"和"小孩角色"的处理,似乎跟她受到始乱终弃的感情打击有关,亦反映她对亲生孩子的思念。不过,从一系列的作品可见,萧红对于悲惨结局的留恋,并不是特殊的例子,亦不是只受个别遭遇所影响,而是散见于不同作品里,延续在整个哈尔滨时期。在本应可以表现"抗争意识"的故事类型中,作者仍无法压抑内心的郁结,最后终于逆其道而行,从侧面可见萧红对于处境、前景不明下的悲观情绪。

就第二类有关少年或童年往事回忆的作品可见,萧红在回忆里流露出较愉快的情绪,反抗意识反而比革命者等故事为强。例如《蹲在洋车上》的"我"回忆儿时顽皮娇纵和家里的热闹情景,《夏夜》中追忆自己和菱姑对祖母的反抗情绪,《出嫁》强调知识女性有出走抗争的可能等。不过,在这类看似愉快、正面的回忆中,仍抹不掉隐藏其中的忧伤情绪——《蹲在洋车上》结尾以"现在变成个没有钱的孩子了"一句收束,不单强调"没有钱"的社会地位改变,更重要的是失去"孩子"的身份——再没保护自己的爱与温暖了。《夏夜》以"城市工厂女工遭受剥削"的现实,打破少年菱姑对于逃出家庭的天真幻想。《出嫁》中"我"虽然是唯一具反抗能力的人,但在姊妹妯娌中受到排斥的局外人处境,仍然令萧红感受很深。在故乡、同性中竟然成为局外人,萧红对于自己的反抗,感慨不少。身处哈尔滨的萧红,在第二类貌似乐观的作品里,仍然不无隐忧,失落的心情仍未能减退。

以上可见,在萧红整体的创作脉络里,有两类作品可与《商市街》对读。第一类是记录哈尔滨生活的作品,第二类是写于哈尔滨时期、却与当时生活无关的作品。前者无论是写于哈尔滨的、还是到上海的追忆,在内容、形式和气氛情调等各方面,都与《商市街》相似,一方面人物常将自我投射在低下层人物身上,另一方面却又与社会格格不入,不时流露出无家可归、迷惘不安的心境。后者的内容虽或与哈尔滨无关,但人物命运或故事结局,却可折射萧红无所依傍的处境。当然"无家可归"差不多是她大部分作品的基调。① 不过,萧红其他作品所涉及的家或故乡,对象都较明确具体。至于可以对思乡之情避而不谈,人物却又始终未能安顿,表现出自我无法定位的不安,则仍以《商市街》及哈尔滨时期的作品为代表。

---

① 据笔者粗略统计,萧红短篇作品中不时提及"家"的意象或其相关的字眼,较明显的至少有三十八篇,现罗列如下:《王阿嫂的死》《看风筝》《小六》《烦扰的一日》《桥》、《离去》《索非亚的愁苦》《皮球》《初冬》《牛车上》《家族以外的人》《黄河》《王四的故事》《朦胧的期待》《旷野的呼喊》《逃难》《山下》《莲花池》《孩子的讲演》《哑老人》《清晨的马路》《渺茫中》《马房之夜》《亚丽》《汾河的圆月》《花狗》《后花园》《北中国》《小城三月》《红玻璃的故事》《弃儿》《失眠之夜》《来信》《天空的点缀》《无题》《寄东北流亡者》《九一八致弟弟书》和《给流亡异地的东北同胞书》等。

时间秤

鲁　敏①

一

艺术的高下优劣,其实只有一个衡量标准:时间。时间这杆秤是
天地间最宏阔且又是最精准的。以它来度量苍莽长河或是当下一瞬,
度量古人、前辈或是此际的你我他,一切莫不了然,莫不心平气和,顿
去骄躁二字。

诚然,以萧红在世上停留的长度,不过只能算是颗流星,可她在宇
宙间划下的轨迹,却是又深又狠又特别,其笔下,有最小的小与最大的
大,有血肉与浊泪,却又天真、大方,看得人心慌。

三十一岁的她,加一部《呼兰河传》,放在时间秤的那一边,是压
得住的,倏忽百年,她或将可以一直压下去,不论时间累加了多少,甚
或宇宙都成为一个黑洞。

二

每次想要写她,却基本上都难以成文,因为写之前,都想着,翻一

---

① 鲁敏(1973—　),当代作家,江苏省作家协会副主席,代表作品《伴宴》《六人晚餐》
《博情书》《方向盘》等。

翻再写吧，可真正一翻，三分钟过去，三十分钟过去，越看就越不想写了。她都已经写成这样了，还再写什么呢？除非你大段大段引用她，照抄她，摘录她，甚或就是搬上她的原文。

这里面，似乎有一个很捉弄人、很为难人的悖论：一个好的东西，它是那么的好，让我们想要由衷地去赞美、传播；但如果这个好的程度，超过了我们、覆盖了我们——我们再去赞美它，则又是有风险的，也是难以把握的。

但是，一百年了已经，她来到这个世上，照我们文艺界的风气，这是大日子，必须大操办。纪念她、回顾她、放大她，是责任与义务，亦是时令之需，而现代人的智慧都是特别识时务的。于是，在一种不确定的挟裹感中，试着写她……

三

可是，唉，她真的还是个十分十分年轻的人，比我们所有这些老着脸皮在写东西的人都年轻许多！就跟我们的八零后差不多呢。

可是她二十三岁写成《生死场》（正式出版为次年），二十八岁上写的《回忆鲁迅先生》，二十九岁写的《呼兰河传》与《小城三月》。

这么算一算、比一比，我们就好像全都没有活过，或者说，迄今为止，我们还是在写标点符号，字都还没写出来呢。

最近碰到一个前辈，他问了问我的创作，然后半开玩笑地说，嗯，四十岁以前还没有写出成名作的，恐怕也就没什么成名作了。当时好像还不以为然的，面上无所谓地笑笑。可回家来一想，即刻浑身是汗，几天都难以释怀，感到时间的残酷，感到为灵感所奴役的悲剧性。

从这个角度而言，对萧红，我的感受是复杂的。说羡慕或妒忌都不合适、也不准确，不如勉强说是拍案称奇：她的生世，她的文学，她的情爱，她的生死，这是绝对不可复制、不可模拟的宿命！

尤其是她的死，恐怕所有的人都为之难以释怀吧，何以，竟在三十一岁上就死了？以一个在当时并不算是大恶疾的肺结核，在医疗还算先进的香港，并有史沫特莱、柳亚子、端木蕻良、骆宾基等人的关照或张罗，却偏偏遭遇庸医误诊、医院冷淡、转院不力、战争纷乱等殊情，像是不同方向收紧的绳索，最终将她合力致死！

可是，甘冒冷酷心肠的名声，我要说一句：甚或她这样凄惨的离世，也让我称奇，并以为这是最恰当的——似乎，老天爷也暗中考量过了，都已经写出了《呼兰河传》与《回忆鲁迅先生》了！比起那许多耄耋之年的写字人，她的生命好像竟已经是够了的！

不免想到艺术生命与俗世生命间的乖张敌意。

美满平静、寿终正寝的人生，与灵感奇崛、撼动心灵的艺术，似乎是不兼容、不调和的。想到海明威、舒尔茨、梵高、奥康纳……他们残败惨烈的人生具有那样高的审美性，似乎正是便于大众在阅读与景仰时施以深长的叹息和感慨……

这样一想，简直就不能正视现今这肥白的、室内的生活，我们所谓的苦楚，只是头脑里的杯水风波。算了，不谈这个，太可笑！一个人，怎么敢去责备命运所配给的苦难份额？并以此为借口去开脱灵感的欠丰？

四

还是说萧红，说她艺术时间之长与俗世时间之瞬。

……然而，我们能不能做一种假设。

假设萧红竟没有死，她竟从那家红十字会临时医院里给抢救过来，她健康起来，在战争中幸存，并一直活下去，活到了抗战胜利，继而又活过了国内战争，随后又历经着种种的政治变幻，并侥幸地奇迹般地九死一生，并且，像许多少时苦但老来寿的人一样，她顽强地活到了八十年代、九十年代、新世纪……

就那么的，她一直活着，还在写她的东北，写那片土地上绵延不绝的难与黑。也许不了，她写香港，写上海。也许她写她自己，写她曾有的爱与将至的爱,写她死去的孩子或新生的孩子。写她不认识的其他的中国人,写中国人后来这六十年的新"生死场"。又说不定,她去了他国异域,在更遥远的地方,写着她随便想写的什么,她会像是杜拉斯或是莱辛,就算到了晚年,仍用着她最自由最天性最神奇的笔触,追踪世情的苍茫与酷烈——要知道,萧红是个有文学野心的人,她自己在绝笔时甚至写下这么一句:"留下那半部《红楼》给别人写了……"这当是虚指,但也可视作她的自我期许!

这么一想,马上又要推翻刚才的"拍案称奇"了,忽然感到巨大的丢失感,丢了贵重东西的心悸感——要是她还在,以她二十八、二十九岁时的才情,做一个线性的逻辑类推,想想看,我们的小说史、我们的阅读史、我们中国的文学箱子,乃至世界的文学箱子,丢了多大多贵重的一份好东西啊!

五

当然,也不是没有可能,她后来没有再写了。历史,总是最为喜怒无常、不讲道理的,有太多的可能性——或许她忽然就索然了、想撂笔了,可能她不得不过起另一种生活了,也可能她竟是完全地写不出来了。我们知道沈从文的,知道丁玲的,知道曹禺的。也或者,她选择完全地成为一个家庭里的母亲了。也或者,随便她怎么样、写了什么或不写什么,到后面,她将被供起来、抬上去了,"被"做起了世纪老人、文学祖母等等,也未可知。

这能够接受,能够想象吗?

故而,从审美上看,从人性与世情上看,她那样的戛然而止,于萧红,于文学,于观者,于评者,于历史,可能倒算是好的。

六

查了查以前的日记,发现我是在八年前才看的萧红,在个人的阅读中,其所占比重实在是小,受她多少影响,或也谈不上。

　　但好东西就是这样,随时可以看,随时看都不迟。在不同的时间,在不同的年纪上看它,它自有它不同的意思。

　　话题就又回到了时间。在时间这里,萧红的红,是不褪色的。